国家出版基金项目
NATIONAL PUBLICATION FOUNDATION

国家出版基金项目
“十二五”国家重点图书出版规划项目

中國京劇流派劇目集成

啓功題簽

《中国京剧流派剧目集成》编委会 编

第陆集

學苑出版社

图书在版编目（CIP）数据

中国京剧流派剧目集成．第6集 ／《中国京剧流派剧目集成》编委会编．—北京 ：学苑出版社，2013.1
ISBN 978-7-5077-4207-7

Ⅰ．①中… Ⅱ．①中… Ⅲ．①京剧－剧本－作品集－中国 Ⅳ．①I232

中国版本图书馆CIP数据核字(2013)第002502号

出 版 人：孟　白
责任编辑：潘占伟
装帧设计：徐道会
出版发行：学苑出版社
社　　址：北京市丰台区南方庄2号院1号楼
邮政编码：100079
网　　址：www.book001.com
电子信箱：xueyuan@public.bta.net.cn
销售电话：010-67675512　67678944　67601101（邮购）
经　　销：新华书店
印 刷 厂：北京信彩瑞禾印刷有限公司
开本尺寸：889×1194　1/16
印　　张：15.125
字　　数：348千字
版　　次：2013年1月第1版
印　　次：2013年1月第1次印刷
定　　价：200.00元（精装）

《中国京剧流派剧目集成》学术顾问

郭汉城　　刘曾复　　朱家溍

吴小如　　王金璐　　迟金声

钮　骠　　刘连群　　陈绍武

《中国京剧流派剧目集成》编委会

主　编

黄　克

副主编

常立胜　　吴春礼　　赵晓东

蔡景凤　　杨凌云

序言

◎黄克

京剧向称国粹艺术，内容博大精深，剧目十分丰富，人们常以“汉唐三千宋明八百”形容其浩瀚。其中流派剧目又以演员表演的鲜明个性使剧目显得更为多彩多姿，充满魅力，既被专业人员钻研承继，也为广大戏迷喜闻乐见，遂成为京剧舞台上一大亮点。

流派

举凡表演艺术，原本就无不带有表演者的个人色彩。京剧表演艺术因其唱念做打诸多方面功夫的综合性和繁难性，表演的个性化尤为突出；加以行当的粗分、剧目的雷同，于大致相同的条件下尽显各自的千姿百态、千变万化；一招一式、一腔一韵之中可以体现不同的特色，同样一出戏，甚至同样一个戏中人物也完全可以演出不同的风采，这种充满个性化的表演，遂成为京剧竞技场上最是为人乐道而又情趣无穷的审美内涵。倘若这种富于个性化的表演为受众所认可，且代有传人，形为规范，即可自成一家，成为迥异于他人的艺术流派。以“四大名旦”（梅兰芳、程砚秋、荀慧生、尚小云）为例，虽皆工旦行，却又各有千秋。京剧大师王瑶卿就曾这样分析这四位后起之秀的独到之处：“梅兰芳的样儿，程砚秋的唱儿，尚小云的棒儿，荀慧生的浪儿。”所谓“样儿”，指梅的艺术造诣全面，要什么有什么；所谓“唱儿”，指程以行腔之新颖动听为能；所谓“棒儿”，指尚的刀马功底深厚；所谓“浪儿”，指荀的柔媚多姿、风情万种。寸长尺短，一语道破各有专擅的各家流派特点。如此成就固然来自自己的勤学苦练、苦心孤诣，更少不了观众的知音捧场、鼓励有加。因此，一个艺术流派的形成，对于创始人来说，无疑是开拓了审美追求的新境界；对于受众戏迷来讲，则更是得到了多样化审美需求的新满足。梨园行有云：唱戏的是疯子——指其追求的执着，听戏的是傻子——指其享受的痴迷。二者相得益彰、相映成趣，或许正道出京剧流派形成之三昧。

流派剧目

在京剧传承的一二百年间，随着历史的变迁、社会的发展，以及新人辈出、师承转换，荡涤旧物、崇尚新声，传统剧目中的绝大部分早已绝迹于舞台，然而，其精华部分（包括剧目中表现出来的唱念做打等程式体系）还是被完好地保存了下来，并得到长足的发展。其间，流派创始人于剧目的推陈出新做出了不可磨灭的贡献。基于对剧目乃至剧中人物的理解和认识，以及更便于发挥自己技艺特长的需要，流派创始人对浩如烟海的传统剧目进行了严格的筛选，经过了整理加工再创作，使之又焕发出崭新的韵味和光彩；随着这样剧目的增多，最终形成了自己流派所特有的剧目系列。而另外的流派又在另外的剧目系列中发挥着自己的优势，即或剧目相同，不同流派依然可以于演出中表现出自己的独特风格。总之，在其演出的剧目中，无不打上自己表演风格的鲜明烙印。京剧舞台上一度出现的这种百花齐放、争芳斗艳的盛况，实由自丰富多彩的流派剧目，这在京剧发展史上已是不争的事实。

但也应看到，如今京剧流派剧目相对于京剧的鼎盛时期，已是光景不再。个中原因很复杂，就客观因素而言，新兴的艺术形式的多种多样，人们的欣赏习惯和娱乐方式已经有了更广泛的选择余地，因而完全可以去旁骛；此外，就京剧本身而言，演出剧目之贫乏不能不说是观众锐减的重要原因之一。本来演出场所和演出场次就不多，翻来覆去又只是那几出骨子老戏，怎么能吸引观众，特别是年轻观众呢？——连那些老戏迷们也都听腻歪了。

回过头来看，今日演出剧目的贫乏和流派创始人晚年艺术景况也不无关系。他们在艺术的巅峰期——集中在上个世纪二三十年代，创作或改编了一出出新戏，直令观众赏心悦目，目不暇接。当其时，除了富连成科班或游动的散班演出些大路戏外，北京的京剧舞台几乎就是流派剧目的天下。据1932年商务印书馆出版的《五十年来北平戏剧史材》的记载，自民国十二年（1923）至十八年（1929）这六七年间，以梅派剧目为例，只“初演”的剧目——也就是自家独创的新戏或整理改编的传统戏，就有前后本《西施》、《洛神》、《廉锦风》、头二三四本《太真外传》、《俊袭人》、全本《宇宙锋》、《凤还巢》、《春灯谜》等12出戏（其中前后四本《太真外传》这四出戏是在一年多时间里陆续完成的）；同一时间段，马派“初演”的剧目也有《化外奇缘》、全本《玉镯记》、《秋灯泪》、《战宛城》、全本《火牛阵》、《鸿门宴》、全部《临江馆（“馆”应作“关”）》、全部《浣纱溪》、《范仲禹》、全本《清风亭》、头二三四本《大红袍》、全本《天启传》、《许田射鹿》、全本《十道本》等15出戏（其中《大红袍》分头二和三四本两次演出），当然，其中还不包括“初演”以外的经常性的大量的传统戏演出。试问，这些曾经轰动一时的流派创始人编创的新剧目于今又有多少出传承下来了呢？个中主要原因就在于流派创始人到了晚年一些唱做吃重的剧目已难胜任，只有将其已臻于炉火纯青的技艺凝炼到少数剧目之中，或演出或教习也只拘囿于这少数几个剧目了。而其传人也就将这几出戏奉为圭臬，全不知其鼎盛时期的所谓“文武双全”、所谓“昆乱不挡”为何事，致使一些当年的热门戏几近失传，这不能不说是梨园一件憾事。记得梅兰芳先生曾撰文论述学艺过程中的“少、多、少”，大意是初学时会的戏（包括技艺）自然是少的。随着所学剧目的增多，技艺的增长，激发起拓宽其艺术驰骋领域的热情，兼收并蓄，从而极大地丰富了自己。进而又随着审美取向的定型，艺术见识的提高，势必要对自己所学所用下一番去芜存精的工夫，扬长避短，使自己的独特技艺集中在少数几个代表剧目之中。表面看来演出的剧目是少了，但炉火纯青，在艺术创新上却达到了新境界。从少到多，从多而少，贯穿着的是继承与发展的艺术成熟的过程，也闯出了一条攀升艺术高峰的必由之路。后学者以为，学会了几出流派代表剧目便可以薪尽火传，得到了真经，孰不料缺少广博的根基，既影响个人的发展，也造成了剧目越传越少的现实。这难道不是应该汲取的教训吗？

有道是“礼失求诸野”。由于流派剧目的独特韵味及其所富有的艺术魅力，由于京剧作为自娱自乐的审美取向已深入人心，更由于迷恋传统演唱艺术者的大有人在，京剧传统剧目——包括一些已经消失于舞台的流派剧目，至今仍在京剧爱好者中间传唱不息。我们不妨到公园里看一看那一圈圈围着的戏迷，他们来自四面八方，或许彼此并不相识，只凭一把胡琴就将大家凝聚在一起，有滋有味地互相欣赏着一段段流派唱腔。更不用说那遍布全国各地乃至国外华人聚居区的票房，他们还时不时地粉墨登场，过一把戏瘾呢！这种自拉自唱、自娱自乐的红火场面，充分显示了京剧流派剧目的深厚群众基础和顽强的生命力，对于相对落寞的京剧舞台不啻一种发人深省的挑战。然而，这又何尝不是对京剧振兴的潜在的呼唤和有力的支持呢！

流派剧目集成

正鉴于其强大的生命力和深厚的群众基础，“振兴京剧”作为文化建设的国策的提出可谓正得其时。而振兴之务，首要的是挖掘和继承优秀传统剧目，以之作为发展和创新的基础和借鉴。我们编纂《中国京剧流派剧目集成》的初衷正在于此：将流派剧目演出的精彩瞬间记录于永恒，将构成流派剧目的诸多元素一一记录在案。诸如每剧的剧情本事、创始人表演特点的提要，剧中人物行当归属、服装扮相，剧本曲文、唱腔谱、伴奏谱、锣鼓经，以及身段谱等得以再现流派表演风格的内容，都力图完整地记录整理出来，为流派艺术的教学和研究提供文字的基础资料。持此，内行自可作为表演的参考，京剧爱好者也可以作为演习的蓝本。

这一工作，对于京剧剧目的基本建设虽然可谓之善举，但具体做起来却困难多多。首当其冲的就是剧目的选定。京剧剧目虽称汗牛充栋，但保存下来的资料却十分有限。京剧形成初期，以“老生三杰”又称“前三鼎甲”的程长庚、余三胜、张二奎为代表的一代固然没有留下什么音像文字资料；即或以“老生新三杰”又称“后三鼎甲”的谭鑫培、孙菊仙、汪桂芬为代表的一代除了少量的唱片外也没有完整的剧目传下来，所以我们的剧目整理工作只能从民国初年以降的“四大须生”、“四大名旦”开始。他们受熏陶于前辈艺术家，可谓传统的集大成而又能创新的一代，整理剧目以他们为重点自然最合适不过。遗憾的是这些艺术大师大都已经作古，得到他们指点和首肯已不可能，为此，我们只能通过其亲传或再传弟子来进行流派剧目的整理工作。从中我们更深地体会到抢救要及时，当初未能抢救下来现在也不要嫌晚而不为，抢救一点是一点，否则能够保存下来的精华越来越少，越加难向历史向后人交代了。

更难的则是遴选整理者。剧目的全面整理需要全面的人才。我们在组织稿件的过程中却发现这样的人手颇不易得。如果流派创始人或其传人曾在戏校任教，且有较为完整的教案保存下来，今日稍加整理即可选用，自然不是难事。不过这样的情况并不多，大量的剧目尚需要对当年的演出本进行追忆记录，加工整理。曾经受业于流派创始人或其传人的京剧工作者虽然是整理演出本的合适人选，但是他们大都是单位的骨干，忙于演出，忙于剧务，或居于领导职位，很难分出身来。即或肯于应承下一两出戏，也常有如下的情况：能演不能说，能说不能写，能写又不能打谱。因此，完成一个剧目经常需由记录者、整理者和打谱人联袂而行，倘再加上剧目的传授者和提要的撰写人，则非四五人鼎力不可。《中国京剧流派剧目集成》收入二百多出戏，每出戏即使平均两三人参加，也要组织四五百人次。其繁难可以想见，其壮观亦可以想见。当然，这还仅就整理者的数量而言，更为难能可贵的还在于参与者的无私奉献。试想，跟演一出戏或教一出戏相比，以文字整理出一出戏，不仅费时而且费力，无疑是一桩一般人不肯为也不屑为的苦差事，而我们的整理者却能甘之如饴，乐此不疲，没有为京剧事业的传承而不计个人得失的宝贵情操，是难有这种积极性的。不仅如此，随着岁月流逝，整理流派剧日益困难，更需要求助一些老专家，他们或是资深艺员、教师，或是资深票友、戏迷，而今已是硕果仅存的京剧艺术的专家、流派历史的见证人。在他们身上洋溢着一种传承京剧流派的使命感，和对振兴京剧的期待。他们热情地参加到这项工作中来，或亲自动手，为我们整理剧目；或答惑解疑，给我们工作以指导。使我们在受教于他们的同时，油然而生一种深深的敬意。

克服了上述困难，《中国京剧流派剧目集成》终于呈现在读者面前。书中，除了囊括主要流派的主要代表剧目，试图反映京剧鼎盛时期的大致面貌而外，尚有可说道者。

首先是挖掘整理出一批流派剧目，其中不乏已近失传的流派艺术精品。其中共收流派五十余家、剧目二百多出，不仅是从装扮到曲谱俱全，而且半数以上不曾整理出版过，可算是京剧剧目建设的一个不小的工程。下列剧目可为佐证。如王（瑶卿）派名剧《南天门》（今能见到的只剩下王和老谭合拍的剧照）、余（叔岩）派名剧《太平桥》（据说是老谭给余说的开蒙戏）、马派名剧《白蟒台》（写王莽被俘后向旧臣一一乞命事，老生扮演反面人物堪称奇特）、麒派名剧《斩经堂》（其中吴汉的悲剧性格曾引起过热烈争论）、荀派名剧《鱼藻宫》（写吕后残害戚姬事，乃荀派悲剧剧目之一），以及汪（笑侬）派名剧《哭祖庙》、龚（云甫）派名剧《徐母骂曹》、徐（碧云）派名剧《绿珠坠楼》、裘（盛戎）派名剧《打銮驾》等，都是难得一见的流派剧目之珍品。而以“关外唐”名世的唐（韵笙）派名剧经其家人和传人的努力竟整理出其代表作《驱车战将》、《闹朝击犬》、《好鹤失政》、《绝龙岭》、《未央宫斩韩信》、《刀劈三关》等七出之多，堪称流派剧目建设的新收获。除此之外，《中国京剧流派剧目集成》还特别着力于武戏的挖掘整理。较之文戏，武戏更难整理，需要将演员在台上的动作招式一一准确地反映出来，没有深入的钻研领会、亲身体验，很难下笔。众所周知，杨小楼作为一代武生宗师，其“武戏文唱”乃武生的不二法门，也是令人神往的一种表演境界，在武戏剧目整理中理应得到体现。资深票友朱家溍先生得其真传，整理了杨派名剧《麒麟阁》，并详细记述了前后六次观剧的心得，惜乎不及将其用工尺谱记下的昆曲吹腔翻为简谱便溘然而逝了。另一出杨派名剧《镇潭州》则是根据京剧耆儒刘曾复先生的讲授整理出来的，其中杨再兴上场的“蝴蝶霸”、和岳飞对打的“枪架子”，皆独得杨派之秘，给人以再闻《广陵散》般的惊喜。此外，高盛麟的《长坂坡》、《走麦城》，王金璐的《落马湖》、《八蜡庙》也都走的杨派的路子，有的就是直接跟杨宗师学的。南派大武生盖叫天武功盖世，他的剧目身后却乏人整理，多亏移居上海的原中国戏校武功教师赵雅枫先生以耄耋之年勉力整出《一箭仇》，也算保存了盖派一脉。还值得一提的是收获了一批武丑戏。叶盛章当年是以武丑戏挂头牌演大轴的第一人，勇于创新，能戏甚伙，现将其创作的名剧《酒丐》、《祥梅寺》、《打瓜园》、《徐良出世》、《三盗九龙杯》、《铜网阵》等七出代表作一并推出，既再现了叶氏当年神勇，也为乏人承继的武丑行当提供一些演习之本。尤为可喜的是我们也挖掘整理出富连成科班总教习、文丑“萧派”创始人萧长华老先生的《选元戎》、《荡湖船》、《变羊记》等已近绝迹舞台的拿手剧目。凡此，整理者挖掘流派剧目的辛勤劳作成果，均为我们编纂“集成”增添了光彩。

为了方便读者翻检使用，本书采取四五出戏合编一册的形式，这样全书约有五十册之多，并拟分三批推出。第一批为老生行的余派，以及号称“南麒、北马、关外唐”的三派，和武丑行的叶（盛章）派，计五家八册。第二批则以旦行“梅、尚、程、荀”为代表，包括老旦、刀马旦等流派。第三批是老生、小生、武生、净、丑等其他流派。

预期一两年内出齐。倘若其中有重要疏漏，又得人整理，亦可考虑编辑出版“集外集”，以满足读者的需求，也使这部“集成”更为名副其实。

当然，《中国京剧流派剧目集成》的编纂，其目的只在提供流派剧目作为研究家和后学者的参考借鉴。而流派、流派，意重在“流”。所谓流，指流行和流变。流派艺术正是在流行、流变中最终形成的，即或在最终形成之后，也还是靠流行、流变而发展的，倘若泥古不化，抱残守缺，就会失掉其鲜活的生命力，艺苑奇葩也会枯萎，这已为京剧发展史所证明。不过，流派艺术发展也需要有个前提，那就是首先要掌握渗透在表演程式唱念做打、手眼身发步中的艺术个性，而流派剧目就是其艺术个性展现的载体。继承流派艺术，不能只满足于模拟外在的“体”，更要在剧目演练中去体味其艺术个性的“魂”，这样才能促使京剧流派艺术从剧目建设到表演个性都得到发扬光大。此乃传承流派剧目的题内之义，自毋庸赘言。

目录

余叔岩

汪笑侬

杜 鹏 整理

太平桥

余派剧目

五代时，晋王李克用与梁王朱温有宿怨。朱温闻李克用巡视河南，驻军驼龙岗，便假说“阅兵大会”及皇姑有病，请李赴宴探望。李克用军师周德威识破朱温奸计，劝克用勿往。克用不听劝阻，派大将史敬思率四十名军士一同前往。酒席宴前皇姑吐露真情，史敬思急中生智保李克用杀出重围，逃走，因四门紧闭，只有西门有一水闸多年干旱无水，史敬思力托水闸才得脱身。朱温派大将卞应随埋伏在太平桥上。史敬思保李克用至太平桥上遭遇伏兵，史带伤奋战，杀死卞应随，复挑梁将数员，终因寡不敌众，自刎疆场。克用败逃，幸遇李存孝押粮至此。朱温畏存孝之勇，追兵乃退。

《太平桥》一剧取材于《五代史·梁记》及《残唐五代史演义》。又名《上元驿》。是一出靠把老生必学必演的剧目。据说余叔岩拜谭鑫培之后，正式学的就有这出戏，可见此戏对老生演员的成长是何等重要。刘曾复先生在《京剧新序》中说：“京剧《太平桥》跟汉剧《太平桥》的内容和演法，可以说基本相同，是一出比较繁难的戏，没有坚实的基本功演不了此戏。谭传授余此戏，对余深入理解京剧老生的历史传统和高水平艺术要求，大有启示和裨益。余叔岩后来对此戏下过很大功夫，曾用此戏跟同时的一些老生演员来进行艺术上的竞比。”我们从余叔岩演出活动中可以看到，他在梅兰芳的喜群社中，为了与同班老生王凤卿的上演剧目不相重叠，经常上演的即是《太平桥》、《铁莲花》、《锤换带》、《葭萌关》等戏。

但是，这出在程长庚时代就颇受重视的《太平桥》近几十年已不见于舞台了。笔者有幸，在研究生班学习期间得到了余派专家王世续教授的亲传，将这出戏重新搬上了舞台。

从学演过程中，我体会到这出《太平桥》确有独到之处。老生的武戏很多，如《南阳关》、《战太平》、《定军山》、《阳平关》、《凤鸣关》等，而《太平桥》是一出“身份戏”、“工架戏”，唱、念、做、打，几种艺术表演手段俱全。通过“四功”来表现剧中人物史敬思的“忠、勇、刚、强”，演员循着这样一个脉络去体会人物的心理变化和性格特点，才能成功。如：史敬思在赴会前与军师的对唱，表达了他的忠勇气概和对可能发生战斗的必胜信念。所以这段〔西皮二六〕，就不同于一般老生戏中的〔二六〕，关键句用一些小生腔，像“我把那朱温当作了小娃”的“小娃”二字，“上阵全凭胯下马”的“上阵”二字，都很有特色。当然这出戏最讲究的还是“工架”：在赴会路上的“马上起霸”，酒席宴前与王刚见面时的“拔剑三笑”，在水门下“托闸下岔”，在太平桥上与卞应随的开打，特别是椅子上下腰、松枪、蹬椅边，摔硬僵尸（铁板桥），这一组身段，难度都很大，这些技巧都是为展现史敬思的忠勇而设计，演员没有扎实的基本功是无法完成的。

老师们常说：《太平桥》是一出高级开蒙戏。也就是说，老生演员有了这出戏的基础才能去搭班。我想老谭为什么要先给余叔岩说这出戏，道理就在于此吧。

应《集成》编委会之约，在王世续老师的帮助下，我整理这出《太平桥》，奉献给广大的京剧爱好者，希望得到专家、学者和同行的指正。在整理过程中，曾参考过吾群力主编的《余叔岩艺术评论集》和刘曾复先生的《京剧新序》。

杜　鹏

人物行当

史敬思	文武老生	李存孝	武生
李克用	净	卞应随	副净
朱　温	净	四红龙套	杂
王鸾英	旦	四绿龙套	杂
周德威	生	四军士	杂
王　刚	丑		

服装扮相

史敬思　俊扮。黑三、荷叶盔、甩发，扎白硬靠、白蟒、玉带、红靠绸，白绣花箭衣、黑大带，红彩裤，厚底。

李克用　勾红老脸。九龙冠、白满、白鬓发，红大龙开氅、红龙箭衣、杏黄马褂、三尖、黄条大带，红斗篷、风帽，红彩裤，厚底。

朱　温　勾绿碎脸。王帽、翎尾、红扎、红耳毛子，扎紫硬靠、绿蟒、玉带、红靠绸，红彩裤，厚底。

王鸾英　俊扮。梳大头、线尾子、水钻泡子、凤冠，女蟒、白绣花裙子、玉带，彩裤，彩鞋。

周德威　俊扮。纱帽、黑三、红蟒、玉带，红彩裤，厚底。

王　刚　丑扮。大板巾、黑吊搭，绿箭衣、大带、黑马褂，红彩裤，朝方。

李存孝　俊扮。老虎盔、小额子，白团花箭衣、白靠牌、蓝大带、虎皮甲，红彩裤，厚底。

卞应随　勾元宝脸。黑蓬头、双发鬏、小额子、黑一字髯，黑团花箭衣、黑马褂、苫肩、红大带，红彩裤，厚底。

四红龙套　俊扮。红大板巾，红龙套服，红彩裤，薄底。

四绿龙套　俊扮。绿大板巾，绿龙套服，黑彩裤，薄底。

四军士　俊扮。小板巾，白花兵衣、白花兵裤，薄底。

道　　具

马鞭	三根	桌子	三张
单枪	六杆	椅子	四把
单刀	四把	车旗	四套

弓箭	四把	酒壶	二把
宝剑	四把	酒杯	二个
双锏	一对	书信	一封
小锤	一把	石头座	一块
劈天槊	一把	文房四宝	一份

第 一 场

〔场上设一桌、一椅。**【撤锣】**唢呐奏曲牌＜水龙吟＞，四绿龙套从“上场门”上，站门。**【四击头】**朱温从“上场门”上，右手撩蟒，左手抓水袖，行至“九龙口”，亮相。**【大锣原场】**左手抖袖、提袖，双手整冠，捋髯，右手撩蟒，左手抓水袖，向前走至前台口。**【大锣归位】**左手抖袖，翻折水袖、遮面，身向右侧。

唢呐曲牌＜点绛唇＞

朱　温　サ 5 5 4 3 5 2 |（台 台）| 2 2 1 2 6 1 5 |（台令台）
雅 观 楼 上 打 赌 击 掌，

5 5 4 3 5 2 |（台 台）| 3 2 1 2 3 5 6 5 |（台令台）
抓 袍 带 怒 反 汴 梁，

6 5 6 i 5 |（崩 登 仓）| 2 2 1 6 1 5 ‖
操 演 兵 和 将。
（左手抖袖，翻折水袖）　（右手从胸窝向前指）

〔唢呐奏曲牌＜水龙吟·合头＞，左手抖袖、提袖，双手捋髯，左右看。左手抖袖、抓袖；右手撩蟒，右转身，向里走归“大座”。**【大锣归位】**

朱　温　（念诗）忆昔当年去投唐，（右手向前指）
雅观楼前摆战场；**【小锣二击】**（右手按掌）
我与存孝夺袍带，（右手赞美指指胸）
怒恼某家（右手托髯）（**空匡**）反汴梁。（左手翻折水袖成举袖式，右手向前指）

〔**【大锣归位】**四绿龙套归里成“八字站”。朱温左手抖袖、提袖、端袖。

朱　温　某——**【大锣一击】**（右手拉左手水袖成“报名袖式”，目视前方）梁王朱温。**【大锣住头】**（左手抖袖、提袖、端袖；双手扶玉带）昔年唐室为臣（右手按掌），可恨李家父子（右手向前指），每每欺压与我，为此反出汴梁，操演人马，以防不测（双手按压掌）。今有李克用兵扎驼龙岗（右手向前指），也曾命王刚打探存孝消息，未见到来。左右！

四绿龙套　有！（齐应）

朱　温　侍候了！

四绿龙套　啊！

〔王刚内白：“马来！”

〔**【大锣水底鱼】**王刚打马从“上场门”上，至右台口勒马。

（念）打探存孝事，

　　报于千岁知。

〔【冲头】王刚右手提马鞭作“拱手式”，下马、栓马。左转身至前台口，进帐。

王　刚　参见千岁！（躬身施礼）

朱　温　王刚回来了！

王　刚　回来了！（站“小边”）

朱　温　命你打探存孝之事，怎么样了？

王　刚　那李存孝不在营中。**【撕边大锣一击】**

朱　温　哪里去了？

王　刚　巡查湖北去了。

朱　温　怎么讲？

王　刚　巡查湖北去了！

朱　温　**【撕边大锣叫头】**（站起，双手掏翎子）（三笑）哈哈！（身向左侧身，目视左上方）哈哈！（身向右侧身，目视右上方）啊哈哈哈哈哈哈！（身向前方，目视前方，双手放翎子，抖袖、提袖）

〔西皮散板〕

【纽丝】サ（7 6 6 5 i 3 2 7 6 2 1）4 3 3 3
听说营中

3 1 2 3（6 1 2 3 -）5 3 1 2 2 3 1
无存孝，（仓）不由某家喜眉梢。
（右手赞美指指胸）

（7 6 2 1 -）1 3 3 2 2 1 2 2 -
（仓）人来与爷扯旗号，
（右手向前指）

【大锣一击】（左手撩蟒，下位向前走至台中）

王　刚　且慢！（急忙向前阻拦）

【大锣凤点头】（6 6 6 5 i 3 2 6 6 2 -）

1 3 2 1 1 2 3 5 2 1 - **【大锣住头】**
王刚还有计一条。
（右手向前指）

朱　温　为何阻拦！

王　刚　王刚有计献上！

朱　温　有何妙计？

王　刚　千岁！（拱手式）修书一封（右手做写字状），下到李家父子营中（右手向前指），请他父子赴阅兵大会。酒席宴前立下金钟一口，金钟一响（右手高举伸出食指），众将披挂整齐（右手左、右整袖）；金钟二响（右手高举伸出食、中二指），等待时机（右手按掌）；金钟三响（右手拇指、食指捏住，伸出其他三指），一齐杀出（双手向前指），哪怕他父子飞上天去。**【撕边大锣一击】**（双手成“单指式”，从胸前指向右上方）

朱　温　此计甚好！溶墨伺候！**【冲头】**（右手端袖，右转身向里走，归“大座”坐下）修书乎！

〔奏唢呐曲牌<急三枪>朱温右手拿笔修书，毕。

朱　温　王刚听令！（右手拿信，下位至台中）

王　刚　在！

朱　温　命你将书信下到李家父子营中（右手将信交于王刚），不得有误！

王　刚　遵命！（躬身施礼，双手接信）

朱　温　（念）我今吩咐你，（右手指王刚）

王　刚　（念）怎敢误延迟。（躬身施礼）

〔**【大锣原场】**朱温左转身，做“甩髯”，右手撩蟒，左手“单山膀式”，从“下场门”下。四绿龙套按顺序两边下。王刚出门至右台口，解马绳、拉马，从“上场门”下。

第　二　场

〔场上设一桌、三椅（一内座、两个跨椅）**【撤锣】【一锤锣】**四红龙套从“上场门”上，“站门”。周德威、李克用、史敬思三人“搭轿”从“上场门”上，缓步走至“九龙口”，停住，三人同时整冠、理髯、抖袖、提袖、端玉带，亮相。继续前行至前台口。**【大锣归位】**三人站成“横一字”，理髯、抖袖、提袖、端带。

李克用　（念）旌旗遮日月，（右手向前指）

周德威
史敬思　（念）龙虎扶乾坤。（二人向前做拱手式）

〔**【大锣归位】**李克用左转身，归里坐“小座”。周德威右转身，史敬思左转身，二人相互拱手让座，二人“合扇”，向里走至“小座”前。

参见父王！（二人躬身拱手式）

李克用　罢了！我儿一旁坐下。（双手摊掌）

周德威
史敬思　谢坐！

〔**【大锣住头】**二人做拱手式，周德威至“大边”，坐“左跨椅”；史敬思至“小边”，坐“右跨椅”。

李克用　皇儿！你我父子在此扎营数日，为何不见朱温前来问安？

史敬思　他乃叛逆之臣（右手向前指），提他做甚！（右手按掌）

周德威　启父王！我想朱温必然差人前来问安(右手向前指)，但此人心怀不测，不得不防。

李克用　好！伺候了！

〔王刚内白："马来！"【小锣水底鱼】王刚从"上场门"上，打马至右台口，勒马。

王　刚　奉了千岁命，前来下书文。来此已是。（下马、栓马，左转身，向"前台口"上步）门上哪位在？

红龙套甲　做什么的？（出门）

王　刚　烦劳通禀，下书人求见！（施礼）

红龙套甲　候着！启千岁，下书人求见。

李克用　传！

红龙套甲　是。（出门）里面传，小心了！【小锣一击】（右手指王刚。进门，归原位）

王　刚　是！【小锣一击】（左转身，进门）下书人叩见千岁！（躬身施礼）

李克用　罢了！（右手摊掌。王刚站"大边"）奉何人所差？

王　刚　朱千岁所差。书信呈上。（上步，双手呈书信。退回，站"大边"）

李克用　朱温有书信到来，（左手拿信）待孤拆封一观。

〔奏唢呐曲牌<急三枪>李克用拆信观看，右手捋髯，看毕，点头，将信放桌上。

李克用　回复你家千岁，修书不及，照书行事。

王　刚　是。【大锣冲头】（躬身施礼，书门，走至右台口，解马绳、拉马，从"上场门"下）

周德威
史敬思　啊父王！（二人做拱手式）朱温书信上面写的什么言语？（右手向前指）

李克用　因你皇姑染病在床，特来通报，并请孤王（右手托髯）赴阅兵大会。

周德威　父王！这哪里是阅兵大会，分明是摆下杀人战场。（左手握拳，右手做砍掌式）父王！不可前去！（右手摆动）

李克用　这……【大锣一击】（双手摊掌）

史敬思　【撕边大锣叫头】（站起，右手招手式，左手端玉带）军师！（做拱手式）

【大锣五击】

说什么杀人战场，眼前无有（右手摆手）父王将令（做拱手式），若有父王将令（做拱手式），俺史敬思不才，愿领四十名长枪手，（右手伸出四指）保定父王(做拱手式）汴梁赴会。【大锣一击】（左手成提甲式，右手从胸窝向前指）

周德威　【撕边大锣一击】（向前上步，右手捋髯，左手端玉带）你保得去？（右手指史）

史敬思　保得去！（向前上步，右手握拳，左手扶玉带）

周德威　保得归？（右手按掌）

史敬思　保得归！【大锣一击】（又向前上步，右手握拳掸动一下）

周德威　只怕你，【大锣一击】（用藐视眼光看史敬思，右手指之）不能……（右手摆手，顺势右手作"指挑耳髯"，退回"右跨座"，坐下）

〔（八 0　大 0　仓 0）【撕边大锣一击】史敬思用愤怒眼光看周德威，右手指周。双手撩蟒颤抖、抖盔、抖髯，撤步，归"左跨座"，坐下。右手放腰部，左手扶玉带。

李克用　皇儿啊！（急忙搭言阻拦，左手按掌）

太平桥

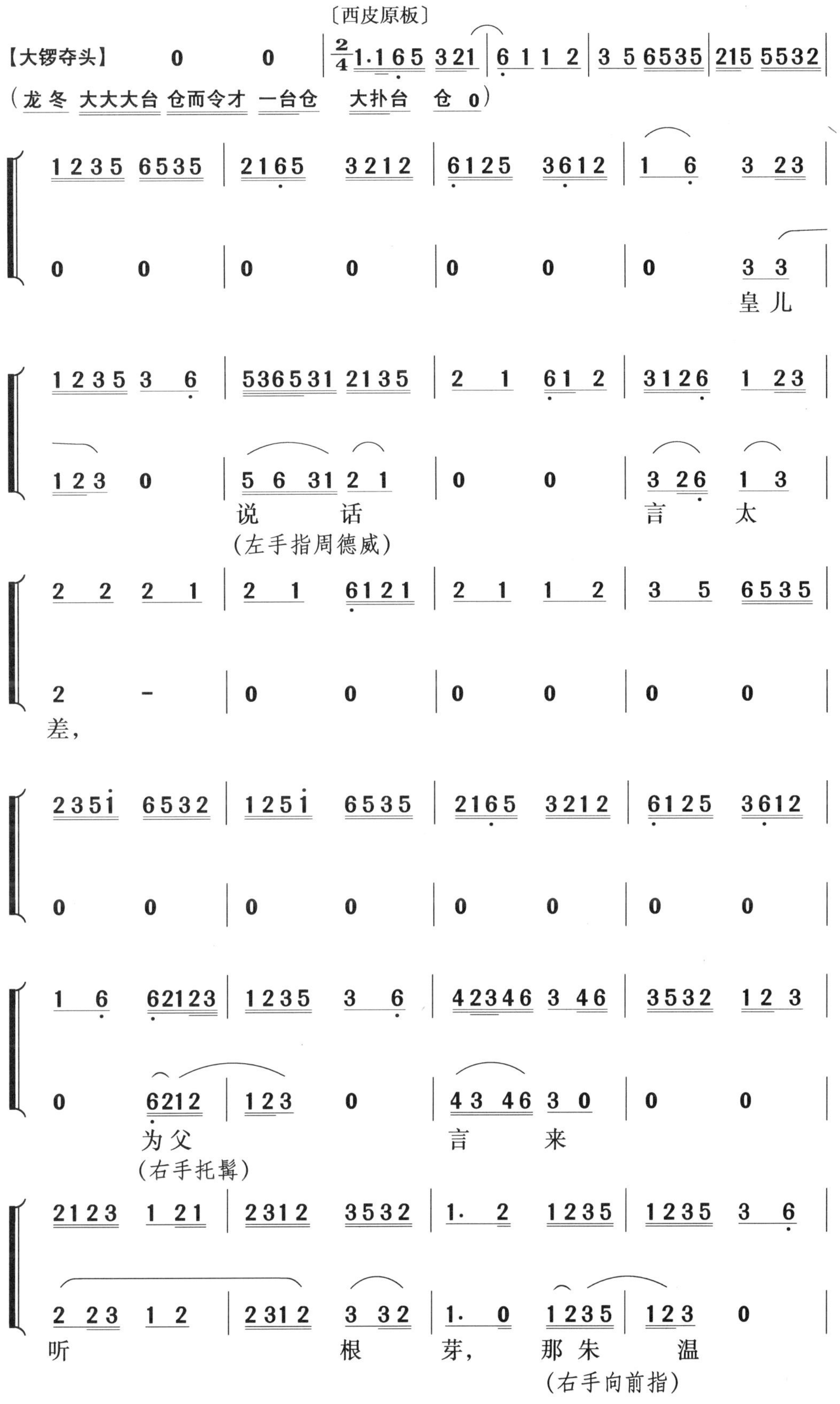
〔西皮原板〕
【大锣夺头】
（龙冬 大大大台 仓而令才 一台仓 大扑台 仓 0）
皇儿
说 话
（左手指周德威）
言 太
差，
为父
言 来
（右手托髯）
听 根 芽， 那朱 温
（右手向前指）

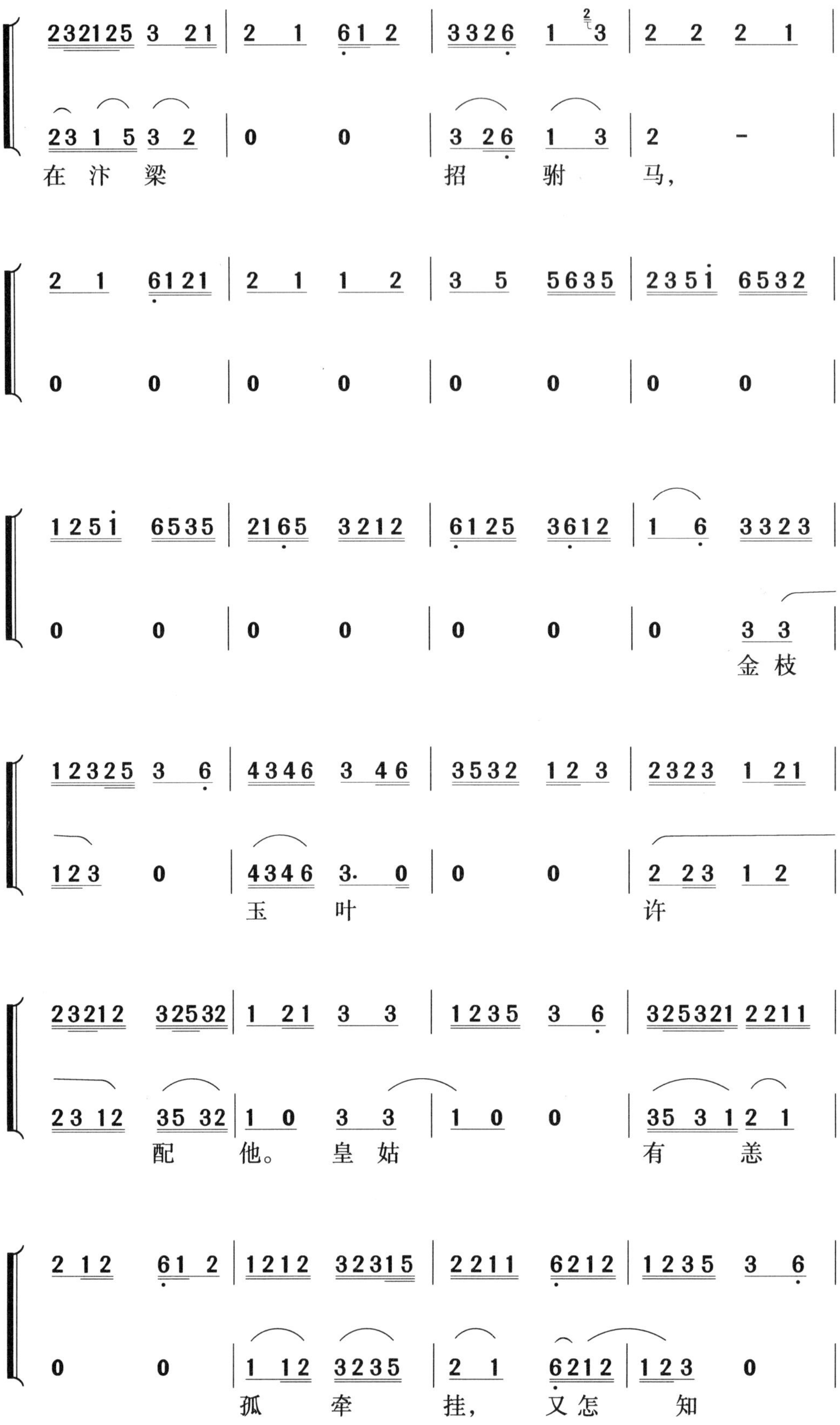
在汴梁 招驸马，
金枝
玉叶 许
配他。皇姑 有恙
孤牵挂，又怎 知

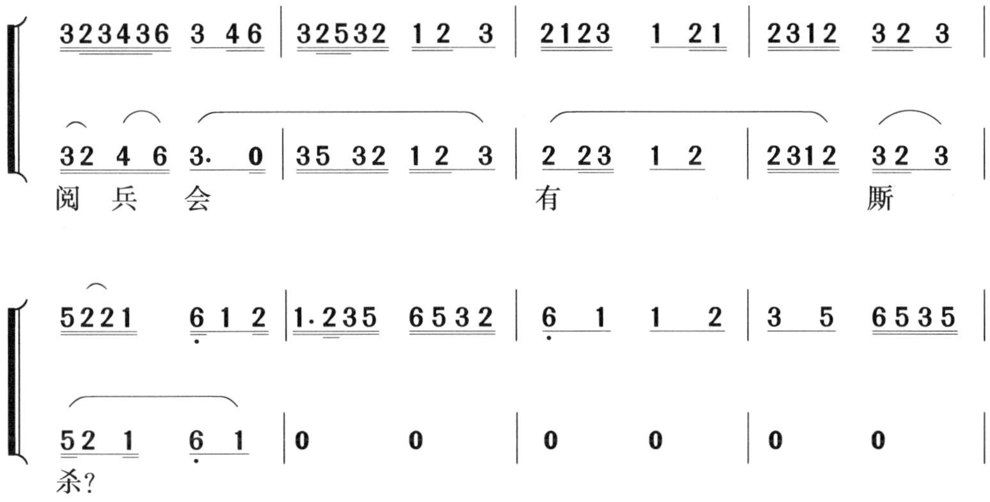

周德威 父王！

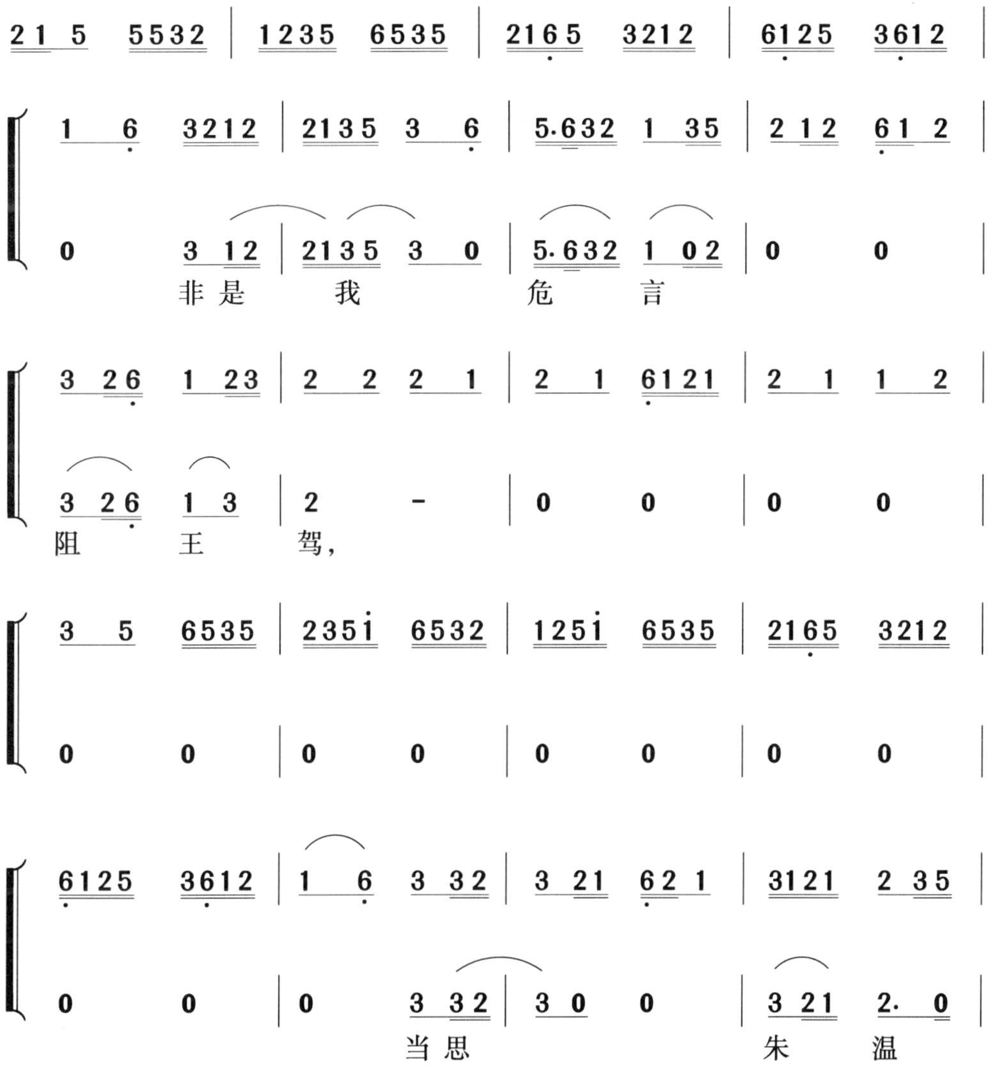

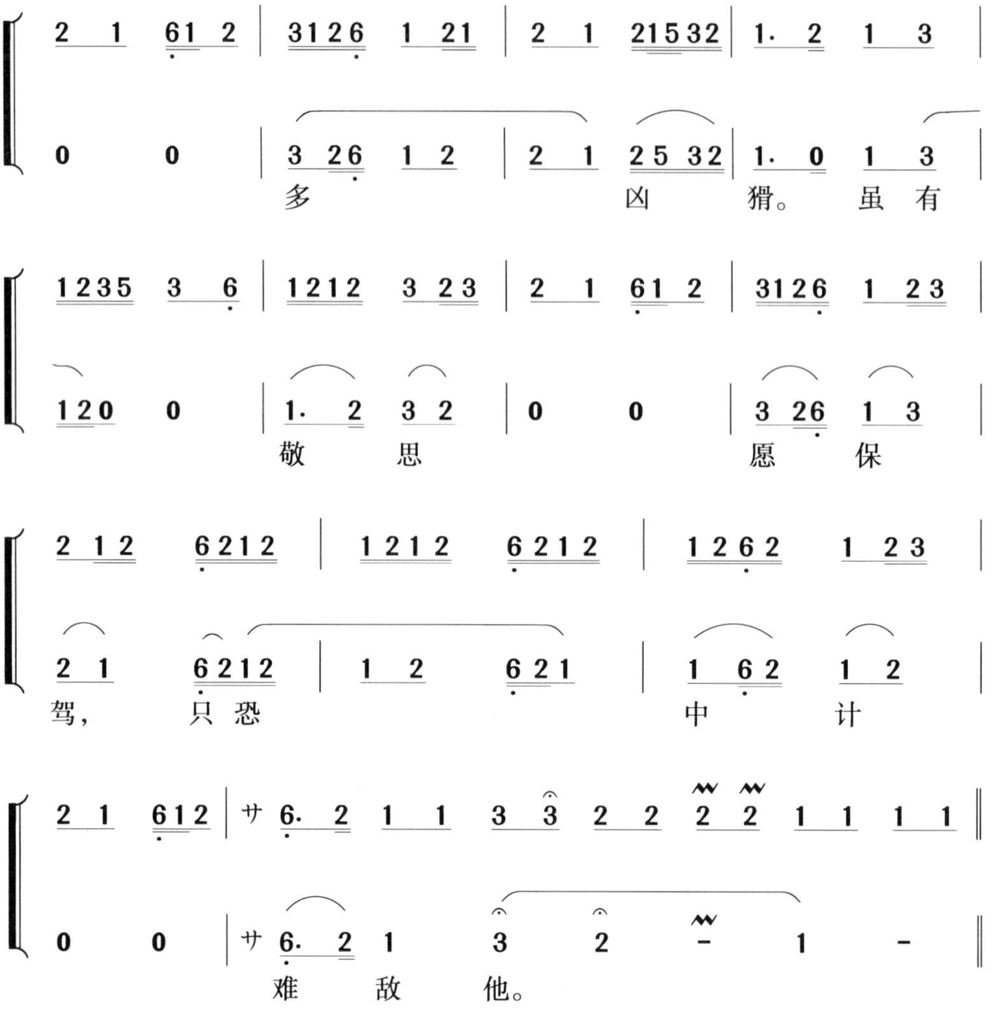

（双手摊掌）

史敬思 【大锣一击】（站起）噢！（皱眉，向前上步，左手抖袖、提袖，右手端玉带）

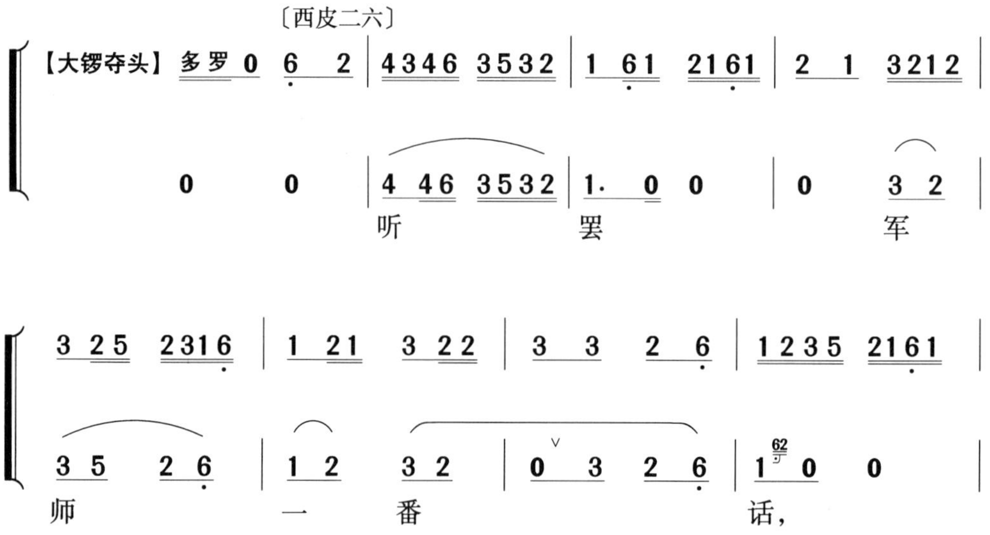

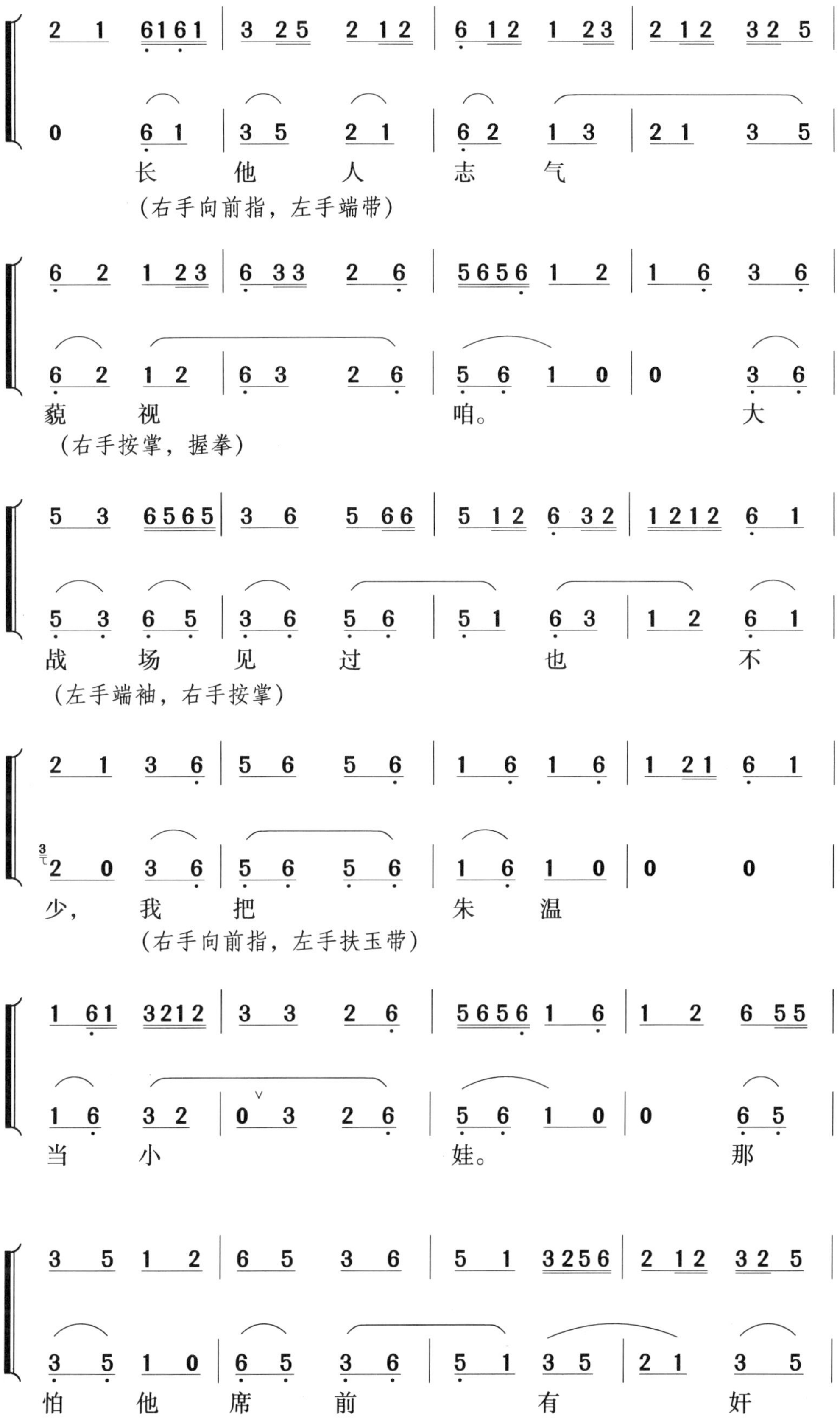
长 他 人 志 气
（右手向前指，左手端带）
藐 视 咱。大
（右手按掌，握拳）
战 场 见 过 也 不
（左手端袖，右手按掌）
少，我 把 朱 温
（右手向前指，左手扶玉带）
当 小 娃。那
怕 他 席 前 有 奸

李克用 周德威听令！【大锣一击】

周德威 在！

李克用 命你看守大营，不得有误！

周德威　得令！（拱手式）

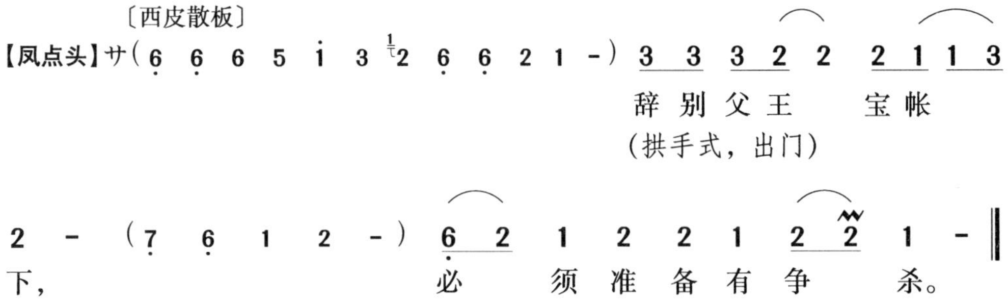

〔【大锣冲头】周德威右手向前指，从“下场门”下。

史敬思　请父王更衣。【大锣原场】（向李克用作拱手式，顺势右手摊掌）

〔李克用向史招手，左转身，从“下场门”下。史敬思右手撩蟒，左手端带跟下更衣。四红龙套“合龙口”，在前台口站“横一字”，背向前台。更衣后，李、史二人从“下场门”复上，归原位。四龙套归里站“八字形”。

李克用　众将官！【大锣一击】（右手按掌）

四红龙套　有！

李克用　兵进汴梁。（右手向前指）

四红龙套　啊！

〔唢呐奏曲牌<朱奴儿>，二龙套带马，李、史上马。四龙套领起，按顺序从“下场门”下。【一锤锣】李在前，史在后，二人打马从“下场门”下。

第　三　场

〔场上设一桌、一椅。【一锤锣】四绿龙套从“上场门”上，站门。朱温右手撩蟒，左手端带，从“上场门”上，走至前台口，左手抖袖、提袖、端袖。

朱　温　（念）满江撒下青丝网，（右手按掌）

哪怕鱼儿不上钩。（左转身，归里坐“小座”，左手端带，右手捋髯。四龙套归里站“八字”）

〔【冲头】王刚从“上场门”上，走至前台口左转身，进门。

王　刚　启禀千岁：李家父子诓到。

朱　温　好！摆队相迎！

〔唢呐奏曲牌<柳摇金>【一锤锣】四绿龙套成“骨牌对”，按顺序从“上场门”下。王刚走至左台口，右转身从“上场门”下。朱温左手抖袖、提袖，右手撩蟒，【一锤锣】走至左台口，右转身，从“上场门”下。

第　四　场

〔唢呐奏曲牌<柳摇金>【急急风】【四击头】史敬思从“上场门”上至“九龙

口”，右手提马鞭同时举单枪，成举枪式，左手反手握宝剑，站左丁字步，亮相，目视前方，左右望。上右腿，抬左腿，右手将枪自右向左从面前划过，再成举枪式。向左台口快步走半圆场，边走右手将枪杆在身前放平，行至左右口停住，左手搂髯，亮相，目视远方，左右望。右手拿枪镈处掏右腿，向后落右腿，上左腿，右转身三百六十度。同时，右手将枪交于左手胸前横端枪。右手高举马鞭打马，向右走半圆场至“九龙口”。左转身，面向左台口亮相，远望。右手“打马式”，左手横端枪杆中间，走圆场至“下场门”。面向后台，右手勒马成“停马式”，向后台左右望。右转半身，右手向前台口出马鞭，**【四击头】**左转身三百六十度。左手拿枪杆，右手拿马鞭，要“单枪迎面花”，右手成提马鞭式，反腕抓枪镈处，将枪杆竖立于身左侧，左手拿枪杆中间，成侧立枪式。左腿向前弓，右腿向后绷，成左弓箭步式，面向前在台中亮相。右手出马鞭，右转身的同时，左手拿枪与右手的马鞭要“迎面花”。左手成枪护腰式，右手成打马式，从台中向左快步走圆场至左台口。左手成提枪式，右转身面向“上场门”，瞭望李克用。左手拿枪成拱手式，右手拿马鞭做停马式，恭迎李克用。

史敬思 请父王！

〔四红龙套从“上场门”上，站“一条鞭”。李克用右手高举马鞭，打马，左手扶宝剑，从“上场门”上，行至台中，见史敬思点头示意。李克用打马从“下场门”下，四红龙套跟下。

〔**【急急风】**史敬思右转身，左手成斜端枪，枪头向左上方，右手打马，从左台口走圆场至“下场门”，面向“下场门”做停马式。**【冲头】**抬右腿，右转身三百六十度的同时，枪杆与马鞭要“迎面花”，面向“下场门”，左腿前，右腿后，成弓箭步，面向左台口。左手斜端枪，右手举马鞭，打马三下（**八大仓、八大仓、八大仓**）**【四击头】**跨右腿，踢左腿，马鞭打左靴底，左转身三百六十度，至台中成左弓箭步，面向前，右手将马鞭绕手指成反攥马鞭式，左手成斜举枪亮相。起身，**【撕边】**（**八大空匡**）右手松开马鞭，走至右台口，左转身，左手把枪顺平于右肋间，右手高举马鞭，抬左腿，**【急急风】**成“商羊腿前招式”，亮相。打马从“下场门”急下。

第五场

〔唢呐奏曲牌<**柳摇金**>，四绿龙套从“下场门”上，“斜胡同”。朱温右手撩蟒，左手抓袖，从“下场门”上，走至左台口，左手抖袖、提袖，右手端带，右转身，看“上场门”。**【撕边大锣一击】**

〔唢呐奏曲牌<**柳摇金**>，四红龙套从“上场门”上，站“一条鞭”。李克用打马从“上场门”上，走至右台口做停马式，左转身，看见朱温来迎，右转身下马。迎上前去。

朱　温 皇兄！

李克用 驸马！

李克用
朱　温　啊哈哈哈哈哈哈！【撕边大锣一击】

朱　温　皇兄请！

李克用　驸马请！

〔【一锤锣】二人挽手，向“下场门”同下。按顺序四红龙套“骨牌对”，从“下场门”先下；四绿龙套“骨牌对”，从“下场门”后下。

〔【急急风】【四击头】史敬思右手拿枪成举枪式，左手成提甲式，从“上场门”上。走至“九龙口”，右手将枪杆从面前右上方至左下划一圈，再成举枪式，左手成“单山膀”式，面向左台口，站左丁字步亮相。抬左腿，快步反走半圆场至左台口，左腿站立，抬右腿，右手握枪镦处，顺势高举过头平放，成托枪式；左手成托天掌式，面向右前方，远望亮相。右转身，走半圆场至台中，向左台口出枪，面向右台口耍“提枪花”，同时左转身三百六十度。右手拿枪杆，从身右侧出枪头，上右腿，左转身，面向左台口。右手将枪在身前划半圈，枪头向下戳地，再踢起来，将枪头平向右前方，【四击头】做颠枪式，右手抓住枪头处，面向左前方，向右做三个三百六十度的“跨步翻身”。在后一个翻身的同时，右手将枪杆交于左手。左腿上半步，右腿上一步，左腿再上一步，至前台口，“踩泥”。左手拿枪头处成举枪式，右手从面前划过，至胸前按掌。右转身，从“下场门”下。

第　六　场

〔唢呐奏曲牌<柳摇金>史敬思从“上场门”上，左手反手握宝剑，右手“托靠肚”，走至“九龙口”，右转身，瞭望“上场门”，“撤步”。左转身，向前走至右台口，望前方。向左横走至前台口，面向前。王刚从“下场门”上，左手反手握宝剑，右手按掌式，走至“大边”后，左转身，向“下场门”看，撤步。右转身，向前走至左台口，向右横走至前台口。与史敬思二人碰肩，二人同惊。【撕边大锣一击】史、王二人“大推磨”，相互横眉冷对，史敬思站“大边”，王刚站“小边”。【四击头】史敬思左手握宝剑鞘置于腹中部，左手食指按住剑柄，由外向里甩剑穗；右手“单山膀式”（即“通条”）。面向王刚，跨右腿，踢左腿，右转身三百六十度，向“左台口”走蹉步，至左台口。右手胸前按掌，左手反手握宝剑，怒视王刚，亮相。右手再做按掌，左手扶剑，抬右腿，右转身，从“下场门”下。【撕边大锣一击】王刚跟史敬思走至台中，左手向“下场门”指史敬思，【撕边大锣一击】右手做砍掌式，【八仓、吊钹】右手摸项，惊怕。左转身，从“下场门”跟下。

第　七　场

〔场设二桌、二椅。唢呐奏曲牌<柳摇金>，红、绿龙套“夹饽饽”、“挖门”从“上场门”上。红龙套站“大边”，绿龙套站“小边”。王刚跟上，站“大边”。朱温，从“上场门”上，走至左台口，右转身，面向“上场门”。李克用、史敬思从“上场门”上，走至右台口。李克用左转身见朱温，二人同上步，同拱手，同摊掌，互让进门。李克用先进门，走至“大边”坐“左跨椅”，史敬思跟进站“大边”。朱温后进门，走至“小边”坐“右跨椅”，王刚跟进站“小边”。至此曲牌<柳摇金>停。

朱　温　兄王驾到，未曾远迎，当面恕罪！（拱手式）

李克用　岂敢！孤王来的鲁莽，驸马海涵！（拱手式）

朱　温　岂敢！

李克用　皇姑病体如何？（右手摊掌）

朱　温　病体好转，（右手按掌）正在安寝。（右手向前指）少时相见，备得有酒，宴罢同赴阅兵大会。

李克用　到此就要叨扰。

朱　温　酒宴摆下。

〔唢呐奏曲牌<柳摇金>，朱温、李克用站起，同向前台口上步，整冠、理髯、抖袖、提袖。二人“合扇”，转身归里入“八字桌”。李克用坐“大边”斜桌内座；朱温坐“小边”斜桌内座。史敬思、王刚跟随向前上步，史敬思右转身，站“大边”李克用桌旁。王刚左转身，站“小边”朱温桌旁。曲牌<柳摇金>止。

朱　温　来！

王　刚　有！（施礼）

朱　温　问问千岁带来多少人马？

王　刚　遵令！来人的！（向台中上步，右手指红龙套甲）

红龙套甲　有！（向前上步）

王　刚　你家千岁带来多少人马？（右手向前指）

红龙套甲　四十名长枪手。

王　刚　候着。（右手指红龙套甲）启千岁，四十名长枪手。

朱　温　赏他们酒饭，廊下去饮。（右手向前指）

王　刚　千岁赏你们酒饭，廊下去饮。（右手指红龙套甲，退回“小边”）

红龙套甲　谢千岁赏小人酒饭。（向史施礼）

史敬思　须要小心！

【大锣住头】

红龙套甲　是！

〔四红龙套按顺序，从“下场门”下。四绿龙套从“上场门”下。

朱　温　来！

王　刚　有。（施礼）

朱　温　上宴！

王　刚　是。（施礼）上宴！（从“上场门”下，拿锤从“上场门”复上，站“小边”）

〔**【快冲头】**史敬思双手“反云手”成顺风旗式，快步反走举圆场至“小边”，左右望“上场门”。**【快冲头单搜场】**左转身，双手“反云手”成“顺风旗”式，快步走半圆场至“大边”，左右望“下场门”。**【快冲头单搜场】**左转身，快步至台中，向前上步。**【大锣叫头】**

史敬思　哈哈！（身向左侧身，成左顺风旗式）哈哈！（身向右侧身，成右顺风旗式）啊哈哈哈哈哈哈！（面向前方，双手成招手式。【四击头】面向左侧，双手“反云手”，向“下场门”跨右腿，踢左腿，蹉步。左转身，面向右台口，双手成提甲式，顺势左手搂髯，（八大空匡）抬右手胸前按掌，目视朱温，“亮相”）

朱　温　皇兄请！（举杯劝酒）

李克用　驸马请！

〔唢呐奏曲牌<园林好>，朱、李举杯劝酒，二人各饮下。

〔王刚向前上步，右手拿锤，向右上方击钟一响，“当”或“咣”【大锣一击】史敬思吃惊，举右手成托天掌，眼看右上方，（八）左手指夹捋耳髯，眼看左前方，（大）右手从胸前用力向外指，目光怒视前方，顺势双手摊掌（仓）。右手托靠肚，左手反手握剑，快步至台中。

〔西皮散板〕

史敬思　【快纽丝】サ（7 6 6 5 i 3 2 1 7 2 1）3 3 3 3 3
忽 听 金 钟 一
（右手高举伸出一食指）

1 2 3（6 1 2 3 -）6 2 1 3 2 1 6 5 6
下 响，（仓）饮 宴 击 钟 为 哪
（双手按掌）

1（7 6 2 1）1 2 1 2 1 2 2 1 3 2 -
桩？（仓）回 头 便 对 父王 讲，
（左转身至李克用桌旁）

父王！（拱手）

〔【大锣凤点头】史敬思拉李克用下位，走至台中，李站台中，史站“大边”。

史敬思　（过门同前）3 2 2 1 1 2 6 7 6 5. 6 1 - ‖
酒 席 宴 前 要 提 防。
（右手按掌）

李克用　皇儿呀！

〔西皮散板〕

【大锣凤点头】（过门同前）3 3 3 3 3 1 2 3 3（6 1 2 3 -）
皇 儿 且 把 宽 心 放，（仓）
（左手按掌）

6 2 1 3 2 1 6 5 1 2 1（7 6 2 1）1 2
为 父 言 来 听 端 详。（仓）汴 梁
（右手抚髯）（右手

1 2 1　2　2 1 3　2（7 6 1 2）3　3　1　2　3　2 1　1 ‖
纵　有　千员　将，　（仓）有 你 保 驾 料 无　防。
向前指）

朱　温　千岁！【大锣凤点头】（下位至“小边”，双手做拱请式）

（过门同前）3 3　3 3　3　1 2　3（6 1 2 3 -）3 1
千 岁 说 话 有 志　量，　本 宫
（拱手式，左手伸出赞美指）

3 2　3　1 2　1（7 6 2 1）2 2　1 2　3 2　3　2
言 来 听 端　详。　千 岁 好 比 刘　先 主，
（顺势按掌）　（双手拱请式，右手向前指）

（7 6 6 5 i 3 2 1 7 2 1）3 3　2 1　1　2　3　2 1　1 - ‖
太 保 亚　赛　关 二　王。
（右手伸出赞美指）

李克用　啊哈哈哈哈哈哈！【大锣凤点头】（双手成招手式）

（过门同前）3 3　3 3　3 1　2　3（6 1 2 3 -）6 2　1
驸 马 说 话 孤　心 爽，　喜　煞
（双手拱请式，右手抚胸）

2 2　3　1 2　1（7 6 2 1）2　1 2　3　2　3　2　2 -
沙 陀 老 大　王。　人 来　将 酒 忙 斟 上，
（右手向前指）

〔【纽丝】李克用右转身，归“大边”斜桌内座；朱温左转身，归“小边”斜桌内座，史敬思站“大边”桌旁，拉李克用暗示少饮，李不听劝，举杯饮下。史敬思着急。

李克用　（6 6 6 5 i 3 2 6 6 2 1 -）3 3　1 2　3　2 1　1
多 吃 几 杯 又 何　妨。
（右手摊掌）

（7 6 2 1）2　1 2　3 2　3　3 21　1　3 2　3　2 -
吃 一 个 百　杯 不　醉 刘　伶 样，
（右手伸出赞美指）

（白）酒来！（右手按掌）

【大锣凤点头】（6 6 6 5 i 3 2 6 6 2 1）3　2 3
学 一 个
（右手向前指，

2. 5 3 3 12 | 2 3 | 2 1 | 1 2 – 1 – ‖
太 白 斗 酒 诗 成 行。

举杯饮下，醉介）

［王刚上步，右手撞钟两响“当当”，退原位。

［史敬思大惊，右手托靠肚，左手反手握剑，快步走至台中。

史敬思 啊！（右手高举成“推掌式”）

〔西皮快板〕

【三锣凤点头】1/4 1 2 | 3 | 0 3 | 2 1 | 6 2 | 1 | 2 |
又 听 金 钟 二 下 响，
（右手高抬伸出食指、中指，左手扶剑）

0 3 | 2 3 | 1 | 2 | 3 | 1 2 | 1 | 0 3 |
分 明 暗 中 有 埋 藏。 父
（右手按掌掸动二下） （双手

2 1 | 6 2 | 1 | 1 2 | 3 | 2 | 0 | 4 |
王 畅 饮 未 多 想， 当
拱请式） （右手掌摆动）

4 | 3 | 3. 2 | 1 | 2 | 3 | 1 2 | 1 |
机 立 断 莫 彷 徨。
（右手按掌，掸动二下）

0 3 | 2 1 | 6 2 | 1 | 6 7 | 6 1 | 2 |
回 头 再 对 父 王 讲，
（左转身走至李克用桌旁）

（白）父王！（拱手式）

〔西皮散板〕

【大锣凤点头】サ 6 2 1 1 1 2 0 1 2 1 – 【大锣住头】‖
请 出 皇 姑 问 安 康。
（拱手式，顺势双手摊掌）

李克用 不是皇儿提起，我倒忘怀了。（右手抚胸）

〔西皮散板〕

【大锣凤点头】サ（7 6 6 5 i 3 2 1 7 2 1 –）3 5 3 3
转 面 我 对
（双手拱请式）

3 3 2 5 3 - （6̣ 1 2 3 -） 3 3 1 32 3 1 2 1 - ‖
驸 马 讲， 请 出 皇 姑 问 安 康。
（右手摊掌）

朱　温　有请皇姑！（视王刚）

王　刚　有请皇姑！

〔【纽丝】王鸾英从“上场门”上，右手端袖，左手扶玉带，走至右台口，右手抖袖提袖。

〔西皮散板〕

王鸾英　サ（7̣ 6̣ 6̣ 5 i̇ 3 2 1 7̣ 2 1 -） i̇ i̇
耳 听
（右手向

3. 6 5 7 6 3 5 6 （5 3 5 6 -） 3 6
驸 马 将 我 唤，（仓） 急
左指，左手扶玉带）

5 5 3 5 6 5 6 5 3 5 - 【大锣住头】‖
忙 上 前 问 根 源。

驸马何事？（拱手式，右手摊掌，站“小边”）

朱　温　你兄王到了，向前见过。（右手向右指李克用）

王鸾英　兄王万福！（向前上步，右手外翻水袖，施礼）

李克用　御妹。（李下位，右手摊掌）皇儿，见过你皇姑。（左手按掌）

史敬思　参见皇姑！（拱手式）

王鸾英　罢了。【大锣住头】

你父子到此何事？（右手摊掌）

李克用　驸马约请赴阅兵大会。（右手向前指）

王鸾英　兄王啊！（双手翻折水袖做拱手式，【大锣五击】双手抖袖、提袖，向前上步。李克用、史敬思跟随上步）哪里是阅兵大会，（右手摆手）分明是摆下杀人战场。（左手端袖，右手做砍掌式）你父子快快逃命去吧！（右手向前指，眼神示意李、史快走。被朱温、王刚听见，朱大怒）

李克用　啊！（双手摊掌）

〔【大锣一击】朱温急下位，到台前打公主耳光。【乱锤】公主托腮，王刚拔出宝剑向前欲杀公主。史敬思急忙抢上前去，右手拔出宝剑，将王刚杀死。李克用护公主转身向后至“大座”处。史敬思右转身，左手抓住朱温玉带，右手握宝剑，架在朱温项处。四人“大推磨”：史敬思抓朱温从台中右侧，向左转；李克用与公主，从“大座”向右转。当史抓朱转至台中左侧时，李与公主转至台中右侧，乘机出门，公主在前，克用在后，从“下场门”急下。史敬思拉朱温出门，四绿龙套拿枪杆从“上场门”上，站“一条鞭”。

〖【快冲头】史敬思向右台口推开朱温，右转身，从前台口至“大边”。右转身向台中上步，面向右台口。

史敬思　【大锣叫头】哈哈！（向右侧身，右手成剑护腰式，左手招手式）哈哈！（身向左侧身，左手“托靠肚式”）啊哈哈哈哈哈哈！（左手成“单山膀式”<左通条>）【四击头】（向右转身，右手拿宝剑，成“单顺剑式”，左手“单山膀式”，抬左腿成“金鸡独立式”，面向“下场门”亮相。从“下场门”急下）

〖【大锣冲头】四绿龙套“挖门”，朱温提蟒，跟史敬思至“下场门”，左右张望。右转身，至台中，左手翻折水袖，右手撩蟒，面向前方。【大锣叫头】

朱　温　且住！【大锣五击】贱人走漏消息，（右手向前指）哪里容得！【大锣一击】（右手握拳）来！（视左右）

四绿龙套　有！（齐应）

朱　温　打道后宫！（右手向前指）

〖【急急风】四绿龙套领起，从“下场门”下。朱温右手撩蟒，左手抓袖，右转身至右台口。双手撩蟒，左转身，从“下场门”跟下。

第八场

〖【快冲头】王鸾英从“上场门”急上，双手端带，行至“九龙口”，回头看“上场门”。左转身，双手抖袖、提袖、端玉带，至前台口进门、关门。【大锣叫头】

王鸾英　且住！（单手翻折水袖）【大锣五击】适才泄漏消息，（右手向前指）那贼（右手指前下方）岂能与我甘休。（右手抚胸）【大锣一击】也罢！（右手抬高“单折托袖”）【大锣五击】不免拜别父王养育之恩（双手拱请式），寻个自尽了吧！（双手抖袖、提袖、拭泪）

〔西皮散板〕

【纽丝】（过门同前）サ　1̇　1̇　3. 6　5　7 6　3 5　6（6. 5
远　望　唐　营　忙　跪　定，
（右手扶鬓远望）　（台前双跪）

3　3 5　6 -）3. 6　5　5 6　6 5　3　5（2 3 6 5）
（仓）　拜　谢　父　王　养　育　恩。　（仓）
（双手拱手式，叩头拜）

（起身，右转身至桌旁，从桌上拿宝剑，左转身，向台中上步）

3. 6　5　7 7　5 6（5　3 5　6）6 5　5 3　5 - 6 - ‖
一　把　宝　剑　项　上　刎。

【大锣扫头】（右手端剑，视剑、摇头、抽泣，跺右脚，右转身，右手握剑成“自刎式”，坐“小座”死）

〖【急急风】四绿龙套从“上场门”上，“一条鞭”。朱温左手提甲式，右手“单山膀式”，从“上场门”快步急上，走至前台口。左转身，踹门，四绿龙套“挖门”进。朱温双手提甲式进门，走至台中，见王鸾英已死。

朱　温　啊！**【快纽丝】**（取下公主手中剑，左转身，向前上步）

〔西皮散板〕

（过门同前）3 3 1 2 3 1 2 3 －（6 1 2 3 －）1 2
一见贱人心头恼，（仓）泄漏

1 2 3 1 2 1（7 6 2 1 －）5 3 3 2 2 1 3 2 －‖
机关为哪条？（仓）宝剑一举头割掉。

【大锣扫头】（左转身，右手举宝剑向王鸾英砍去，将头割下，宝剑放桌上。左手提甲式，左转身，向前上步）**【大锣叫头】**且住！**【大锣五击】**量他父子走的不远，（右手向前指）众将官！**【大锣一击】**（右手成“单山膀式”，左手托靠肚，视左右）

四绿龙套　有！

朱　温　带马绕城追赶！

四绿龙套　啊！

〔**【急急风】**绿龙套甲至前台口带马，顺势领起，从“下场门”下。朱温接过双锏，跨腿转身上马，双手拿锏成顺风旗式，抬右腿，左转身，从台中行至右台口。双手耍“双锏迎面花”，左转身，双手拿锏成“顺风旗式”，从“下场门”急下。

第　九　场

〔**【大锣水底鱼】**史敬思前，李克用后，二人右手高举马鞭，左手扶宝剑，从“上场门”上。行至前台口，史左李右做停马式，顺势提马鞭式。

李克用　**【大锣叫头】**皇儿！**【大锣五击】**那贼四门紧闭，你我父子哪里逃走？（右手摊掌）

史敬思　**【大锣叫头】**父王！（双手拱请式）**【大锣五击】**
西门有一水闸，多年干旱无水，已成旱闸。（双手按掌）你我父子托闸（双手成双托掌式）而逃。（右手向前指）**【大锣一击】**

李克用　好！马上加鞭！

〔**【大锣水底鱼】**二人打马左转身走圆场，**【阴锣】**史前李后行至台中。史站中间，李站“小边”，向左台口看，二人下马。史拉马，将马鞭交于李克用，李退至“上场门”里。

〔史敬思右手拔出插在左腰的宝剑（不带剑袍），右手成剑护腰式，左手指闸门，目视闸门左右两侧的栓环，略一思索，须砍开，点头示意。向左侧上步，左手指栓环，右手成举剑式，砍闸门左侧的栓环，左手扶右手腕，砍三下，左、右、左（八 大 仓 仓 仓）尘土落下，左手挡脸，右手成剑护腰式，退回台中。左手搂髯，目视左侧，点头示意。史敬思向右侧上步，左手指栓环，右手成举剑式，砍闸门右侧的栓环，左手扶右手腕，砍三下，左、右、左（八 大 仓 仓 仓）尘土落下，左手挡脸，右手成“剑护腰式”，退回台中。左手搂髯，目视右侧，点头示意。史敬思再看闸门中间大锁，须砍断。向前上步，左手指闸门锁，右手成举剑式，左手扶右手腕，砍大锁三下，左、右、左（**八大 仓 仓 仓**）大锁被砍断，退回台中。史敬思将宝剑插入左侧腰带中，向前上步，双手卸下栓环和锁，放“大边”。双手拉门，拉开左侧门，向左走推左门，回到台中；拉开右侧门，向右走推右门，再回到台中。史向前上步，身向右侧身，成右弓箭步，双手腹前紧握，用左肩抗闸三下，（**仓 仓 仓**）闸不动。史起身，向左侧身，成左弓箭步，双手腹前紧握，用右肩抗闸三下，（**八大 仓 仓 仓**）闸仍不动。史退回台中，观查闸不动的原因，是因闸底下的淤泥太多，须要挖泥。史敬思右手拔出宝剑，从右至左，走蹉步，右手握宝剑剗挖闸底淤泥，再退回台中，望闸点头。史敬思将宝剑插入左侧腰中。向前上步，身向右侧身，成右弓箭步，双手腹前紧握，用左肩抗闸三下，（**八大 仓 仓 仓**）闸已活动，点头示意。史敬思右转身，走至“下场门”里，与李克用耳语，准备托闸逃出，李点头示意。史走至台中，双手“一枕”、“二枕”、“紧带”。右手握拳高举成托天式，左手按掌，快步走至前台口。面向前，左腿弓，右腿绷，下蹲。两臂胸前交叉后，向左右平伸，双手用力从地下托起闸，高举，将要过头，突然脚一滑，双腿做劈叉，闸落地，托闸失败。史敬思收式，站起，史右手“山膀式”，左手按掌，望闸。再一次运劲，“一枕”、“二枕”、“紧带”，右手高举握拳，左手摊掌，二者用力胸前相撞三下，（**八大 仓 仓 仓**）快步至前台口。面向前，左腿弓，右腿绷，下蹲。两臂胸前交叉，顺势向左右平伸，双手用力从地下托起闸，将闸高举过头，成托天掌式。李克用乘机拉马两匹，低头过闸。史敬思速撤左腿，左转身，过闸门，双手速放闸。**【大锣扫头】**李克用将马鞭交于史敬思，二人同时跨腿转身上马。右手高举马鞭，左转身，**【急急风】**打马，左手按掌握拳，李前史后“下场门”急下。

第 十 场

〔**【急急风】**四绿龙套从“上场门”上，“站门”。朱温右手举锏式，左手拿锏成锏护腰式，从“上场门”上，亮相。快步向前走，至台中，左手举锏式，右手拿锏成横锏式，护腰式，目视前方，亮相。

绿龙套甲　他父子托闸而逃。

朱　温　紧紧追赶！

〔**【急急风】**四绿龙套领起，从“下场门”下。朱温双手拿锏成顺风旗式，快步行至右台口，两手拿锏要“双锏迎面花”，左转身，双手拿锏成顺风旗式，亮相。面向“下场门”，抬左腿，从“下场门”追下。

第 十 一 场

〔**【急急风】**史敬思右手举剑式，左手提甲式，从“上场门”上，亮相。右手拿剑成横剑式，左手成“单山膀式”，快步至左台口。史敬思右手拿剑要“单剑迎面花”，左转身，面向“上场门”。朱温双手拿锏成“双顺锏式”，从“上场门”

上，面向左台口，向史敬思杀来。史敬思左手指朱温，右手拿剑向朱“漫头”。朱温至左台口，史至“九龙口”；史、朱二人同左转身，面对面。史举宝剑砍朱，朱用锏挡，“搭”“兜”、“搭”“兜”、“搭”“兜”。史向朱“削头”，史至左台口，朱至“九龙口”。史握宝剑向朱温刺三剑，同时向“九龙口”赶三步；朱双手拿锏在面前左右挡剑，上步至“小边”，史敬思“撤步”至“大边”。二人“杀过合”，朱至“大边”，史至“小边”。二人“里盖”，史用剑砍朱的头，朱双手拿锏成“双锏封头式”挡剑。朱温败，从“下场门”急下。史敬思在台中，右手成举剑式，左手“单拉山膀式”（即通条），**（崩、登、仓）**“反云手”，**【急急风】**跑半圆场至“上场门”，右手握剑耍“单剑迎面花”，顺势成举剑式，左手“单山膀式”，亮相。反圆场行至右台口，右手握剑耍“单剑迎面花”，左手叉腰。左转身，右手拿剑成剑护腰式，面向“下场门”，左手指“下场门”，抬左腿成“商羊腿前抬式”，“下场门”追下。

第十二场

〔**【急急风】**四绿龙套“挖门”从“上场门”上。朱温双手拿锏成横双锏护腰式，从“上场门”上，快步至台中。

朱　温　来！

四绿龙套　有。

朱　温　传卞应随！

绿龙套甲　传卞应随！

卞应随　**【大锣冲头】**（从“上场门”上，至前台口，进门）参见千岁！有何将令？（躬身站“小边”）

朱　温　命你太平桥行刺，不得有误！

卞应随　得令！（施礼）**【大锣冲头】**（出门，右转身，从“上场门”下）

朱　温　众将官！

四绿龙套　有！**【大锣一击】**

朱　温　紧紧追赶！

〔**【急急风】**四绿龙套领起，按顺序从“下场门”下。朱温左手举锏式，右手拿锏成横锏式，快步从台中至右台口。双手拿锏耍“双锏迎面花”，左转身，面向“下场门”，双手成双举锏式，从“下场门”急下。

第十三场

〔场上设桥（一桌、二椅）。

〔**【大锣水底鱼】**卞应随右手“举枪式”，左手“提甲式”，从“上场门”上，亮相。右手拿枪成“出枪式”，快步至台中，右手将枪交于左手，左手握枪杆中段成“端枪式”，亮相。**【大锣一击】**

太平桥

卞应随 奉了千岁将令，埋伏太平桥（右手按掌，左手成“提枪式”），就此前往。

〔**【急急风】**卞应随左转身，双手成“拧枪式”，过桥，从“下场门”下。

〔史敬思内白：“马来！”**【撕边纽丝】**史敬思从“上场门”上，右手“举马鞭式”，左手“提甲式”，亮相。右手“打马式”向前走，至前台口，做“停马式”。

〔西皮散板〕

史敬思 （过门同前）サ 1 3 3 2 3 1 2 4 3 （6̣ 1 2
人困马乏难交战，
（右手做“停马式”）

3 -） 1 3 1 2 1 2 1 6̣ 1 - **【大锣住头】**
（仓） 不知父王在哪边？
（右手“提马鞭式”，双手拱请式）

适才与贼交战，不知父王逃往何方去了？（看前方左右）**【撕边大锣一击】**（右手将马鞭在面前甩一圈，再做“停马式”，向“下场门”左右望。右转身，面向前）来此已是（左转身，面向桥，右手高举马鞭指桥）太、平、桥！**【大锣三击】**（用马鞭点三下，右、中、左。顺势右手“提马鞭式”）**【大锣叫头】**啊呀且住！**【大锣五击】**（右手“招手式”）临行军师言过：逢桥休下马，太平要提防。（右手向左指桥）待俺催马过桥。**【冲头马架子】【撕边吊钹大锣一击】**（右手将马鞭在面前甩一圈，顺势成“举马鞭式”，打马过桥。马不敢行。做“勒马式”，右脚踏地，抬左腿，成“商羊腿前抬式”。向右台口“跳步”至右台口。再上步至台中，面向前）为何这马不过此桥？（右手摊掌）**【撕边大锣一击】**噢噢，是了！**【大锣五击】**（向前上步，右手按掌）想必是桥身高大，马不敢行。待俺下马，（右手抚胸，“下马式”）牵马过桥。**【大锣五击】**（右手作“拉马式”，左手胸前拉马缰绳，拉马上桥）

〔卞应随暗中在太平桥，用长枪刺中史敬思的腹部。

〔史敬思左手抓住刺入腹部的长枪头，右手从腰左侧拔出宝剑，“削”卞应随的头，左、右、左削三下。（**八大仓、八大仓、八大仓**）接**【撕边】**史将剑后扔，摘下盔头后扔，成“后坠发”。双手抓住腹部的长枪头，用力拔出，因剧痛晕倒在地，走“僵尸”。（**崩登仓**）

〔卞应随右手成“端枪式”，顺势双手成“顺风旗式”，亮相。

卞应随 **【大锣叫头】**哈哈！哈哈！啊哈哈哈哈哈哈！

〔（**崩登仓**）**【快冲头】**卞右手握枪镈处在身前甩一圈，顺势成“拧枪式”。左转身，下桥，从“下场门”下。

〔**【快冲头】**李克用右手“举马鞭式”打马，左手扶宝剑，从“上场门”急上，快步至右台口，成“停马式”，看台中，见史敬思伤倒在地，急忙下马、栓马。左转身，快步至“大边”，双手扶史坐起，拍史背部，唤醒史敬思。

李克用 皇儿醒来！（李双手给史“捋甩发”）

〔西皮导板〕

史敬思 **【导板头】**（过门同前）サ 1 2 2 1 3 1 2 （7̣ 6̣ 1 2 -） 3 2 2 1 1 - 2 -
耳边厢又听得 父王来到，
（双手心相揉后擦眼， 做苏醒介）

〔【乱锤】史醒，李克用扶史站台中，史双手护腹伤，李站“大边”。

父王啊！（拱手式）【大锣凤点头】

〔西皮散板〕

史敬思（过门同前）2 2 1 2 3 1 2 1 （7 6 2 1 -）3 2

未保父王出虎巢。此时

（双手拱请式，右手向前指）（右手抚

2 1 3 1 2（7 6 1 2 -）3 1 1 3 2 3 5 2 1 1 -‖

我的心碎了，拼死保父出笼牢。

胸、摊掌。捋髯）（拱手式，右手向前指）

李克用 皇儿啊！

【大锣凤点头】（过门同前）3 3 3 3 3 1 2 3 （6 1 2 3 -）

皇儿不必珠泪抛，

（右手按掌）

3 1 2 1 2 3 1 （7 6 2 1 -）1 2 3 2 3 1

为父言来听根苗。愿儿伤痕早日

（右手抚胸、托髯）（右手按掌）

2（1 6 1 2 -）6· 2 1 3 2 1 2 1 6 1 -‖

好，靠你忠勇保我朝。

（右手伸出赞美指，顺势按掌）

史敬思（过门同前）3 3 3 2 3 4 3 3 2 3 -

感谢父王恩义好，

（右手“捋甩发”，顺势“后坠发”，“拱手式”）

〔【鼓架子】二人“合身”，捋髯。【急急风】四绿龙套“抄过场”。

李克用 啊呀！（李惊，双手摊掌）

【快纽丝】（过门同前）3 1 3 2 3 5 2 1 1 -‖

朱温人马似涌潮。

（右手按掌）

【大锣叫头】皇儿啊！（右手摊掌）【大锣五击】那贼人马如潮水一般（右手向前指），如何是好？【撕边大锣一击】（李双手摊掌，史敬思两手抱伤口）

史敬思 父王不必惊慌，将袍服扯下半幅（右手指李的袍服），与儿遮住伤痕（双手抱腹），我要与那贼决一死战！（右手向前指）

〔李克用转身向后台口扯下袍服交于史敬思。史转身向后台口包扎腹部伤口。

李克用 我儿保重了！

〔西皮散板〕

【纽丝】（过门同前）サ 3 3 3 3 1 2 3 3（6 1 2 3 －）6 2 1

孤王今日入 圈套， 中 了

（右手按掌） （右手向前

2 2 3 1 2 1（7 6 2 1 －）6 3 2 2 1 2 3 2 －

那贼计笼 牢。 眼前若有李 存孝，

指） （右手按掌）

（白）朱温哪，贼！（右手向前指，跺右腿）

【大锣凤点头】（过门同前）0 2 1 2 1 2 3 5 3 2（2 1

儿 好 比 黄 鹰 抓 兔

（右手指史）

6 1 2）1 2 3 3 5 2 3 2 1 6 1 －‖

哪 里 逃。

（右手摊掌）

（白）我儿上马！

〈【纽丝】李克用至右台口，解马绳、拿剑，给史敬思带马、剑。

史敬思 （过门同前）2 2 1 2 ˇ 2 2 1 2 －（7 6· 1 2 －）1 3 1 3

有劳父王带马 到， 混身上下

（双手拱请式） （双手抚上下身）

2 2 1 6 1（7 6 2 1 －）2 2 1 2 3 2 1 1 3 2 －【扫头】‖

似 火烧。 咬定牙 关上 虎 豹。

〈李克用与史敬思跨腿转身上马、拿剑，【急急风】李打马从“下场门”下。史打马行至左台口，右手拿剑耍“单剑迎面花”，左转身，见卞应随拿枪成“捋枪式”，从“上场门”上。史右手成“举剑式”，左手指卞应随，杀向“上场门”，用宝剑“漫”卞的头，左转身，用剑压住卞的枪。

史敬思 来将通名！

卞应随 卞应随！

史敬思 太平桥行刺可是你！（怒视卞）

卞应随 正是你家老爷！

史敬思 好贼子！（史用剑打卞的枪杆）

〈【急急风】二人杀“过合”。卞用枪刺史的左侧腰部，史闪过。史左手抓住卞的枪头，“里盖”，顺势左手夺了下的枪，右手握剑迎面劈死下应随。史敬思左手拿枪镈处，颠枪，左手接住枪，握枪中间，将枪头向下，猛扎入下应随胸部，右手高举宝剑过头，亮相。

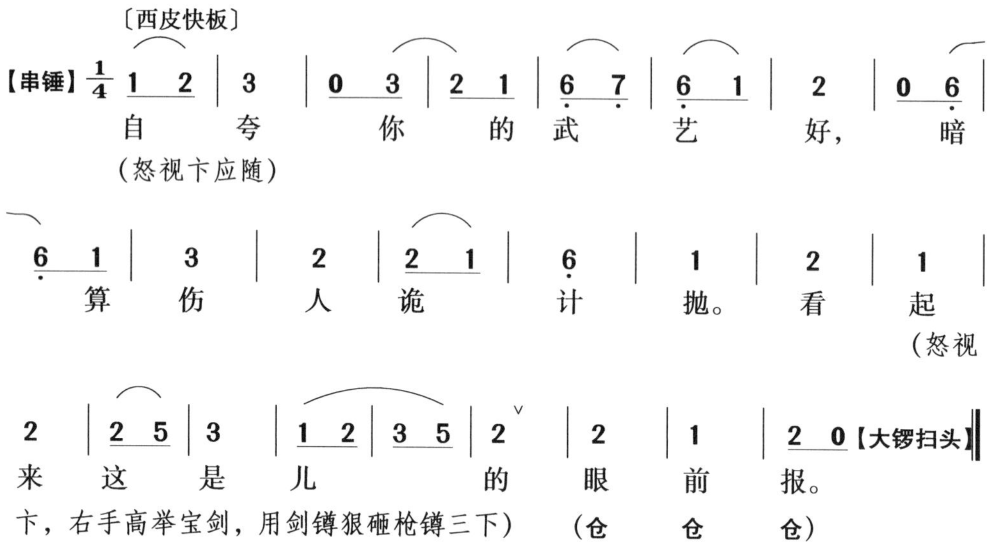

〈【急急风】史扔下枪，右手握剑成“剑护腰式”，快步至左台口，左转身，面向“上场门”。

〈朱温拿双锏成“顺锏式”，从“上场门”上。史敬思右手握剑要“单剑迎面花”，见朱温杀来，史右手拿剑“漫”朱的头。史至“九龙口”，朱至“大边”。“里盖”，史用剑劈朱的头，朱双手高举锏成“双锏封头式”，挡剑。朱温败，从“下场门”下。史敬思右手握剑要“单剑迎面花”，右转身，右手顺势成“顺剑式”，从“下场门”追下。

第十四场

〈【急急风】四绿龙套“挖门”，拿弓箭从“上场门”上。朱温双手拿锏成“横竖锏式”，从“上场门”上，快步至台中，亮相。

朱　温　弓箭伺候！

〈四绿龙套领起，至后台口，站“横一字”。朱温行至左台口，左转身，面向“上场门”。【急急风】史敬思右手成“举剑式”，左手成“单山膀式”，从“上场门”上，用剑“漫”朱温的头，二人“一磕”，“反抄”，同右转身；朱领史向右反走圆场，史至“九龙口”。四龙套同时放箭，史面向后台，右手拿剑做“挥剑挡箭式”，走“踉跄步”，至“下场门”里。史敬思中箭，从“下场门”败下。

四绿龙套　带箭而逃！

朱　温　紧紧追赶！

〈【急急风】朱温至台中。四绿龙套领起，从“下场门”追下。朱温双手拿锏成“横竖锏式”，至右台口，顺势成“双顺锏式”，从“下场门”追下。

第十五场

〔场上设石台。【乱锤】李克用右手拉马，左手搀扶史敬思从“上场门”上，至右台口，李放马鞭，拴马，左手扶史至台中。“小推磨”，史至“小边”坐石台，李站“大边”，给史拔身上中的箭。史剧痛欲绝，自知难以保驾，故意左手向前指，示意追兵来了。【大锣一击】李上步前望，将剑掖身后。史乘李不防，右手拔出李的宝剑，【大锣一击】右转身，右手握剑反刺自己，成“自刎式”，【大锣软四击】“僵尸”倒地。李克用向前看，无追兵，右转身，见史“自刎”。

李克用　啊呀！【撕边急急风】（速至史身旁痛哭，拭泪。拾起宝剑，至右台口，解马绳、拉马、上马，左转身，打马，从“下场门”急下）

第十六场

〔【大锣水底鱼】四军士拿车旗，从“上场门”上，站门。李存孝右手“举劈天槊式”，左手“提甲式”，从“上场门”上，行至台中。

李存孝　俺——【大锣一击】十三太保李存孝。【大锣住头】
奉了父王将令，催押粮草。（右手拿劈天槊成“横槊式”）粮草催齐，军士们!【大锣一击】

四军士　有！

李存孝　回营交令。【鼓架子】【大锣叫头】（双手“掏云手”，右转身，顺势双手成“顺风旗式”，向“小边”上步，望“上场门”。左转身至台中）且住！【大锣五击】那厢人声呐喊（右手向前指），待俺登高一望。（左转身至后台口，上高台，将劈天槊交于左手成“提槊式”，右手成“单山膀式”，向前望。四军士归里，站“横一字”）

〔【急急风】李克用高举马鞭，打马，从“上场门”急上，行至右台口，向台中走蹉步，打马从“下场门”下。

〔四绿龙套从“上场门”上，急追跑过，从“下场门”下。朱温双手拿锏成“横双锏式”，从“上场门”急上，快步至右台口。左转身，双手拿锏成“双顺锏式”，从“下场门”追下。

李存孝　（下高台至台中，【快冲头】双手“掏云手”，向“下场门”左右看，左转身，回至台中，右手成“招手式”）【大锣叫头】啊呀且住！【大锣五击】看前面败的是父王，后面追的是朱温贼子。（右手向前指）军士们！【大锣一击】

四军士　有！

李存孝　迎上前去！【急急风】（右手向前指。四军士领起，从“下场门”下。李存孝行至左台口，右转身，面向“上场门”看）

〔李克用打马从“上场门”上，行至台中。李存孝上步至台中，躬迎。

李存孝　迎接父王！【大锣一击】

李克用 儿是存孝？（惊喜，左手指存孝）

李存孝 儿是存孝。

李克用 与我杀！（左手向前指）

李存孝 遵命。

〔**【急急风】**李克用右手举马鞭、打马，从“下场门”下。李存孝右手拿劈天槊耍“劈天槊迎面花，快步至左台口，面向“上场门”。四军士归“大边”站“一条鞭”。

〔四绿龙套从“上场门”急上。李存孝右手拿劈天槊，杀向“上场门”，四绿龙套成“倒脱靴”，从“上场门”败下。

〔**【急急风】**转**【一锤锣】**朱温双手拿锏成“横竖锏式”，从“上场门”上，快步至台中，见是李存孝，惧怕，后退，右转身，从“上场门”败下。

〔**【快冲头】**李克用从“下场门”上。

李存孝 那贼已败，待儿赶上前去！

李克用 且慢！（右手按掌）**【大锣一击】**暂且回营，再作道理。（右手摊掌）皇儿，随孤来呀！

〔李克用左手向李存孝招手，右手托髯，二人“小推磨”至台中亮相。二人从“下场门”下，李克用前，李存孝后跟下。

〔唢呐<尾声>

——剧 终

范石人　屠楚材　吴春礼　记谱
吴春礼　整理编订

洪 羊 洞

根据余叔岩　孟小冬演唱

京剧《洪羊洞》取材于小说《杨家将演义》。故事梗概：北宋时，元帅杨延昭命其部将孟良潜入辽邦“洪羊洞”搬取其父令公(杨继业)骸骨，不意另一部将焦赞私自跟踪于后。孟至洞内盗骨时，未料焦突来戏吓，孟误将焦劈死，痛不欲生，亦自刎而亡。令公骨匣由久落辽邦的军卒程宣运回宋营。杨延昭惊闻噩耗，悲痛成疾，终因呕血而逝世。

此剧又名《三星归位》。主题写主帅和将士之间生死与共的情义，是一出悲剧。

杨延昭的唱全部用二黄曲调，其中三段上板的唱更为精彩，其余都是散板，亦富有感情，饱含韵味。自谭鑫培将此剧唱成功以来，能全面继承其艺者，一致公认，当推谭的弟子余叔岩。余在谭的基础上又有所发展，且具有谭的沉雄、隽永，而行腔之精到，运嗓之灵圆，感情之丰满，意境之深邃，大有出于蓝胜于蓝之妙。世称其唱腔与表演为余派。其后，著名老生中的谭富英、杨宝森，在一定程度上皆师法余派，并结合其本人条件而发展，均各有可取之处。

余叔岩有弟子六七人，得其传授多而且精者当推孟小冬。小冬自投余门后，学艺认真，刻苦努力，又得到乃师的严谨要求，悉心栽培，故艺事猛进。1938年末和1940年前后在北京新新戏院、长安戏院先后数次演出了《搜孤救孤》、《洪羊洞》、《击鼓骂曹》等剧。当时，九城争观，震动遐迩。首演之日，余氏曾亲临剧院为之把场。记得1941年春夏之际某夕，孟演《击鼓骂曹》于长安戏院，一票之价竟达十元，而座无虚席。其艺之为人所重，于此可见一斑。虽说重孟，实则重余。自20世纪30年代初，余叔岩因重病辍演后，爱其艺者梦寐以求而不可得，因而产生观孟有如观余之狂热，孟在观众心目中几乎成为余叔岩之化身。

余派唱念艺术在声韵上极为讲究，处理四声灵活变化而不着痕迹；使用湖广音准称、自然而不显楞拙。唱腔挺拔，朴实无华，而内涵意味无穷，且无不与人物情感契合。这是其特点。自余派形成以后，在剧坛内外倾慕和学习者颇不乏人，孟小冬、李少春就是专业演员中的优秀者。从20世纪20年代至今天，先后也有不少对余腔素有研究的人士，如王庾生、张伯驹、李适可、赵贯一、刘曾复、刘叔诒、吴小如等诸先生，均有很高的声望。据知，小冬拜余之前，《洪羊洞》一剧的唱腔，曾先受益于李适可先生，这一点就她本人说来也是无可讳言的。

1948年孟小冬移居香港，不久收纳名票赵培鑫、钱培荣二人为弟子。20世纪60年代中后期孟氏定居台湾之后，深栖寓所仍不间断地虔心研究余派演唱艺术，其弟子及嗜爱宗学余派的业内外人士，也常登门求教请益，这对传播和发扬京剧余派艺术起着一定的作用。

京剧的谭派与余派是一脉传承的，在艺术上故有“谭余不分家”之说。仅就《洪羊洞》一剧而言，大凡贴演此剧，均分别以谭派、余派为标榜。诸如谭富英、杨宝森、奚啸伯等著名演员，也常演出此剧。虽然时光流逝，时代变迁，然而《洪羊洞》一剧演出和传唱从未间断。《洪羊洞》是一出唱、做并重的剧目，其中尤以唱腔分量为重，除三段上板的唱腔之外，散板的唱占有三分之二以上，而且后半部更为吃重。对于掌握好此剧中杨延昭的唱念、表演来说，需要有相当深的功力，才能取得上乘的效果。剧中杨延昭在患病和临终之前，有着种种不同思想感触的表露，通过唱词、唱腔与表演，一一体现得淋漓尽致、层次分明。这对于杨延昭人物品格的描绘和对其情绪的烘托，都是极为重要的。

戏曲研究家李体扬先生曾撰有《谈京剧〈洪羊洞〉》赏析文章一篇，文中对剧目来源、结构和剧中各个人物的唱念、表演，以及剧本和流派的传承演变等，均有精到的阐述、评点。此文足以作为研究此剧的辅证，也是一篇具有实用价值的参考资料。

这出《洪羊洞》主角杨延昭的唱腔，是以余叔岩和孟小冬的遗音为依据，由我把它记写成唱谱。三段上板的伴奏琴谱是由屠楚材先生配记的；其他配角的唱念、表演、锣鼓以及注解说明等，是由吴春礼先生执笔整理的；剧中，孟良、焦赞的唱腔，参照裘桂仙、金少山的唱法整理而成；杨继业的老派唱词，系刘曾复先生按照王荣山先生的唱法所提供；有关服饰穿戴的情况经赵一年、李体扬两位先生阅订。今值剧本出版之际，谨此一并表示谢忱。

范石人

人物行当

杨延昭	老生	杨宗保	小生
孟　良	净	佘太君	老旦
焦　赞	净	柴夫人	旦
家　院	杂	大太监	丑
程　宣	丑	四小太监	流行
赵德芳	里子老生	四御林军	武行

服装扮相

杨延昭　面部淡彩。忠纱帽、深黪三髯口，宝蓝色团花绣帔（内衬香色褶子），青彩裤，青高底靴；

“回骨”一场：换紫色帔或深烟色帔（或不换）；

“病房”一场：换香色员外巾（或古铜色）、头系蓝色绸条，香色褶子（或古铜色）、外系白腰包。

孟　良　乌眼花三块瓦额头红葫芦花脸。红色扎巾、红耳毛、红扎髯口，红色绣龙箭衣、系大带、绣狮红开氅（二场后换黄马褂），红彩裤，高底靴。金把红马鞭，板斧一对，腰牌一面。

焦　赞　乌眼黑三块瓦花脸。黑扎巾、黪耳毛子、黪扎髯口，黑色团花箭衣、系大带、绣狮黑开氅（三场后换黑马褂），青彩裤，高底靴。大折扇一把（闻讯一场用），金把黑马鞭，钢鞭一根。

家　院　素脸。青罗帽、黑三髯口，青褶子系大带，彩裤，高底靴。

程　宣　老丑脸。白梢子帽、白五嘴髯口，蓝布箭衣、红卒坎肩，深色彩裤，白布高袜、皂鞋。

赵德芳　面部施粉彩。黑大镫、黑三髯口，绿色蟒、玉带，彩裤，高底靴。黄马鞭。杨宗保面部施粉彩。白色武生巾，素褶子，素彩裤，高底靴。

佘太君　素脸。白色网子束老旦冠、系古铜色绸条，香色女帔、淡绿色裙子，青彩裤，福字履。持鹿头拐杖。

柴夫人　面部淡粉彩贴片子，梳大头、线尾子、点翠头面，绣素花蓝色（或青色）女帔、内衬素褶子系水裙，彩裤，素彩鞋。

大太监　丑小脸。大太监帽带流苏，大太监衣系丝绦，彩裤，朝方靴。云帚一把。

四小太监　素脸。小太监帽，太监衣，彩裤，薄底靴。

四御林军　淡红脸。贯顶巾，红大铠衣，彩裤，薄底靴。持荷包枪。

道具

堂桌	一张	腰牌	一面
椅子	两把	梆子	一副
云帚	一把	板斧	一对
钢鞭	一枝	马鞭	三把
寝帐	一份	弓	一张
令旗	一面	箭	一支
虎形衣	一套	荷包枪	一堂
桌围椅披	两份	红布灯笼	一个
蓝布包袱	一个	青布骨殖包	一份

注：此剧，按小说《杨家将演义》中所说，应写作“红羊洞”。传统的剧本结构有三个特殊情节：（一）头、二场带“托兆”（见本书第一场注及附录）；（二）第八场带“射虎”（见本书59页及注②）；（三）末场病房带见“鬼魂”（见本书82页注②）。杨延昭病重后，神志迷惘，如加上带见“鬼魂”的幻觉形式，可备四个角色（魂子）：

① 杨继业　付末　素脸，扮相同“托兆”两场

② 岳胜　武生　淡红脸。戴扎巾盔、穿绿开氅、素彩裤、青高底靴

③ 孟良

④ 焦赞

以上四魂子角色，头上均须加罩青纱。

第　一　场①

遣　将

〔场上设堂桌、“大座”，旁备一椅。【撤锣】接【小锣尾子】收住。

【小锣夺头】　　　　　　　　　　　　　　　　〔二黄原板〕

（家院提灯笼引杨延昭上）

【二更鼓】

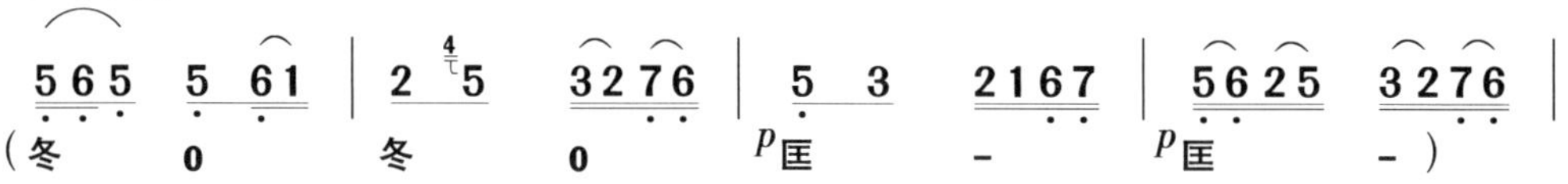

杨延昭

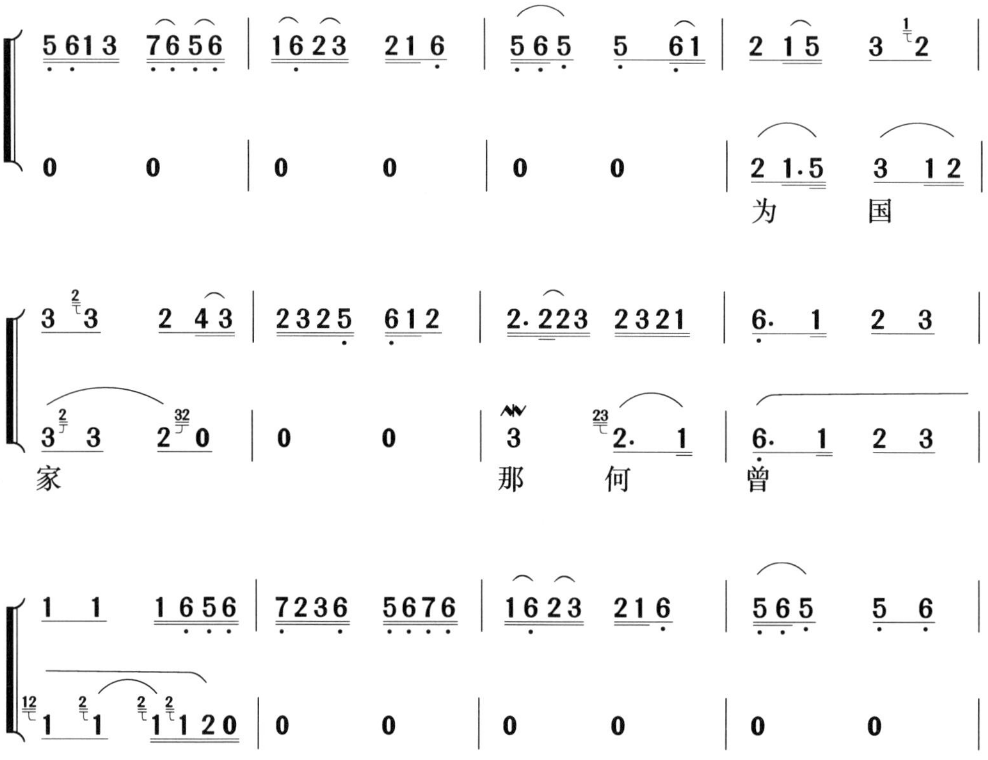

---

① 早年，此剧在杨延昭首次上场之前，照例先由四小鬼卒引杨继业魂灵上场，表述一番。接着，杨继业唱一段〔二黄原板〕，后用【大锣抽头】打下，以此作为第一场，行话又称为“吊场”。然后由【大锣抽头】转【小锣抽头】再转【小锣夺头】杨延昭上场唱〔二黄原板〕，以它为第二场。（详见附录中〔一〕）

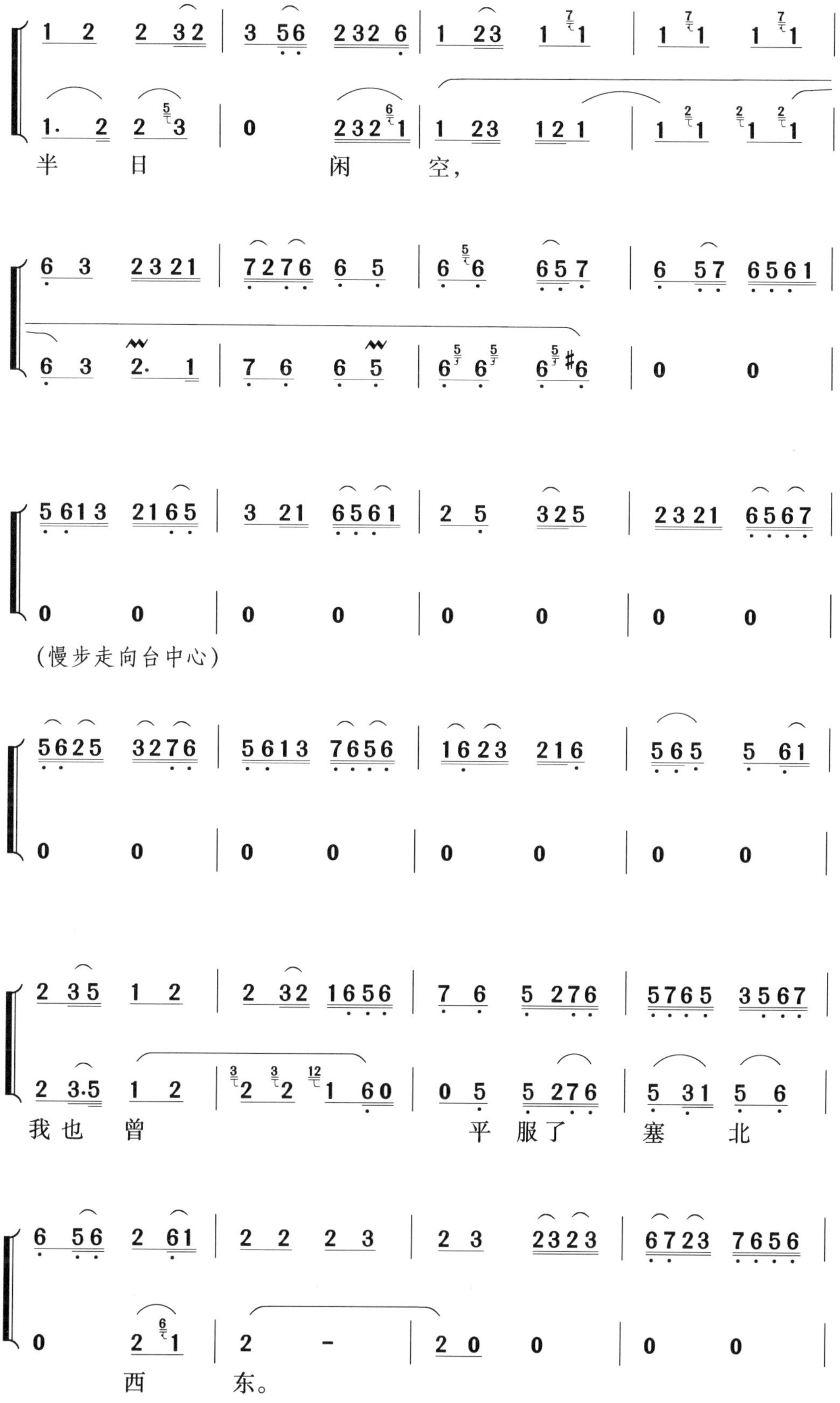
半 日 闲 空，
(慢步走向台中心)
我也 曾 平 服了 塞 北
西 东。

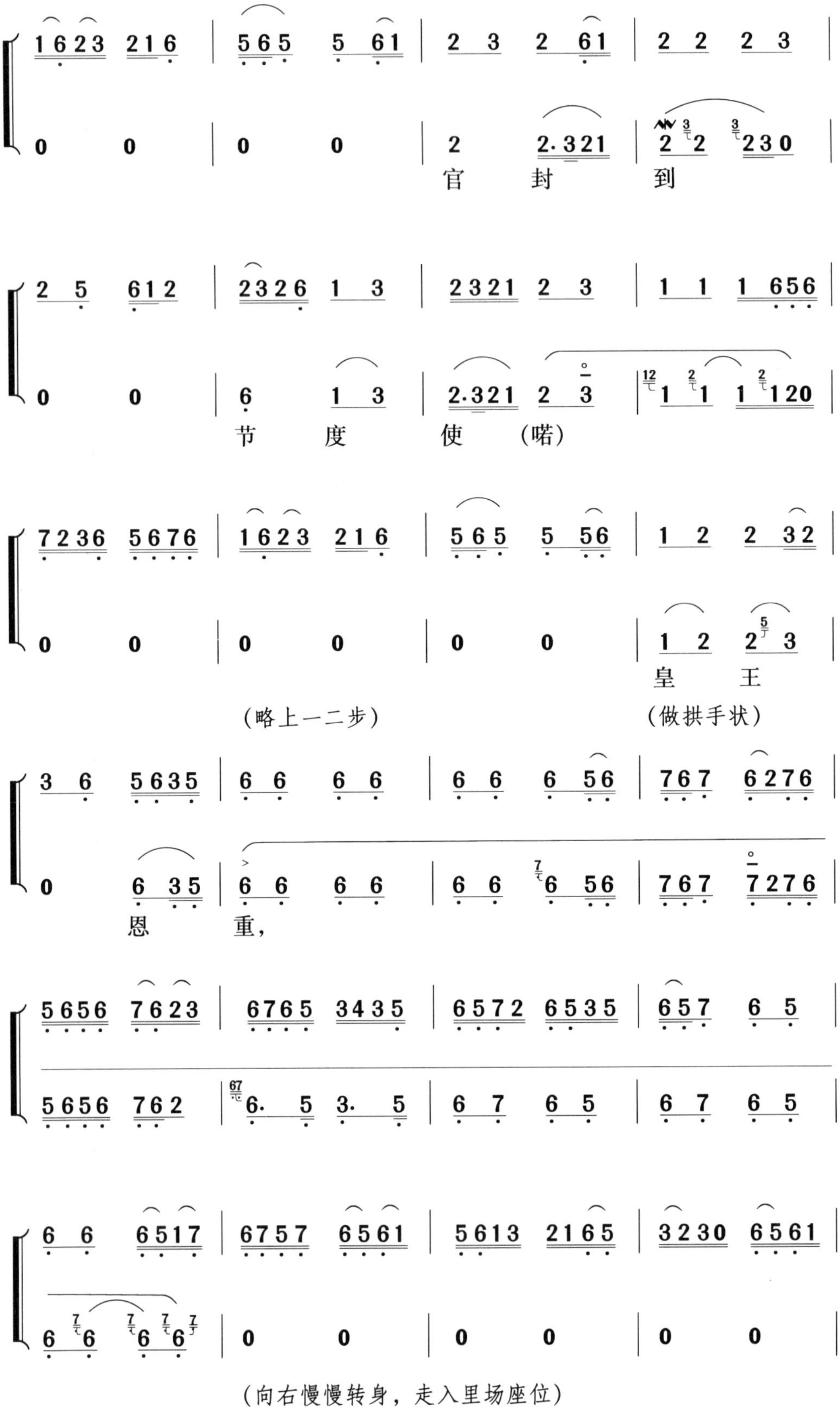
官 封 到
节 度 使 (喏)
(略上一二步)
(做拱手状)
皇 王
恩 重，
(向右慢慢转身，走入里场座位)

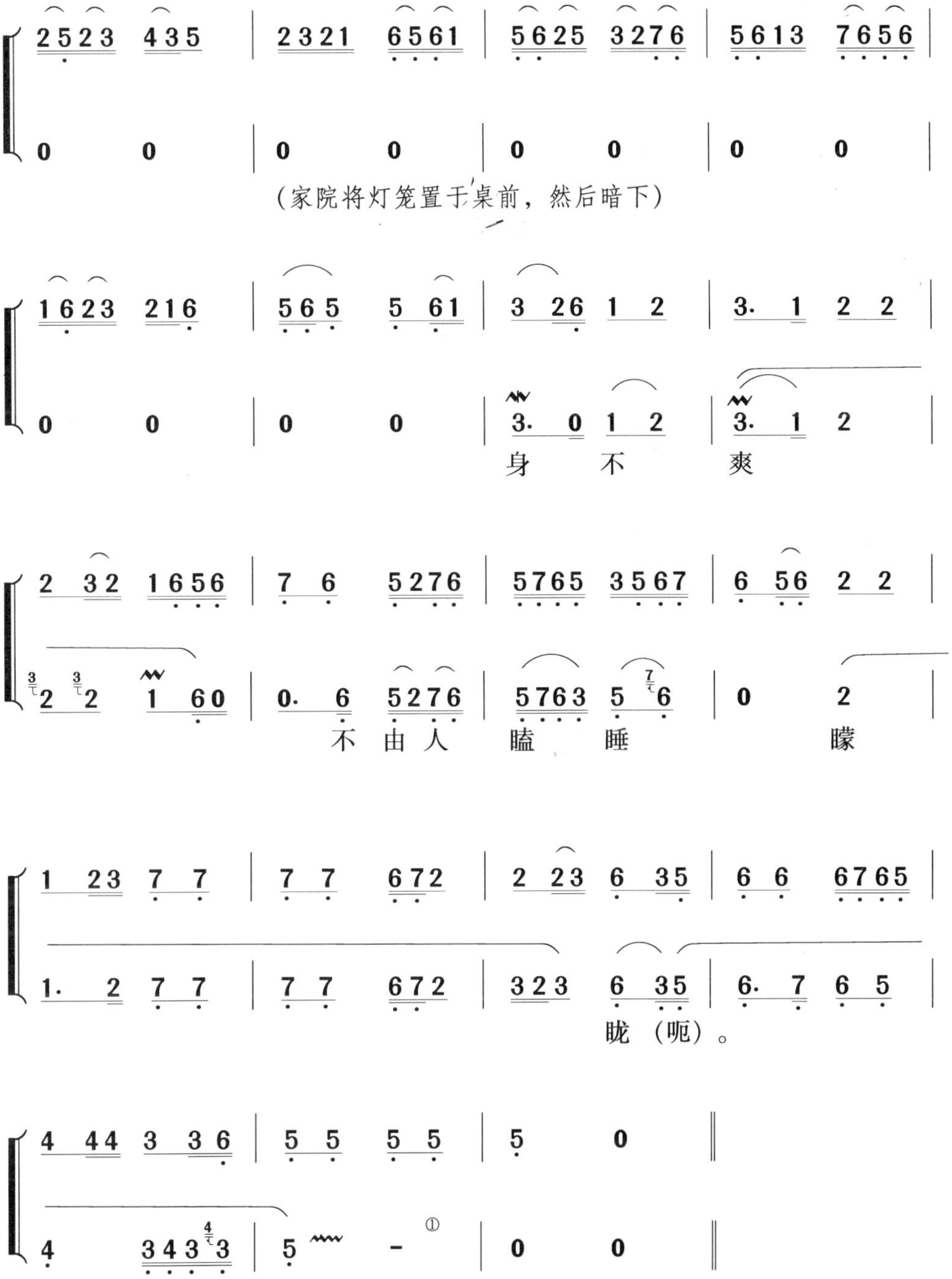

〔唱完随即合掌做困倦状，慢慢坐下，以右手曲拳支头部，斜向右侧，合双眼做入睡状。

① 从前，在杨六郎唱完这段原板入睡之后，锣鼓接打**【慢长锤】**，杨继业魂灵又上场，唱〔二黄原板〕，到第五句唱散；接着由六郎唱四句散板；然后由杨继业接唱〔回龙〕、〔原板〕转〔散板〕，完了下场。以此表示向杨六郎托梦、点化，行话称为“托兆”（见附录中之〔二〕）。

（堂鼓声）稍渐快

0 冬龙 | 冬 冬 冬 冬 | 冬 冬 冬 冬 | 冬 冬 冬龙.0 | X X X :‖

（家院暗上，侍立于桌左侧）（打堂鼓帮，【亮更】表示天明）

家 院 元帅醒来。

〔二黄小导板〕

杨延昭 【导板头】サ（6 5 5 5 3 2 3 3 3 3 2 216 6 3 6 5 5 5 5 5）

（杨延昭仍在原座位上，做睡状）

3· 21 6 1·2 3 3 3 2· 3 216（6 6 6）1· 2 7 6 6 1

方 才 老 元 戎（呃）

7 6 5（5 5 3 21 6 6 6 5 5 5）1 2 2 2 1 3 - -

前 来 托 梦，

【撕边一锣】（6 1 2 3 3 3 0）

（搓手揉眼，一望，夹白：“啊？”）

〔二黄散板〕

【快纽丝】（6 5 3 2 2 16 6 6 6 5 5 5 5 5）

（杨延昭由里场走出至台中）

3· 2 2 12 2 0 3 3 2 1· 2 323（6 12 3 3）

醒 来 时 不 由 人

3 2 2 - - 103 2· 1 2 - - ‖【住头】

珠 泪 （呀）满 （呐）胸。（转身坐外场椅）

杨延昭 来。

家 院 有。

杨延昭 有请孟二爷。

家 院 是。（走至台口朝“上场门”）孟二爷进帐！

〔孟良内白：“嗯哼！”

〔【小锣单上场】孟良上场，阔步前行，至“小边”台口停住。

孟 良 不听皇王三诏宣，单听杨家一令传。【小锣二击】（进门向杨躬身施礼）参见元帅。

杨延昭 贤弟少礼，请坐。
孟　良 谢座。**【小锣一击】**（孟入“大边”座位）
唤末将进帐，有何密令？
杨延昭 贤弟哪里知道啊，昨晚老元戎前来托梦，言道：前番盗骨乃是假的！
孟　良 真的呢？
杨延昭 在北国洪羊洞内，望乡台第三层之上，那才是真。兄意欲烦劳贤弟二下番营，搬取令公骸骨，不知贤弟意下如何？
孟　良 元帅说哪里话来？末将好比元帅跨下之驹，扬鞭即走，勒缰即住。就请元帅传令。
杨延昭 如此，贤弟听令：（回身从桌上取令旗）
孟　良 在。（起身站在左侧）
杨延昭 我命贤弟下北番①，（将令旗交与孟良。起身而走向“大边”）
孟　良 此去哪怕路途难；（接过令旗边念边从外侧走向“小边”）
杨延昭 但愿搬②得骸骨转，（念罢向右转身面向孟）
孟　良 凌烟阁上美名传。
杨延昭 小（哇）心！——（杨延昭左转身缓步下场）
孟　良 得——令。（躬身应命）
〔**【小锣打下】**孟良转身面外，右手举令旗，上步出门，令旗交左手，面向“下场门”，右手稍一理扎髯，下场。

第　二　场

闻　　讯

〔**【小锣单上场】**焦赞上场，至中台口。
焦　赞 事不关心，关心则乱。
〔**【小锣五击】**焦赞左转身入外场椅坐下，家院急速上场。
家　院 忙将盗骨事，报与二爷知。（家院进门，站于台左）
启禀二爷，那孟二爷奉命盗骨去了！
焦　赞 前番盗过了。
家　院 前番盗骨乃是假的。
焦　赞 真的呢？
家　院 现在北国洪羊洞内望乡台第三层上那才是真。
焦　赞 起过了！（起立走向台口“打背供”白）哎呀且住！**【小锣一击】**元帅呀元（呐）帅！这就是你的不是了！想俺弟兄二人，自投宋以来，焦不离孟，孟不离焦。如今只差孟良一人，是何理也？**【小锣一击】**我自有道理。（左转身归里边面向外站）家院！

---

① 此句，旧词为“本帅帐中把令传”。
② 旧词为“盗”字。

家　院　有。

焦　赞　元帅若问，就说我染病在床。

家　院　夫人若问？

焦　赞　另有公干。外厢带马！（下场内准备）

〔**【闪锤】**家院出门取马鞭至台口，准备带马；焦赞脱去开氅，左手持钢鞭上，至台口拉右膀。

〔西皮流水板〕

焦　赞

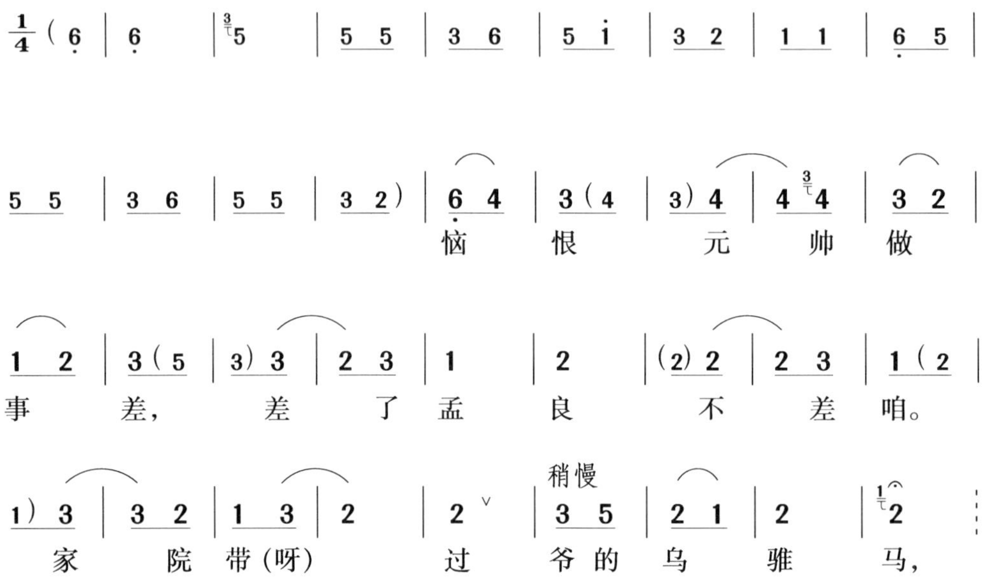

〔**【快长锤】**焦赞出门左转身拉右膀向外一望，家院带马，焦赞右手接马鞭、上马，家院下。焦赞回身面朝外。

〔西皮摇板〕紧拉散唱

焦　赞

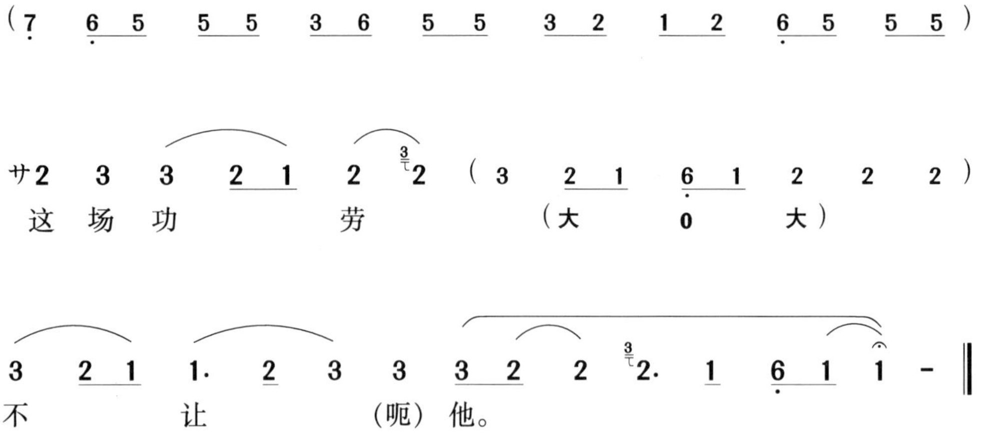

〔**【大锣抽头】**焦赞撤步、上步加鞭打马，下。

第三场

潜行

〔转【快长锤】孟良身后插双板斧右手持马鞭上，至“小边”甩鞭，随后勒马停住。

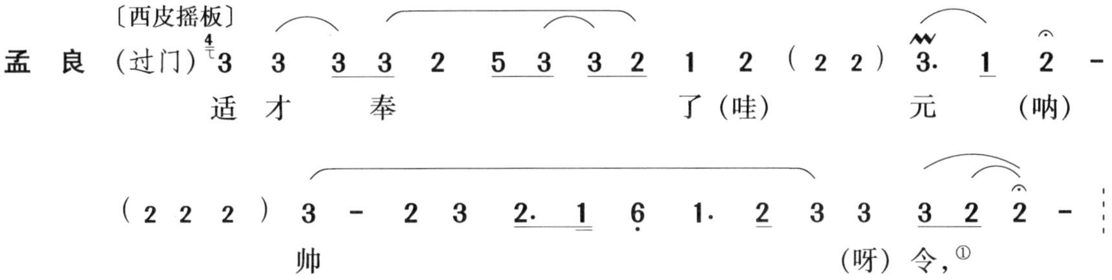

〔【闪锤】孟良上步至台口。

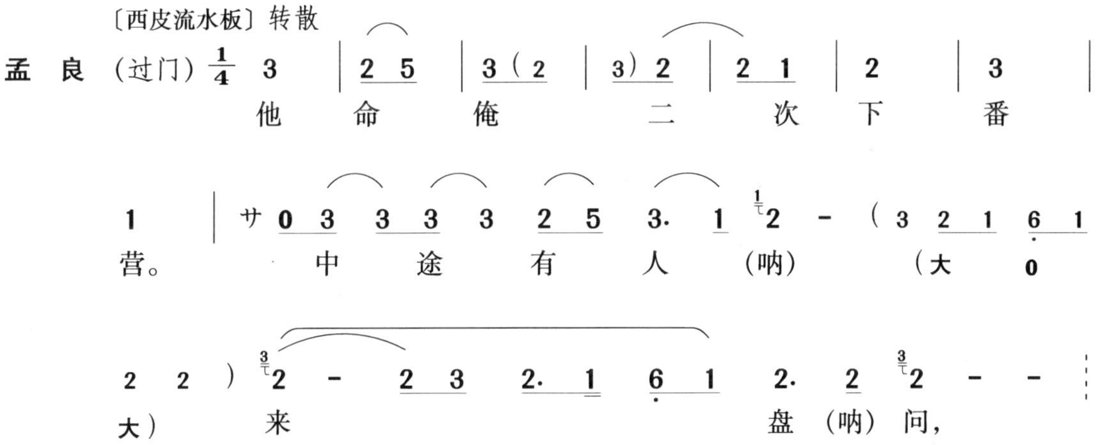

〔【闪锤】孟良至“小边”台口加鞭、回身。

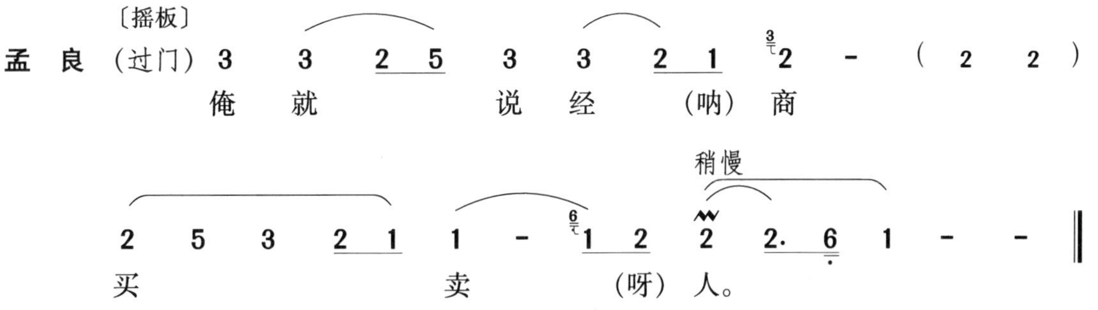

〔【大锣抽头】孟良撤步、上步、加鞭，左转身举鞭，边走边放平马鞭进场。

① 此句唱词，也可以唱作“今奉元帅一支令”。

第四场

追踪

〔转【快长锤】焦赞腰后斜插钢鞭，举马鞭上场，前走三步甩鞭停住。

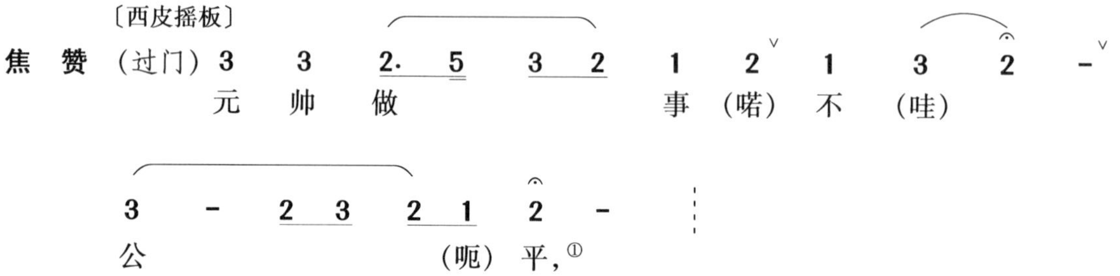

〔【闪锤】焦赞走向台中。

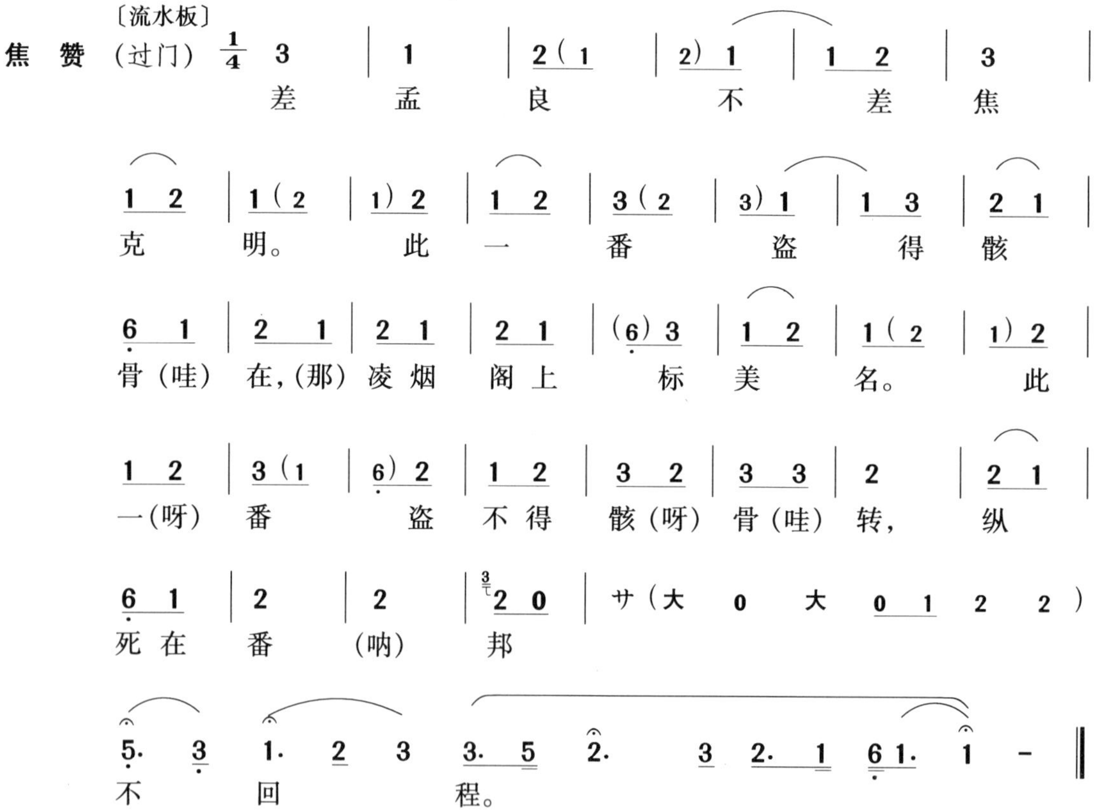

〔【大锣原场】焦赞撤后二步，上步加鞭左转身，下。

① 也有人在这段之前另加四句的，例如：〔摇板〕宋王爷坐江山风调雨顺，〔流水〕全凭着杨家将稳坐龙廷。孟二哥使板斧狼烟扫尽，俺焦赞打将鞭保定乾坤。（以下接〔流水板〕“元帅做事不公平”……）

第五场

指路

〔【撤锣】挂【小锣尾子】（快打）。

〔程宣内白："啊哈！"

〔【小锣五击】程宣手持木梆子，上场至台口。

程宣 （念诗）生在南朝落北番，思念故国泪不干。

娘想儿来难得见，儿想娘来眼望穿。

我，程宣，南朝人氏。只因当年跟随老王大战唐二虎[①]流落在此，未被杀害。如今年老，在那洪羊洞当了一名更夫。看天儿不早了，就此往更房走走。

〔孟良内白："走哇！"

〔【大锣水底鱼】程宣左转走半个圆场，与此同时，孟良上场至右台口，二人碰面相望。

程宣 拿奸细！【撕边】

孟良 看斧！【大锣一击】（举斧欲砍）

程宣 哎好汉爷饶命啊！（跪地下）

孟良 起来！

程宣 是，多谢您呐！（起立）

孟良 听你讲话不像此地人氏？

程宣 本不是此地人氏。

孟良 哪里人氏？

程宣 南朝人氏。

孟良 因何至此？

程宣 当年跟随老王大战唐二虎，流落至此。

孟良 你叫什么名字？

程宣 小人名叫程宣。

孟良 程宣。

程宣 是。

孟良 你可认识于俺？

程宣 我看您面熟，就是不敢冒认呐！

孟良 呃，三关的孟良。

程宣 呦，您就是三关的孟二爷呀！

孟良 啊。

程宣 有所不知，我这儿给您磕头啦。（跪下）

孟良 罢了，起来。

---

① 据说，"唐二虎"可能是"唐二斧"或"塔儿府"之转音。

程　宣　是。（起立）

孟　良　我来问你，洪羊洞今在何处？

程　宣　要问洪羊洞啊？您随我来——

（**【半个水底鱼】**程宣领孟良左转走圆场，往“下场门”处指，孟一望）

拐过这山环，那儿就是洪羊洞。

孟　良　起过了！（**【冲头】**程宣左转至“小边”，孟向“大边”走去，回身反拿马鞭，上步）**【叫头】**程宣！等你二爷公干回来，带你回转南朝。（**【撕边】**（**崩登仓**）上步加鞭打马转身亮背相）

〔**【快水底鱼】**孟良急下，与此同时程宣走向台中；焦赞左手执钢鞭乘马急上，二人相碰面一看。

程　宣　拿奸细！

焦　赞　看鞭！（**【大锣一击】**举起钢鞭欲打程宣）

程　宣　好汉饶命。（单腿一跪）

焦　赞　起来。

程　宣　是。（起立）

焦　赞　你可曾看见一红脸大汉过去？

程　宣　啊、啊……刚才过去啦！

焦　赞　闪开了！

〔**【冲头】**程宣往后闪开，焦打马急下。

程　宣　嘿，这倒不错，前边儿过去一个“红靛颏儿”①，后边儿追来一个“嗞嗞黑儿”②！哎呀慢着！**【小锣一击】**我瞧这个黑脸大汉鬼鬼祟祟地，八成儿不是个好人。我不免抄小道儿走赶紧给孟二爷送个信儿去！

〔**【快原场】**程宣急下。

第　六　场

盗　骨

〔接**【冲头】**住，堂鼓起更鼓，打**【一更鼓】**。

〔孟良幕内唱。

〔西皮导板〕

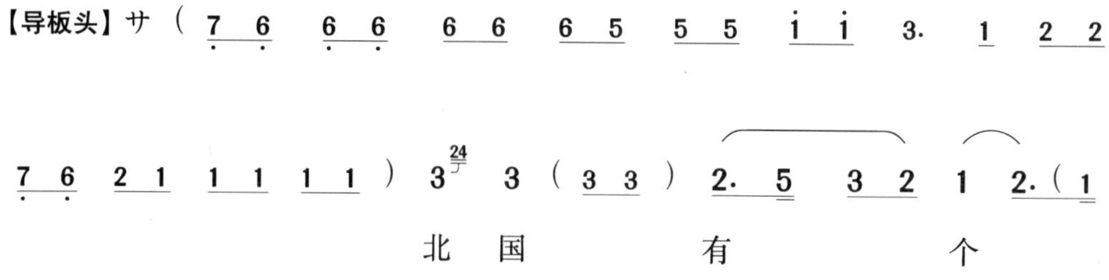

①② 词中所指本为两种不同颜色的小鸟名称，这里是对孟良（红）、焦赞（黑）的一种开玩笑的比喻。

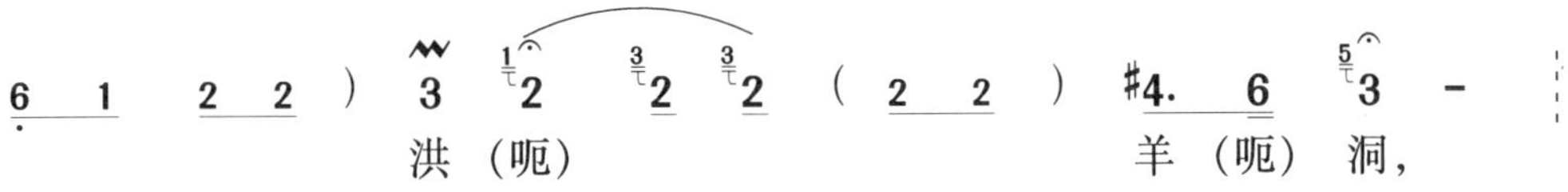

冂【快长锤】孟良左手持板斧右手执马鞭上，至台口加鞭后勒马。

冂【快长锤】孟良左转身往后走半个圆场至“小边”台口，锣切住。【大锣一击】向左一望。

孟　良　“呀！”

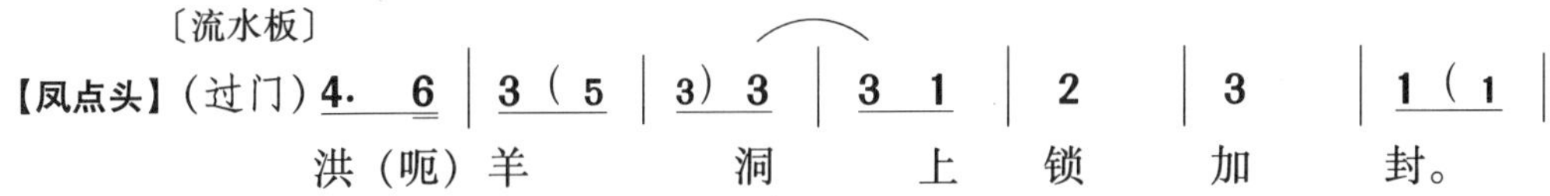

6) 2 | 2 2 | 3 | サ 3 ¹2 (3 2 1 6 1 2) 3 2 ³2 2 -
下 马 劈 开 三 簧 锁，

〔【闪锤】孟良转身下马，斧交右手，回身上步“撕扎”探身向洞门一望，锣鼓切住。【单箭子连续点三锣】举斧做劈锁状，【闪锤】推门一望，撤步，斧交回左手，右手稍做挥尘状、回身。

〔流水板〕

孟　良 (过门) $\frac{1}{4}$ 3 | 1 | (1) 2 | 2 1 | 2 | 3 | 1 (1) | サ 2
只 见 洞 内 黑 冬 冬。 掖

2 3 3 2 (3 2 1 6 1 2) 2 1 3 3 ³2 - |
起 衣 襟 矮 身(呐) 进，

稍慢

〔【快长锤】孟良用手将衣襟角掖于大带上，稍俯身进洞后，立身面向里左右摸索徐徐走向台中堂桌前，扶桌上椅子，左手在叠桌上做摸找骸骨状；与此锣鼓同时进行中，焦赞上场至“小边”台口处。

〔摇板〕

焦　赞 (过门) 2 3 3 2 1 2 3 2 1 1 - 6 1 2 2 ⁶1 - ‖
后 面 来 了 焦 克 明。

【叫头】且住！二哥前面走，俺在后面赶，赶到此处因何不见？【撕边】（一望）啊！【一锣】现有二哥马匹在此，想必他进洞去了，待俺下马进洞，作要惊吓于他！

〔【大锣五击】焦下马，【闷锣】（连续）双手轮换着摸索进洞，摸到孟良身边突然掐住孟良腰部。【一锣】

焦　赞 （大喊）拿奸细！【撕边】

孟　良 看斧！【大锣一击】（孟用斧向后一砍，焦赞仰面转身做倒下状）

（按：实际上是，焦仰面转身后，随即俯身由“上场门”下，表示他已被劈死于洞内。）

〔起更鼓【二更鼓】，【闷锣】孟良摸到骨匣后，下椅子，手托骨匣，退步向台口，矮身出洞口。【小锣一击】

孟　良 且喜骸骨到手，不免回营交令。哎呀且住！【一锣】适才盗骨之时，后面有人喊叫“拿奸细”，被俺一斧劈死，不免拖出洞外，看个明白。

〔【闷锣】孟良将斧和骨匣放左边地上，转身进洞，虚拟地表示右足碰到“尸体”，用左手抄起“尸体”双腿，右手抄起背部，拖尸退步出洞，转身一俯视。

孟　良 哎呀！【撕边一锣】（惊怔地发现是焦赞）

〔【快纽丝】孟良右单腿跪下，虚拟地将焦“尸体”放于地上。

〔西皮散板〕稍快

孟　良 サ(6 6 6 5 ⁱ3. 1 2 2 6 6 2 1 1 1 1 1) 45 3 3 3
一 见 贤 弟

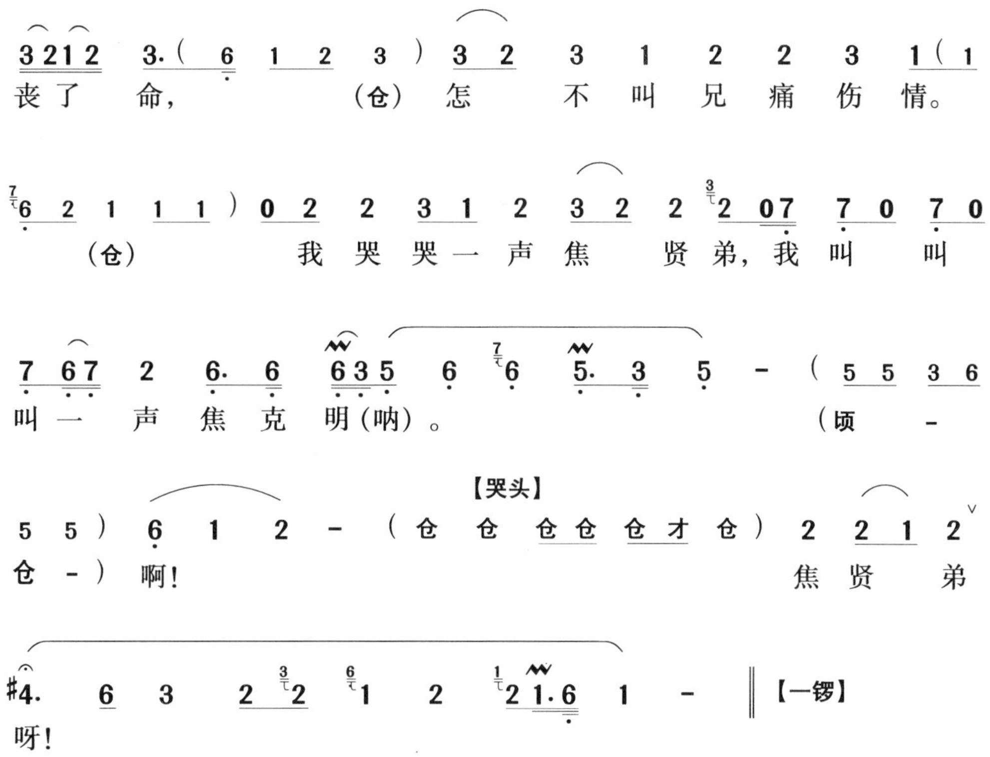

〔【扫头】、【住头】孟良起身向后，左转身向外垂头做暗泣状；【三更鼓】程宣急上。

程 宣 二爷，可曾看见一个黑脸大汉哪？

孟 良 被俺一斧，误将他劈死了。（极为惋惜地）

程 宣 他早就该死！

孟 良 唉，你可认得他？

程 宣 他不是煤铺的二掌柜的吗？

孟 良 唉，他就是三关的焦二爷。

程 宣 哎哟，我说孟二爷，您将焦二爷一斧劈死，有何脸面去见杨元帅呀？

孟 良 这个！【撕边】（双手撕扎后退，略一沉思，【一锣】上步向程——）程宣，你可愿回南朝？

程 宣 我早就想回南朝。（孟良俯身拾起骨匣）

孟 良 这里有匣儿一个，顶在头上，见了元帅，取下匣儿，方可下跪。

程 宣 是喽。（将匣接过来）但不知有何为证？

孟 良 板斧为证。（将腰间的另一把板斧抽下交程）

程 宣 三关难过呀？

孟 良 这有腰牌一面，带在身旁。（摘下腰牌交程）

程 宣 我还没有盘缠钱哪？

孟 良 现有散碎银两收下，快快收拾去罢！

程 宣 多谢二爷。

〔【冲头】程宣“上场门”下。孟良上步向“上场门”一望，【四更鼓】回过身来。

孟 良 【叫头】且住！想俺弟兄二人自投宋以来，焦不离孟，孟不离焦，不料贤弟被俺误伤性命而死，我有何脸面去见元帅？【**撕边一锣**】也罢！【**大锣五击**】不如拜谢宋王爵禄之恩，寻个自尽……唉【**一锣**】了罢！（哭泣）

〔【**快纽丝**】孟良拾起地上的板斧，斜向“上场门”单腿跪下。

〔西皮散板〕稍快

孟　良　（过门）サ 3 3　3 3　4 4　3（3 6　123）2　3 2　1 2　3 5　2 1
眼 望　南 朝　深 拜　定，(仓)　拜　谢　我　的 主　爵

6 1（1 1　621）2 45　3 2　2　2　2 1　6123　1　1 ‖
禄 恩。(仓)　一 把　板　斧　项　上　刎——①

〔【**扫头**】孟良甩胡子于左膀上，右手持斧顺势反腕向脖颈上一抹做自刎状。斧子随手脱落地下，左转身向里做倒下状，表示已死。实际是：左转身向里后，即俯身托大带暗暗从“下场门”下。【**五更鼓**】与此同时，程宣身系布包裹，头顶骨匣上，小转身向台口白。

程　宣　我说孟二爷，我收拾完了该走啦，您还有什么吩咐的？（一望，突然发觉孟良亦死）哎哟！二爷！您、您……您怎么抹脖子啦？！（带悲痛声）唉，我明白了，孟二爷将焦二爷劈死，无有脸面去见杨元帅，故此也自刎在洪羊洞了。哎！老哥儿俩生前就在一块儿，我不免给刨个坑儿，把他们也埋在一块儿得啦！【**小锣带锣**】（程宣使斧子转圈做刨坑状。然后，虚拟式的搬尸体放入坑中，铲土埋上）得喽，埋好啦。（向右回身一望）嗬！这儿还有两匹马，（俯身拾起两个马鞭）待我骑上一匹，（上马）再拉上一匹，这还有个名堂，叫做“富贵有余”。嘚儿、哦嗬！

〔【**小锣打下**】程宣边走边做打马动作，下场。

第七场

回骨

〔【**小锣抽头**】杨延昭上，至台口。

〔二黄摇板〕紧拉散唱

杨延昭　（6 | 5 | 3 | 2 | 3 | 3 | 2 3 | 3 3 |

2 1 | 6 1 | 5 3 | 2 1 | 6 1 | 5）| 6 -
孟

1　6 1.　2 - 3　2. 1　6（1 | 2）| 6　3
良　盗（哇）

① 这三句也可唱作：“眼望南朝拜圣恩，伏身再谢元帅情，一把板斧拿在手……”。

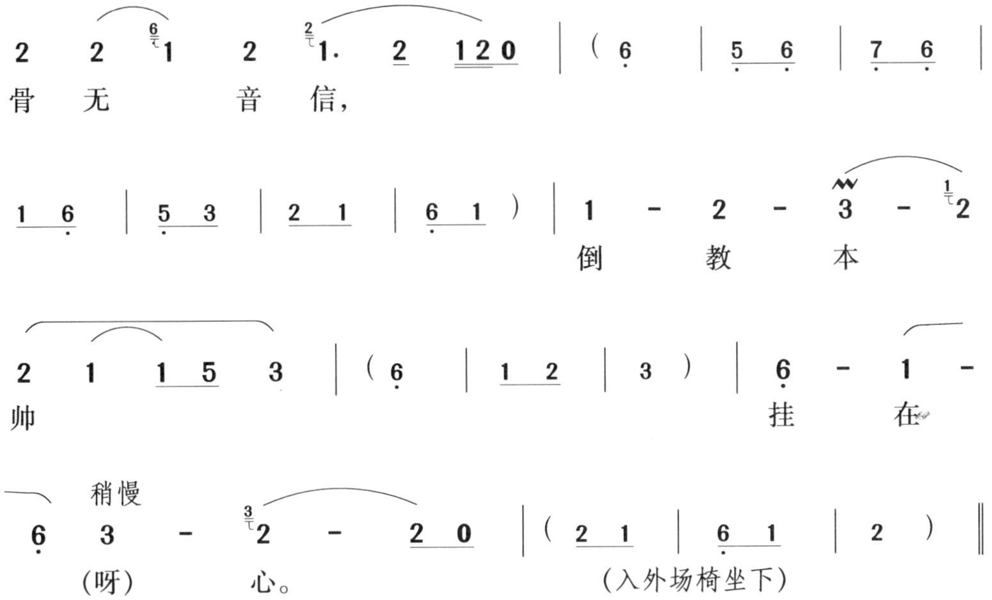

〔家院内白：“随我来！”

〔【小锣五击】家院引程宣上，至“小边”台口。

家　院　你且少站。（进门至“大边”面向里）启禀元帅，有一北国小番求见。

杨延昭　传。

家　院　是。（走至台口）元帅传你，小心了！

程　宣　是①。北国军卒告进。——【小锣闷音】（躬身进门）元帅在哪里？（边说边进）元帅在……（小转身站在“小边”）

杨延昭　嗯！——【小锣一击】（向程宣一望）这一小番，头顶何物？见了本帅，大胆不跪！

程　宣　取下头上匣儿，方可下跪。

杨延昭　将匣儿取了下来。（以目示意家院）

家　院　是。【大锣五击】（从程宣头上取下骨匣，呈上，杨延昭拿过骨匣布包一看）

杨延昭　【撕边一锣】令公骸骨！【一锣】哎呀！【快纽丝】（捧骨匣起立，急向台口跪下，家院、程宣同跪下）

〔二黄散板〕

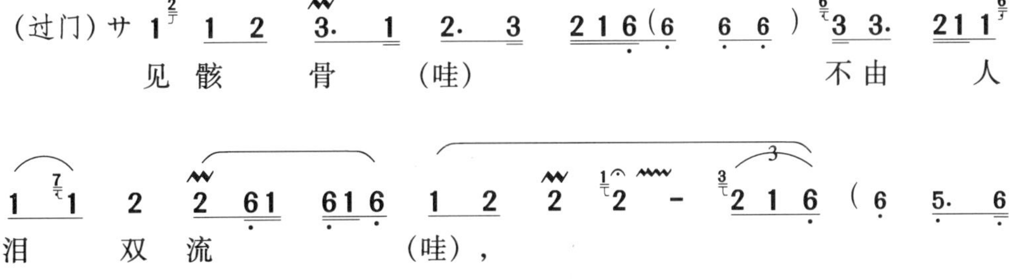

---

① “回骨”这场戏肃穆悲伤，程宣又系见长官，故其台词改为全用韵白。

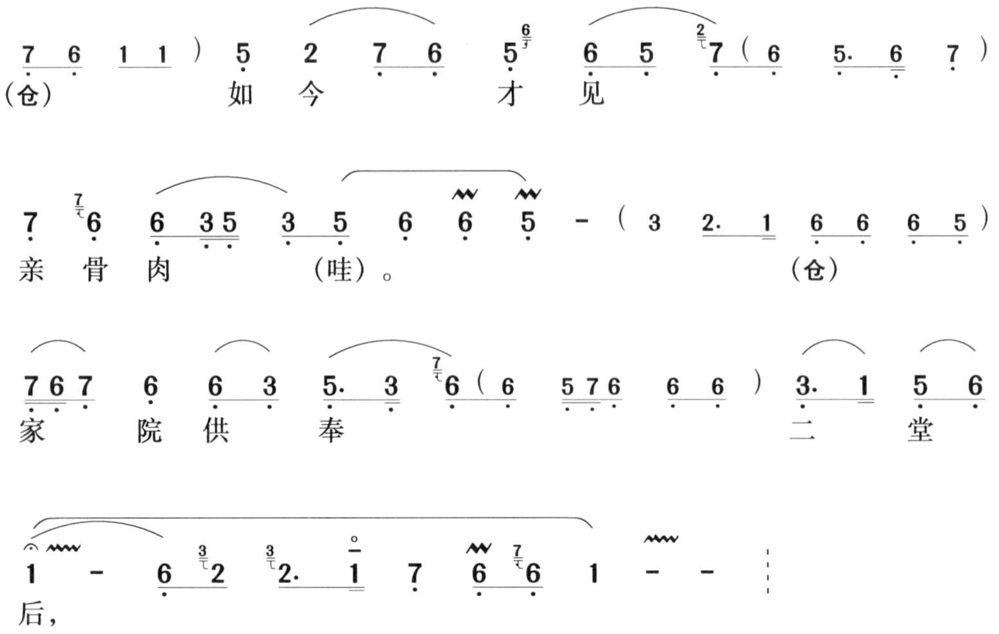

〔【纽丝】三个人同起立，杨延昭将骨匣交与家院，转身入座。家院送骨匣下，再上。

杨延昭 (过门)

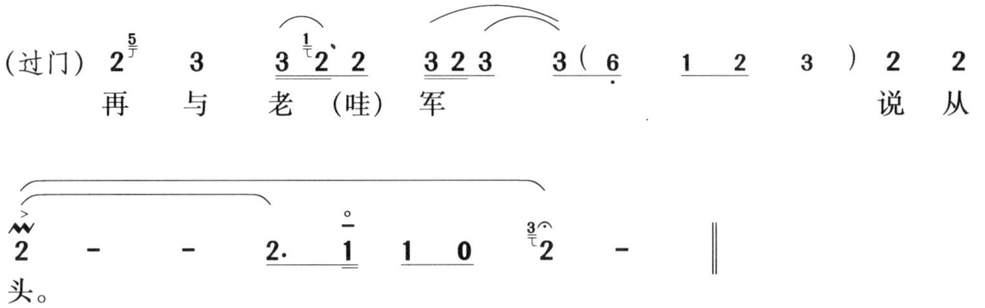

〔【住头】程宣向杨延昭跪下。

程　宣 小人与元帅叩头。

杨延昭 罢了。你叫什么名字？（程站立在“小边”）

程　宣 小人名叫程宣。

杨延昭 奉何人所差？

程　宣 孟二爷所差。

杨延昭 有何为证？

程　宣 板斧为证。

杨延昭 呈上来。

程　宣 是。（呈板斧，家院接过交杨延昭一看）

杨延昭 收下了。

家　院 是。【小锣一击】（家院接过斧收起）

杨延昭 程宣。

程　宣 有。

杨延昭 那孟二爷他往哪里去了？

程　宣　这……（台匝匝匝匝）哎，元帅哟！（台台另另台）孟二爷前去盗骨，焦二爷暗地跟随，孟二爷一时失手，将焦二爷劈死了！

〔【撕边一锣】杨延昭惊愕，起身向后一坐。

杨延昭　哎呀！

〔【快纽丝】杨延昭起立走近台口。

〔二黄散板〕稍快

杨延昭　（过门）サ 3 2 2　2122　2 4 4 3（3 6 123 3）2 1 2

听　罢　言　来　泪　双（呃）淋，　（仓）　可　叹　你

1 1 2 323 6 1 3. 21 6 01 2 －【住头】‖

为　杨　家　命　丧　番　营。　（以袖拭泪，转身入座）

杨延昭　程宣，那孟二爷将焦二爷劈死，他他、他因何不来见我啊？

程　宣　这……（台匝匝匝）哦，再揖告[①]元帅哟！（台台另另台）孟二爷将焦二爷劈死，无有脸面来见元帅，他、他就自刎在洪羊洞口！（嘟~~~~）（杨延昭大惊）

杨延昭　怎么讲？（仓）

程　宣　自刎在洪羊洞！

〔【一锣】杨延昭惊呆。【快冲头】急起身至台中，翻袖起【双叫头】。

杨延昭　孟良！（仓仓另仓0）焦赞！（仓才仓）哎呀！（八0 大0 仓0）（右袖翻向脑后。【撕边】胡子与双手抖动，合眼向后做晕倒状。【快冲头】家院、程宣急向前扶于椅子上）

家　院
程　宣　（白）元帅醒来！

〔二黄导板〕

杨延昭　【导板头】（过门）サ 3　3. 2 1 2 2 3 2 3 2（1 6 6 6 6）

听　说

7276 6 1. 2 7 56 5（3 2 2. 1 6 6 6 5）2

二　将（呃）　双

2 1 2 2 #4 － 3 3 3 － －　（【冲头】起身【双叫头】）

双　丧　命（呐），

杨延昭　焦赞！孟良！唉！（仓）噎……！

〔【撕边】杨延昭配合哭泣，以袖拭泪。【纽丝】稍上两步。

---

① 北方语汇中有："我给您作个揖来说"，用此敬重之语，防止对方急怒。此句常有人说成："哦嗬，又一个元帅呀！"似乎把它念讹了，故感到极不严肃。

〔二黄散板〕

杨延昭 （过门）2 212 2 2 2 1 5 3（6 123） 6· 1 1· 3 2

去了 我左右 （哇）膀 难 以（呀）飞

2 2 － － 2 2 1 6 0 2 2（5 6 1 2 ）

行。叫 老 军 （仓）（程宣应声）

5 7 6 3 5· 3 6（6 6）1 3 26 1 2 2

到 番 营 把 尸 骨 搬（呐）

1 － － 1 2 2 3 2 3 2· 1 1 2 2 2 1 －

运，

〔【纽丝】程宣白：“遵命。”程由“上场门”下。杨延昭转身。

杨延昭 （过门）1 2 3 2 2 2 21 4 3（6 1 2 3 ） 2· 1

待 本 帅 奏 圣（呐）上 超

1 6 3 2· 1 1 1 2 － （八 大大 仓 0）

度 灵 魂。

〔【乱锤】杨延昭双手捂肚子，做腹痛、站立不稳状。【凤点头】

杨延昭 （过门）2 2 1 2 2（5 6 1 2 ） 1 7 5 6 6 1 7 6

霎 时 间 （仓） 腹内 痛（呃）

5 3 2（2 5 6 7 2 2 2 ） 3 21 6 1· 3 200

（顷 － 仓） 心 血 上（呃）

【哭头】

（仓 仓 仓仓 仓才 仓）1 612 2 － 1210 （八 大大 仓 0）

（双手捂肚子，摇头、摆步）涌，（啊）

〔【小乱锤】转（0 嘟 顷 台 仓 0 0 嘟 顷 台 仓 0 八 0 大 0 仓 0）

（杨站立不稳，吐血）“呃……” （又 吐）“呃……” （再吐） （甩胡子）

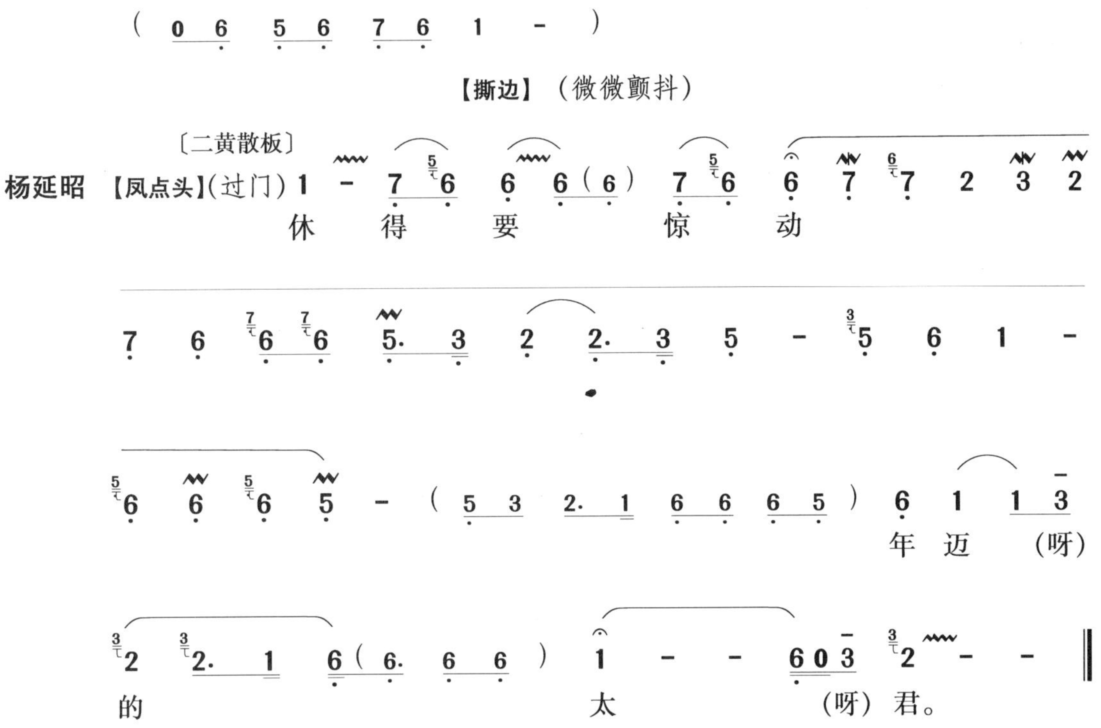

〔接连【撕边】、【一锤锣】杨延昭左转身扶家院左肩，左手捂护腹部徐徐下场。

第八场

探病

〔接前场转【撤锣】、【小锣打上】四内侍、一大太监上。

〔【单上场】赵德芳（八贤王）上，至台口。

赵德芳 （引子）驾坐清宫，（多 多）听笙歌，（多 罗.）

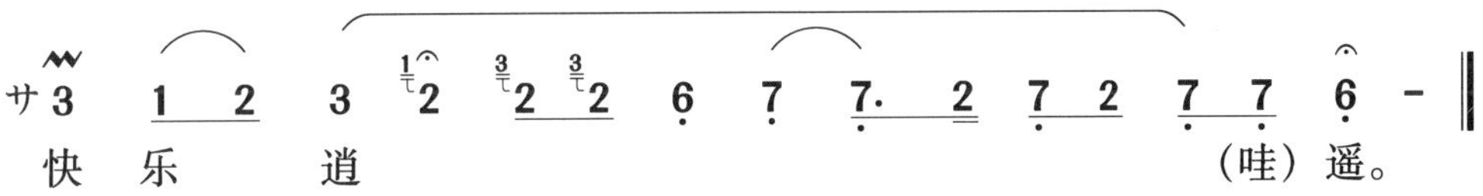

〔【小锣归位】赵德芳左转身入外场座。

（念诗）紫金冠凤翅双飘，
　　　衮龙袍玉带围腰；
　　　凹面锏文武皆怕，
　　　上金殿扬尘舞蹈。【小锣住头】

本御，赵德芳。（台 多 0）叔王钦封八贤王，驾坐南清宫。适才内侍报道，御妹夫身染重病。为此孤王放心不下，不免前去探望。内侍！

大太监 有。

赵德芳 吩咐御林军[1]走上。

大太监 御林军走上啊！

〔【大锣长尖】四御林军持荷包枪分两边上，至台口面向里站一排。

赵德芳 排驾！[2]

〔【慢长锤】四御林军分开两边站，一军士带过马鞭，赵上马。

赵德芳 〔二黄原板〕转【夺头】(起首过门)

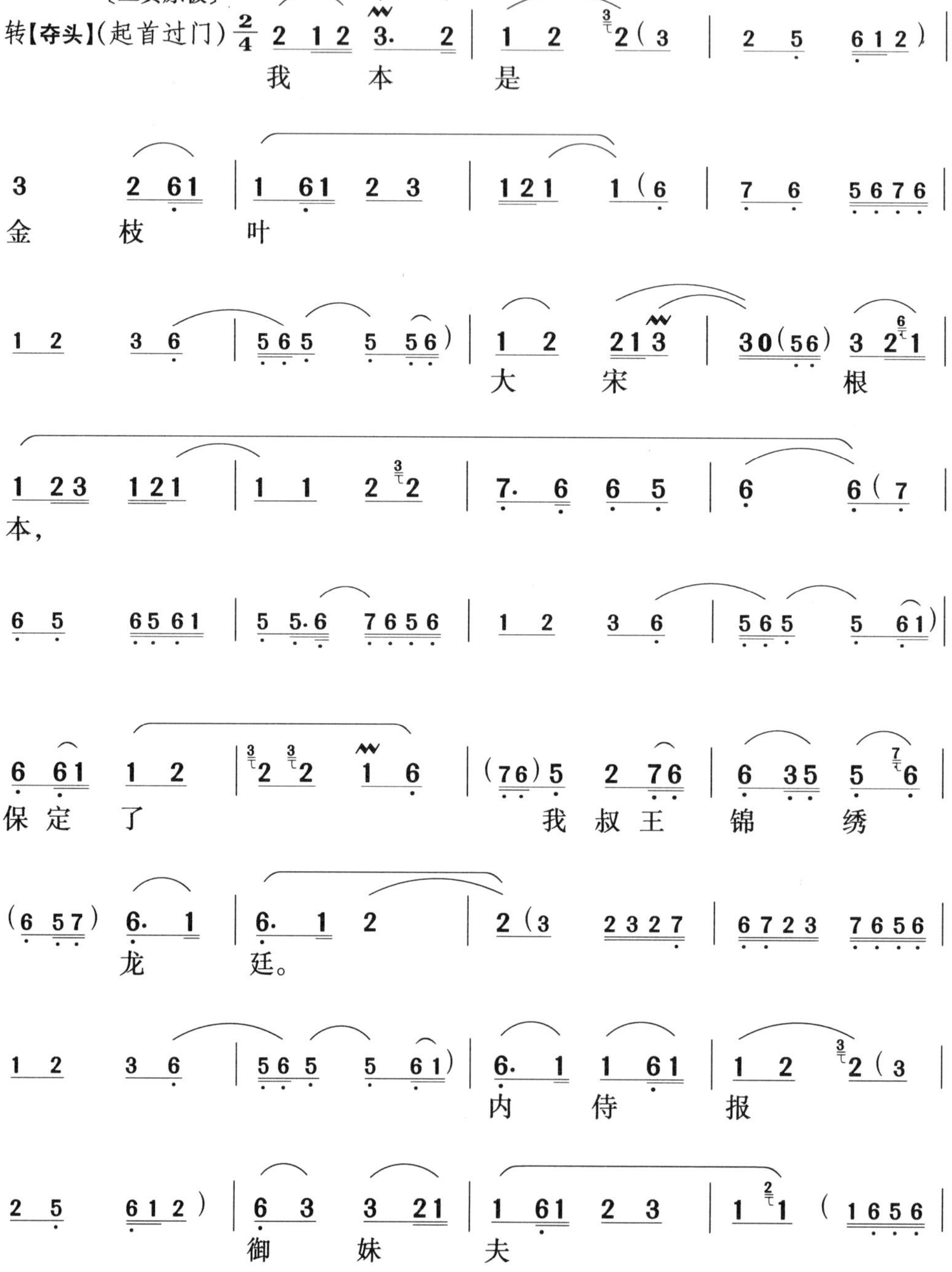

① 按：实际应称作“羽林军”。

② 排列仪仗或车乘而行之意，常误念为摆驾。

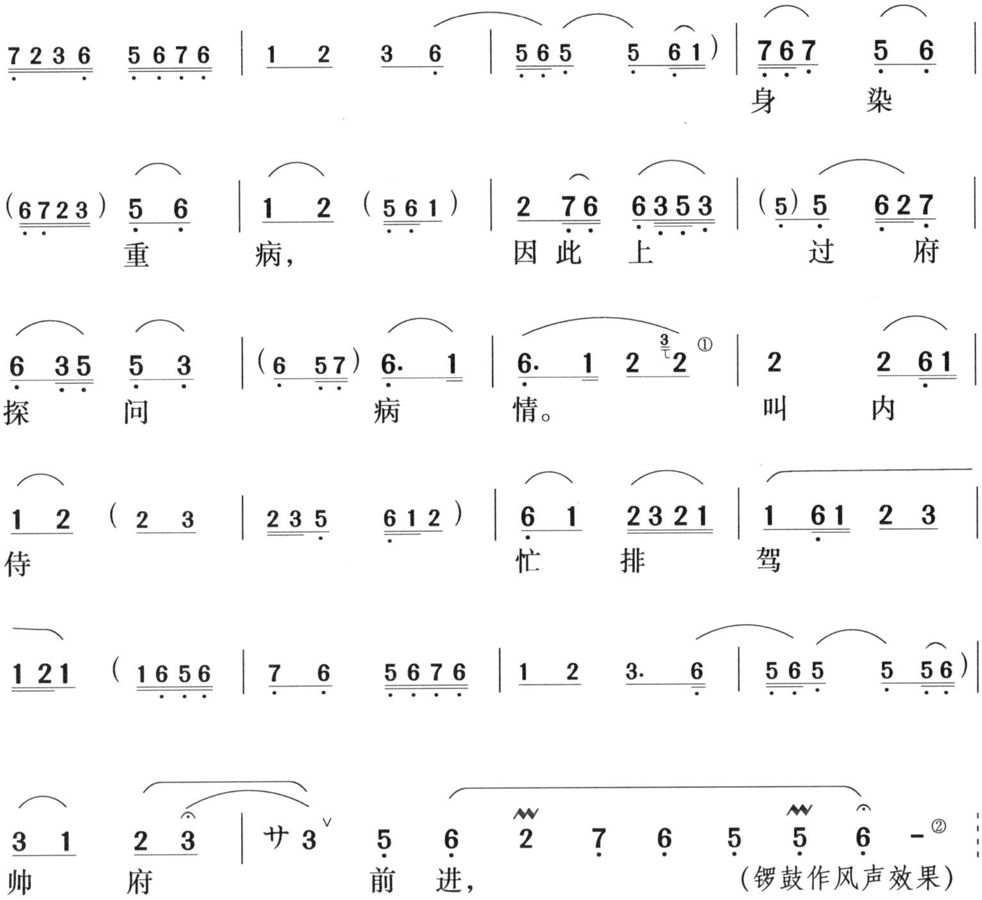

〔【大锣纽丝】（或【抽头】）众人走小圆场，四御林军至“上场门”站“一条鞭”，赵德芳至“小边”停住，向下场一望。锣鼓切住。

赵德芳 啊！（表示一惊）

〔散板〕

【凤点头】

〔【快凤点头】一御林军递弓箭给赵德芳。

赵德芳

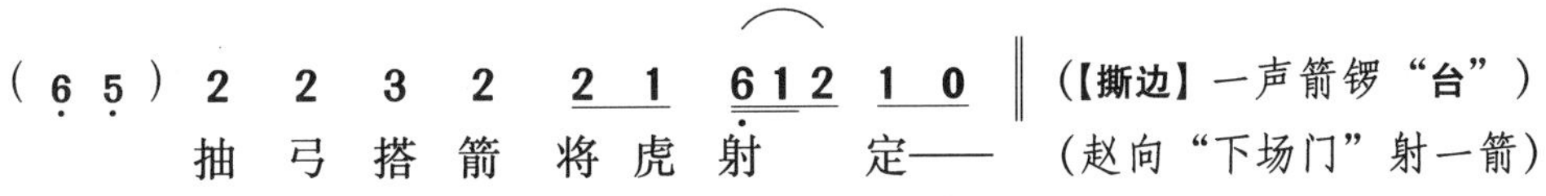

〔（八大仓）【扫头】赵德芳策马急下，【快原场】众人随窝下。

---

① 此处之后也可放出过门然后再接唱。

② 早年，赵德芳在原板“唱散”一句之后，照例上一虎形，后来的演出就逐渐免去。现在演唱时，索性连射虎这一情节全不表述了，只用改唱一句散板“见了那御妹夫细问分明”而结束。

第九场

病房

〔紧接前一场，锣鼓转【撤锣】收住。

〔杨延昭内白：“搀（呐）扶！”

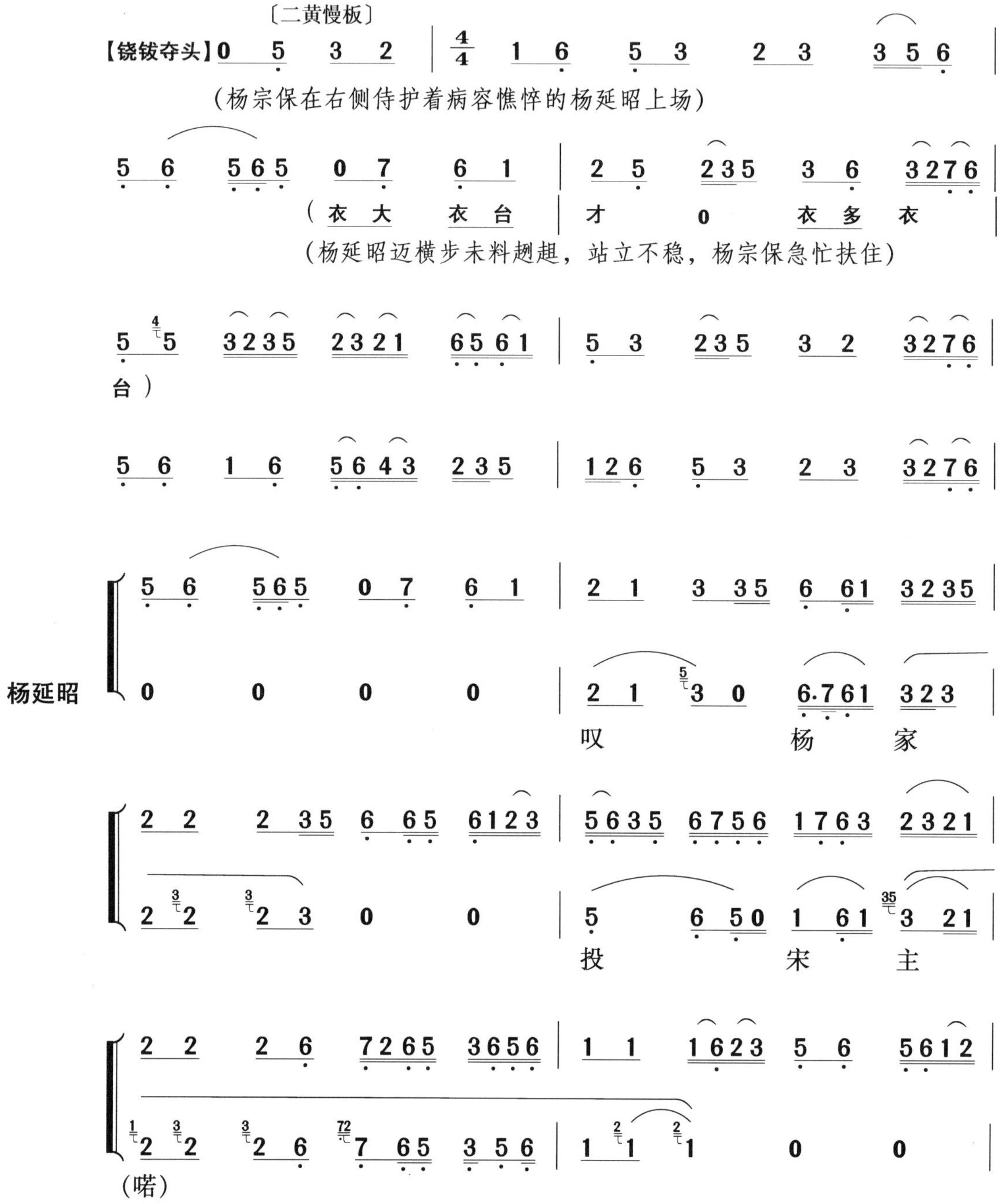

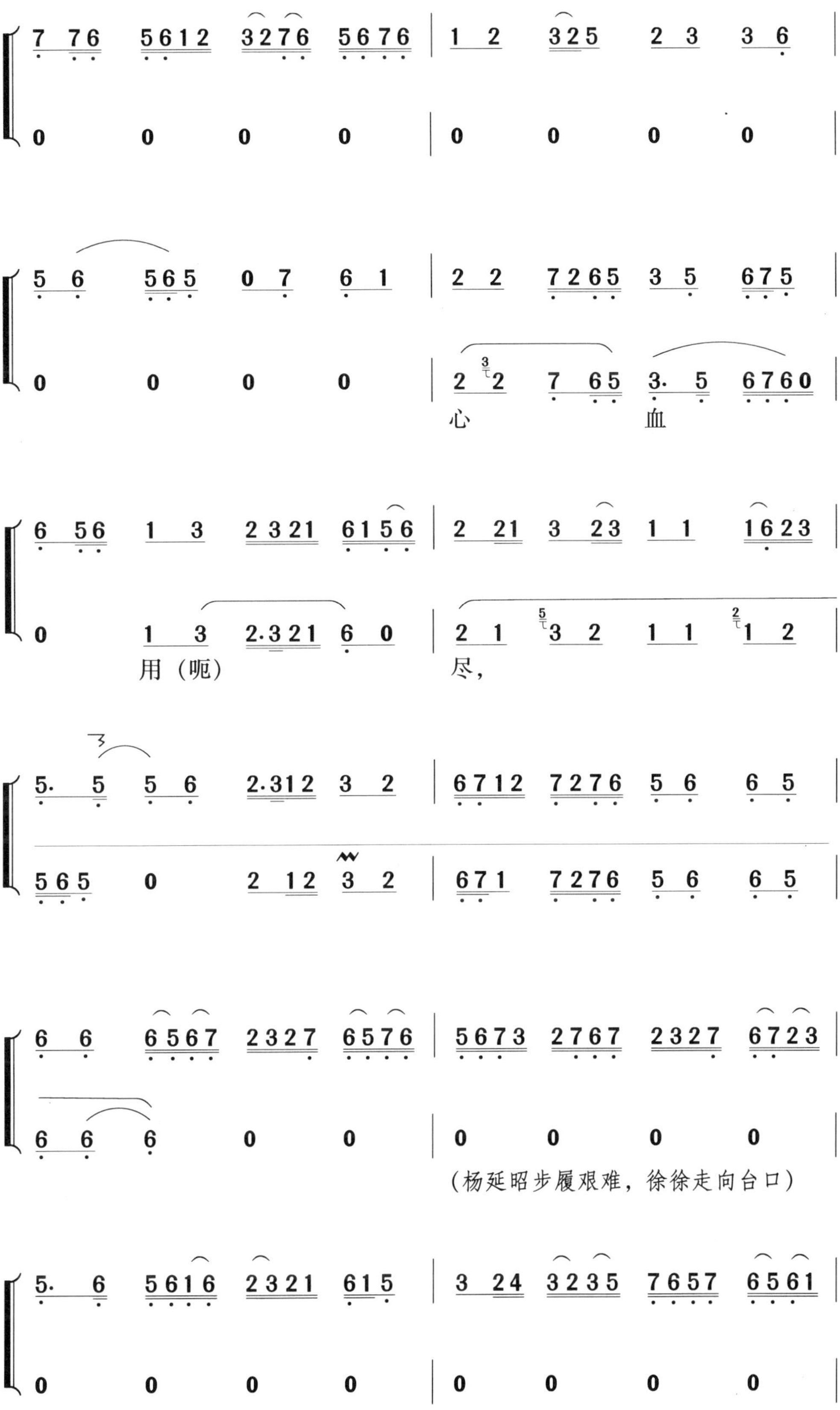
心
血
用（呃）
尽，
（杨延昭步履艰难，徐徐走向台口）

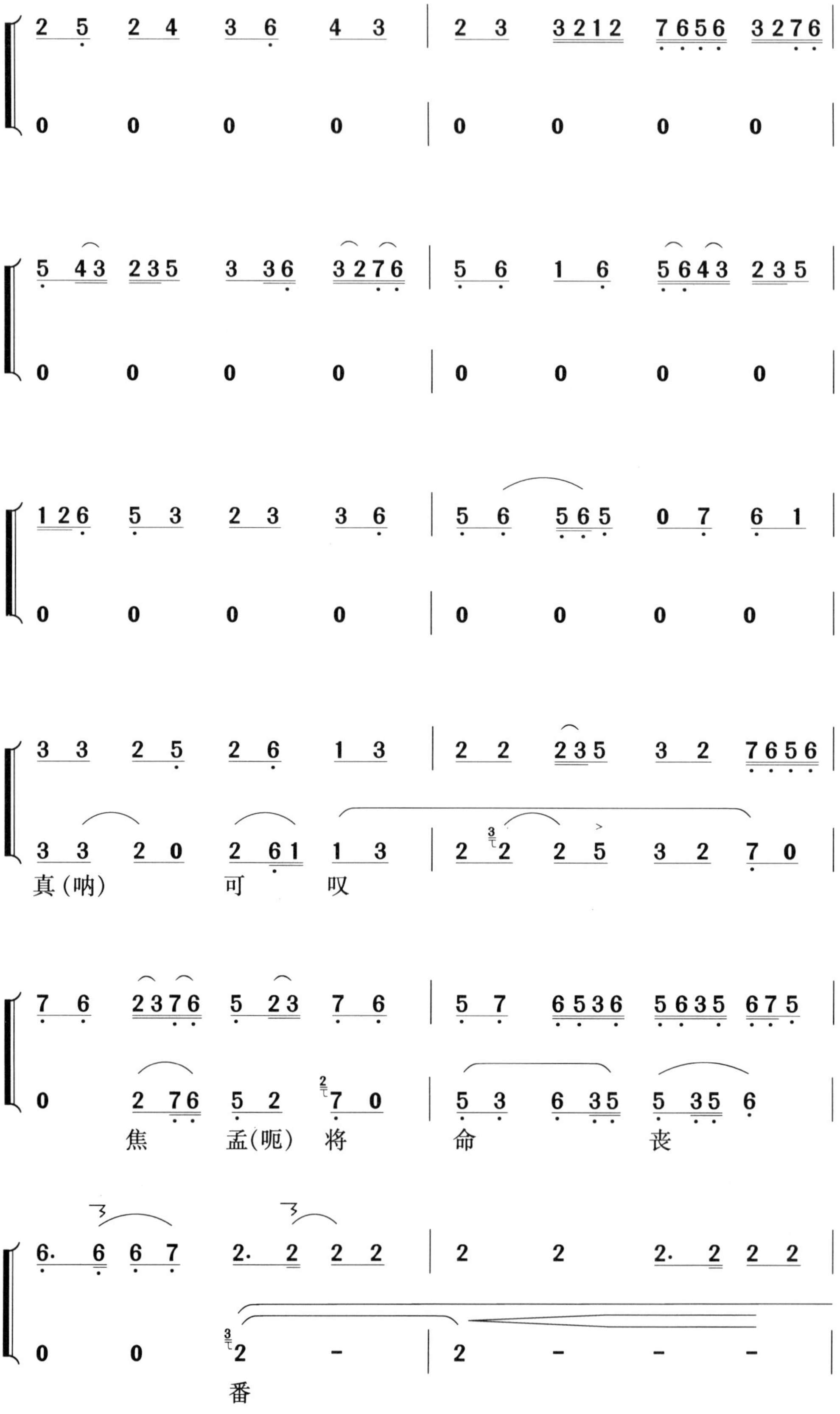
真(呐) 可 叹
焦 孟(呃) 将 命 丧
番

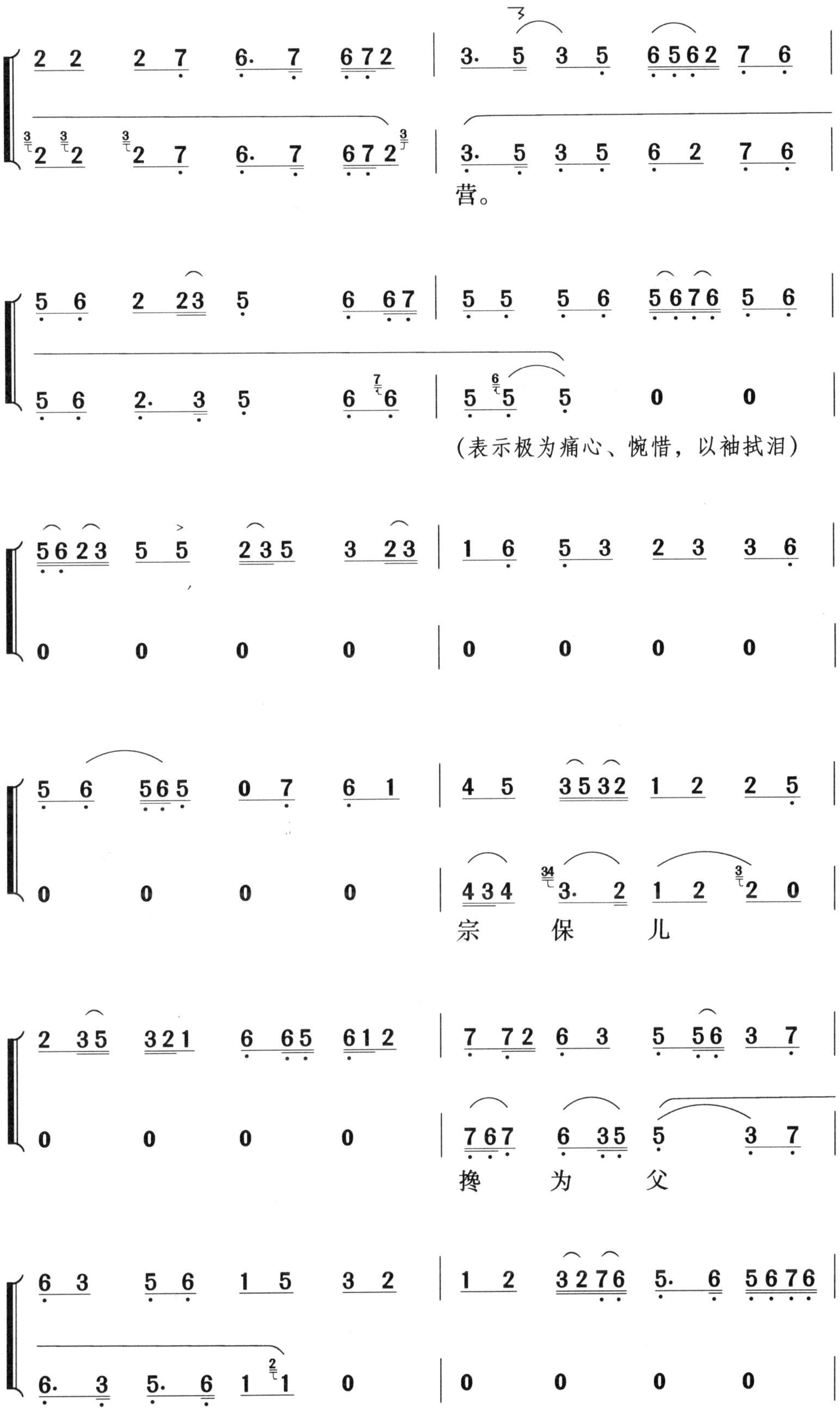
营。
(表示极为痛心、惋惜，以袖拭泪)
宗 保 儿
搀 为 父

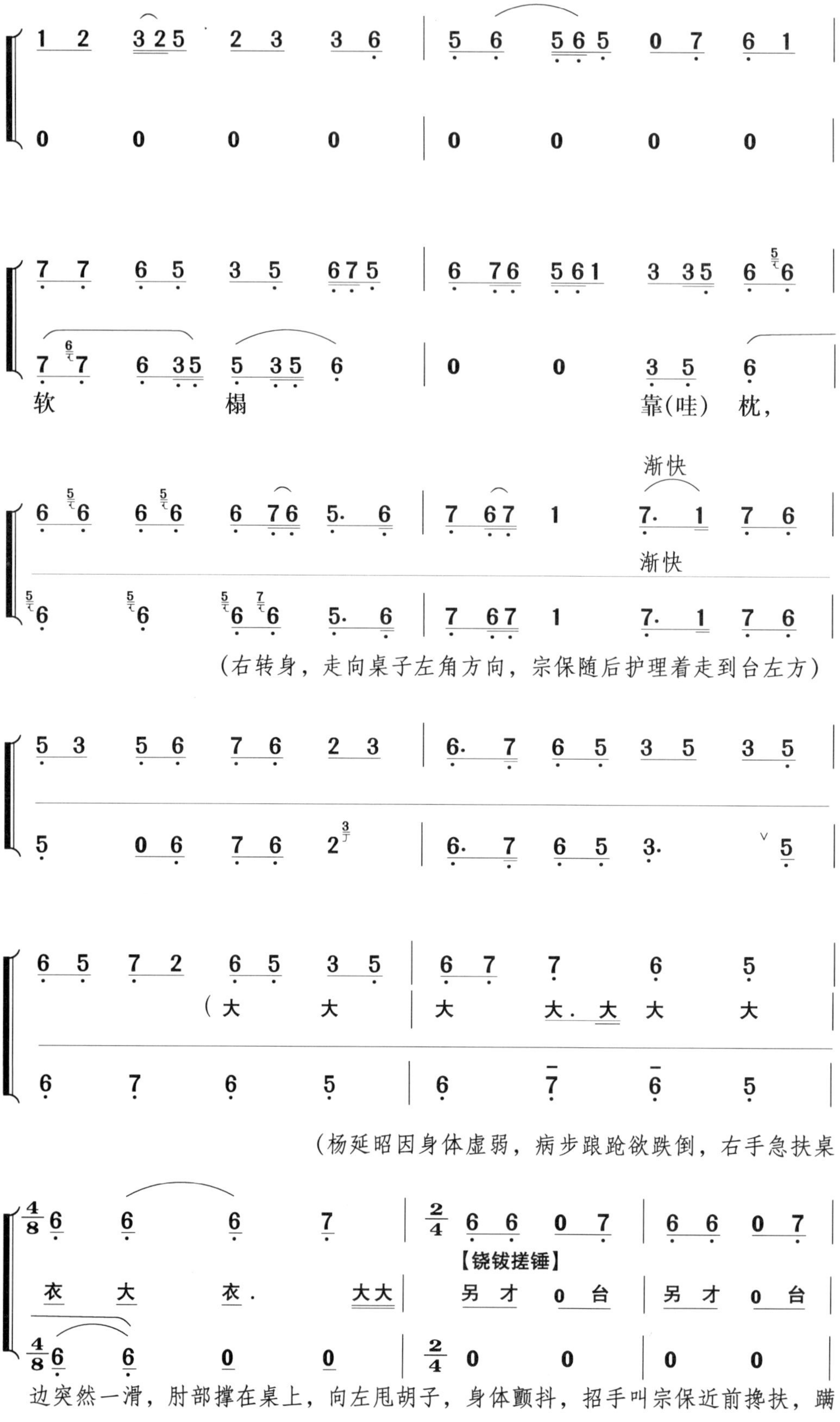
软 榻 靠(哇) 枕，
渐快
渐快
(右转身，走向桌子左角方向，宗保随后护理着走到台左方)
(大 大 大 大．大 大 大
(杨延昭因身体虚弱，病步踉跄欲跌倒，右手急扶桌
【铙钹搓锤】
衣 大 衣． 大大 另 才 0 台 另 才 0 台
边突然一滑，肘部撑在桌上，向左甩胡子，身体颤抖，招手叫宗保近前搀扶，蹒

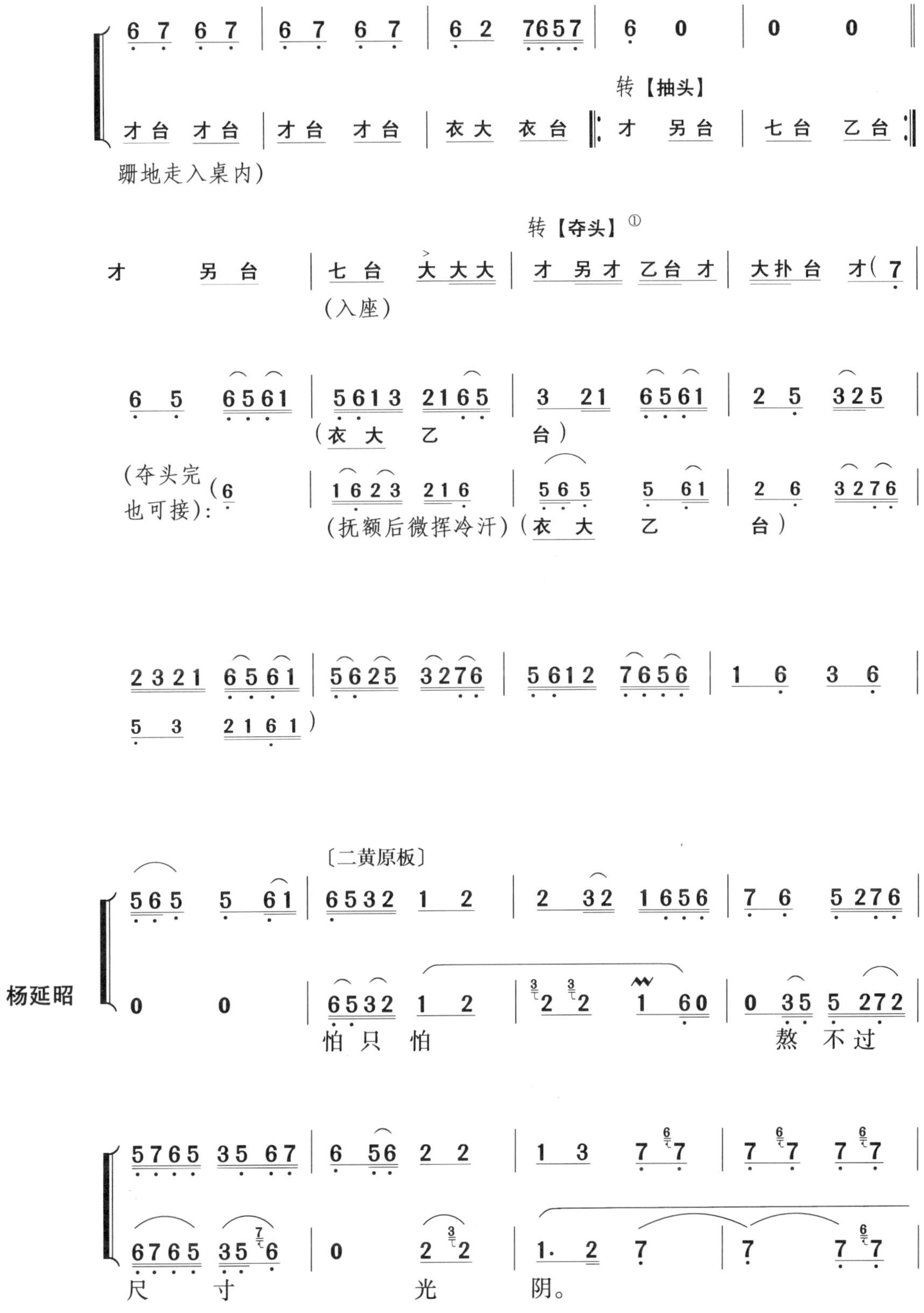

① 【夺头】后接〔原板〕时尽可能用短过门演奏，以显紧凑。

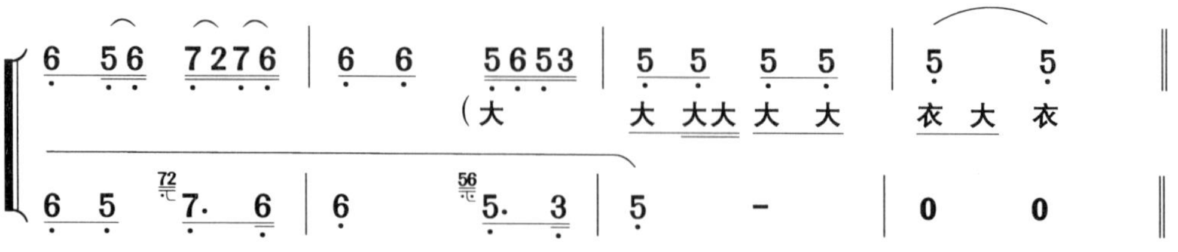

（唱完，右手曲拳支面颊，昏迷入睡）

〔【小锣抽头】四御林军、大太监上，站"一条鞭"。赵德芳上。

〔二黄摇板〕

赵德芳

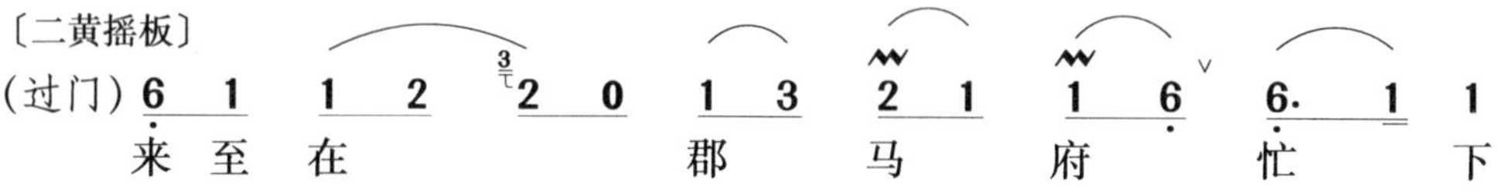

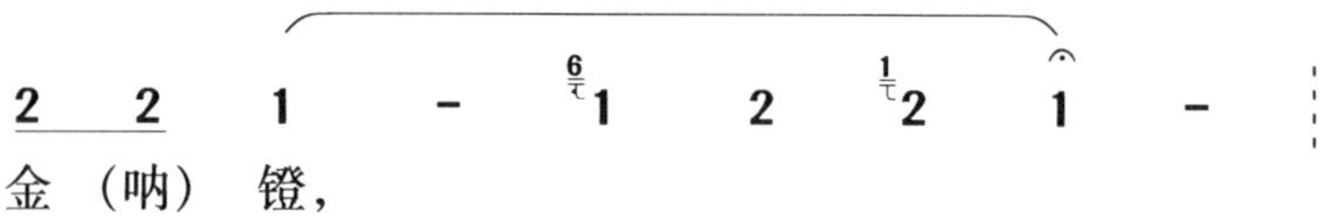

〔【小锣抽头】赵德芳转身下马一挥手，四御林军、大太监退下；杨宗保出门，夹白："迎接千岁。"

赵德芳

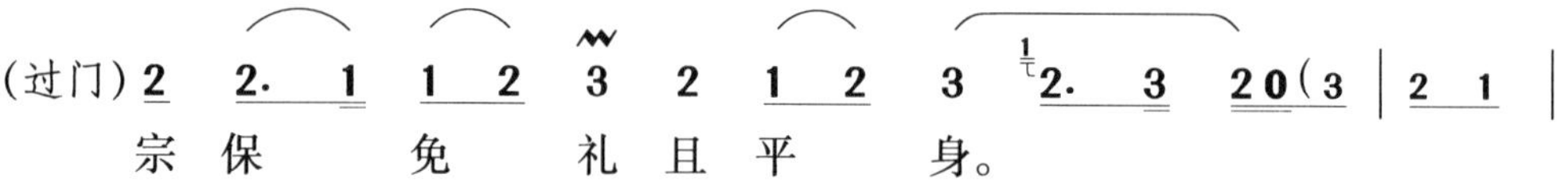

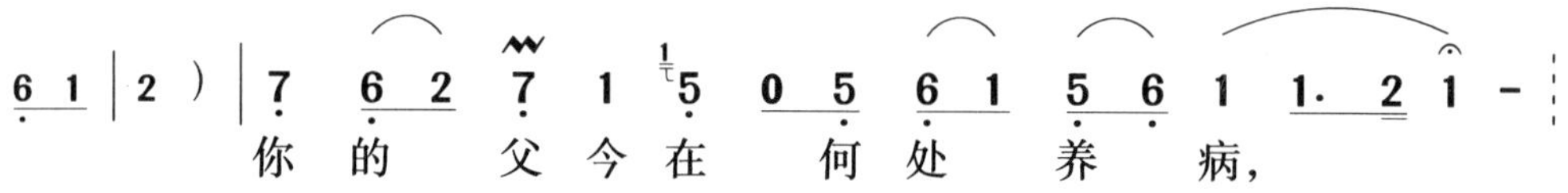

（宗保夹白："现在病房。"赵德芳夹白："带路！"）

〔【小锣抽头】宗保引赵进门后站于"小边"，赵在"大边"一望。

赵德芳

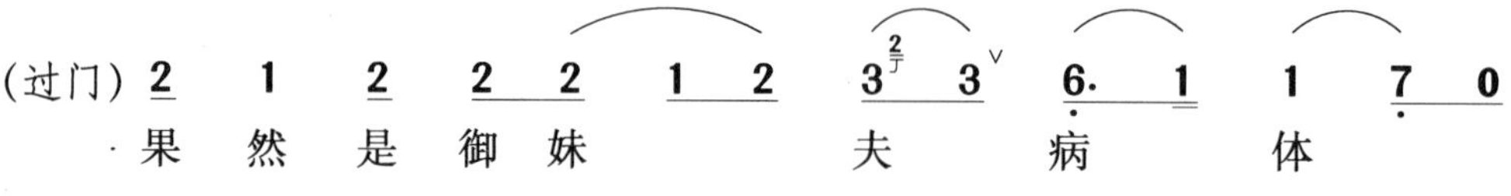

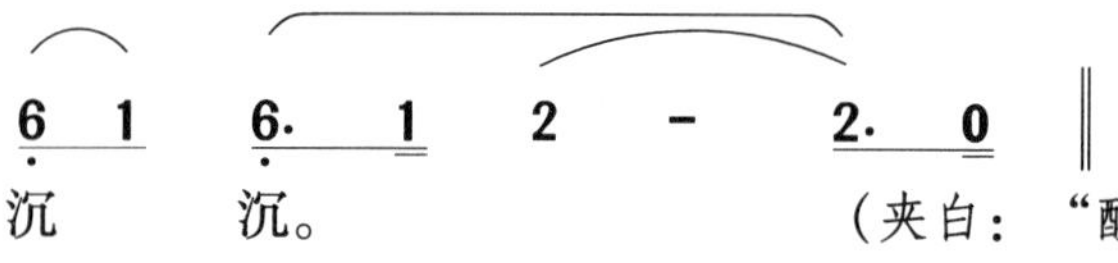

（夹白："醒来！"）

〔【大锣导板头】赵德芳"大边"入座。杨延昭仍在昏睡状中。

〔二黄小导板〕

杨延昭

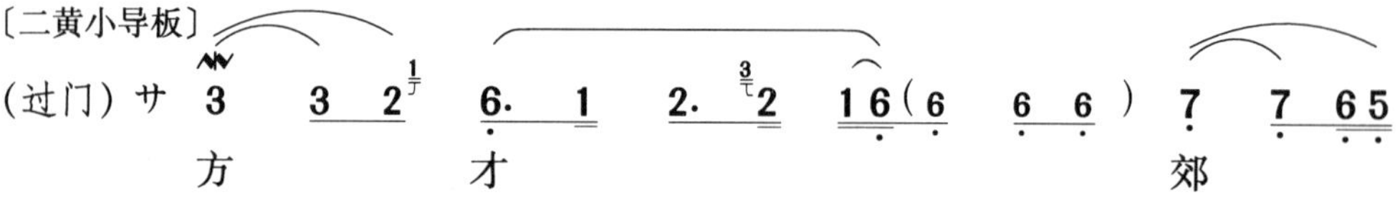

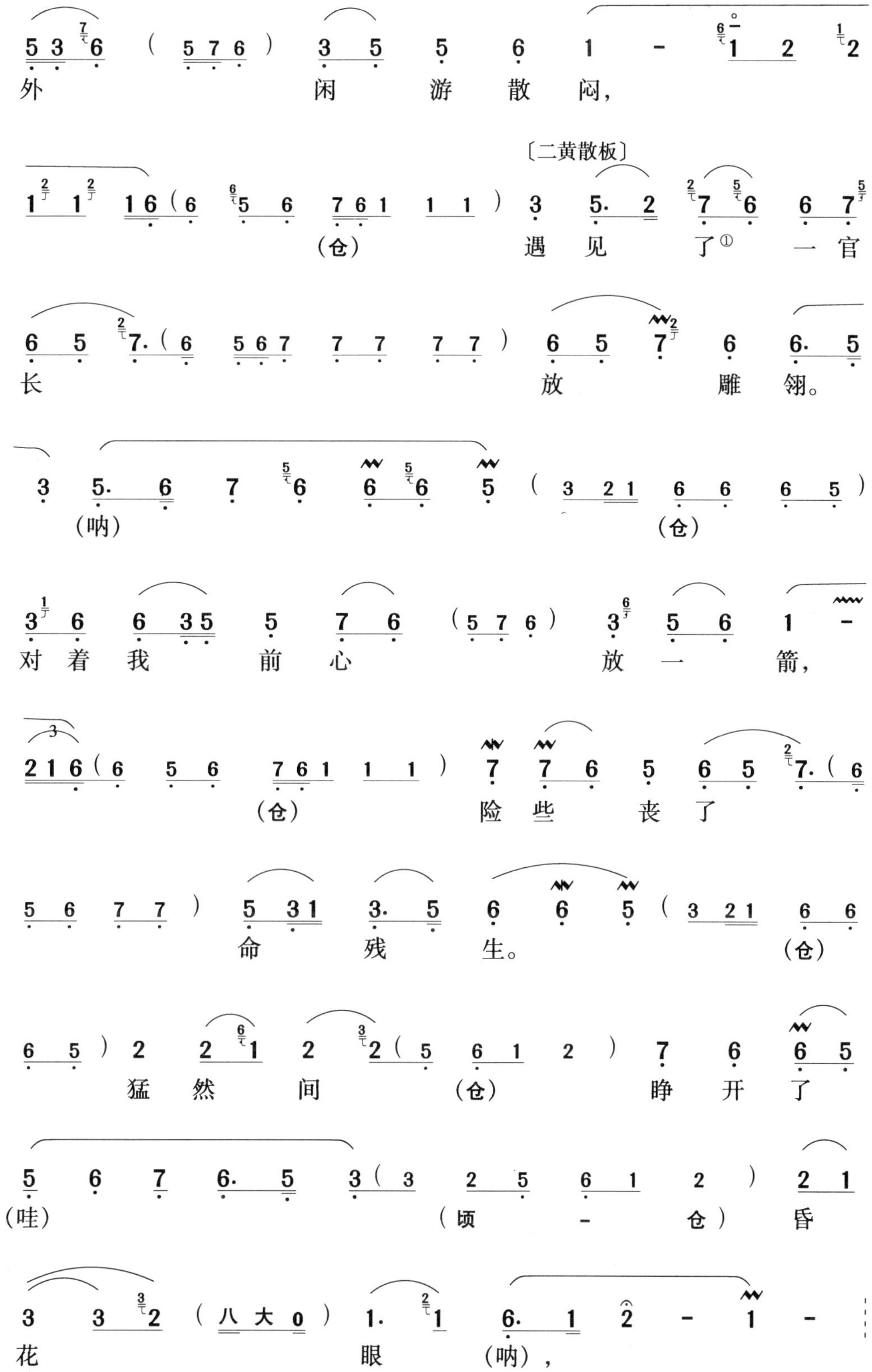
外 闲 游 散 闷，
〔二黄散板〕
（仓） 遇 见 了① 一 官
长 放 雕 翎。
（呐） （仓）
对 着 我 前 心 放 一 箭，
（仓） 险 些 丧 了
命 残 生。 （仓）
猛 然 间 （仓） 睁 开 了
（哇） （顷 － 仓） 昏
花 眼 （呐），

① 一般均唱“见一官长”。

〔【大锣一击】【小乱锤】杨延昭见赵德芳大惊，急起离座向右躲闪，宗保急忙扶住。

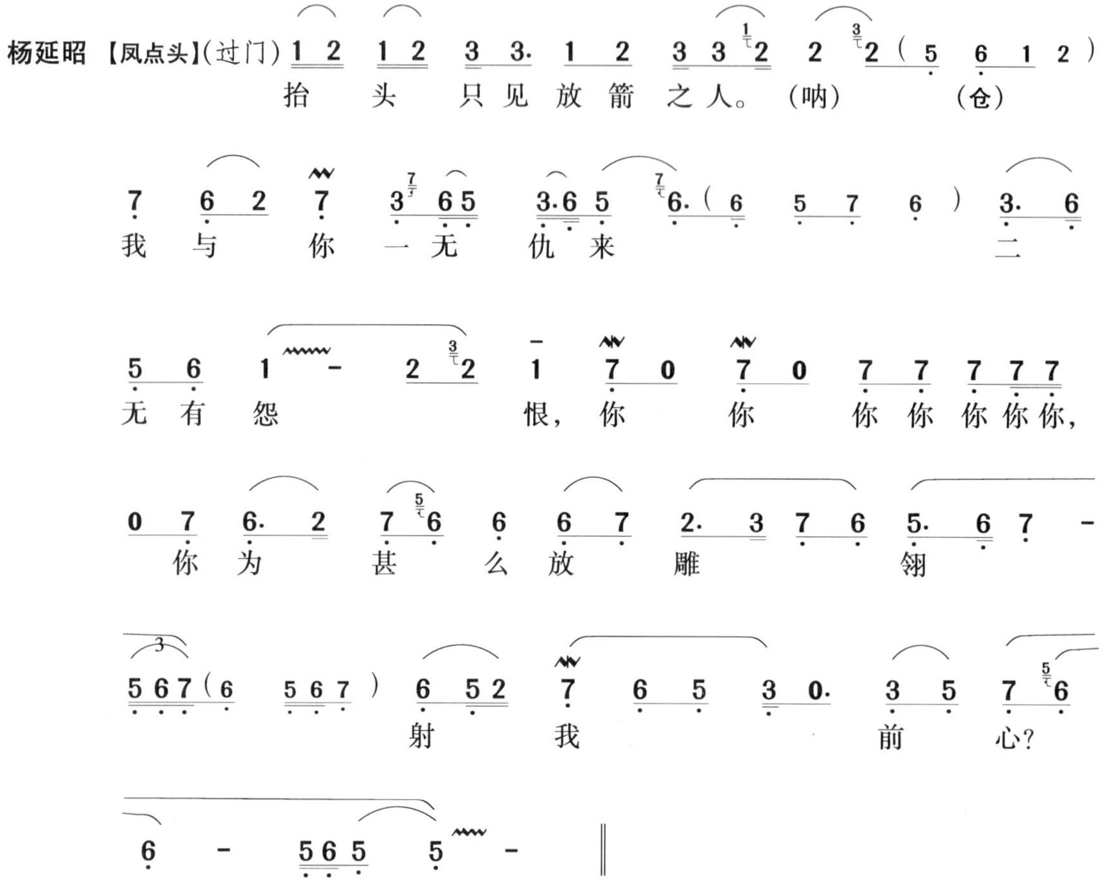

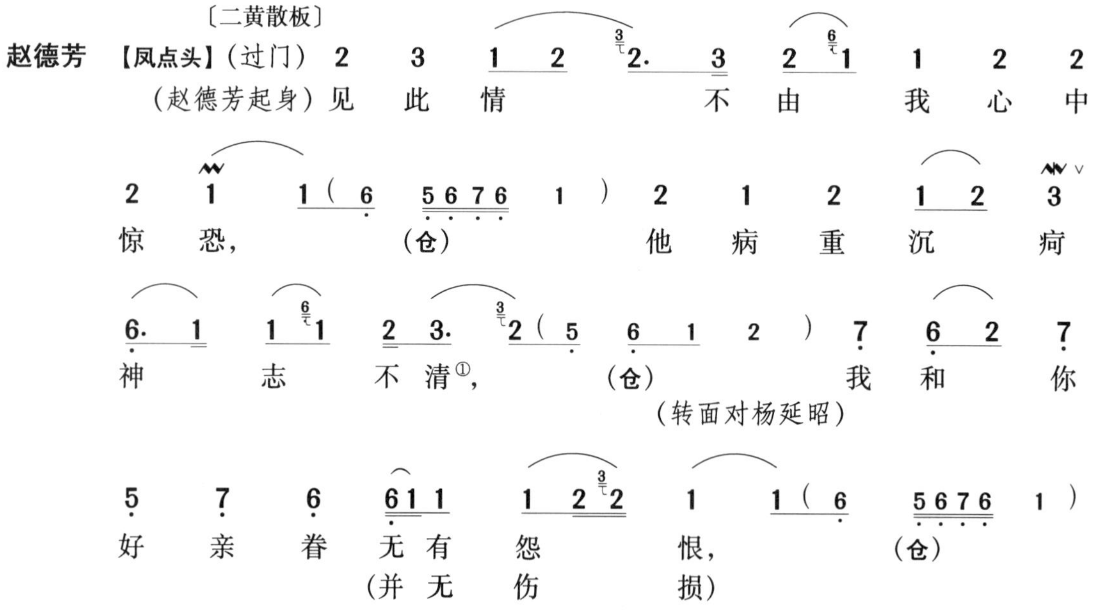

① 这两句的旧词是："听罢言来才知情，白虎是他本命星。"

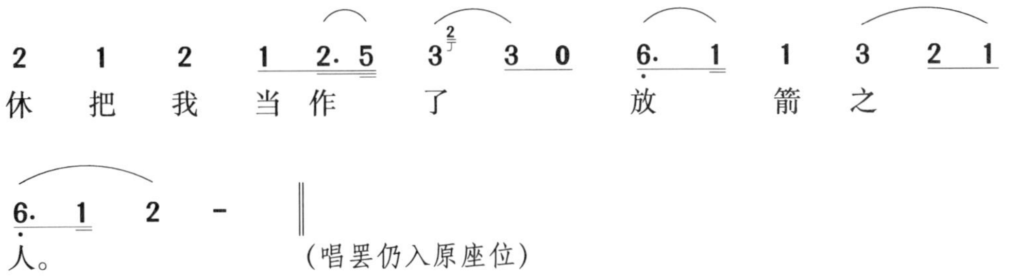

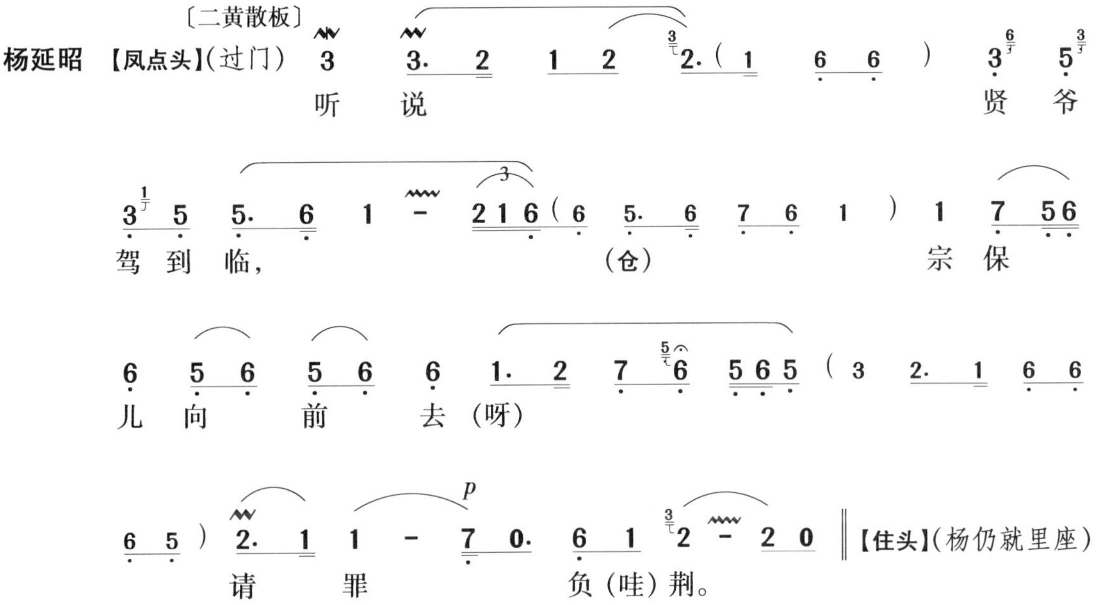

杨宗保 千岁恕罪。(躬身施礼)

赵德芳 平身。

杨宗保 千千岁。

赵德芳 赐座。

杨宗保 谢座。**【小锣一击】**(坐于“小边”)

赵德芳 啊御妹夫，你此病从何而起?

【小锣叫头】

(台 扎 扎 扎 衣大 衣 台)

杨叹息：“哎！”

杨延昭 贤爷呀……!

〔二黄中三眼〕①

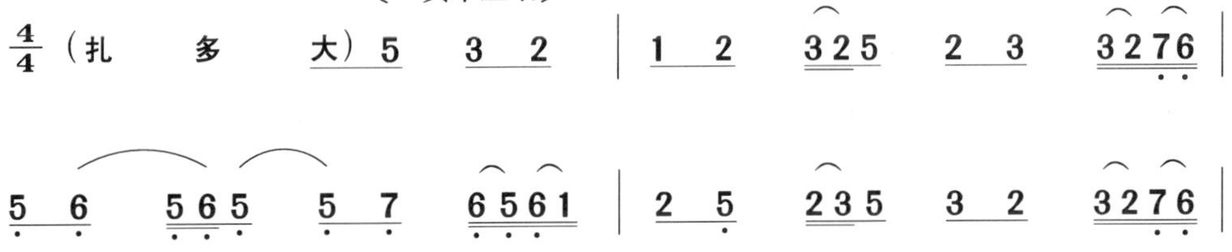

① 〔中三眼〕是介于〔慢三眼〕与〔快三眼〕之间的一种板头，它的速度是中等的，也可称为〔紧三眼〕。

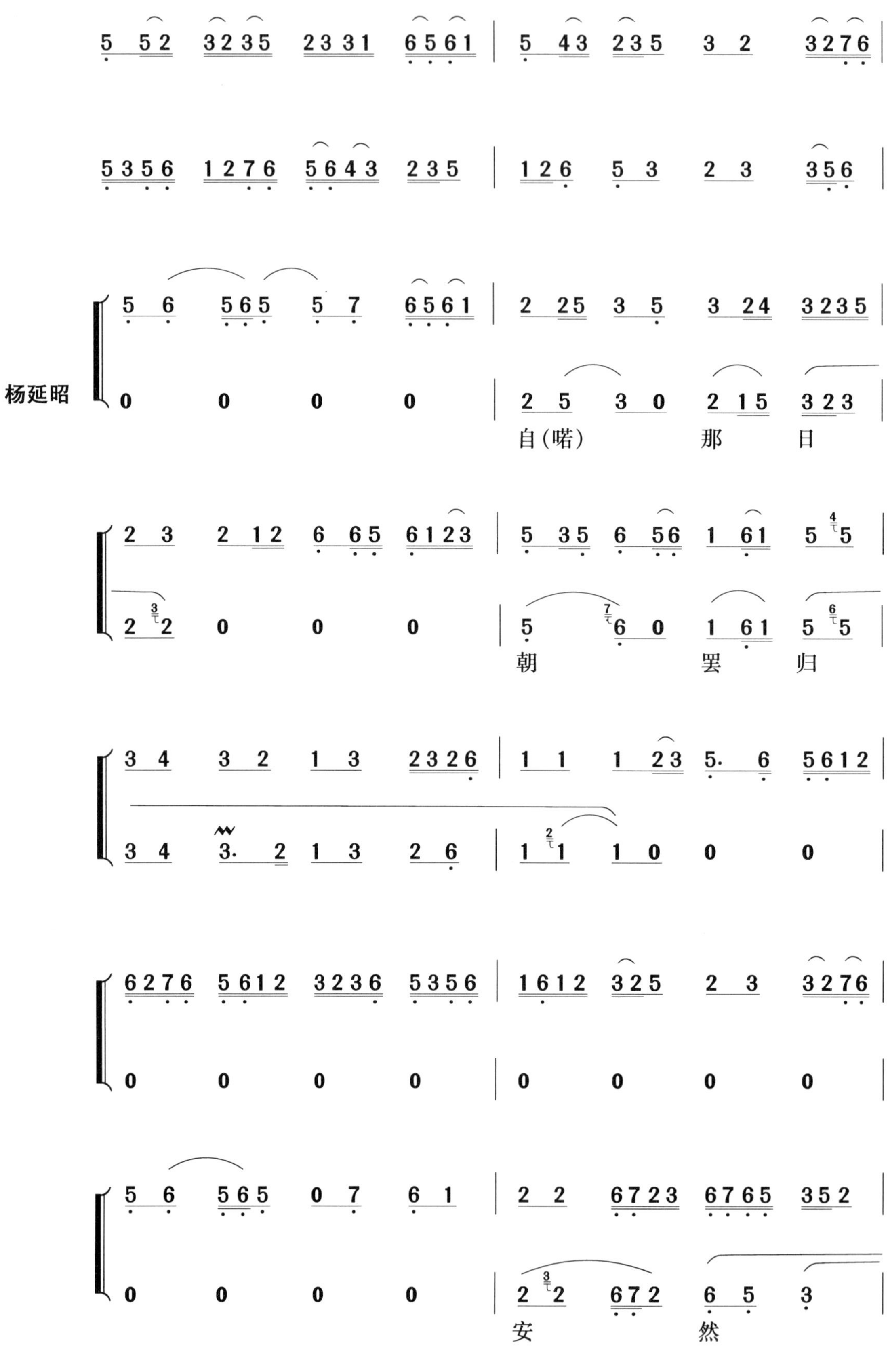
杨延昭
自(喏) 那 日
朝 罢 归
安 然

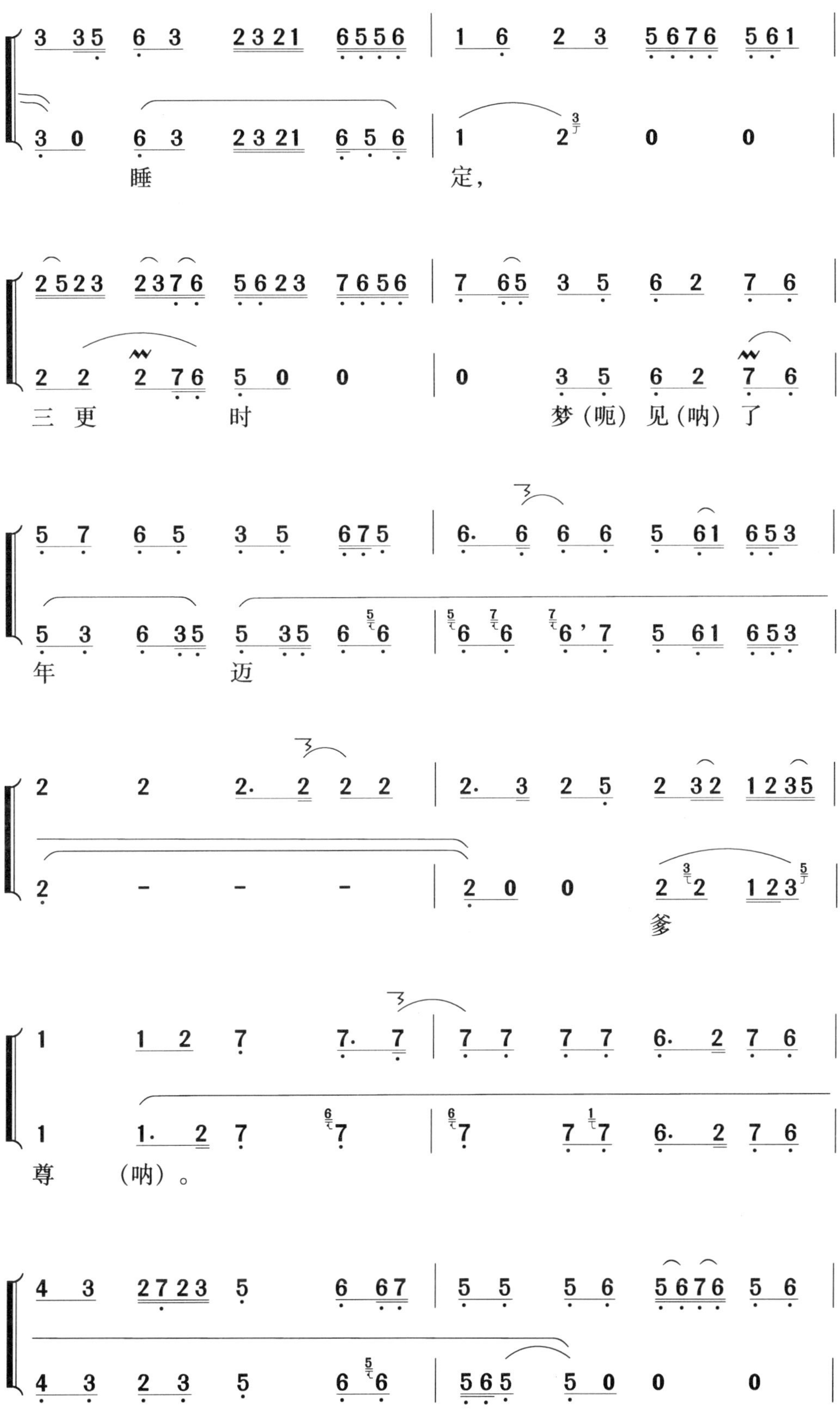
睡 定，
三 更 时 梦（呃）见（呐）了
年 迈
爹
尊 （呐）。

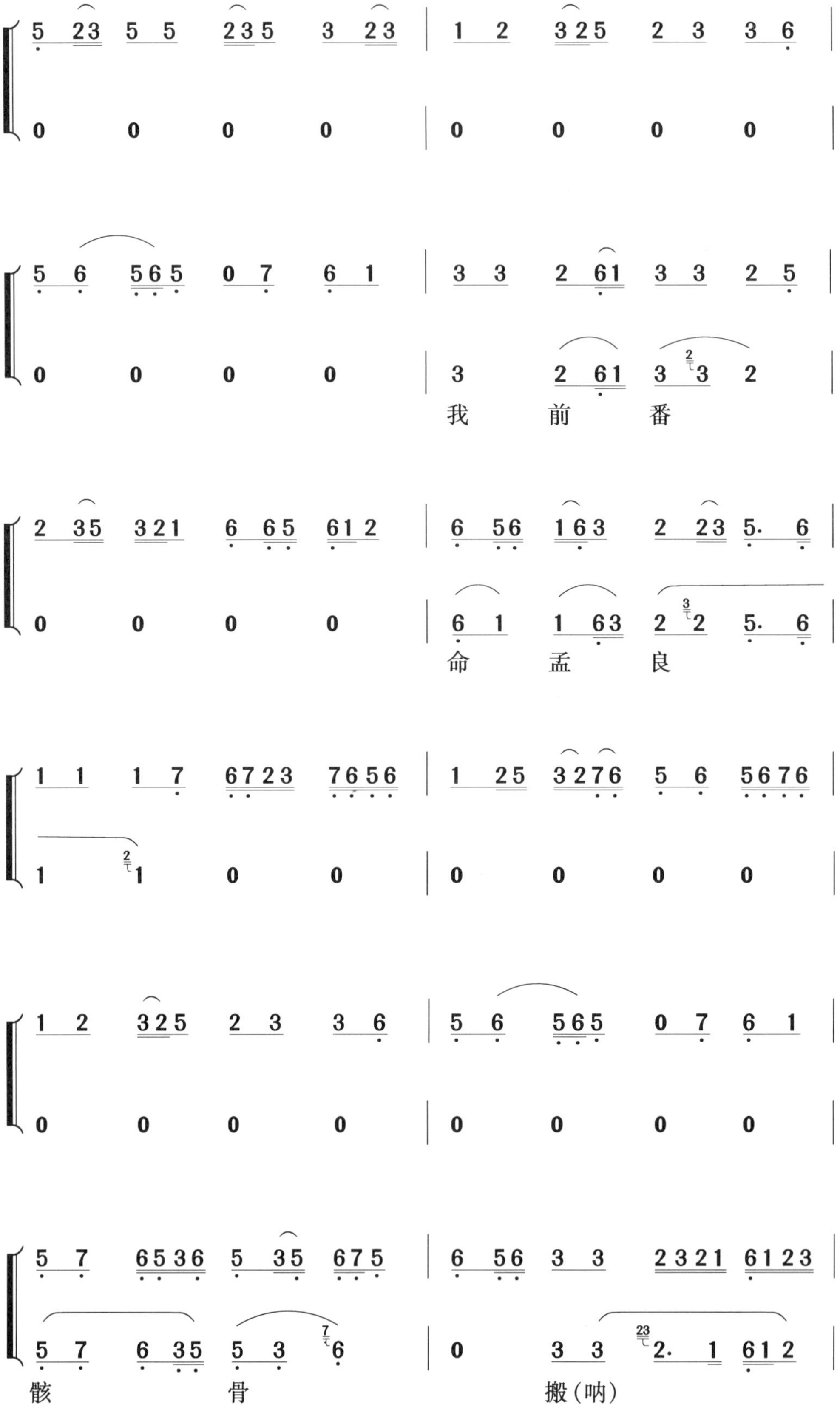
我 前 番
命 孟 良
骸 骨
搬(呐)

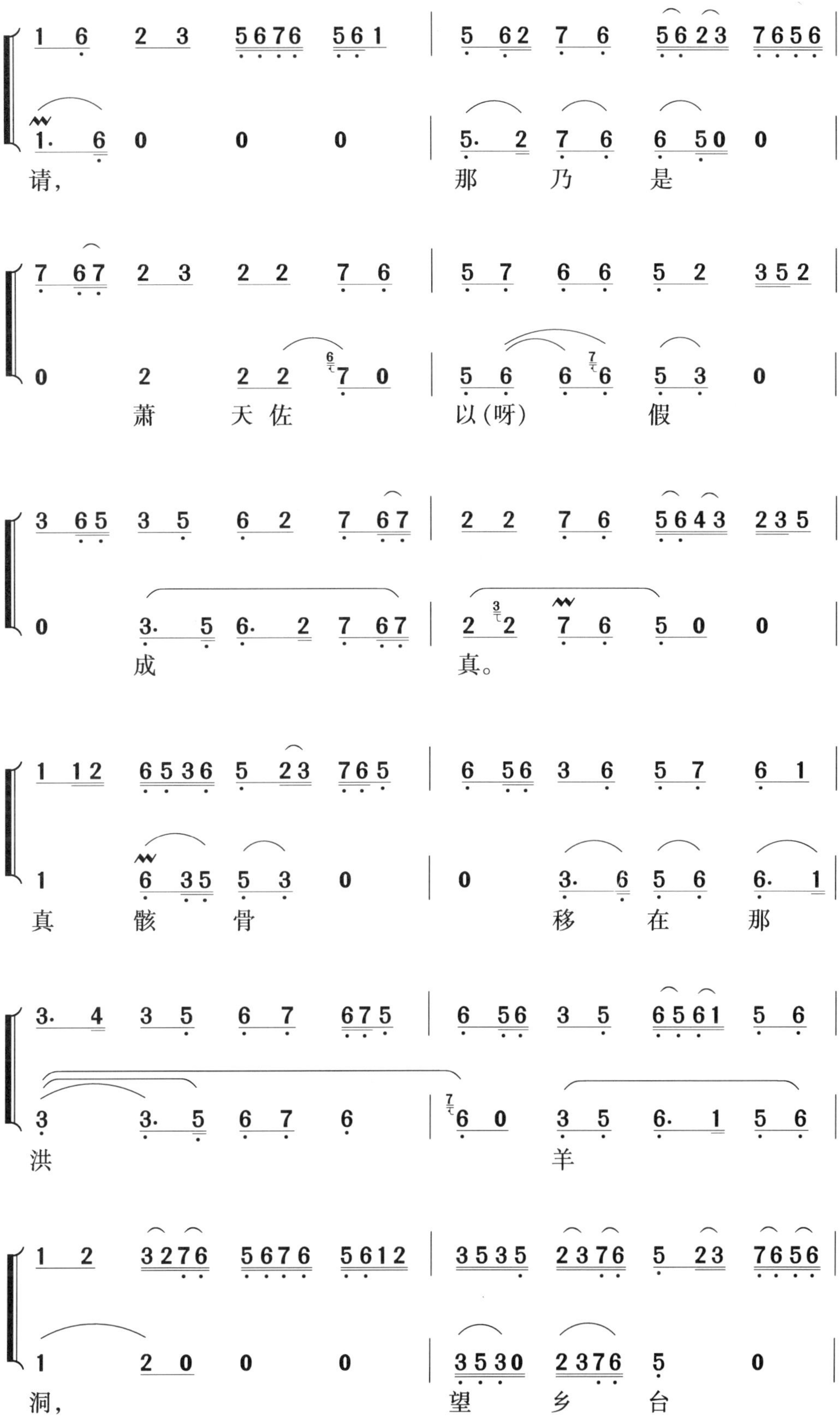
请， 那 乃 是
萧 天 佐 以(呀) 假
成 真。
真 骸 骨 移 在 那
洪 羊
洞， 望 乡 台

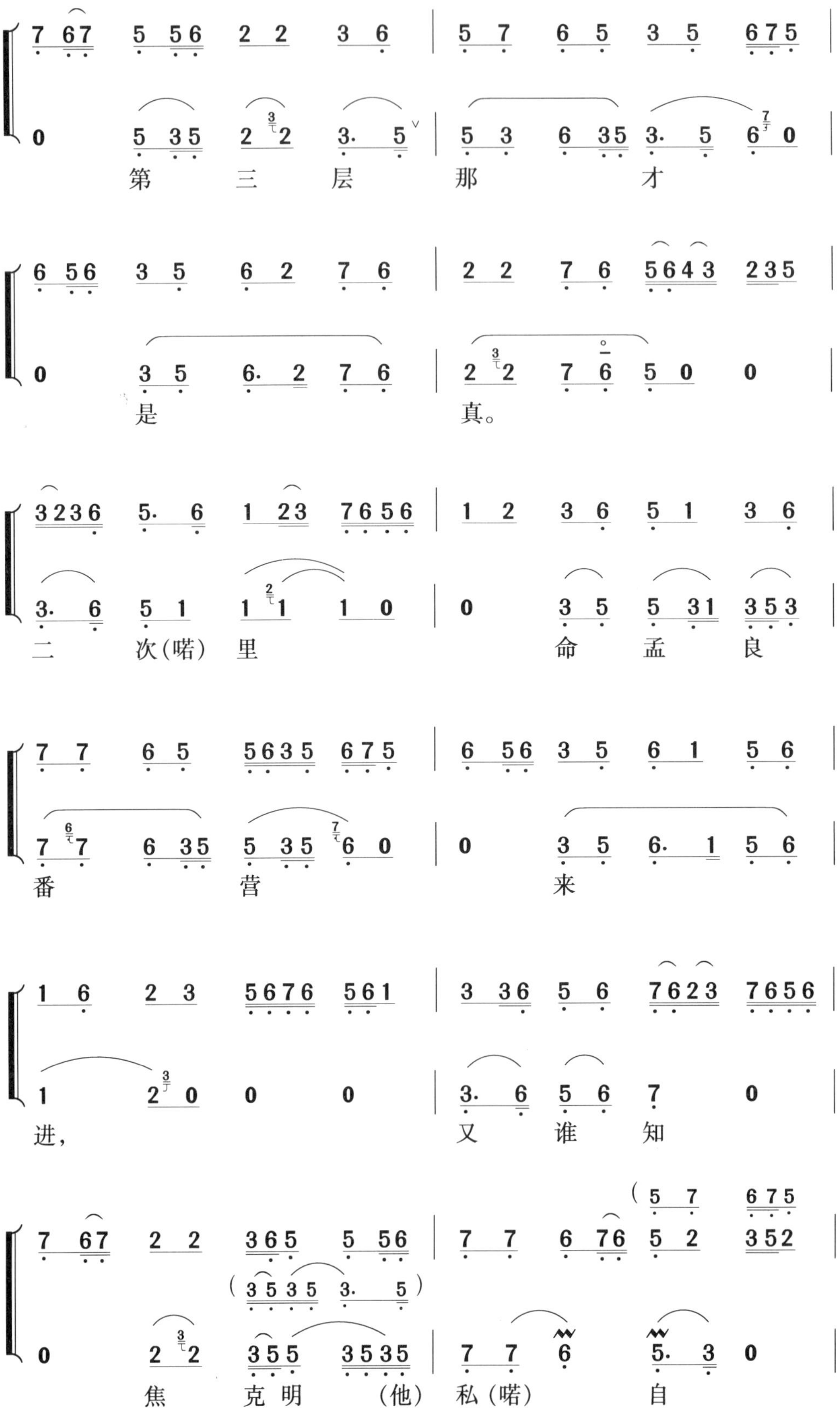
第 三 层 那 才
是 真。
二 次(喏) 里 命 孟 良
番 营 来
进，又 谁 知
焦 克 明 (他) 私(喏) 自

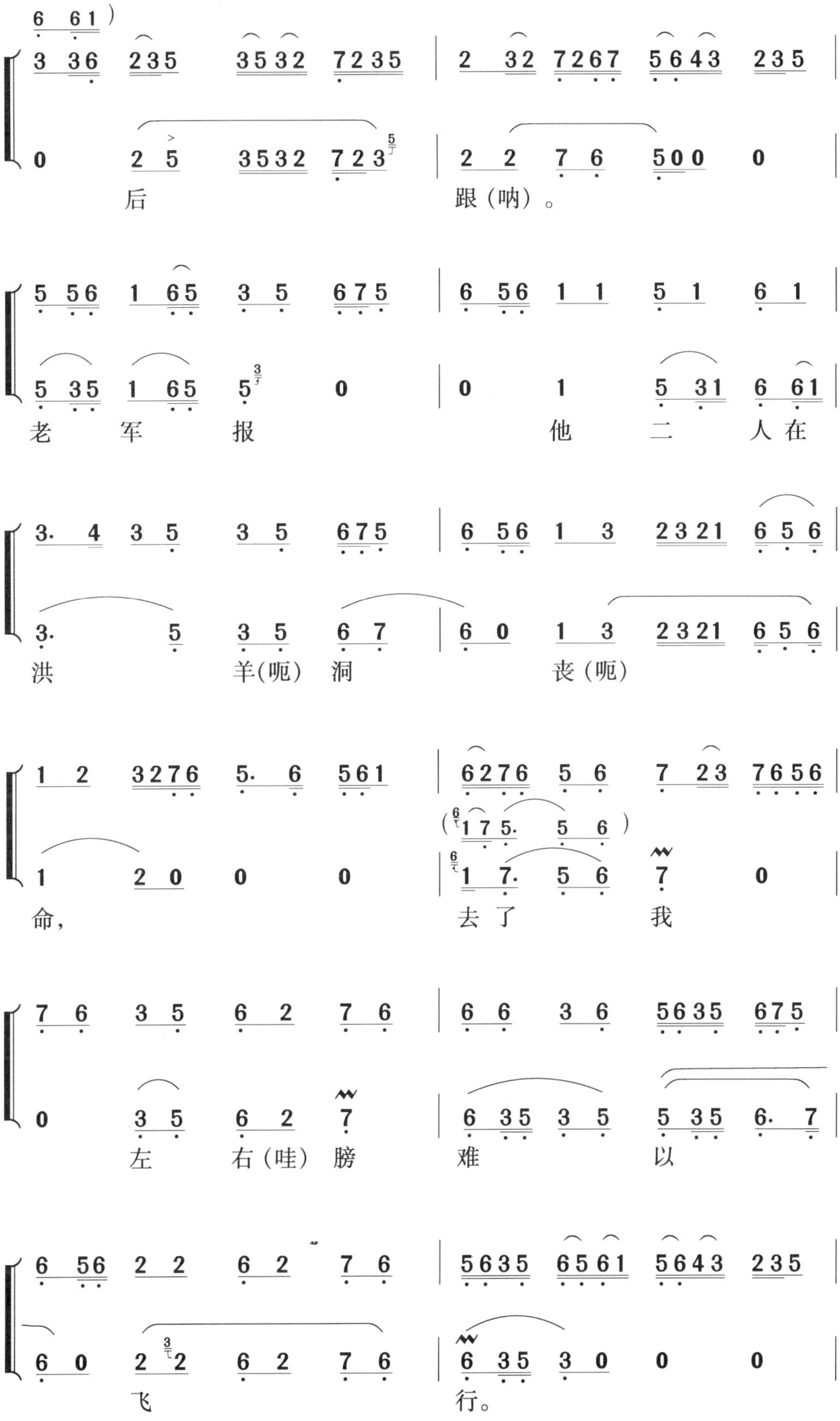
后
跟(呐)。
老 军 报
他 二 人 在
洪 羊(呃) 洞
丧(呃)
命,
去 了 我
左 右(哇) 膀
难 以
飞
行。

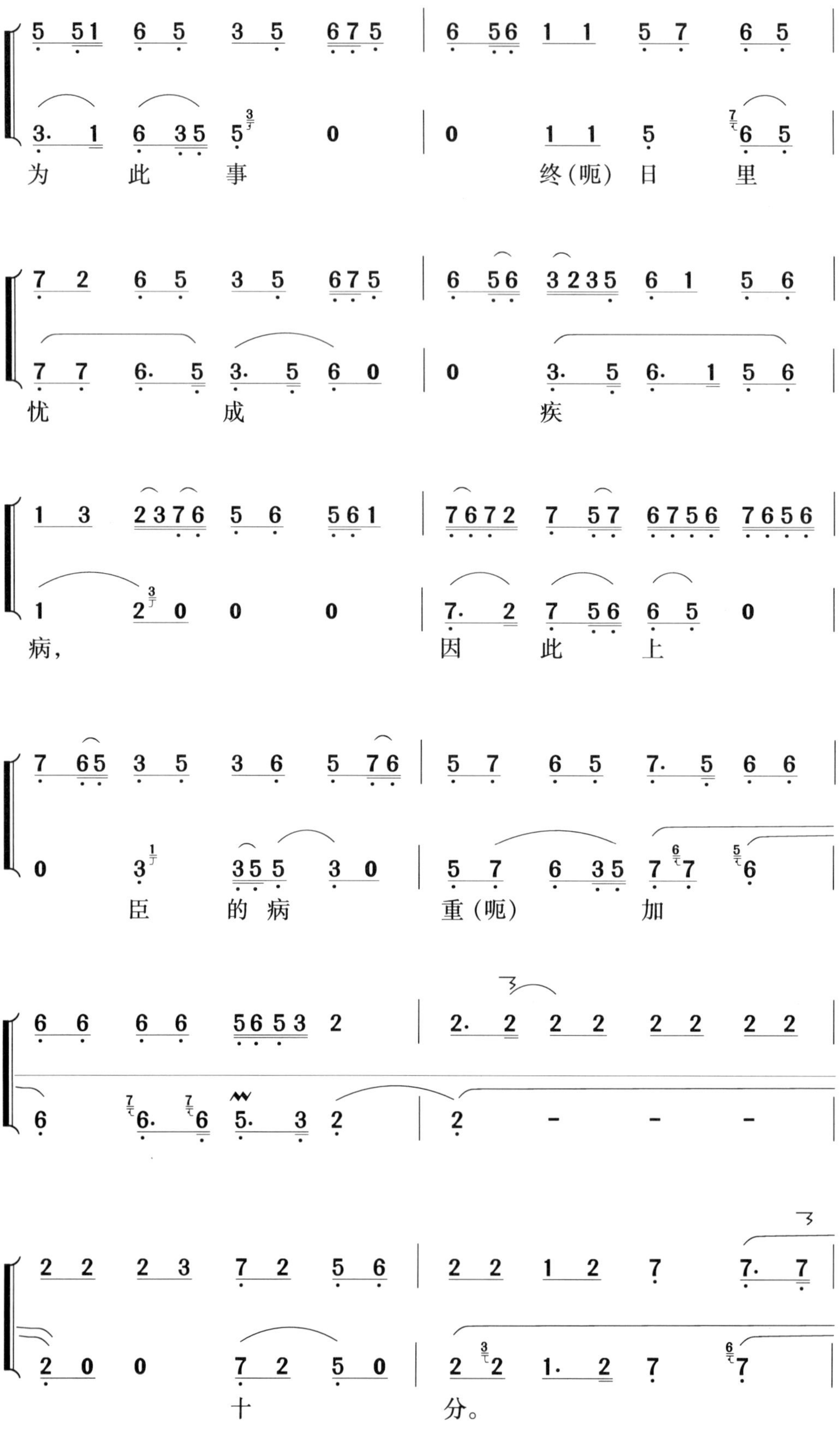
为 此 事
终(呃) 日 里
忧 成 疾
病,
因 此 上
臣 的 病
重(呃) 加
十
分。

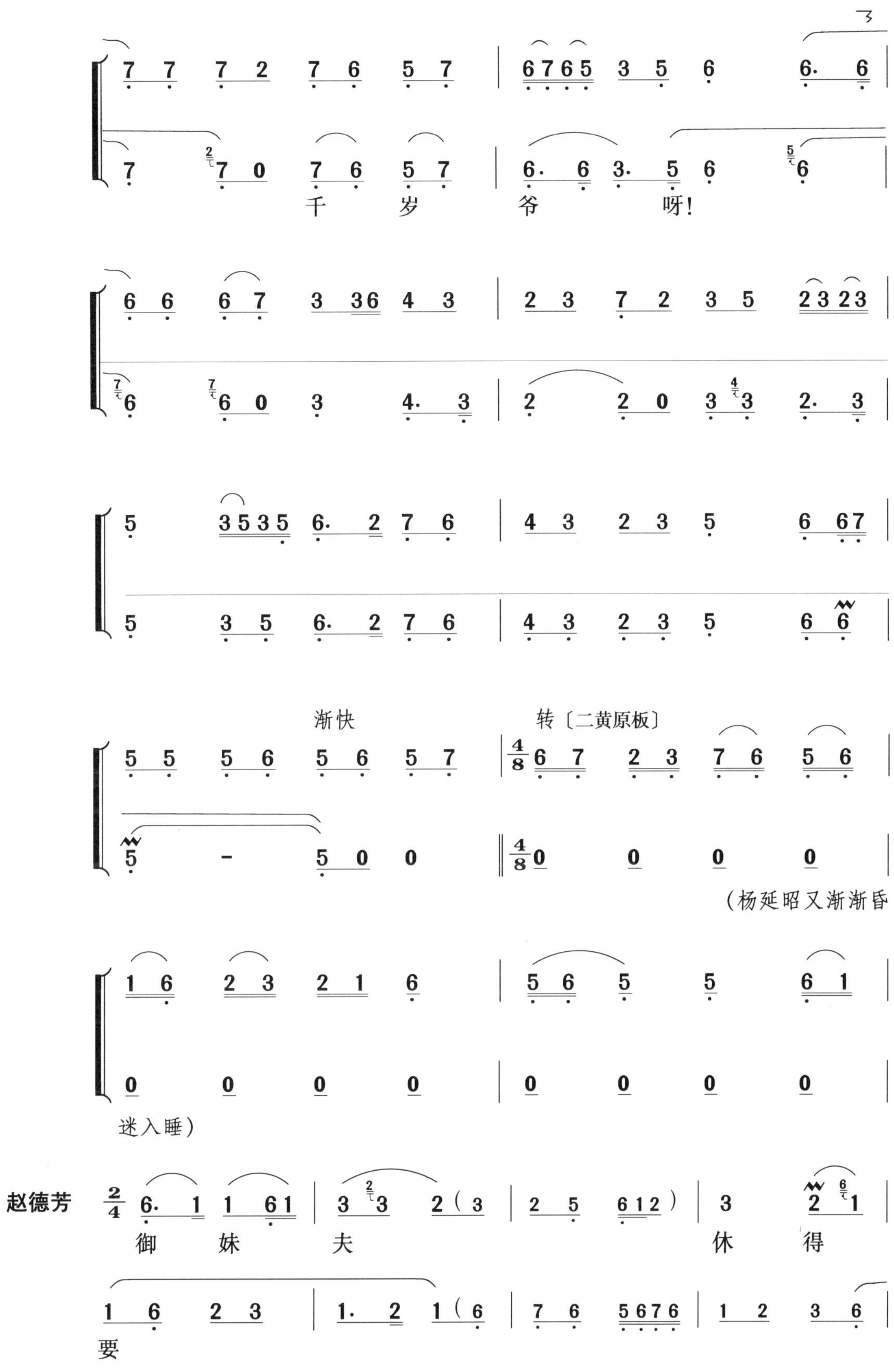
千 岁 爷 呀!
渐快
转〔二黄原板〕
(杨延昭又渐渐昏
迷入睡)
赵德芳
御 妹 夫 休 得
要

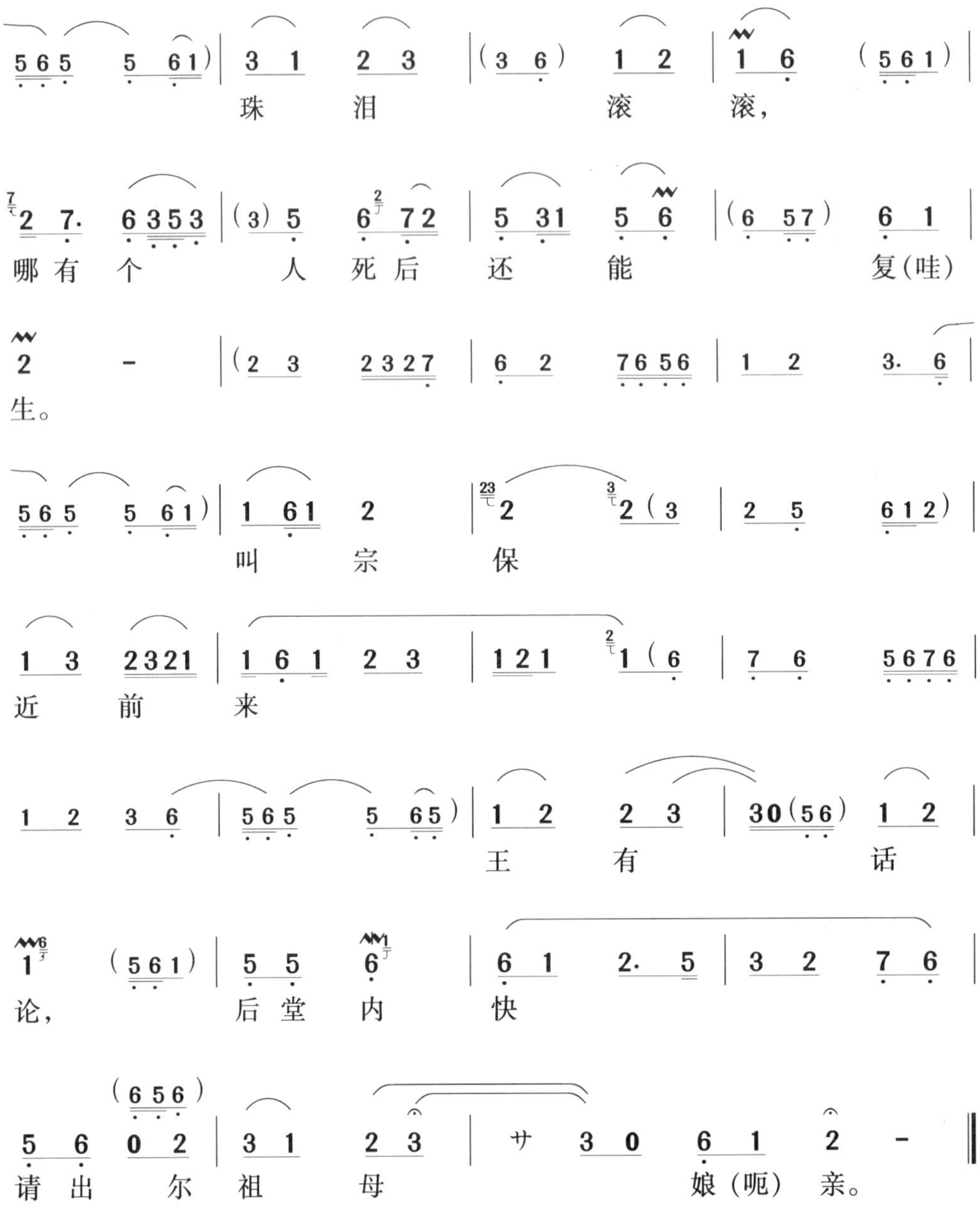

杨宗保 （走至台口面向“上场门”）有请祖母、娘亲。

〔【**撞金钟**】赵德芳左转身下场。佘太君、柴夫人同上。

〔佘太君、柴夫人、宗保进门，佘太君、柴夫人站“小边”，宗保站“大边”。

佘太君 我儿醒来！

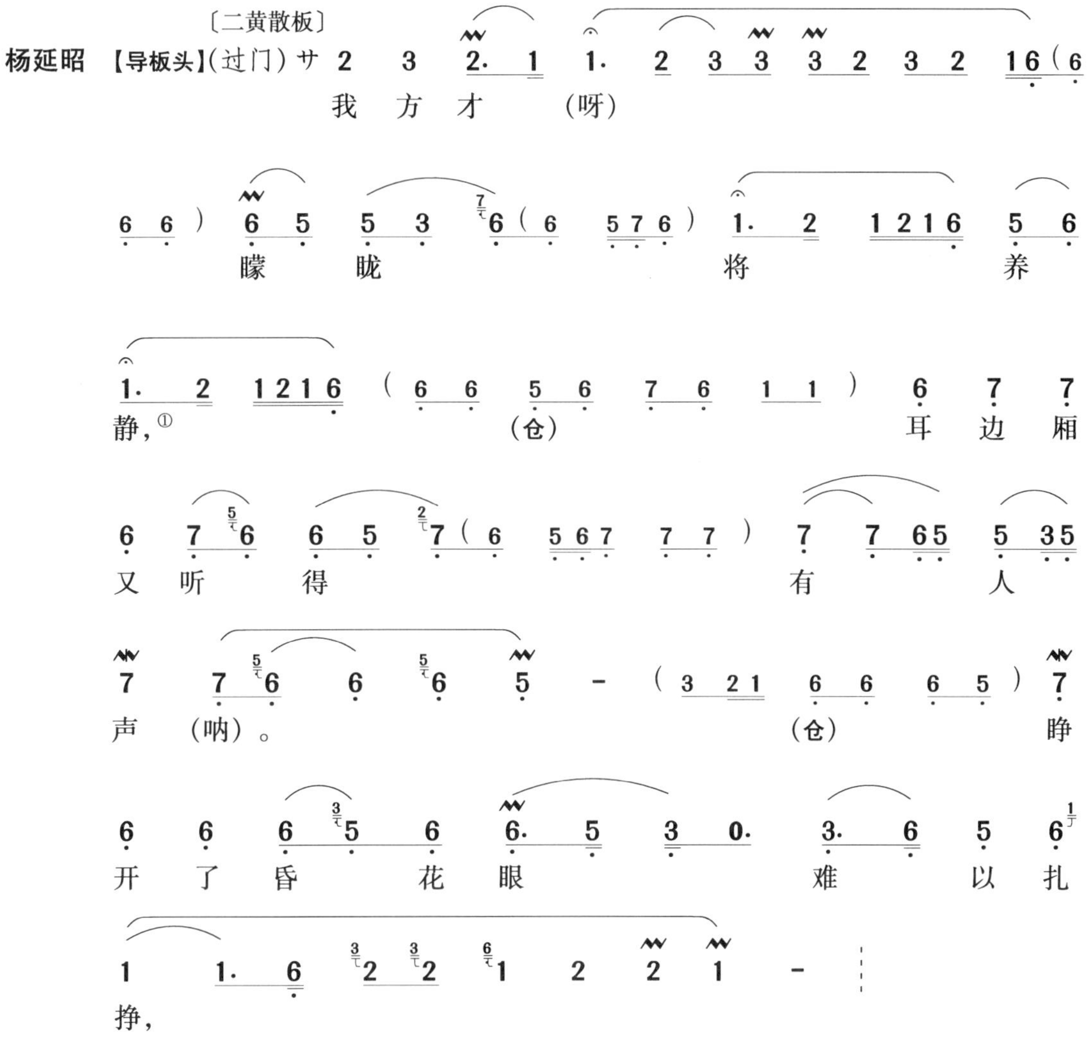

〔（八 大大 仓）杨延昭睁眼见太君一惊。（哭）“娘啊！”站起。

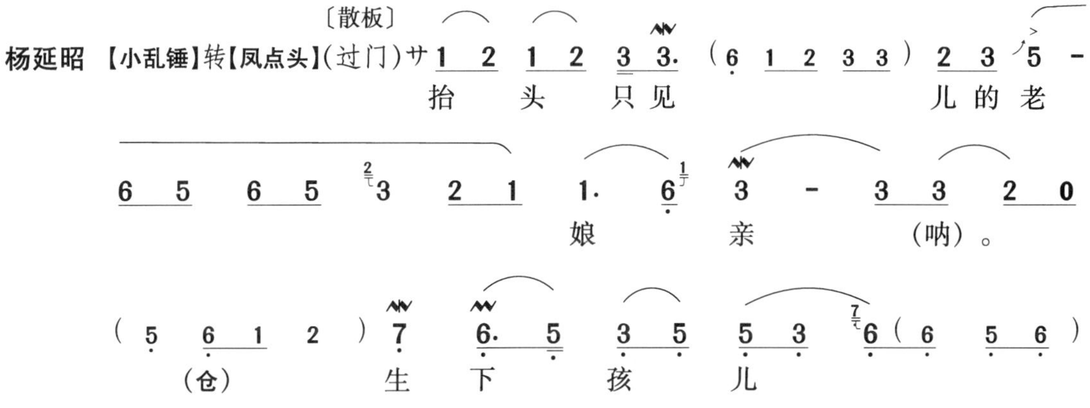

① 孟氏唱作“将然定”。

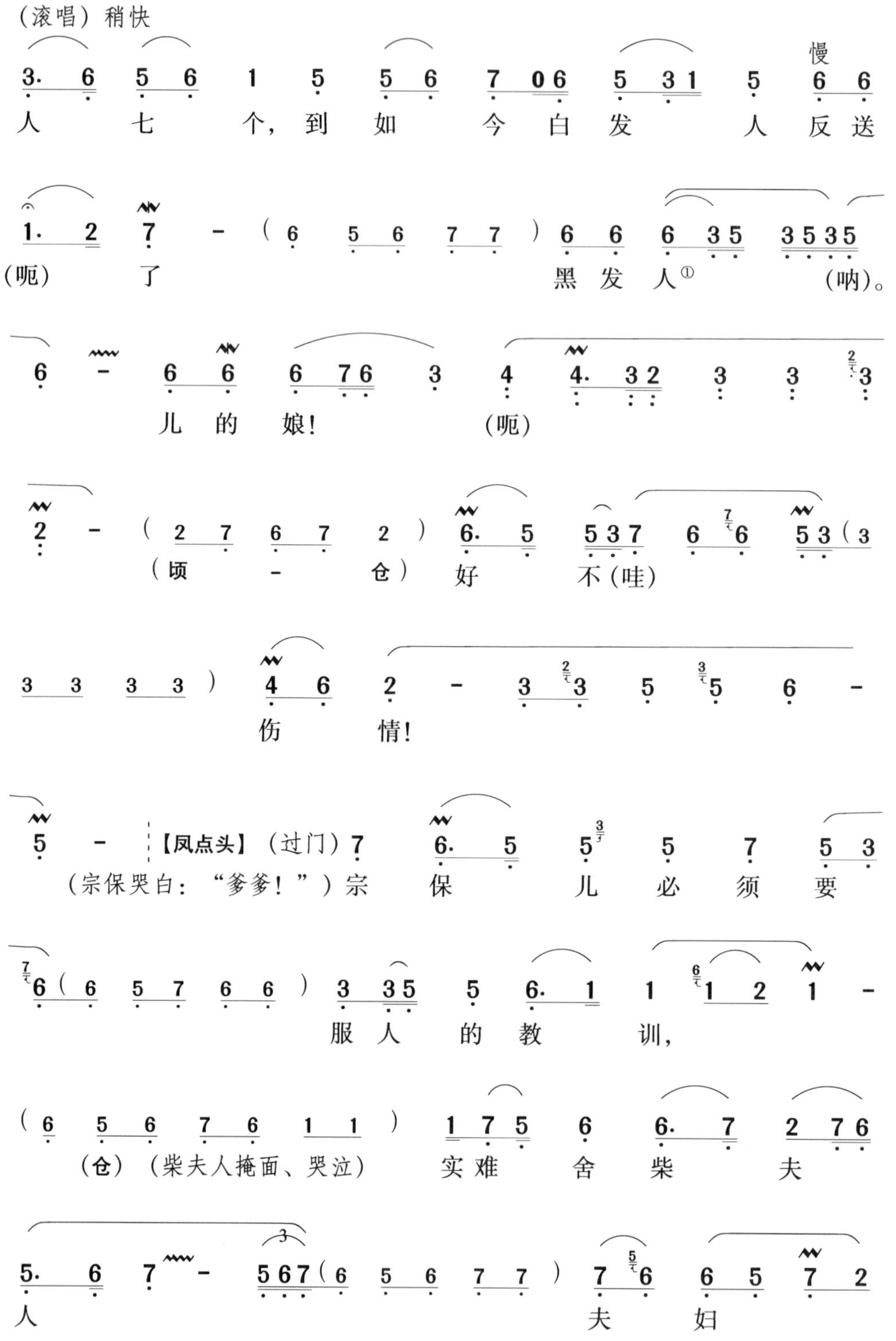
（滚唱）稍快
慢
人 七 个，到 如 今 白 发 人 反 送
（呃） 了 黑 发 人① （呐）。
儿 的 娘！ （呃）
（顷 - 仓） 好 不（哇）
伤 情！
【凤点头】（过门）
（宗保哭白：“爹爹！”）宗 保 儿 必 须 要
服 人 的 教 训，
（仓）（柴夫人掩面、哭泣） 实 难 舍 柴 夫
人 夫 妇

① 这句也可唱作：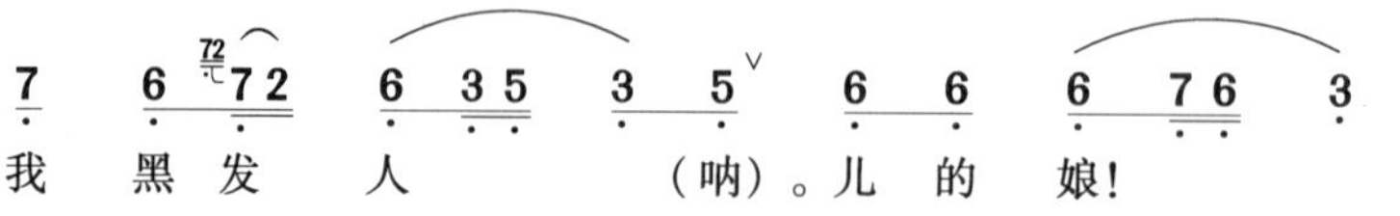（下略）
我 黑 发 人 （呐）。儿 的 娘！

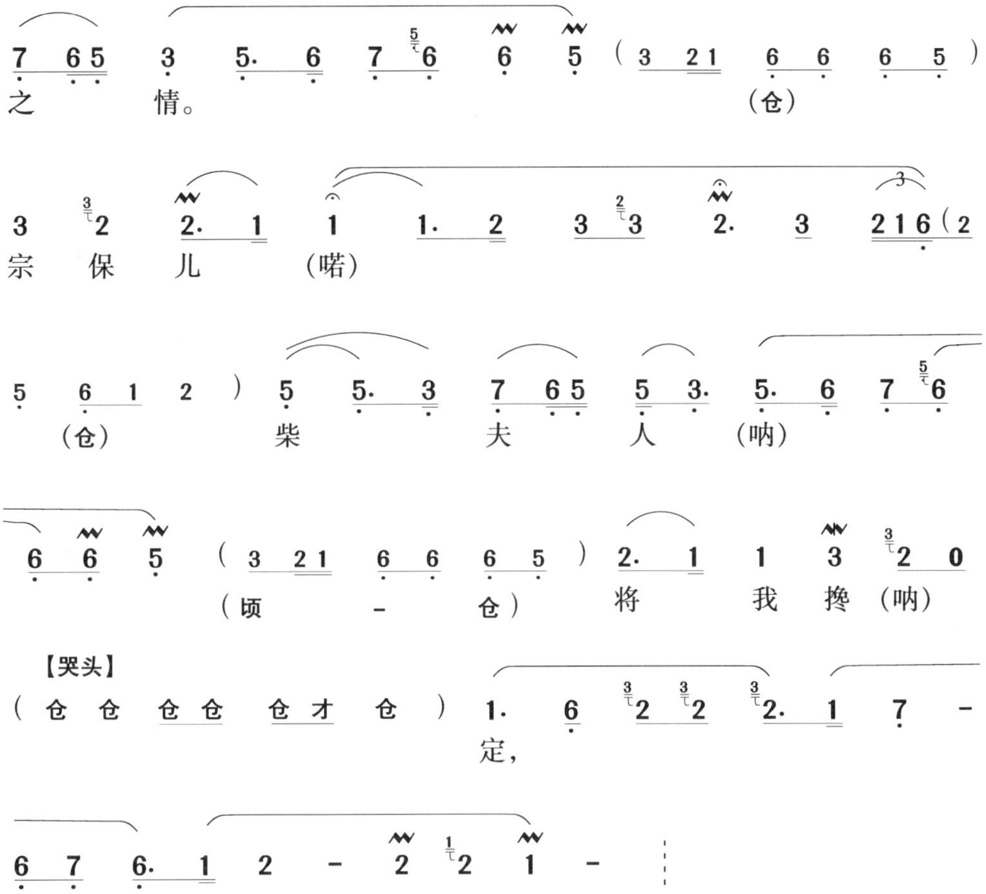

「【纽丝】宗保、柴夫人左右搀扶杨延昭微微颤抖地由里场走至台口，【小乱锤】同跪下，佘太君站众后掩面而泣。

杨延昭 【凤点头】（过门）

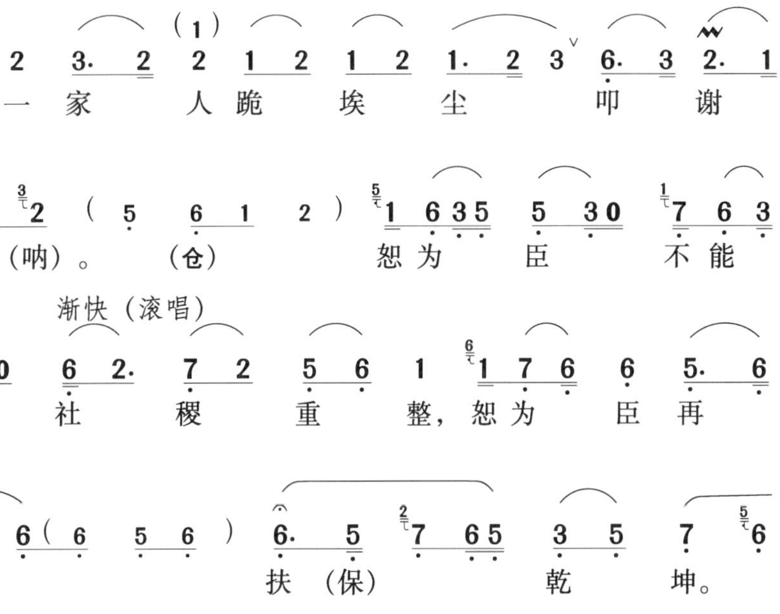

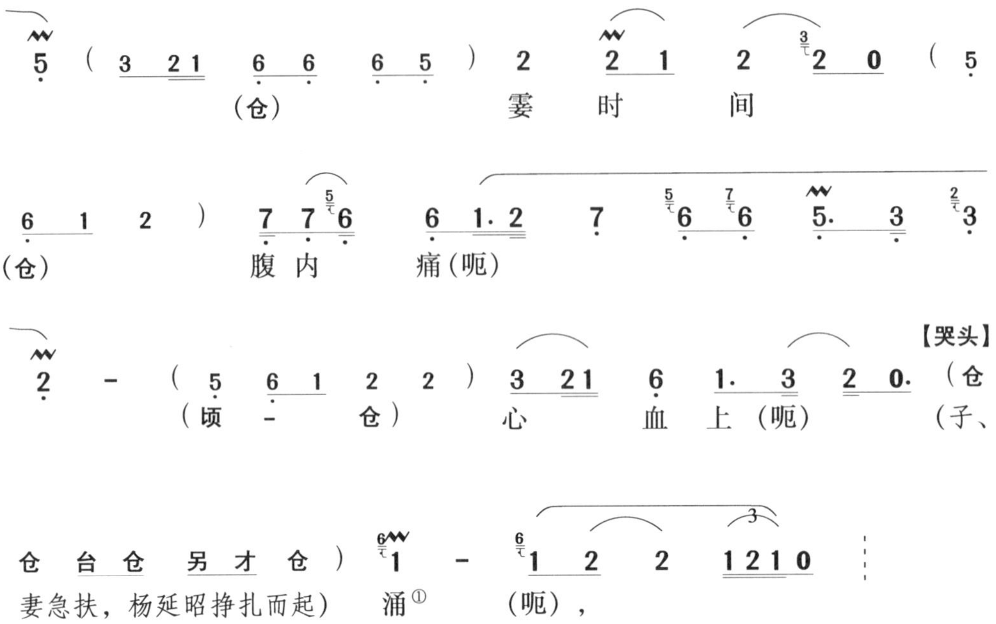

〔【一锣】【乱锤】杨延昭站立不稳，双手捂腹作痛，（顷 台 仓 0 嘟 顷 台 仓）发出呃逆声呕血（两番），（八大仓）甩胡子，【撕边】颤抖，精神恍惚，若有所见。

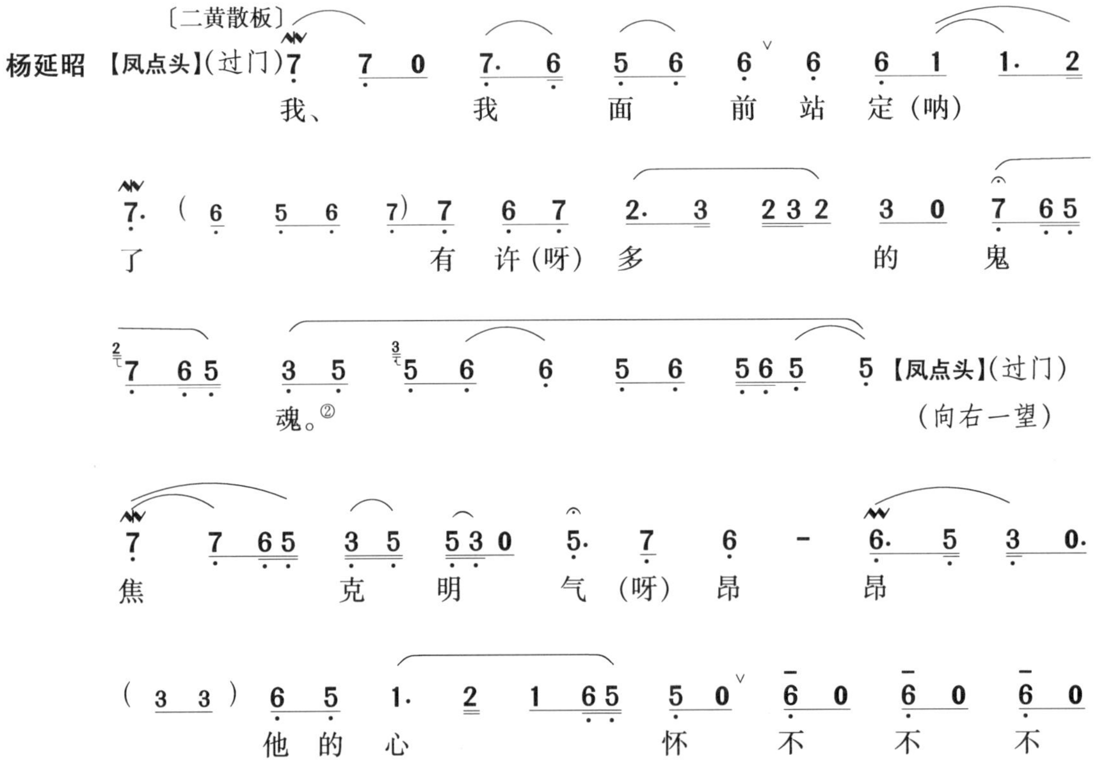

---

① 这句，有唱作“叩罢头抬身起心血上涌”的。

② 早年舞台上，唱这句之前要上四个魂子，焦赞、岳胜由“上场门”上站“小边”；孟良、继业“下场门”上站“大边”，待杨唱完“相迎”，鬼魂顺前后各互换位置。

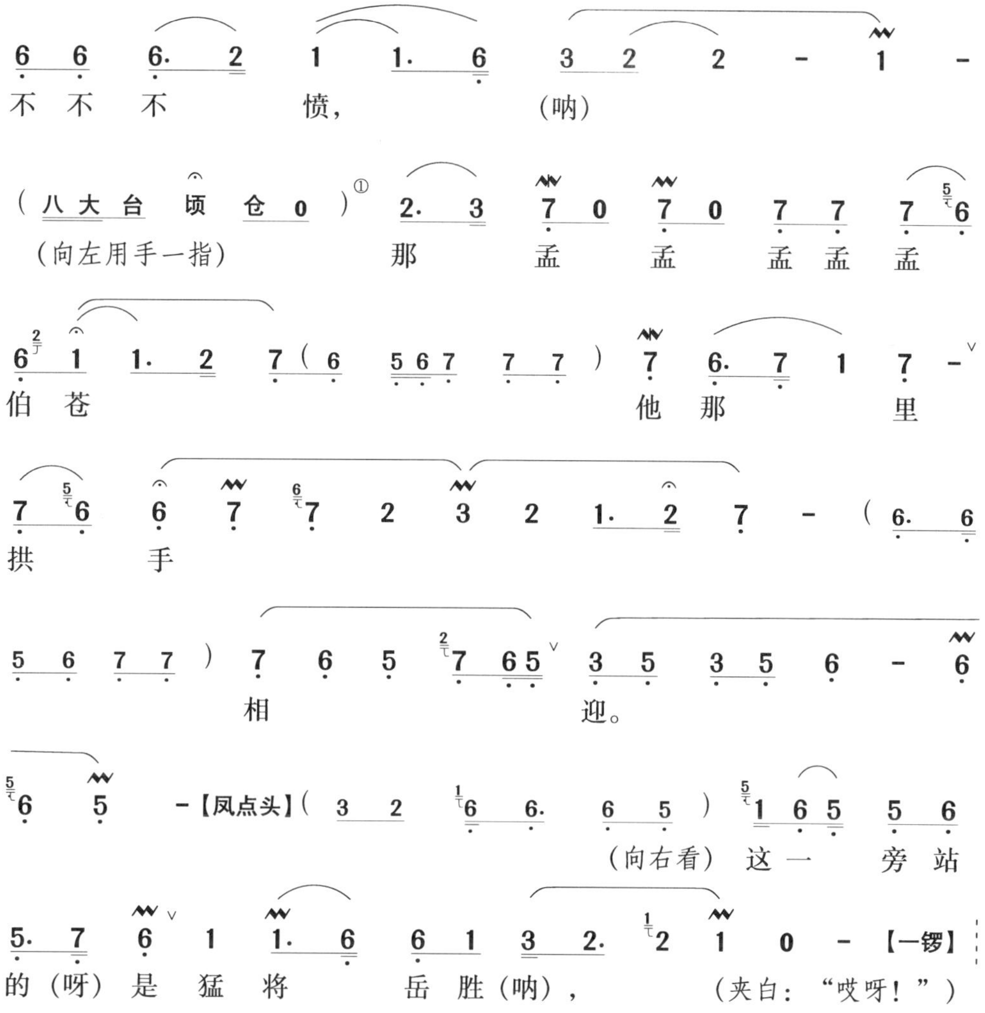

〔【小乱锤】杨延昭后退，向左前方望似见老令公魂，趋前跪下，柴氏、宗保陪跪下。

〔二黄散板〕 速度稍快

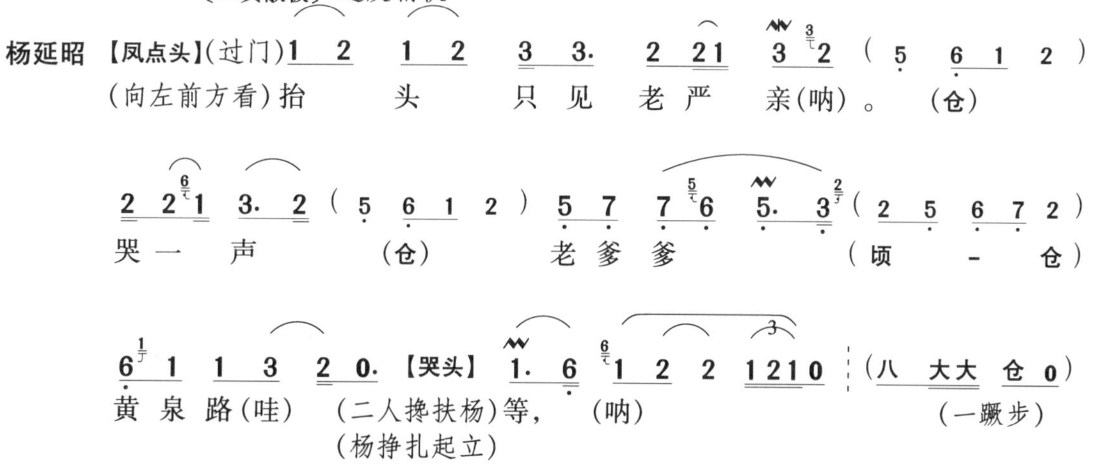

① 这里如果与前面的腔尾紧连着唱，也可以不加锣鼓。

〔【小乱锤】杨延昭站立不稳，（0 嘟 顷台 仓 0 嘟 顷台 仓）吐血。（八大仓）(微甩髯)（0 6 5 6 7 6 1 – ）稍定神后已感到气力衰竭。（嘟~~~~）

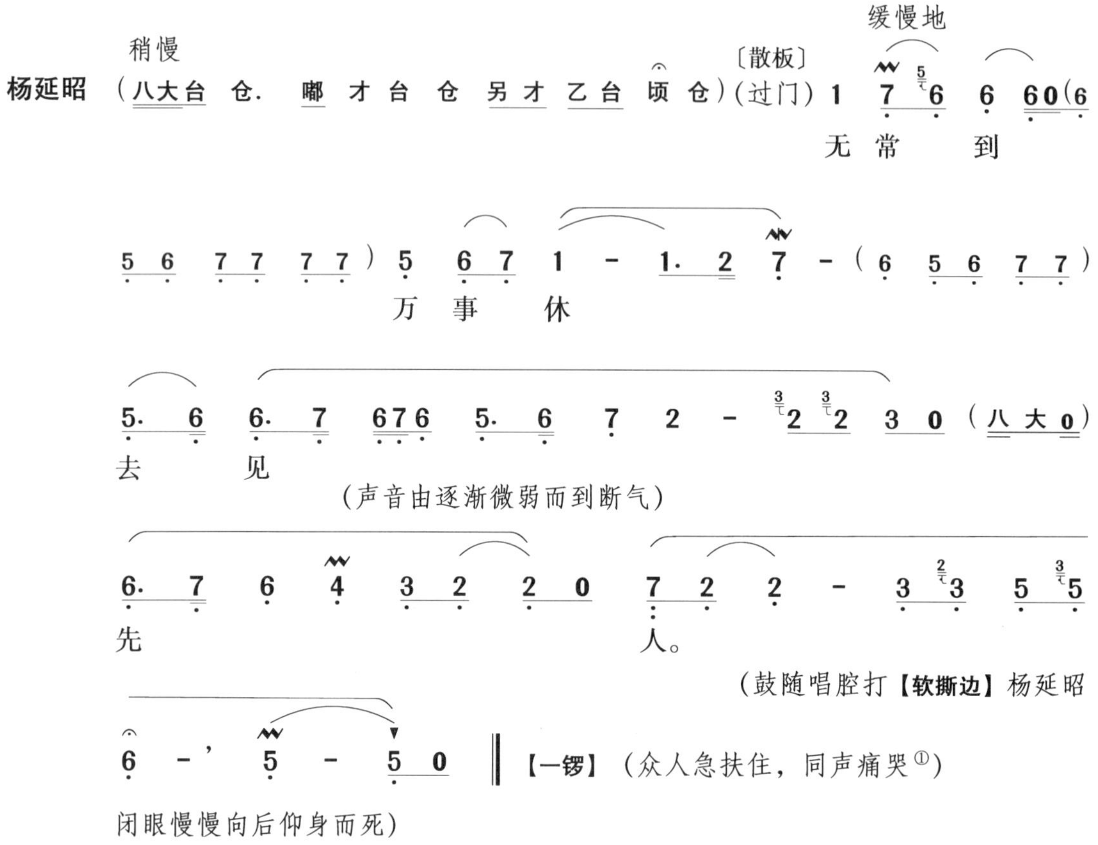

〔唢呐吹奏<尾声>——落幕。

——剧 终

① 早年演出时，杨延昭死后，佘太君、柴夫人还有两句唱，后来逐渐取消。按：过去舞台演出时还有一种更老的路子，即：当杨延昭唱完末句死后，场上鬼魂用黑纱遮盖死者脸部。乐队奏曲牌，由杨继业魂子等簇拥围拢，随即由继业晃动着云帚引杨延昭走下场去，表示他离人间归天而去。这种演法不仅占费演员和时间，且过于荒诞迷信，故早已绝迹于舞台。

附录

资料参考

（一）杨继业“吊场”*

〔【冲头】住，起定更鼓，打一更鼓、锣。【大锣打上】四鬼卒引杨继业魂上，至台口。【归位】

杨继业 （念)生前为大将，死后作忠魂。【住头】吾乃,【撕边一锣】杨继业魂灵是也。(0 嘟 仓 台 0 ）今当我儿六郎归位（天）之期，不免去至宋营与他托一梦兆，以便早日搬取我的骸骨回归南朝故里。众鬼卒!

四鬼卒 呕儿——!

杨继业 驾起阴风，宋营去者。

〔【帽子头】（多罗）起带头子的〔二黄原板〕过门。

（唱〔二黄原板〕）

风萧萧冷飕飕星稀月淡，

荡悠悠魂缈缈来到人间。

叫鬼卒前引路风旗辗转，

思一计见六郎细说根源。

〔【抽头】杨继业等下，转【小锣抽头】接杨延昭上场之前，转【小锣夺头】家院挑灯引杨延昭上，唱〔二黄原板〕（下略，见本书第一场开头）

（二）“托兆”

〔当杨延昭唱完原板“身不爽不由人瞌睡朦胧”以后，锣鼓接打【慢长锤】杨继业等又上场。

杨继业 （唱〔二黄原板〕）

黑暗暗雾沉沉人烟息静，

惨凄凄悲切切转回家门。

静悄悄沉寂寂天波府进（境），

又只见六郎儿瞌睡昏沉。

我这里将他的灵魂唤醒，（唱散）

〔【乱锤】杨继业挥动云帚，杨延昭被惊醒在梦中，【撕边】抬头起身凝望。

〔二黄散板〕

杨延昭 【凤点头】サ（ 6̣5̣ 55̣ 32 ²3 3 32 216̣ 6̣3 6̣5̣

---

* 这出戏杨继业属于付末行当。素脸不上彩，白三髯口，头戴金大镫盔，身着白开氅（或黄色），黑彩裤、高靴，手执云帚，四鬼卒勾画杂色花鬼脸，戴小蓬头，小耳毛子，穿青袍，可外加卒坎反穿，黑薄底靴。各手执一面青布风旗。杨继业上场后的念对句还有一种词：“杨家保宋主，一门忠烈人。”

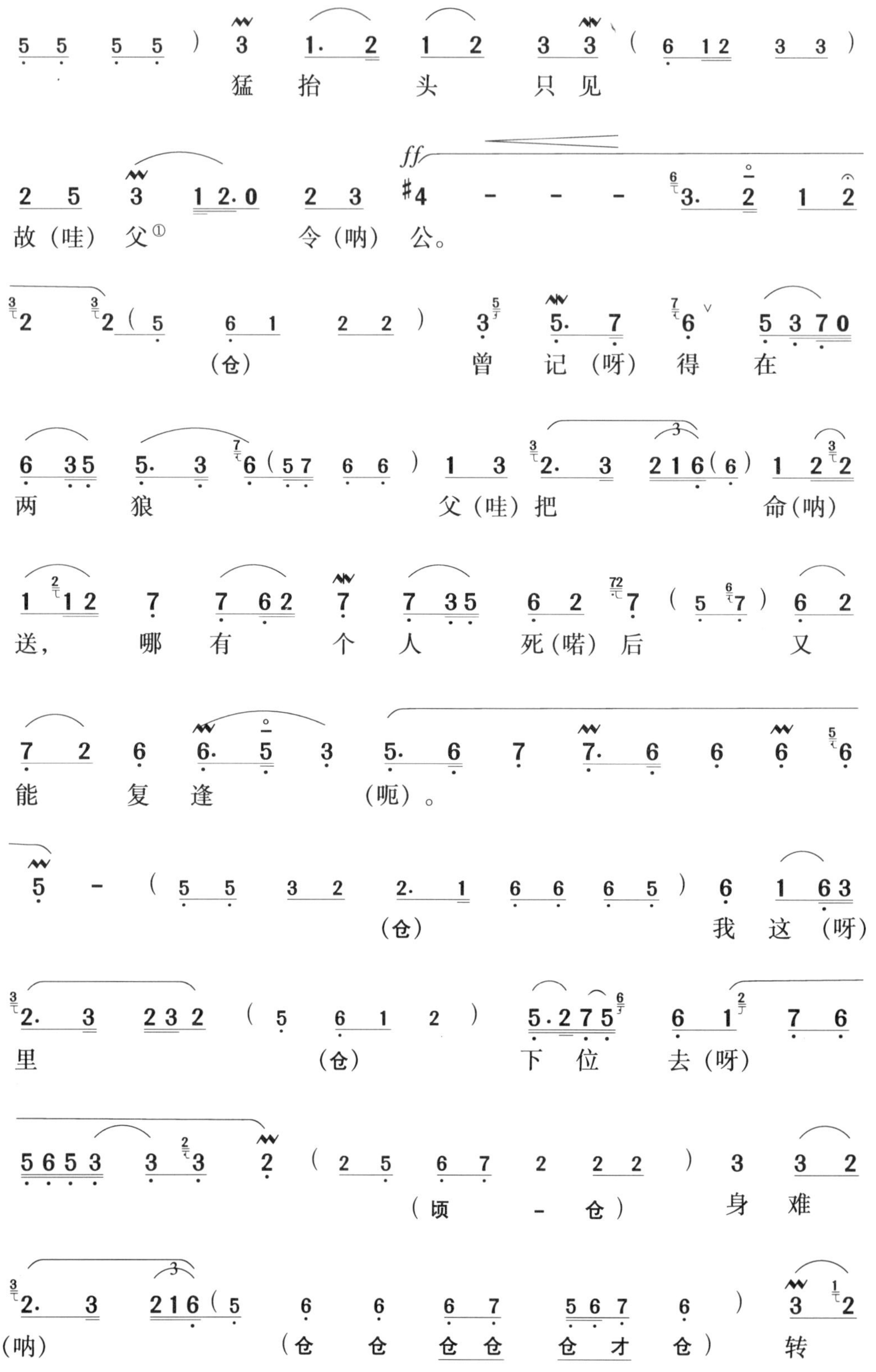
猛 抬 头 只见
故(哇) 父① 令(呐) 公。
(仓) 曾 记(呀) 得 在
两 狼 父(哇) 把 命(呐)
送, 哪 有 个 人 死(啫) 后 又
能 复 逢 (呃)。
(仓) 我 这 (呀)
里 (仓) 下 位 去(呀)
(顷 - 仓) 身 难
(呐) (仓 仓 仓仓 仓 才 仓) 转

① 一般也有唱作“我父”的。

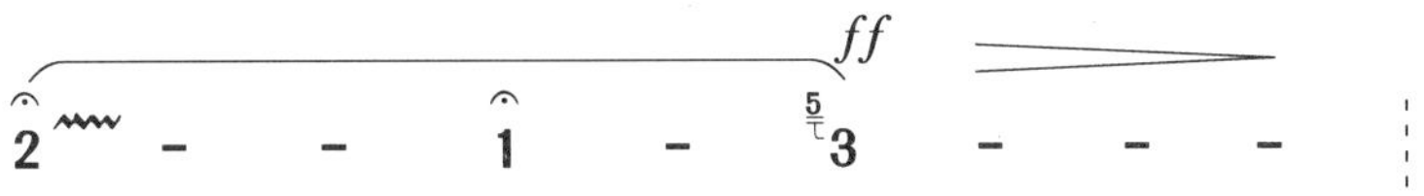

动，　　　　　　　　【撕边】（闭目复入睡）

杨继业　**【一锣】（多罗）**接唱〔回龙〕

我的儿休贪睡细听父云。

【夺头】（接唱〔二黄原板〕）

儿前番命孟良骸骨搬请，

那乃是萧天佐弄假为真。

真骸骨现在那洪羊洞，

望乡台上第三层。

叮咛的言语牢牢记紧，(唱散)

〔**【纽丝】**切住，打五更鼓、锣。

杨继业　**【凤点头】**（唱〔二黄散板〕）

待等儿临危时父再来临。

〔**【大锣打下】**杨继业等下场。

〔下接**【亮更】**后**【大锣导板头】**。

杨延昭　（唱〔小导板〕）

“方才老元戎前来托梦”（以下见本剧第一场）

注：附录中杨继业“吊场”和“托兆”的两段唱词，是刘曾复先生按照王荣山先生所传而提供的。一般如随杨延昭所唱的“中东”辙口，也有另外两段唱词：

〔原板〕“谯楼上三更鼓声声传送，杨继业来到了帅府上空。叫鬼卒隐身形休得妄动，又只见六郎儿瞌睡矇眬。我这里拂清风引他入梦，（唱散。下接杨延昭〔散板〕），再接杨继业〔回龙〕我的儿莫下位听父言明。〔原板〕儿前番命孟良骸骨搬请，那乃是萧天佐以假欺蒙。真骸骨现在那洪羊塔洞，望乡台第三层扣锁加封。我的儿再命人早日搬请，切莫要误时机难以成功。父本当与我儿多把话送，怕的是天明亮难回苍穹。”

“余叔岩　孟小冬艺术学会”　**提供**

刘曾复 **审阅**　尹培玺 **校订**　张业才 **整理**

乌盆记

根据孟小冬说戏录音

京剧《乌盆记》又名《奇冤报》。故事出自《包公奇案·乌盆子》。宋时南阳人刘世昌，外地经商三年，结账返家。途经定远县遇雨，借宿窑户赵大家。赵大夫妻见财起意，将刘世昌毒死，剁成肉泥，烧成乌盆，毁尸灭迹。以打草鞋为生的老汉张别古，向赵大索欠草鞋钱，赵大以乌盆抵偿。刘世昌鬼魂附着乌盆，随张别古至家，向张哭诉冤情，并求张代告于初任定远县令的包拯。经包拯审明冤情，乃得昭雪。

此剧虽有明显的迷信色彩，但是它反映了古代人借助鬼魂和钟馗伸张正义、除恶扬善的愿望，不失其积极意义。该剧所以能够流传至今，主要原因在于剧中有大段脍炙人口的反二黄唱腔，以其优美的旋律和较强的艺术感染力，满足了观众欣赏的审美需求，使该剧具有保存和流传的价值。

《乌盆记》是一出老生唱工戏，为谭鑫培的代表剧目之一。1902年（清光绪二十八年），谭鑫培在清宁寿宫演出该剧时，台下有清朝官员陪同几个外国领事观赏。事后那几个外国人说，他们虽然听不懂台上那位演员在唱什么，但是他唱的音乐旋律，好像是一种如泣如诉的哀乐。可见谭鑫培的艺术感染力之强。

1912年谭鑫培在百代公司灌制的《乌盆记》两面唱片，正是〔反二黄慢板〕的片段。由此确定了谭派反二黄唱腔的格局和规范，从中可体味到谭派那种悠扬婉转、刚柔相济、注重情韵的演唱特点。但是该唱片也有不尽如人意之处。如操琴者是老谭的二子谭嘉瑞，其操琴托腔技法的水平，与谭鑫培此前由梅雨田操琴灌制的《卖马》和《洪羊洞》唱片相差甚远，以至“祖居有数代”一句拉得没板了。尽管如此，此片仍不失其珍贵价值。

余叔岩1915年拜谭鑫培为师后，其唱、念、做均步入谭派规范，成为谭派传人中进步最快的一位。他在全面继承谭派艺术的基础上，对潭派唱腔又有所发挥和创新，逐渐形成了新谭派即余派，并以余叔岩艺名于1920、1924、1940年三次灌制唱片。其中1924年所灌制的《乌盆记》唱片，虽然在剧目上与乃师的唱片有所重复，但是其唱段却有意避开乃师的〔反二黄慢板〕，而灌制是的〔二黄原板〕。这正是余叔岩聪明之处，因为他深知，既没有乃师的嗓音，也唱不出乃师的火候。他所灌制的〔二黄原板〕“老丈不必胆怕惊”唱段，既能讨俏，又可起到续谭的作用，因而同样受到内外行的喜爱，争相摹仿。

谭鑫培过世后，老生行逐渐由“无腔不学谭”过渡到“无腔不熏余”的阶段。后四大须生马、谭、杨、奚，都是由学谭起步，而后又多熏余或受余影响。《乌盆记》一剧，后学老生者大都按余派路数来演了。其中反二黄唱腔，虽然没有余叔岩的音响资料，但是有余叔岩亲传弟子孟小冬的清唱录音，可以作为补充的范本。这是1950年由著名余派琴师王瑞芝操琴，孟小冬在香港的一次吊嗓录音。当时孟小冬的嗓音和气力都处于极佳状态，加以伴奏严谨流畅，因此唱来从容自如，极见功力。〔反二黄慢板〕开头一句“未曾开言泪满腮”，孟小冬唱得跌宕婉转、深切感人。“腮”字托腔长达八板，而孟小冬却用一口气唱完，这是余派特有的唱法。整个唱段情绪饱满，曲调时而悲切，时而激奋，自始至终一气呵成，堪称余派唱腔艺术之精品。孟小冬拜师余叔岩之后，此剧得师亲授，颇具神韵。后来，谭富英、杨宝森等一些余派老生演员也都是按孟小冬的规范来唱的。

《孟小冬说戏录音》的出版，又为《乌盆记》一剧的西皮唱腔提供了依据。有两处与谭派唱法有所不同。一是〔西皮原板〕中谭派唱“路遇狂风大雨盖”一句，孟小冬唱的是“行至在中途大雨盖”，其中“中途”二字采用的是低短简洁的唱腔，较为别致俏巧。二是〔西皮散板〕中，孟小冬把“回头便把刘升唤，想必奴才丧黄泉”两句，提到“是是是来明白了，中了赵大的巧机关”的前面来唱。这样变动，说明刘世昌醒来后，感到腹内疼痛，先唤刘升比较合理；待知刘升已死，这才明白是中了赵大的暗算。这样的小小变动，使剧情的发展在层次上变得合乎情理，而在唱腔上，并没有变动。

此剧本是根据《孟小冬说戏录音》及同时配套出版的《余派戏词钱氏集粹》一书（台湾李炳华先生编辑）进行整理汇辑而成。其中，〔二黄原板〕唱腔，是以余叔岩唱腔曲谱为蓝本；反二黄的成套唱腔，是选用孟小冬于1950年的清唱录音为蓝本，该清唱录音已由上海京剧院范文硕先生记谱，刊于《京剧余派老生唱腔集》一书中，此曲谱已经相当精确和完美了。因此，征得范文硕先生的同意，将他记录的这段反二黄曲谱，直接用在此剧本中，特此说明。

张业才

人物行当

刘世昌	老生	钟　馗	净
刘　升	丑	包　公	净
赵　大	丑	二差役	杂
赵　妻	旦	四青袍	杂
张别古	丑		

服装扮相

刘世昌　俊扮。黑高方巾、甩发、黑三，青褶子、蓝褶子、绦子，青彩裤，厚底靴。后改甩发、鬼发，青褶子，黑彩裤。

刘　升　丑扮。青软罗帽，青褶子、大带，黑彩裤，大布袜、黑鞋。

赵　大　丑扮。蓝毡帽、八字吊搭，茶衣、小腰包，黑彩裤，大布袜、黑鞋。后改绿荷叶巾，绿花褶子，彩裤，朝方。

赵　妻　俊扮。梳大头、银泡头面半副，竹布褂裤，四喜带、彩鞋。

张别古　勾老丑脸。白毡帽、四喜吊搭，白老斗衣、小腰包，彩裤，大布袜、皂鞋。

钟　馗　勾判官脸。黑扎髯、钟馗帽、红彩球，红官衣、下甲、大带，红彩裤，厚底靴。

包　公　勾黑整脸。忠纱帽、黑满，蓝官衣、玉带，青彩裤，厚底靴。

差　役　丑扮。皂隶帽，青布箭衣、大带，彩裤，薄底。

四青袍　俊扮。红秦椒帽，青袍，青彩裤，薄底。

道具

马鞭	一条	牙笏	一个
雨伞	一把	大印	一颗
包裹	一个	椅子	三把
扇子	一把	堂板	四根
菜刀	一把	托盘	一个
酒壶	一把	酒杯	两只
竹竿	一根	饭碗	两只
筷子	两双	乌盆	一个
桌子	一张	文房四宝	一份
红、灰桌围椅披	各一份	钟馗画像、木框	一份

第一场

〖【撤锣】小尾止。

〖刘世昌内白：“刘升！”刘升内白：“有。”刘世昌内白：“带路！”刘升内白：“是。”

〖【小锣抽头】刘升上，至“大边”台口；刘世昌执马鞭上，至台口中。

〔西皮摇板〕

刘世昌

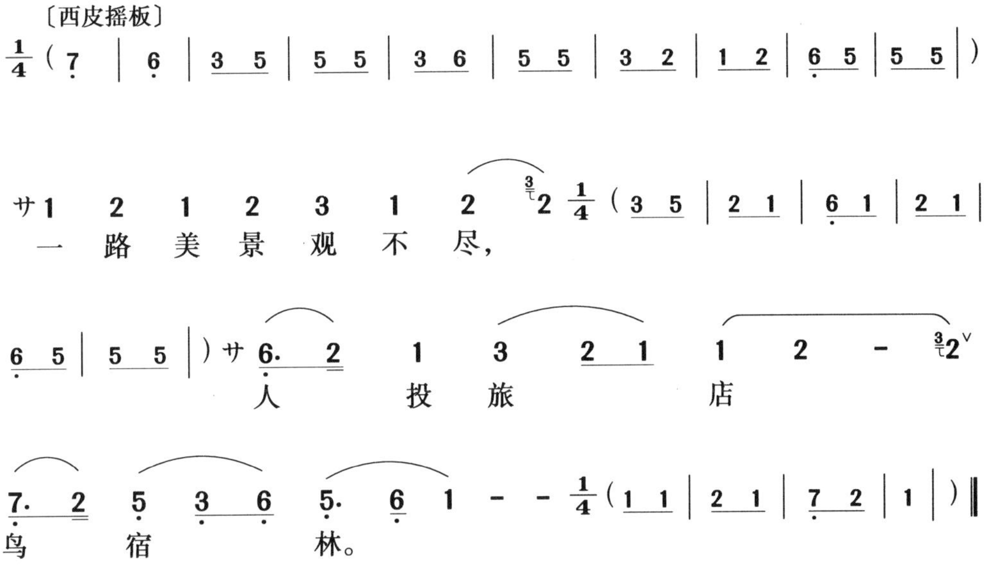

刘世昌 鄙人，刘世昌，南阳人也。贩卖绸缎为生。只因离家数载，思念双亲，因此算清账目，回家探望。刘升！

刘　升 有。

刘世昌 前面什么所在？

刘　升 东大洼。

刘世昌 何县所管？

刘　升 定远县所管。

刘世昌 看天色不好，速速趱行！（向台前打马归里、转身到台口）

〔西皮快三眼〕

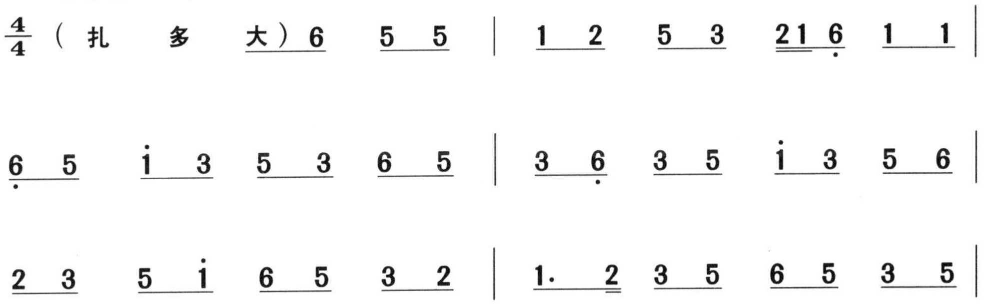

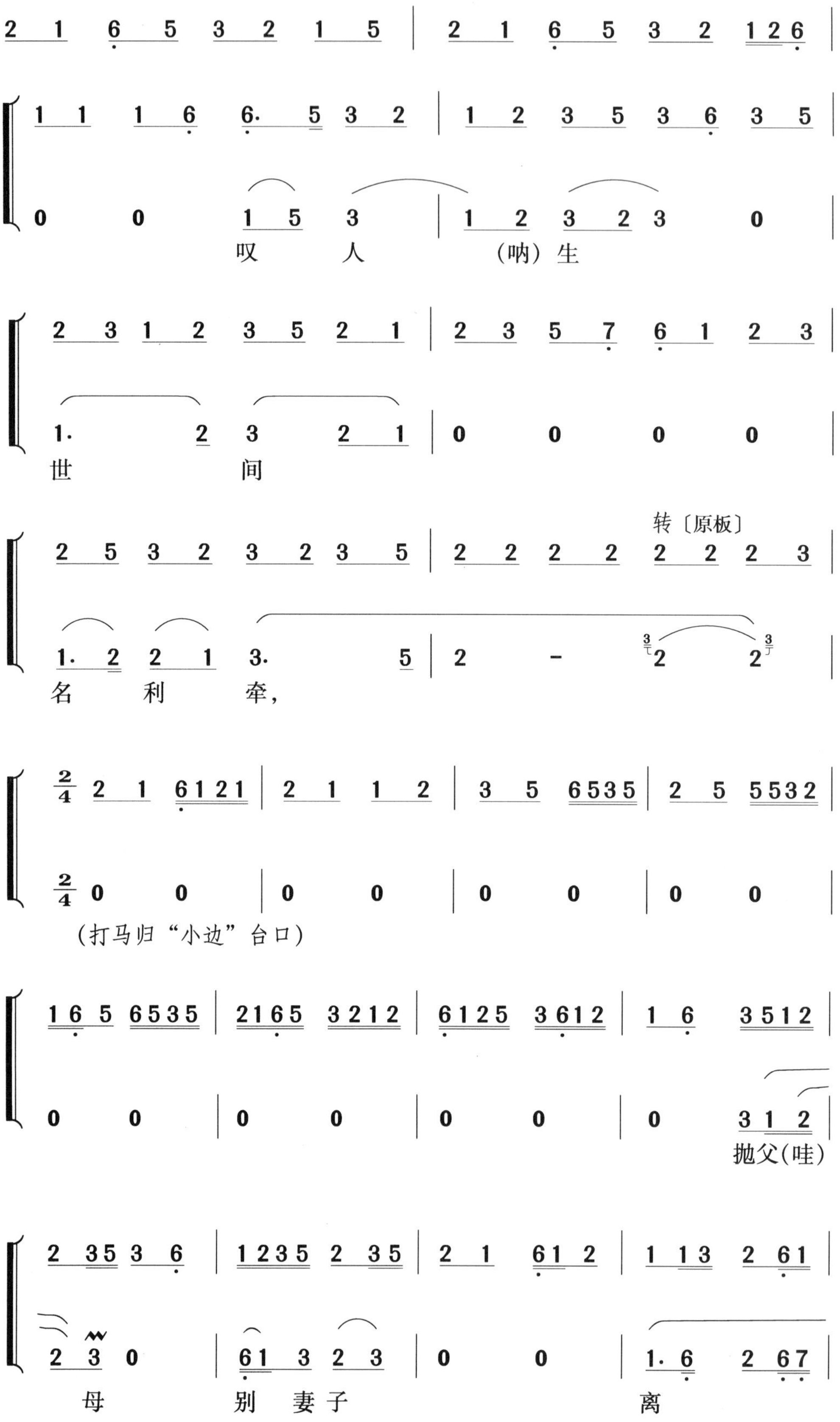
叹 人 （呐）生
世 间
名 利 牵，
转〔原板〕
（打马归“小边”台口）
抛父(哇)
母 别 妻 子 离

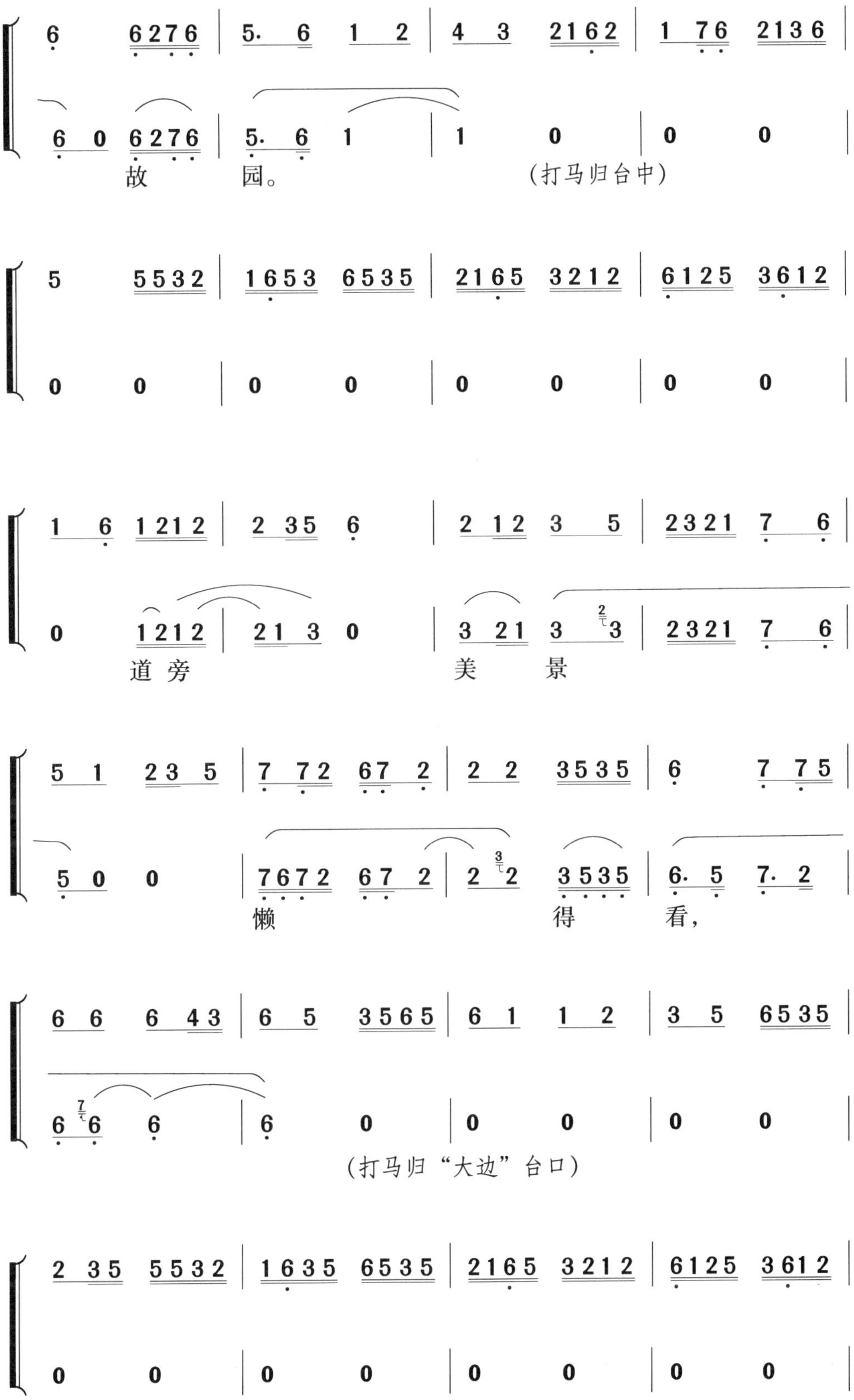
故 园。
（打马归台中）
道 旁
美 景
懒
得
看，
（打马归“大边”台口）

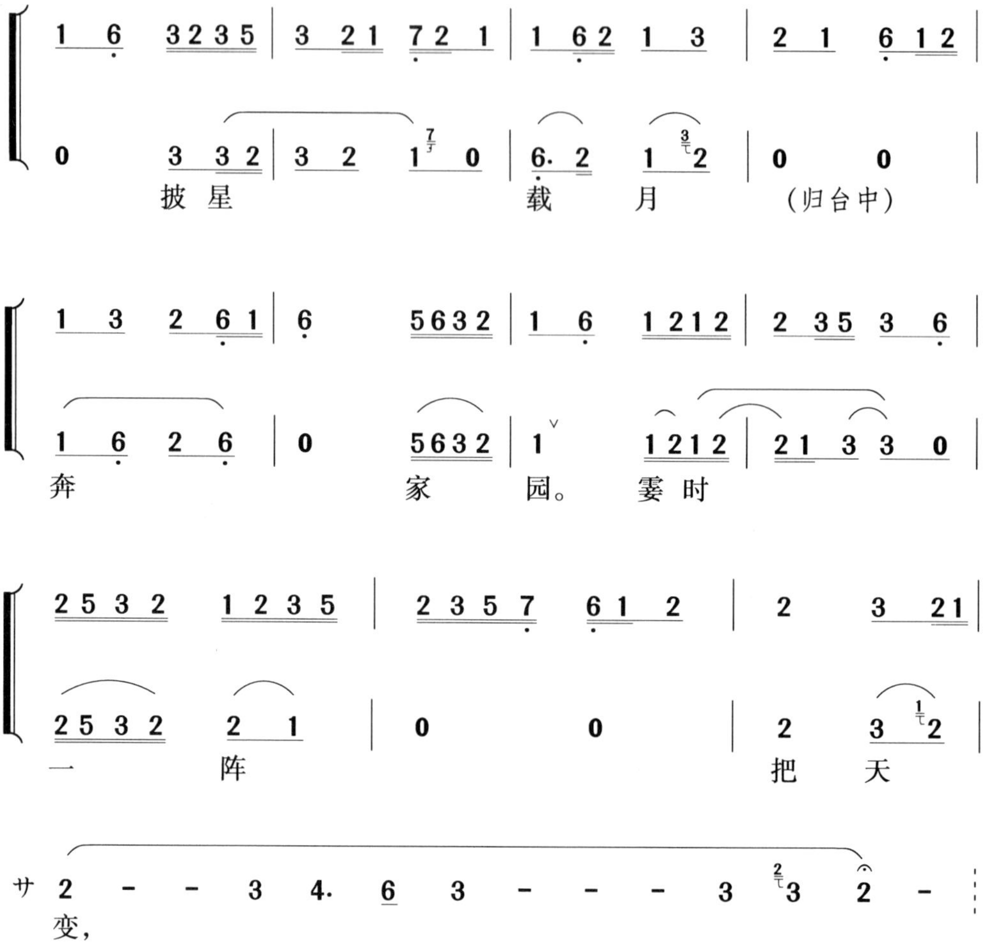

〔【乱锤】刘世昌向台中打马、翻左袖、盖头、归里。刘升在“大边”打开伞，刘世昌转身向外。

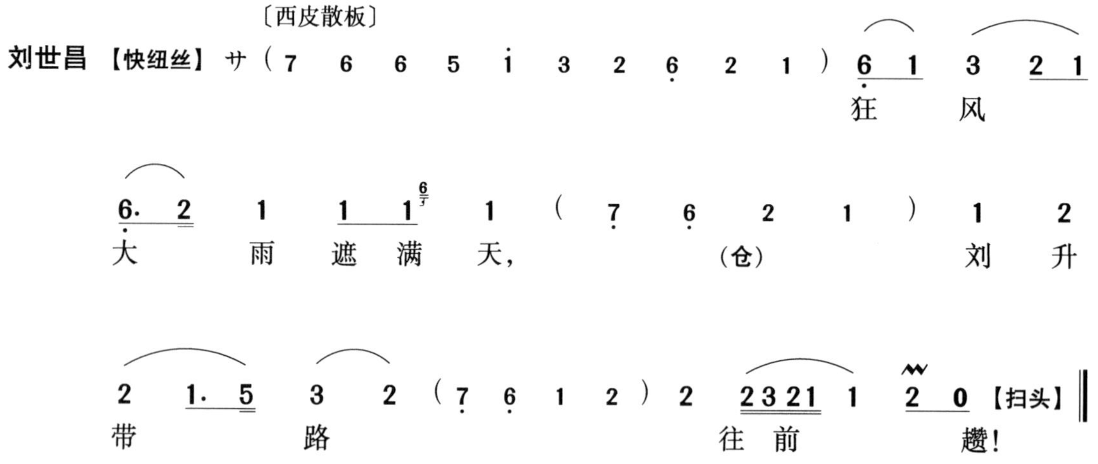

〔刘升先下。刘世昌手持马鞭向左走三步，再倒步向右，左袖遮头，加鞭、转身左手勒丝缰，右手翻水袖遮头，急下。

第二场

〔【撤锣】

赵　大　【小锣五锤】（上，念〔数板〕）

自幼，自幼生来命运单，

又烧瓦来又烧砖，

吃喝嫖赌又偷懒，

只落得身穿破衣衫、破衣衫。（转身归“小座”）

我，赵大。不幸父母双亡，夫妻二人在这定远县东大洼烧窑度日。前两天老下雨，看今日天气晴和，不免把老婆子唤出来，把这些盆儿、罐儿的拿出去晒晒，也好做买卖。（起身，向“上场门”）我说老婆子哪里？

〔赵妻内白：“哈哈！”

赵　妻　【小锣五锤】（上，念〔数板〕）

我们当家的是个能人儿，

又会烧罐儿，又会烧盆儿，

我帮他和泥巴儿、上釉子儿，咕叽儿、咕叽儿有个意思儿。

我说当家的，叫我干什么呢？

赵　大　你看，今日天气晴和，叫你出来，咱们把这些盆儿、罐儿的搬出去晒晒，也好去卖呀！

赵　妻　好，咱们来抬。（二人抬盆儿刚出门，乐队起雨声）哟，下雨了！

赵　大　好，搬回去吧。（往屋内欲搬）

赵　妻　嗬，天儿又晴了。

赵　大　那再搬出去。（刚出门，又起雨声）

赵　妻　哟，又下了！

赵　大　得啦，别受罪了，咱们干脆还是搬进去吧。（二人搬盆进门）【小锣打下】

〔【大锣纽丝】刘升、刘世昌上至“小边”台口。

〔西皮散板〕

刘世昌　（过门同前）サ

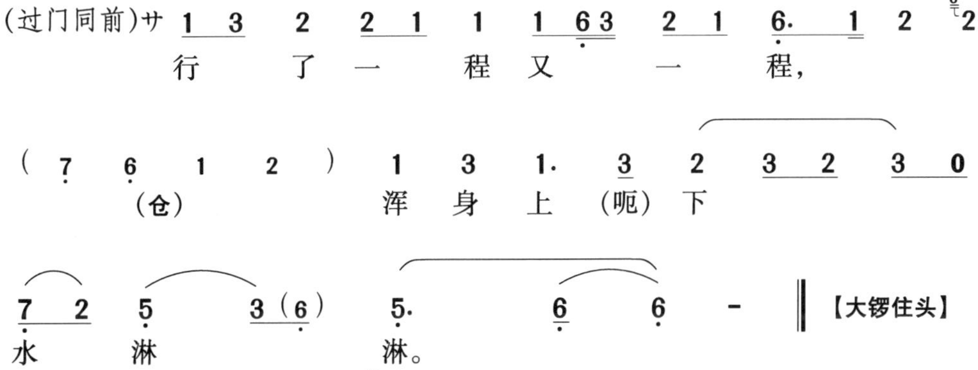

刘世昌　刘升，看前面有户人家，上前借宿。

刘　升　是啦。

刘世昌　转来！好话多讲。（随即下马、拴马）

刘　升　我知道。（叩门）我说有人吗？走出一个来！
赵　大　（“下场门”上）外面大惊小怪的，是谁呀？
刘　升　是我。
赵　大　你是干什么的？
刘　升　我们要到你家睡宿觉，你看怎么样？
赵　大　有这么说话的吗？你出门，家里也放心？
刘　升　我这么说，有什么不对？我偏要这么说。
赵　大　你这么说，我就要揍你！
刘　升　我还要揍你哪！
刘世昌　（上前将刘升拉开）嘿！不会讲话的奴才！
　　　　啊，兄台请了！（转面对赵大）
赵　大　好说好说，兄台请了。
刘世昌　我主仆二人，行至中途，天降大雨，前不着村，后不着店。望求兄台行个方便，借宿一宵，明日早行。
赵　大　（面向刘升）瞧见没有，人家这才算会说话的哪。
刘　升　有一个就对得起你。
赵　大　我说客官，你要借宿一宵，倒是没什么，只是地方狭小，恐怕……
刘世昌　但求一席之地。
赵　大　这么说，就请进来吧。
　　　　〔刘世昌进门，桌前慢慢挤拧湿衣，归“大边”；刘升与赵大搬行李介。
赵　大　哟，这么沉呀！
刘　升　都是银子。
赵　大　瞧！你们的衣服都淋湿了，快脱下来，我给你们烤烤。
刘世昌　（解绦子、脱下蓝褶子交赵大）多谢了！
赵　大　（面向刘升）小子你哪？
刘　升　我呀，“卖山里红的说睡语——就剩下这一挂啦！”
赵　大　那你就湿着罢。（出门至“上场门”台口叫赵妻）家里的，把这件衣服拿去烤一烤。
赵　妻　（“上场门”上）你管他哪！
赵　大　你不懂，烤干了放咱们家柜里。
赵　妻　哦，我明白了。（“上场门”下）
赵　大　（进门坐“小边”，刘世昌坐“大边”，刘升站“大边”旁）请问客官尊姓大名？
刘世昌　在下刘世昌。
赵　大　哪里人氏？
刘世昌　南阳人氏。
赵　大　好地方！做何生意？
刘世昌　贩卖绸缎为生。
赵　大　哎呀，大买卖。
刘世昌　小买卖。
赵　大
刘世昌　啊，哈哈哈……！

刘世昌 请问兄台上姓？
赵 大 在下姓赵，单一个大字。
刘世昌 原来是赵大哥，失敬了。
赵 大 不敢，不敢。
刘世昌 做何生意？
赵 大 烧盆儿窑为生。
刘世昌 大买卖。
赵 大 小买卖。
刘世昌
赵 大 啊，哈哈哈……！
赵 大 我说客官，你们还没吃饭吧？
刘世昌 前途用过。
刘 升 我哪儿吃啦，我还饿着肚子呢。
赵 大 还是小孩子说实话。出门在外，甭客气，我这儿也没什么好吃的，有的是绿豆水饭，你们等会儿，我再烫壶酒，给你们赶赶寒气。
刘世昌 有劳赵大哥。
赵 大 （出门至“上场门”台口）哎呀慢着，我看这位客官行李挺沉，八成银子不少。要是把他们害死，我岂不就发财了！我把老婆子唤出来，商议商议。家里的快来！
赵 妻 来了来了，什么事呀！
赵 大 老婆子，咱们要发财了！
赵 妻 怎么个发法呢？
赵 大 刚才来俩人，在咱们家借宿。那个主人是个做绸缎生意的，他们的行李里有不少银子，咱们要是把他俩害死，那银子不就归咱们了吗。
赵 妻 吆，害人我可不会。
赵 大 别嚷别嚷呀！（急用手捂赵妻嘴）
赵 妻 那你说怎么个害法？
赵 大 他们还没吃饭，咱们给他安排点酒饭，在酒饭里下点耗子药，他们吃了岂不就完了吗。
赵 妻 好，就这么办。（下，再上，端酒饭盘子，放地下，往里放鼠药）
赵 大 （端盘子进门）饭到，酒到，来来来，我给你们斟上。
「刘世昌坐“里座”，刘升坐“下边”。
刘世昌 打扰不当了！

〔西皮原板〕

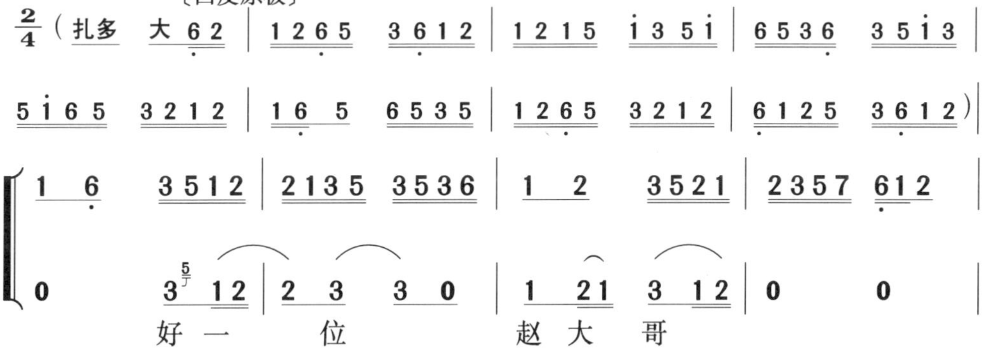

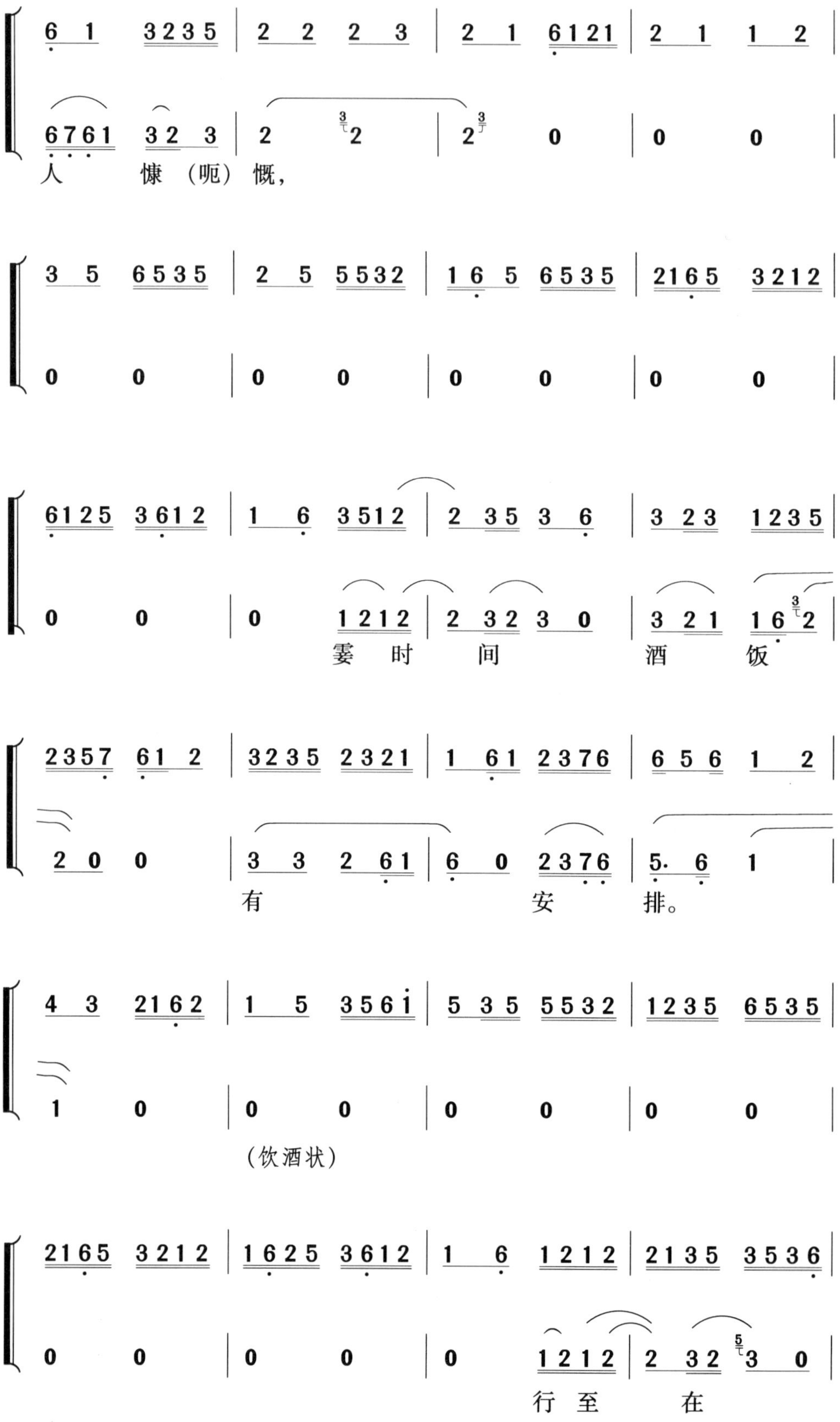
人 慷（呃）慨，
霎 时 间 酒 饭
有 安 排。
（饮酒状）
行 至 在

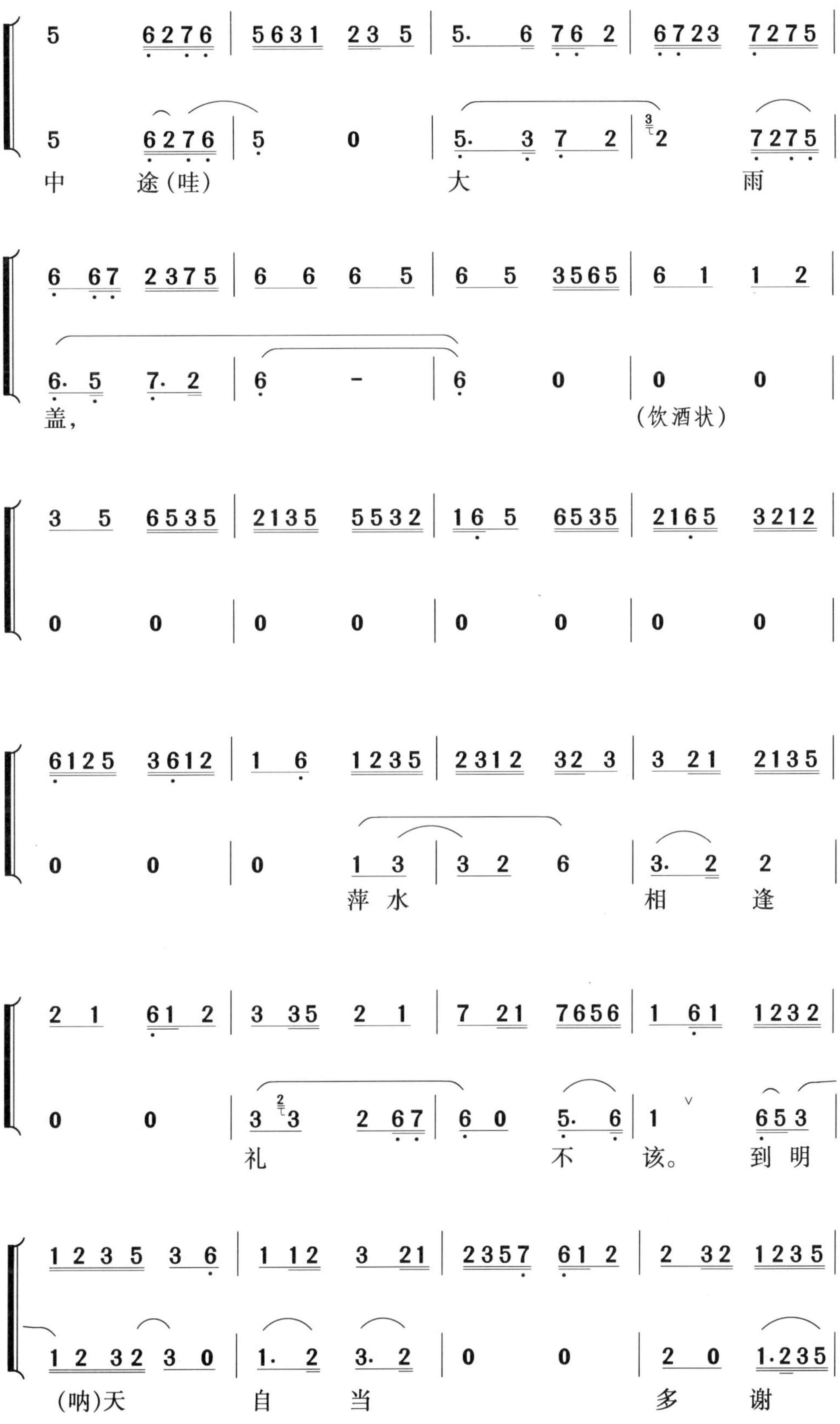
中 途(哇) 大 雨
盖，
(饮酒状)
萍 水 相 逢
礼 不 该。 到 明
(呐)天 自 当 多 谢

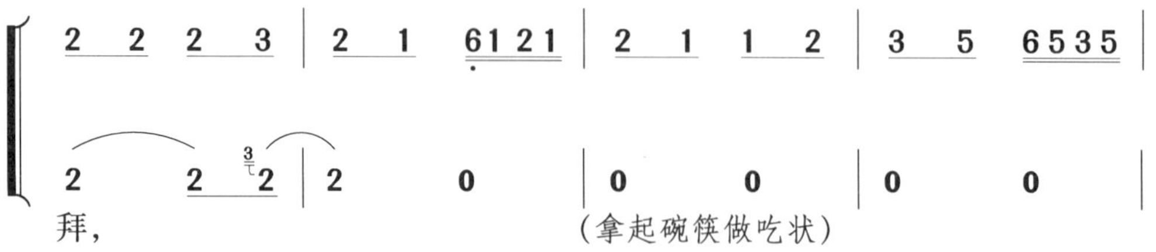

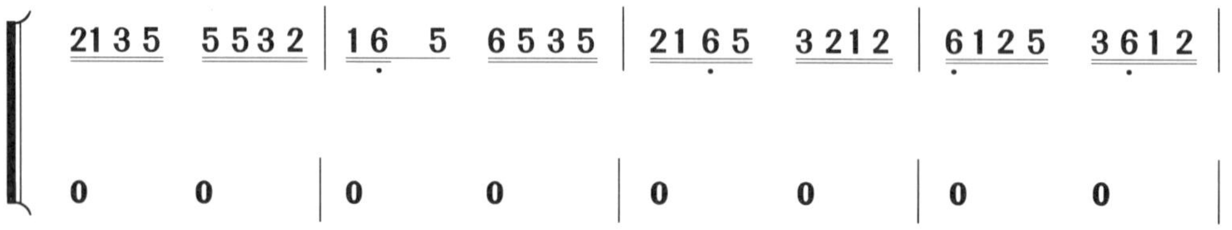

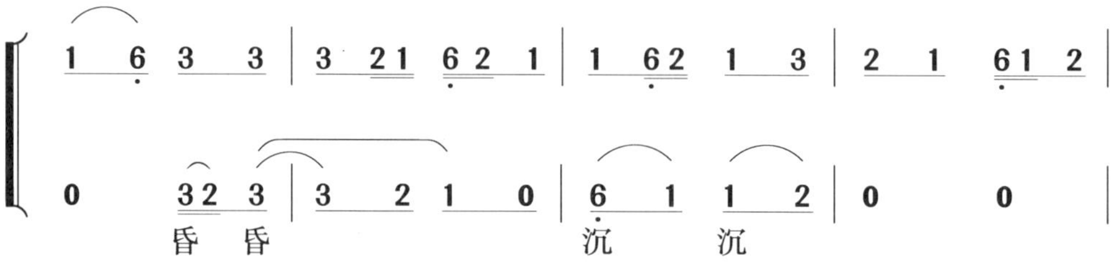

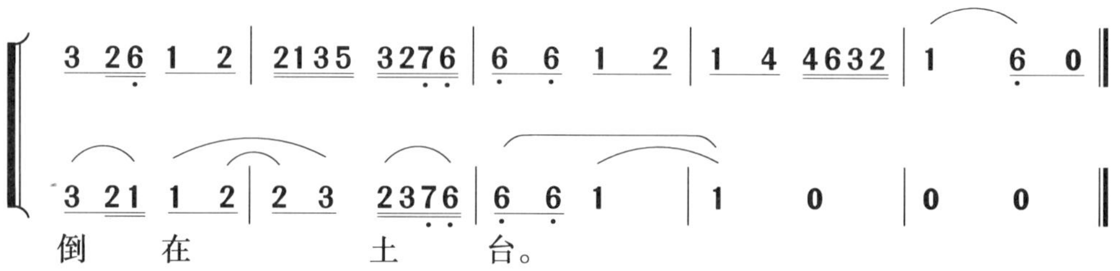

（刘世昌、刘升昏睡状）

赵　大　客官，再饮几杯吧！得，我看他二人俱已醉倒，待我将门倒扣，咱们明儿见！（出门）我，就等着发财啦！**【冲头】**（右边下）

刘世昌　**【大锣导板头】**サ

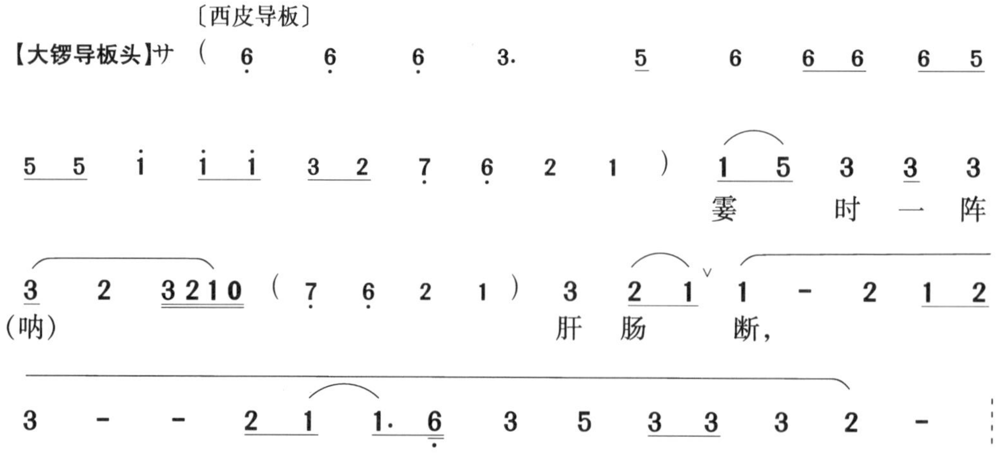

（随【乱锤】站起来，左捂肚、右捂肚，摘高方巾扔向后面。走桌上“滚背”，向桌外翻出。双手捂肚，走向门、拉门不开，倒退坐地，站起双手揉肚）

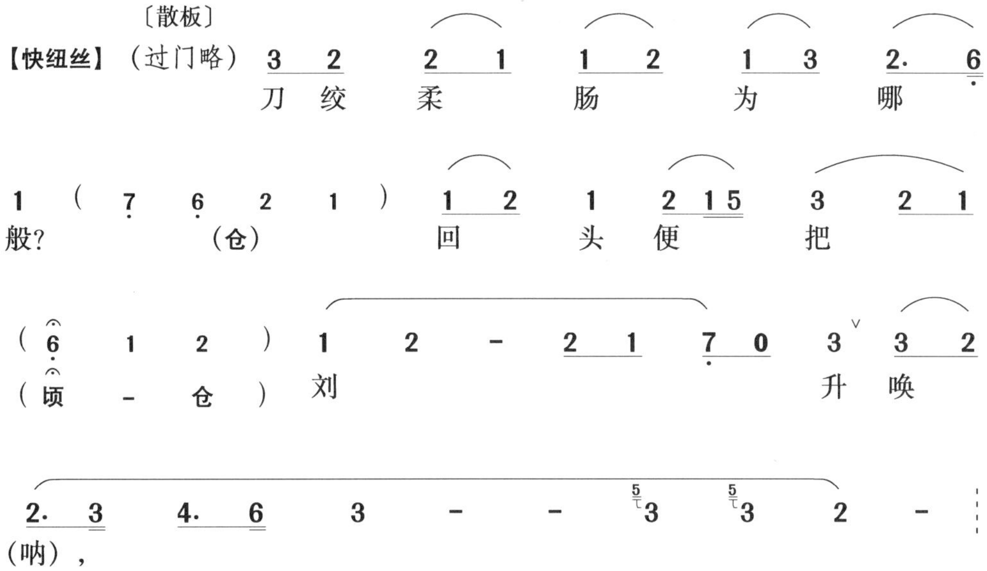

〔【乱锤】刘世昌走向刘升，拍叫刘升。（夹白：“哎呀！”）抬左腿、单腿向后倒退，至“小边”，倒地上，两手捂肚做疼状，起身，至中场。

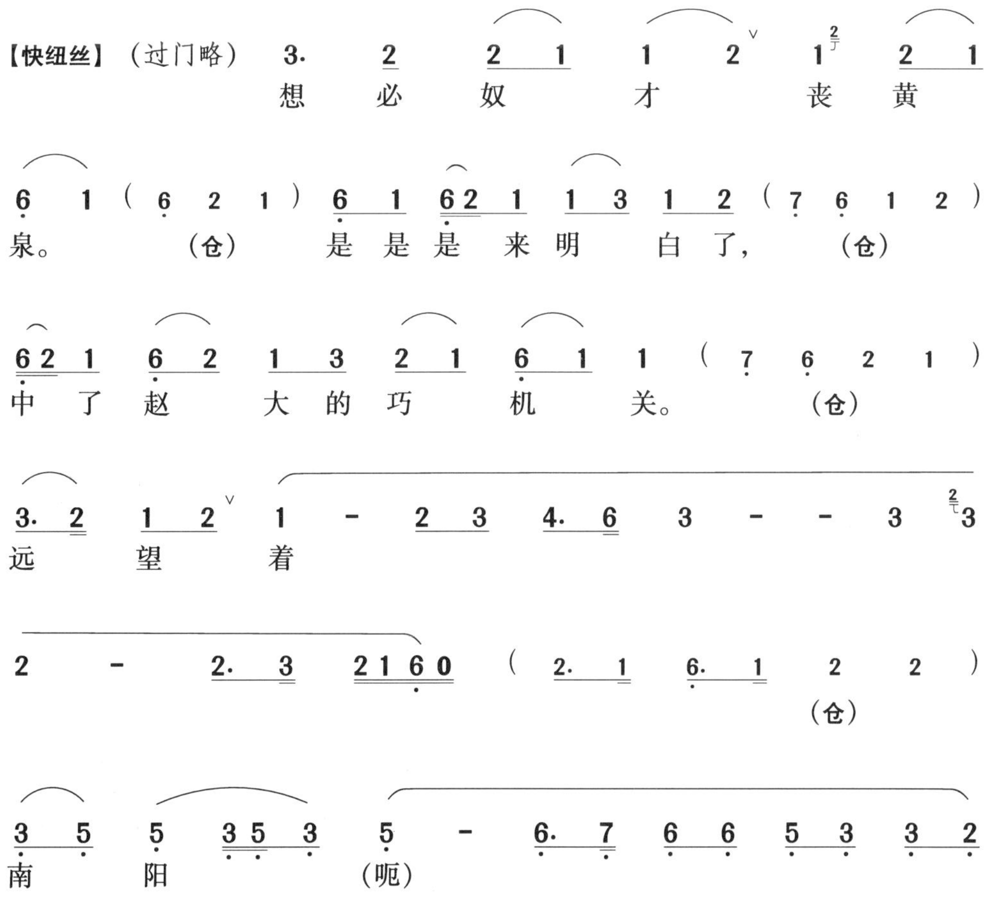

〔哭头〕

(6 1 2) 3 3 21 1 0 (1 1 1 3 2162 1)
(顷 - 仓) 高 声 (呐) (仓 仓 仓 仓 仓七台 仓)

2 - 2· 3 4· 6 3 2 1 1 2 2 2 7· 6 5 - 3· 5
喊,

(6 5 5) 7 - 65 0 5 3 5 50 6 7 0 6
爹 娘 (呃)

7 2 7 2 7· 6 6 - 6 6 5 -

〔【乱锤】双手捂肚做疼痛状。

【快纽丝】(过门略) 3 2 1 2 3 2 - 2 3 2 3 2· 1 6 0
阴 曹 地 府(哇)

(6· 1 2 -) 3 2 1 1 - 1 0 2 - - 2 2 1 -
走 一 番 (呐)。

(空匡、空匡、八大仓)(刘世昌左、右倒步,后仰倒地)

〔西皮导板〕

刘 升 【导板头】(过门略)サ 3 3 2· 5 3 2 1 3 1 2 - 4· 6 3 - 3
霎 时 一 阵 肝 肠 绞 (哇)!

3 2 - (八大大 仓)【乱锤】(刘升捂肚子站起,左右走倒步,头摇慢,口眼乱动,停住)

好厉害的绿豆水饭啃!

〔散板〕

【凤点头】(过门略) 1 2 1· 2 3 5 2 1 6 1 (6 2 1 -)
腹 内 疼 痛 为 哪 条? (仓)

1 35 3 1 2 3 5 2 1 6 1 2· (1 6 1 2)
是 是 是 来 明 白 了, (仓)

1 3532 1 2 3 5 21 6 1· (1 6 2 1)
中 了 赵 大 的 计 笼 牢。 (仓)

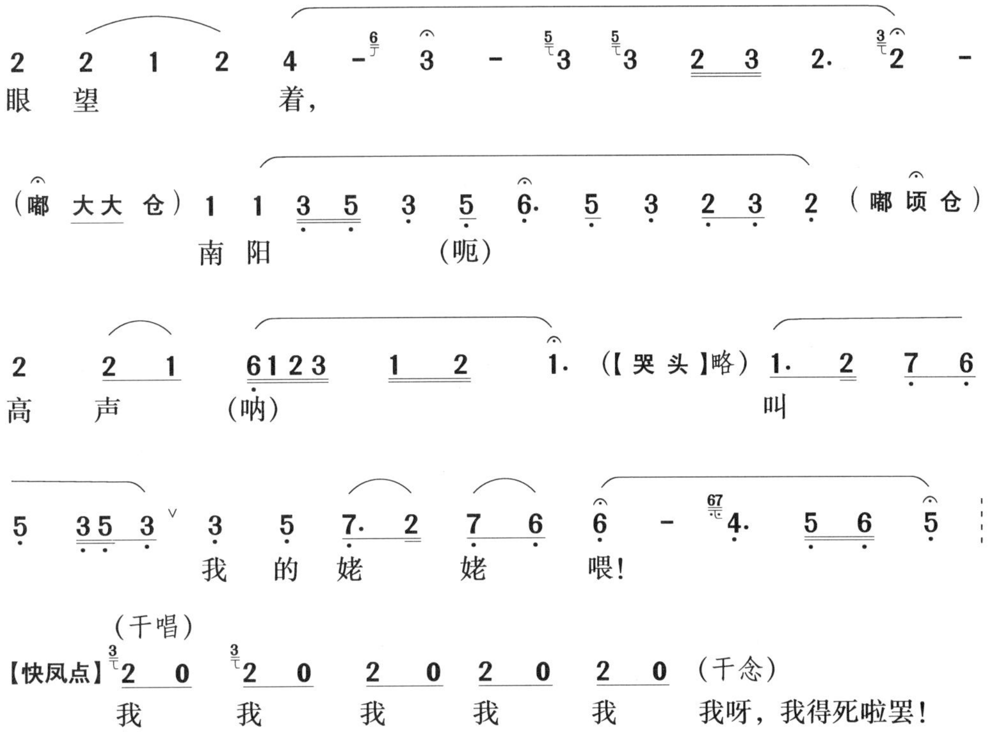

【亮更】（“上场门”，赵大与妻同上）

赵 大 天亮了，咱们去看看，有没有动静。待我开开门。有得！两个人死了一对。

赵 妻 这可怎么办呢？抬出去埋了吧！

赵 大 不成，要被人看见，告到当官，你我性命难保。不如咱们把他二人尸体剁成肉酱，和在泥里，烧成盆罐，神不知鬼不觉，你瞧怎么样？

赵 妻 好，我拿刀去。（“下场门”下，再上，拿两把菜刀。）

赵 大 来，咱们动手吧！（赵妻将要动手，望上一望，做惊恐状）

赵 妻 我说当家的，你看那画上的判官，他两个眼睛直瞪着我，我害怕！

赵 大 这不要紧，我把他的眼睛剜去得了！（做挖眼状）来，咱们剁起来！【小锣速打】（做剁人状）这下我赵大可发财了。正是：“禹门三级浪，平地一声雷①”。

〔赵大、赵妻二人【小锣打下】刘世昌、刘升暗下，或拉二道幕。

第 三 场

〔【快冲头】切住，放火彩，【一锣】钟馗由神像砌末在桌上转出来，面里站，两次【三锣】左右各一次由里转向外口吐火焰，转正面搬朝天镫再吐火。【撕边】坐桌上，下桌。【走马锣鼓】“跳判”，走“四门斗”，横走一遍，横走二遍。站中间，转【冲头】【大锣归位】。

---

① 禹门三级浪，平地一声雷：禹门，即龙门，此处水急浪大，古人以“鱼跃龙门”喻人的发达。这两句是京剧演科考发榜时，报录人常用的台词。赵大移用，表示其骤然变富，地位提高。

钟　馗　（念诗）怒触金阶恶气多，

只为不中状元科[①]；（**台.大　台**）

唐王赐某朱红剑，

斩鬼除邪镇妖魔。【**半归位**】

某，【**大锣一击**】终南山进士钟馗。【**住头**】只因凡间有一吴道子[②]，将俺真容画得十分威武。被赵大夫妻得到，悬挂家中。是他等图财害命之时，将像中吾神二目挖去，其情可恼！看，（望上场门）【**大锣一击**】（回转身接念）远远望见刘世昌阴魂来也！（侧坐桌上，左袖挡脸）

〖（**蹚……台**）刘世昌"上场门"上，跪"小边"。

刘世昌　叩见判爷！

钟　馗　刘世昌，你的冤屈，吾神尽知，你可向定远县包公那里申诉，自能昭雪。

刘世昌　怎奈无有见证之人。

钟　馗　吾神与你见证，去罢！

刘世昌　谢判爷！（"下场门"下）

钟　馗　（下桌，望"下场门"）看！【**大锣五锤**】（回身向外）刘世昌阴魂已去，俺不免定远县走遭也！【**水底鱼**】（走圆场【**撕边一锣**】放一把火彩，望"大边"外角【**撤锣**】下）

第　四　场

〖接前场【**撤锣**】止。

〖张别古内白："啊哈！"

张别古　【**小锣五锤**】（上，至台口，念〔数板〕）

运时衰，老来无子实难挨，

妻早丧，命应该，

只落得，奔波忙碌卖草鞋，卖草鞋。（左回身，归"小座"）

人老猫腰把头低，树老梢黄叶儿稀。

茄子老了一兜子儿，倭瓜越老越难吃。

老汉，张别古。打草鞋为生。这两天生了场病，没出去做买卖。今儿病好了，一个钱了没有。我想起来了，东大洼赵大还欠我两只草鞋钱，不免前去要了来，也好度日。我说走就走，待我出了门，关上门，我再锁上门，别叫羊吃了我的被褥。（转身走圆场、边走边念。）唉！老了老了，再也不能小了；要想小了，可就费了事了（归"小边"）。说话间，到了。哎？我说赵大家原是两间破土房，怎么会变成高大瓦房了呢？我再瞧瞧，损德堂赵，没错呀！待我叫叫，赵大、赵大！

〖赵大内白："嗯哼！"

赵　大　（"下场门"【**小锣打上**】）人不得横财不富，马不吃夜草不肥。是谁这么指名道姓的，乱喊赵大赵大的？（开门出门，站"大边"）

---

① 怒触金阶恶气多，只为不中状元科：举子钟馗文武兼备，却因貌丑被黜革，忿而碰死，死后封为专司伏魔降鬼的尊神。

② 吴道子：唐时名画家，善画佛像。所画钟馗像极有名。

张别古 是我啊！
赵 大 原来是老小子。
张别古 好说小小子。
赵 大 你干什么来了？
张别古 我找你有两句话说。
赵 大 有话就在这儿说吗？
张别古 不在这说，上哪儿说去？
赵 大 这儿风大，别闪了我的舌头，到待客厅说去。
张别古 有了钱，都有待客厅了。我不认路，你头里走。
赵 大 跟我走，进大门。
张别古 哦，进大门。
赵 大 进二门。
张别古 哦，有了二门了！
赵 大 走穿廊。
张别古 好，走穿廊。
赵 大 走游廊。
张别古 哪儿来那么多狼啊？
赵 大 抬脚！
张别古 干什么？
赵 大 小心踩了黄鼠狼。
张别古 有钱都养活黄鼠狼了。我说到了没有啊？
赵 大 就算到了，跟我进来。
张别古 好一个待客厅，我先坐会儿。
赵 大 嗨！起来，起来，这地方是你坐的吗？
张别古 我坐坐有什么要紧的啊，我应该坐哪儿？
赵 大 你坐地下得了。
张别古 好，我也只能坐地下。（在“大边”席地而坐）
赵 大 你有什么话，说吧。
张别古 你前些日子拿了我两只草鞋没给钱，今儿你该给了吧。
赵 大 胡说，你瞧我现在这个穿戴，还能欠你的钱？
张别古 噢，发了财就不认账了。我说赵大爷，您刚才听错了，不是您欠我的钱，是你的伙计拿了我两只草鞋，没给钱，写在您的账上了。
赵 大 嗯，这还差不多。
张别古 那么您就给我吧。
赵 大 钱么，有倒是有，可都用铁丝串起来了。
张别古 银子也成。
赵 大 银子都烧成银山了，分不开呀。
张别古 什么都没有怎么成？就算我要饭，也得给我个要饭的家伙呀。
赵 大 哎，你要个讨饭的盆，倒有一个，来跟我到盆库去。
张别古 发财了，盆都有库了。

赵　大　大爷有钱了嘛。来，（领走小圆场，开门）进门。
张别古　哎哟，这里头怎么阴风惨惨的？赵大，八成你害人了吧？
赵　大　别胡说八道，这是年纪大了，火气太弱。你看我，嗯哼！你看这上、中、下三层。
张别古　你把上层的给我一个。
赵　大　上层是进贡用的，你也配！
张别古　中层的也成。
赵　大　那是买卖客商用的，也不能给。
张别古　那你就随便给我挑一个吧。
赵　大　你瞧这个怎么样？（拿乌盆）
张别古　哟，（接过乌盆，看）怎么这么黑呀？
赵　大　你看不起眼儿，我这一窑就烧出这么一个，我还给它起了名儿，叫乌盆。
张别古　噢？它就叫乌盆！
〔刘世昌鬼魂“下场门”上，站“大边”，背身面对“下场门。”
赵　大　盆也给你了，你走吧。
张别古　那我赶快走吧。
赵　大　回来，回来！
张别古　回来干什么？
赵　大　你在外头，眼皮儿杂，要是碰上有小姑娘小小子的，替我买两个来。
张别古　嘿！有两个臭钱，可真会出花样。有了，我拿他开开心。我说赵大，小姑娘没有，小小子倒有一个。
赵　大　在哪儿呢？
张别古　你远瞧。
赵　大　没有啊？
张别古　你再近觑。
赵　大　就是你啊。
张别古　不错。
赵　大　呸！我可没钱给你买棺材。
张别古　你买我，好给你们家当活祖宗。
赵　大　滚你的吧！（“下场门”下）
张别古　咳，真是啊！人不可貌相，海水不可斗量，没想到赵大这小子会发了财了。这可真是，莫道东风常向北，北风也有转南时。
〔张别古出门站“大边”，刘世昌跟出门，站“小边”。
刘世昌　张别古！
张别古　这是谁呀？提名道姓的？
刘世昌　老丈！
张别古　哟！不好，盆它说话了！（把盆放台中地下）

〔二黄原板〕
刘世昌　2/4（扎 多　乙）6 | 1. 2 3 6 | 5 65 5 61 | 2 5 3276 | 5 3 2161 |

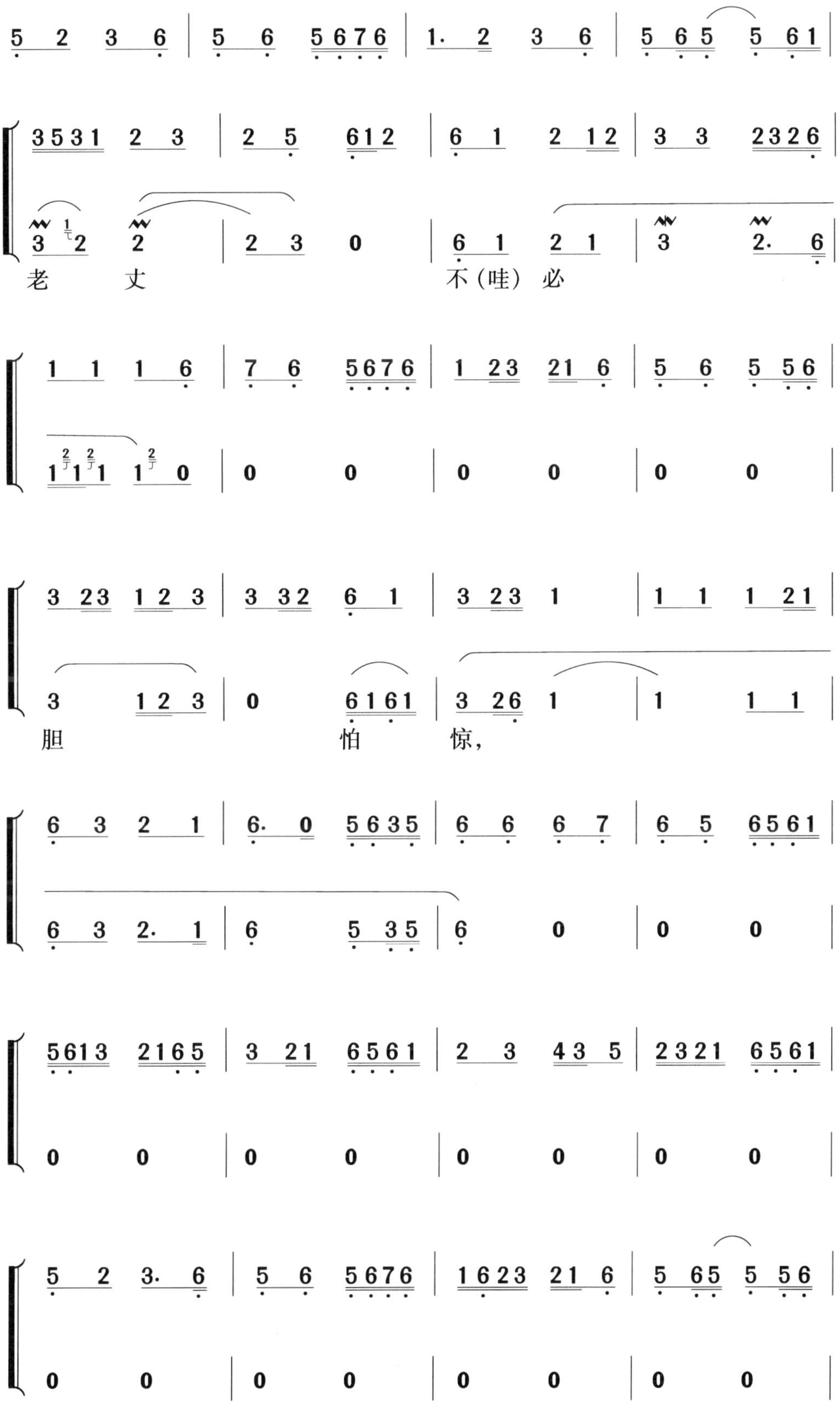
老 丈
不(哇) 必
胆 怕 惊,

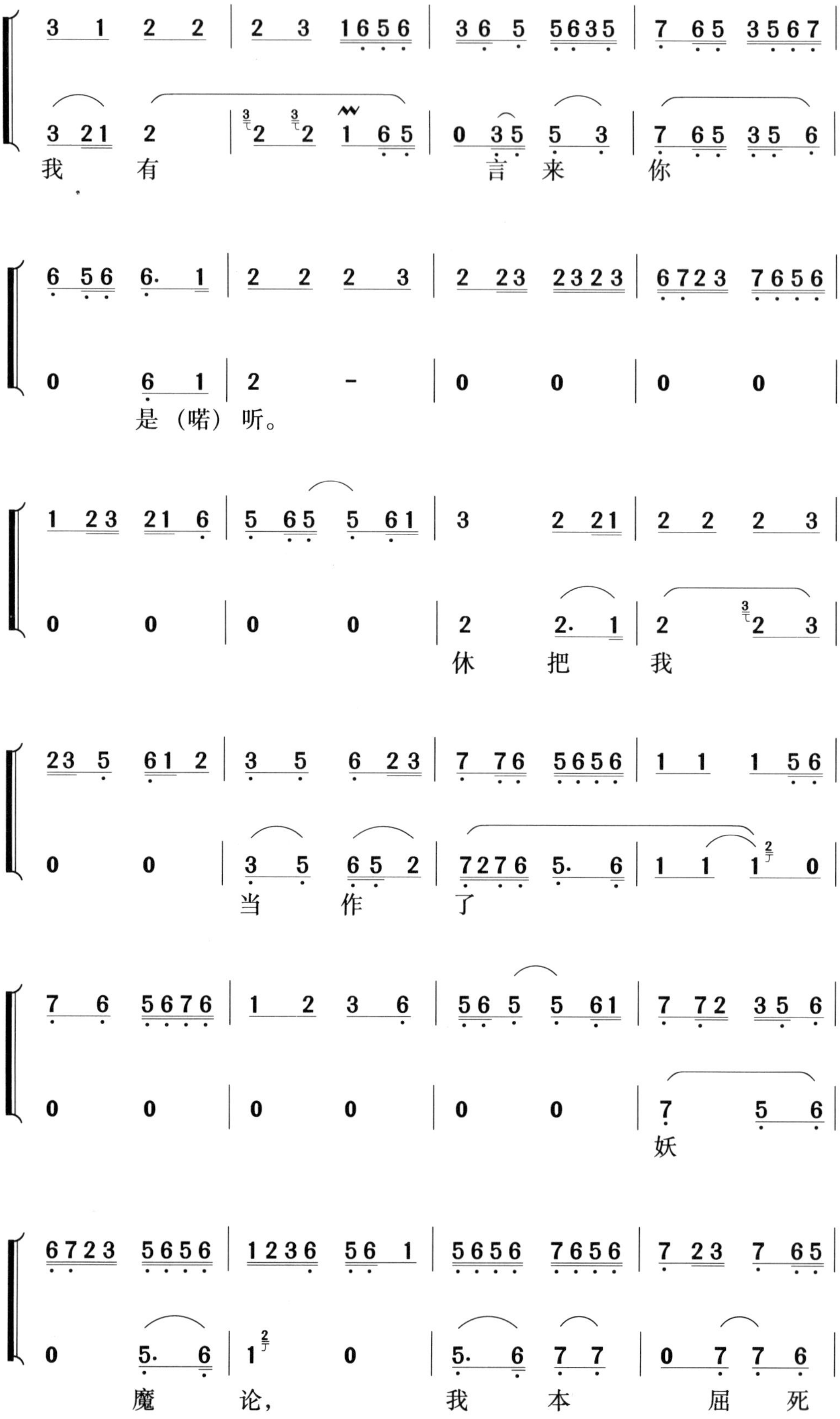
我 有 言 来 你
是（喏）听。
休 把 我
当 作 了
妖
魔 论， 我 本 屈 死

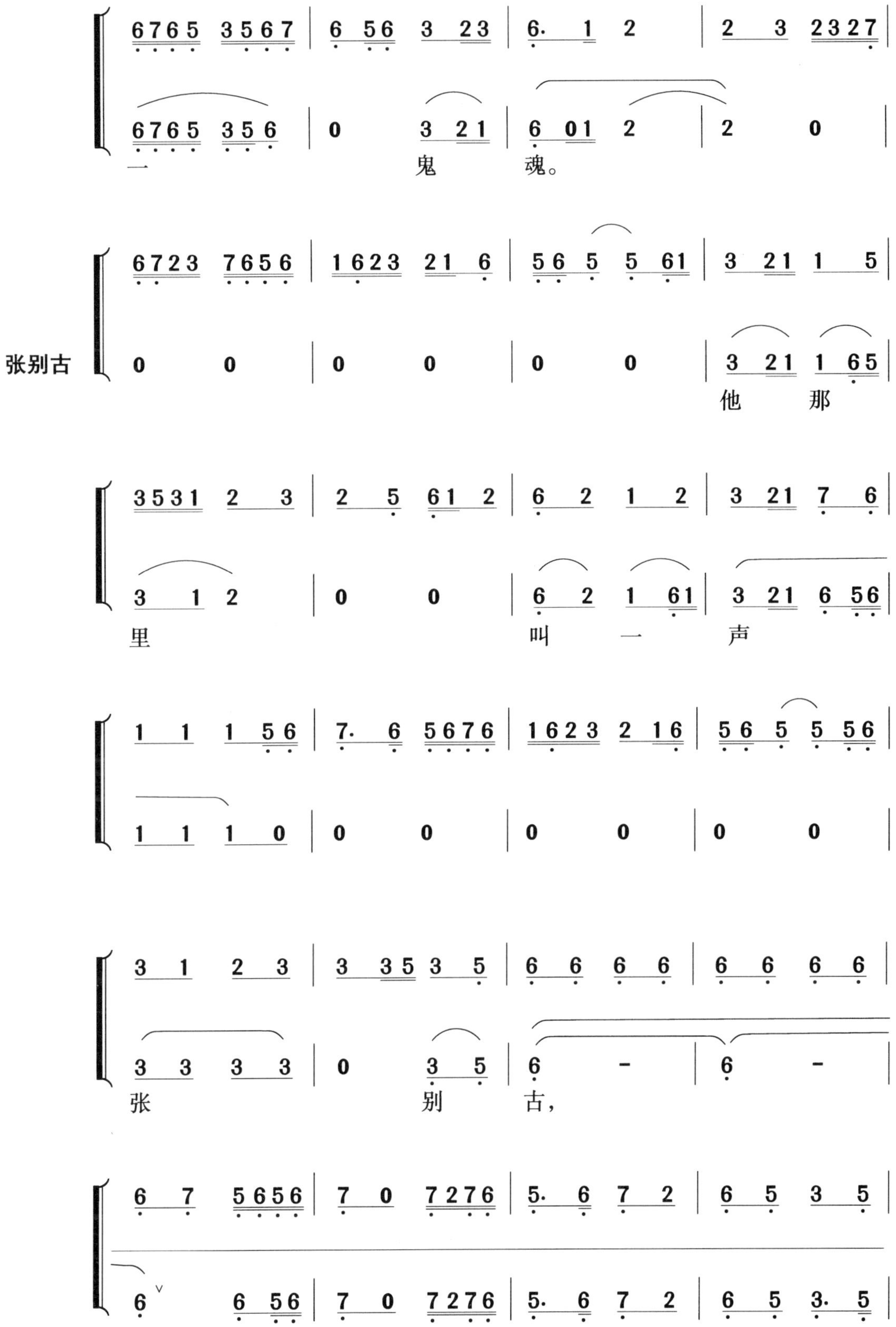
一
鬼
魂。
张别古
他
那
里
叫
一
声
张
别
古，

张别古 哎呀慢着！有道是："少年见鬼还有三年，老年见鬼就在眼前。"不好，我得赶紧走！我这边走……【小锣一击】（刘世昌抬左臂拦挡）不行，我那边走！【小锣一击】（刘世昌抬右臂拦挡）哎哟，鬼打墙呕！

〔二黄原板〕

刘世昌

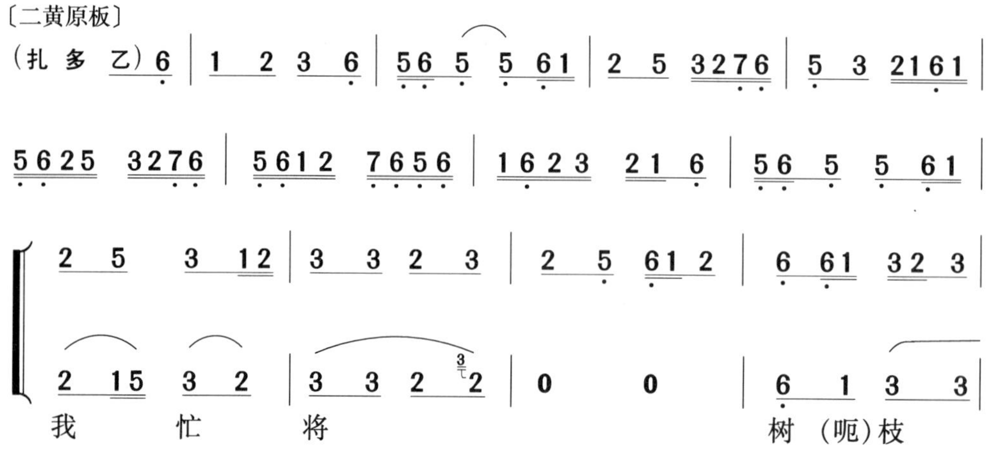

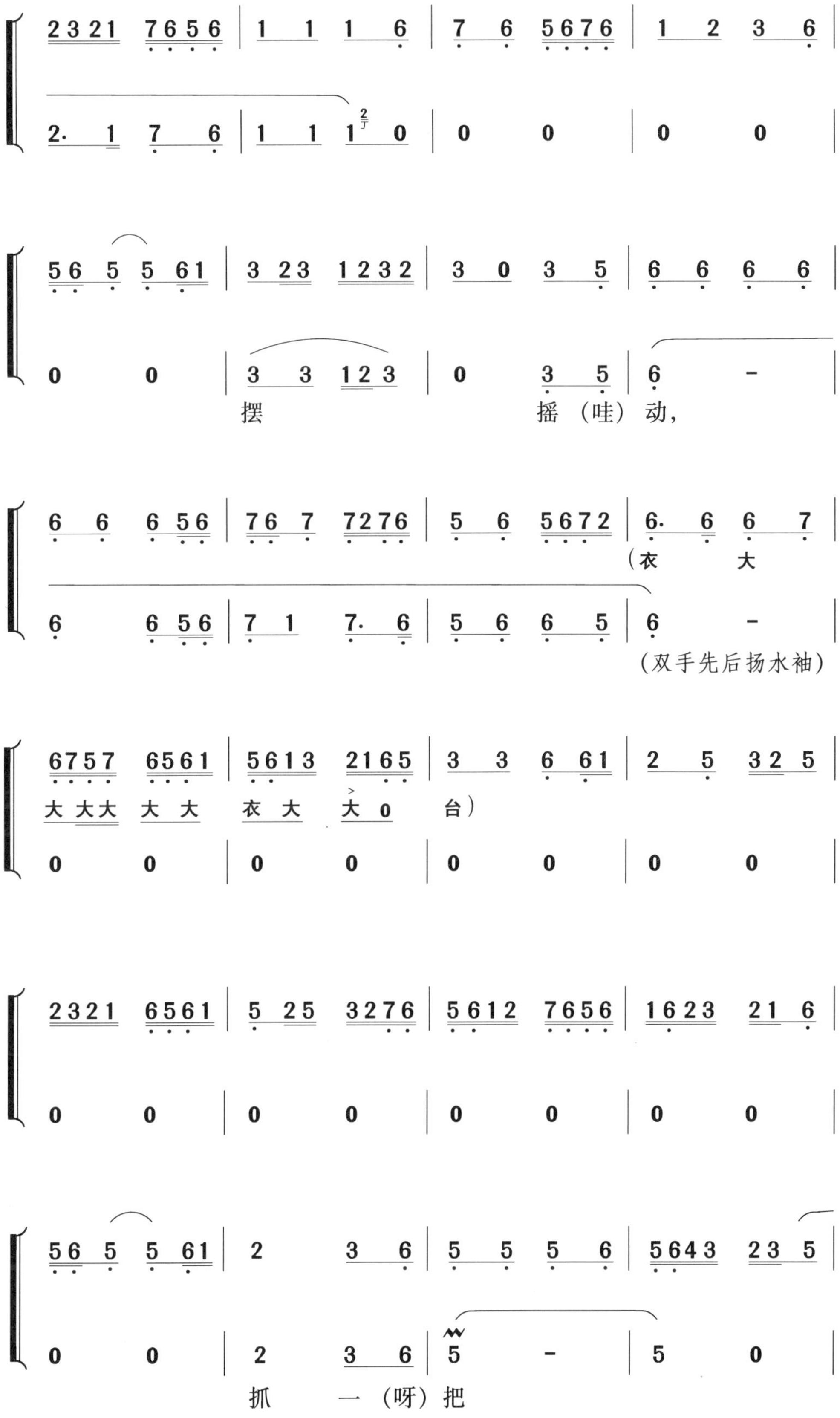
摆
摇（哇）动，
（衣 大
（双手先后扬水袖）
大 大大 大 大 衣 大 大 0 台）
抓 一（呀）把

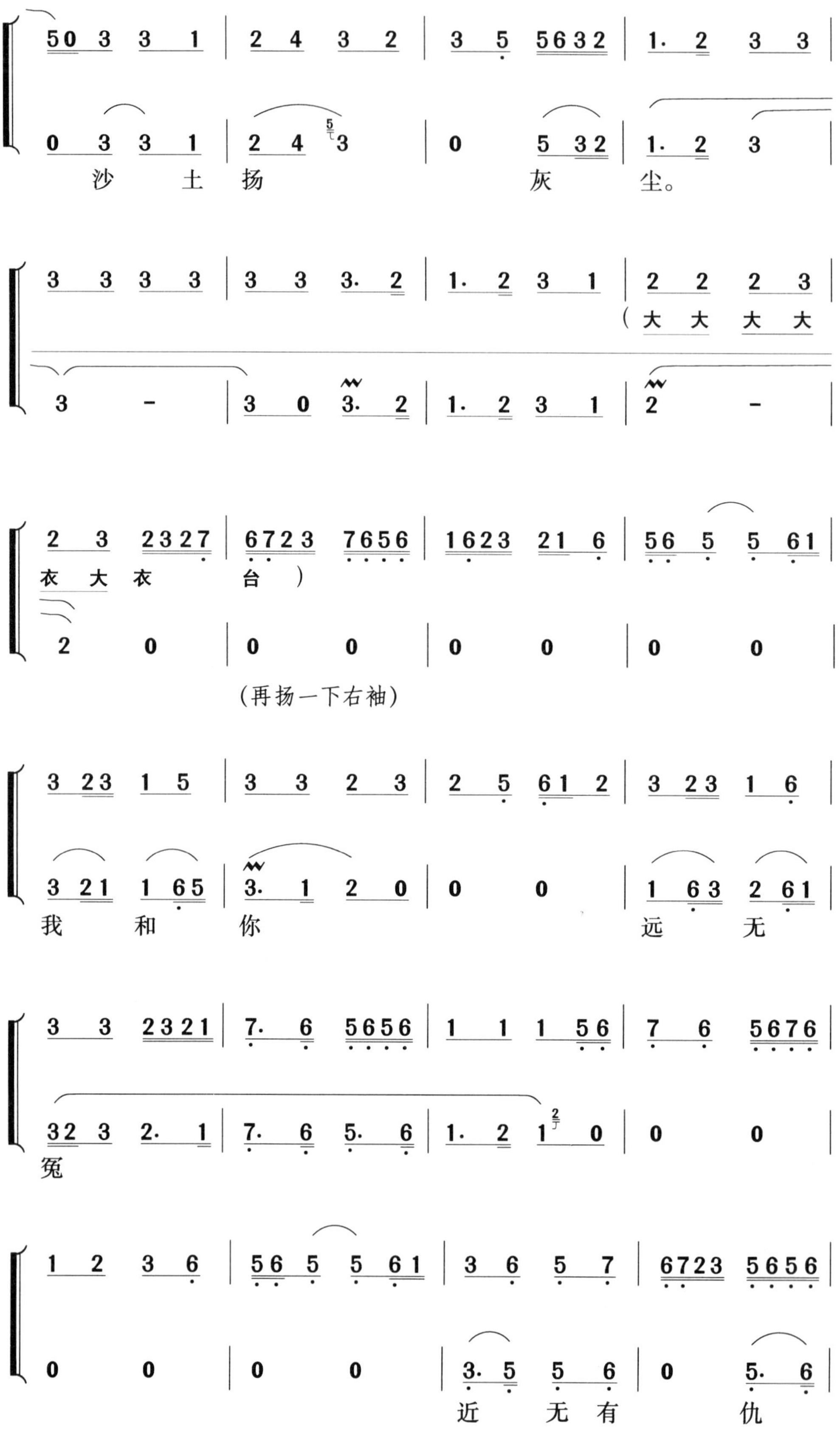
沙 土 扬 灰 尘。
（大 大 大 大
衣 大 衣 台 ）
（再扬一下右袖）
我 和 你 远 无
冤
近 无 有 仇

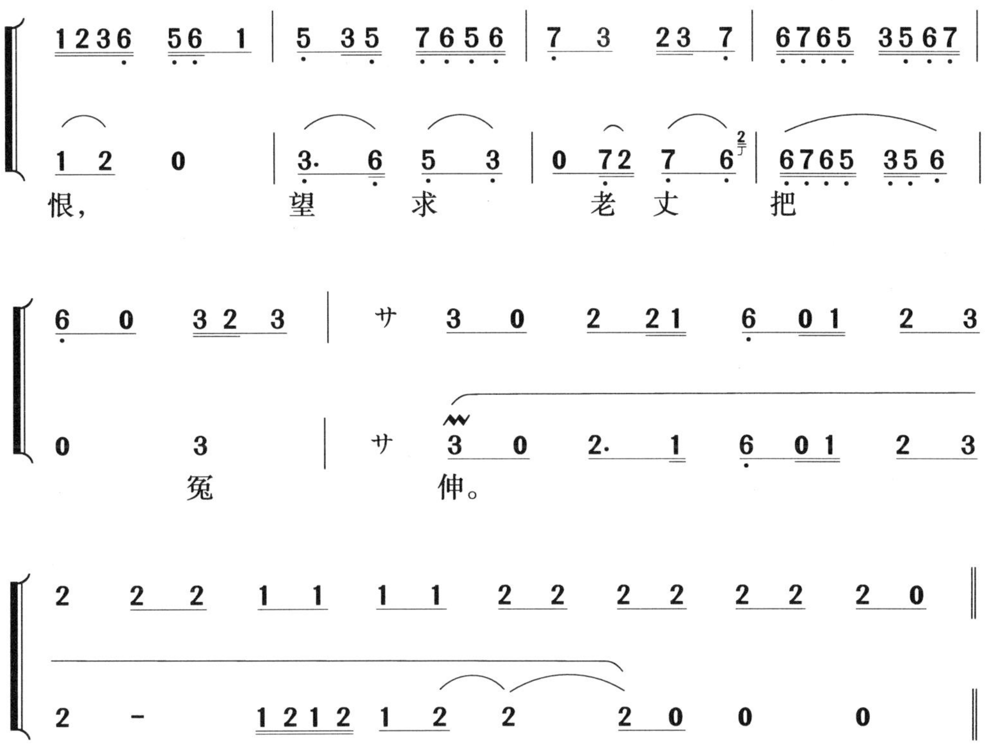

张别古　哎……！（拿起盆）

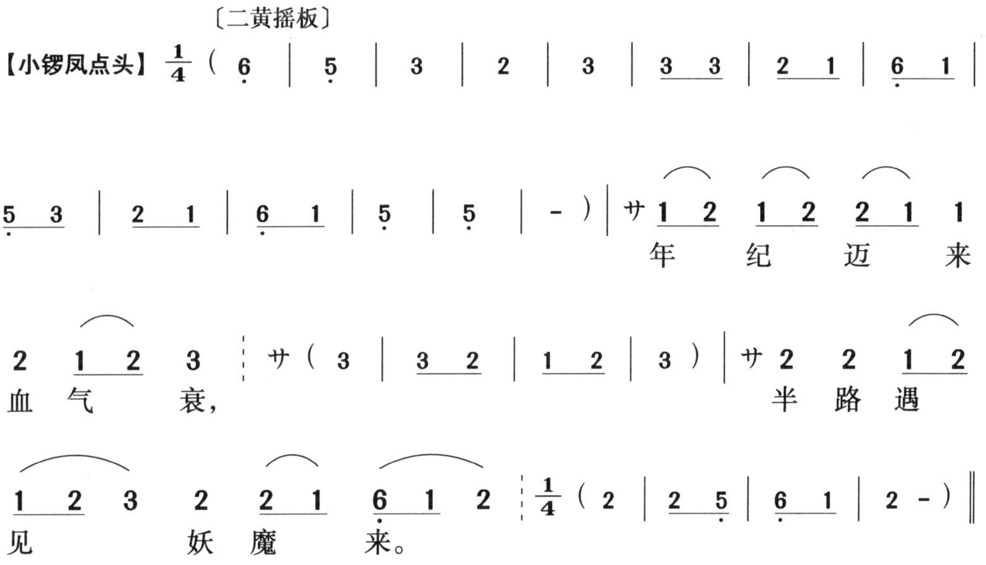

哎呀，到了城隍庙了。听说这城隍老爷，挺有灵验，待我进庙许个愿去。张别古进庙来——（进庙跪念〔数板〕刘世昌站“小边”，面向里站）

躬身下拜，尊一声城隍老爷细听明白。

都只为东大洼赵大该我钱财，

我去讨债，给了个盆，折了债。

谁想这个盆儿它是妖怪，

中途路上说出话来。

望城隍与我遮盖，
明日里猪头三牲、一块豆腐和白菜，
一齐送来是一齐送来。

（起身）哎呀，愿是许了，不知灵不灵，待我试试。盆儿，盆儿，哈哈！真灵了，待我回家去了。（稍停）哎呀慢着，想我连饭都吃不饱，哪有钱买供品呀？如果不还愿，得罪了城隍老爷，岂不比小鬼还更厉害吗？不行，我得‘打退堂鼓’去。（快念）张别古二次进庙来——（转身入内，急念〔数板〕）

躬身下拜，尊一声城隍老爷细听明白，
东大洼赵大，不该钱财。
我也没去讨债，这个盆儿它不是妖怪，您也不用遮盖，
到明天，猪头三牲一块豆腐和白菜，
我是不能买来，也不能送来！（念毕起身出门）

得，愿我也退了，再试试。我说，盆儿？

刘世昌 有！

张别古 哎呀我的妈呀！（拿起盆）

〔摇板〕
【小锣凤点头】（过门略）サ 2 2 1 2 2 1 2 1 -
（走小圆场唱）三 步 当 作 两 步 走，

1/4（1 6 | 5 6 | 7 6 | 1 3 | 2 1 | 6 1 | 5 ）| サ 2 2 1 2
不 觉 来

2 3 2 1 2 2 - （ 2 1 6 1 2 - ）‖
到 自 家 门。

到家了。（念〔数板〕）

我放下了棍儿，搁下了盆儿，
我掏出了钥匙捅开了锁头的屁股门。
推开了门，拿起了盆，拾起了棍，跨进了门儿，（刘世昌跟进站“大边”）
放下了棍儿，　搁下了盆儿，关上了门儿，搬个凳子，
我再顶上门儿，
看你是鬼儿还是神儿，怎么进我的门儿。

刘世昌 张别古！

张别古 哎哟不好，把鬼关在屋里头来喽！

刘世昌 老丈……啊……！（哭）

〔反二黄慢板〕
4/4（扎 多 0 3 2.351 6532 | 1562 1.235 2312 3561 |
（大）

5632 5672 6156 46 3 | 2 13 2 2 2312 3561 |

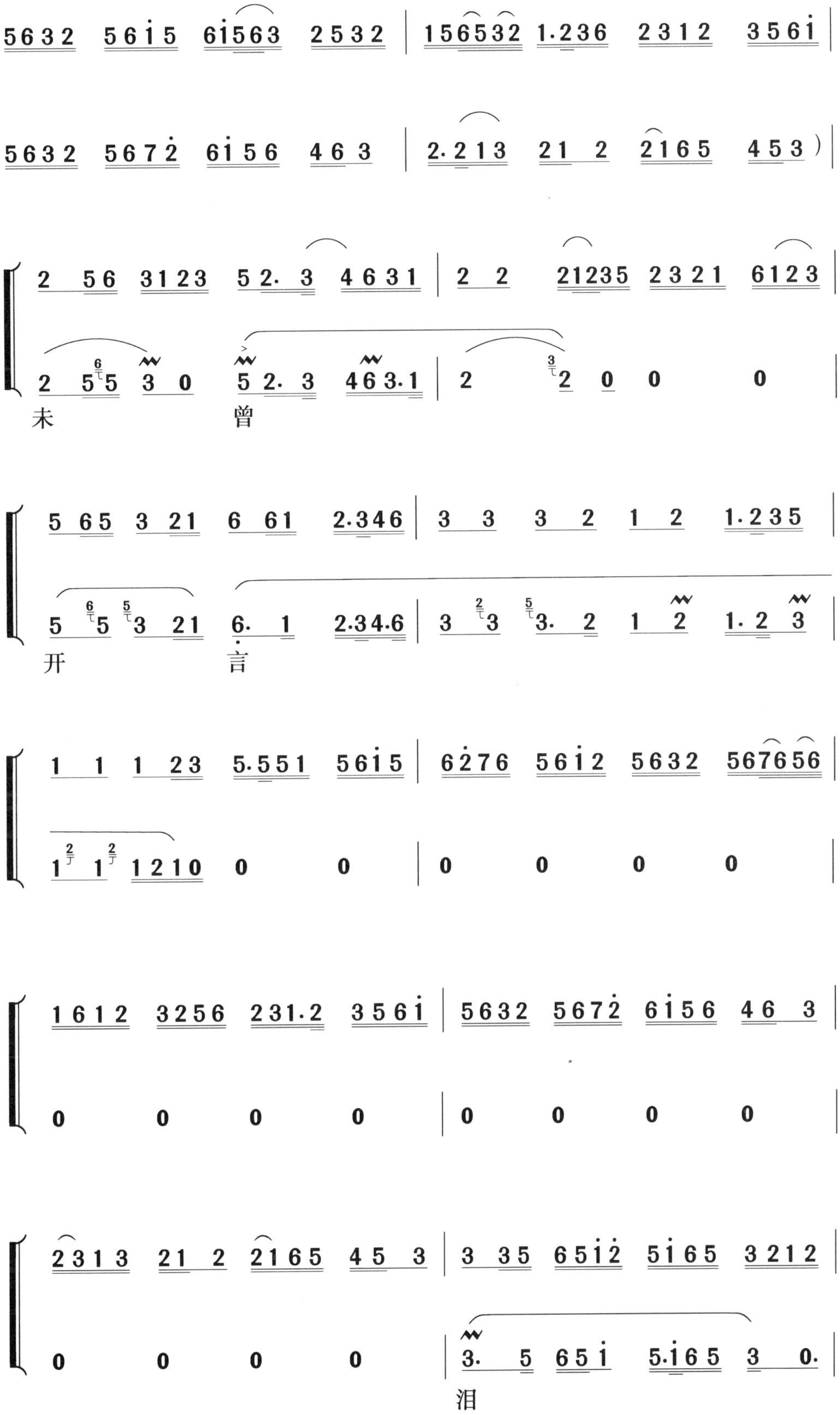
未
曾
开
言
泪

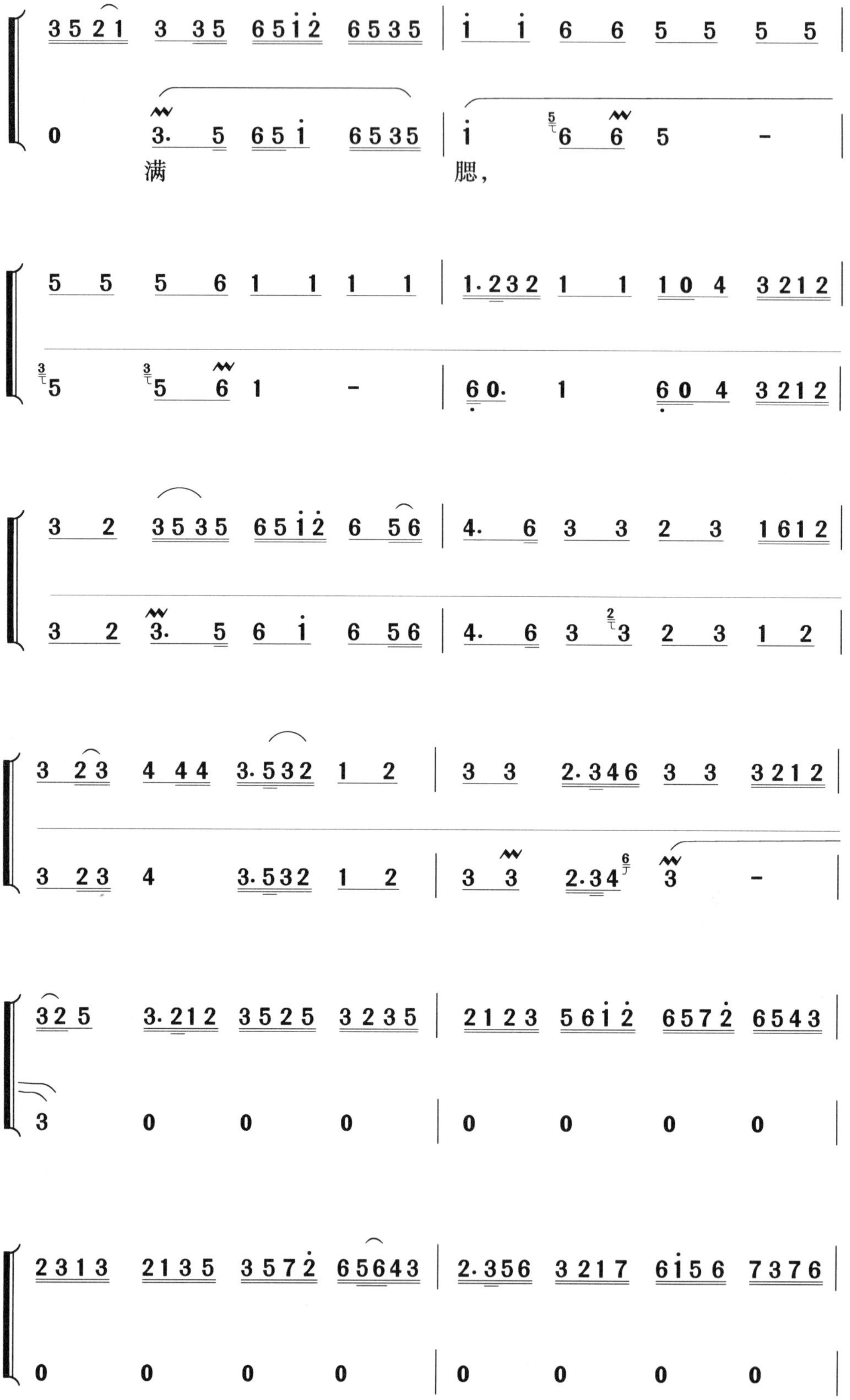
满
腮，

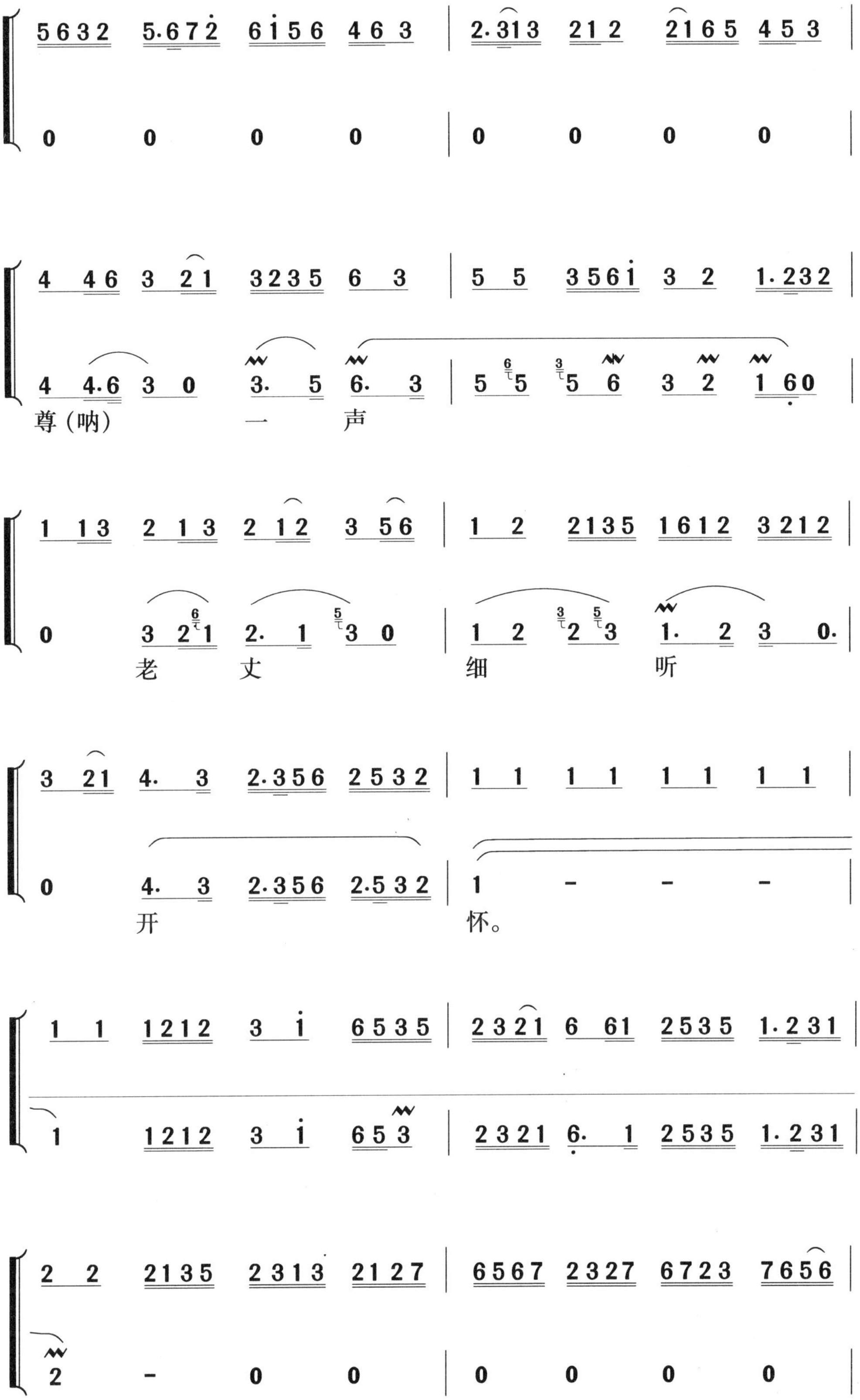

张别古白："你家住那里呀？"

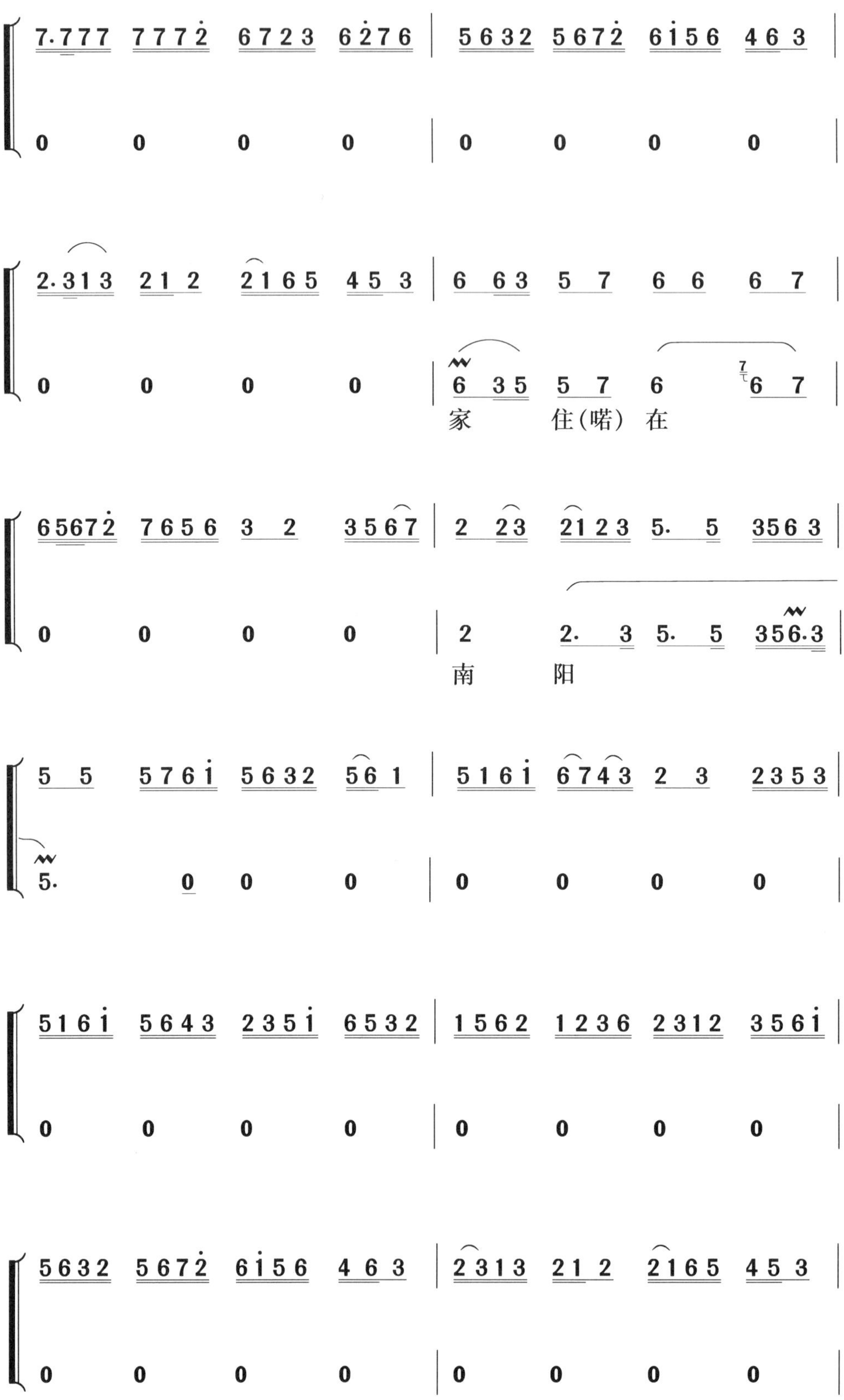
家 住(喏) 在
南 阳

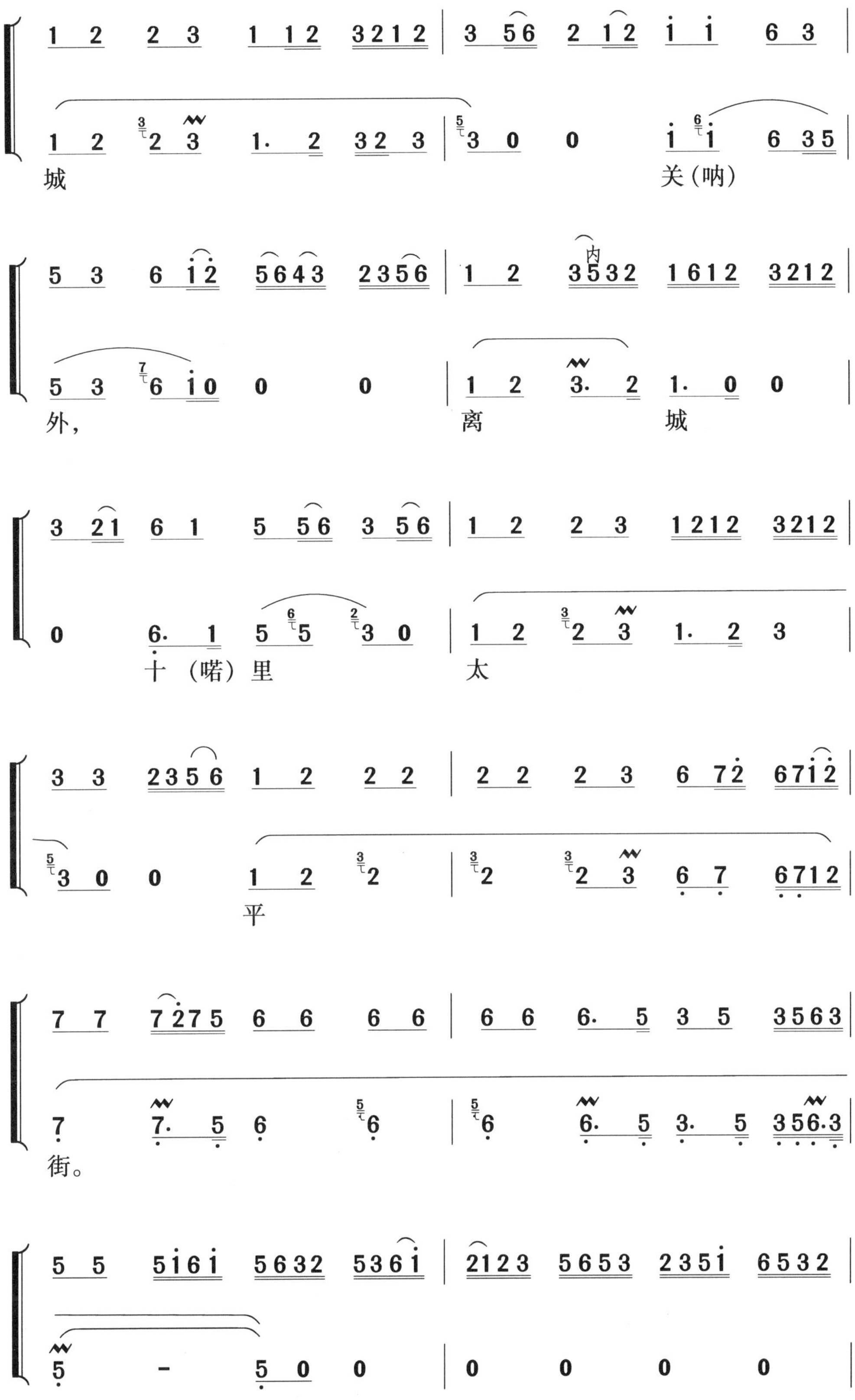

张别古白：“你叫什么名字呀？”

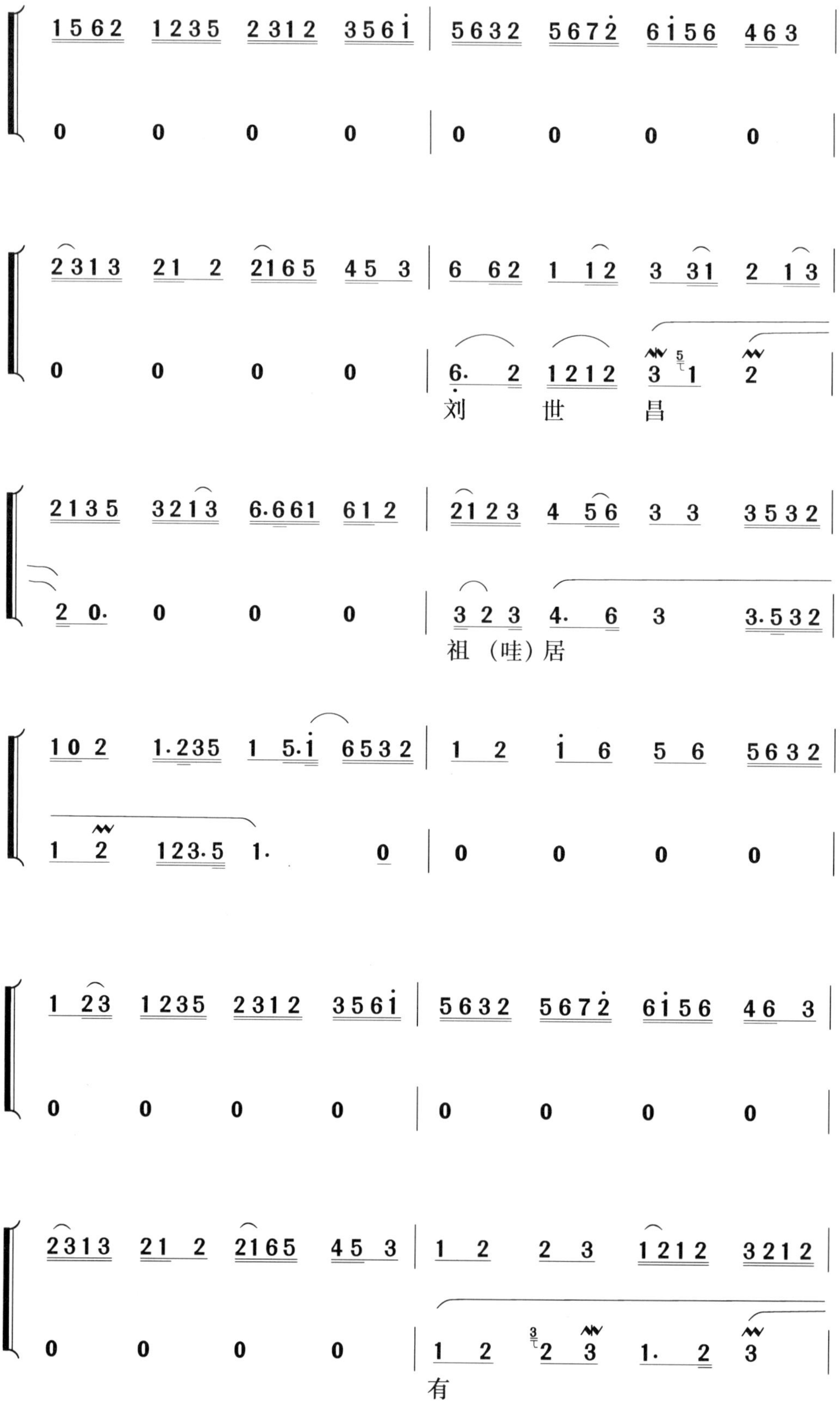
刘 世 昌
祖（哇）居
有

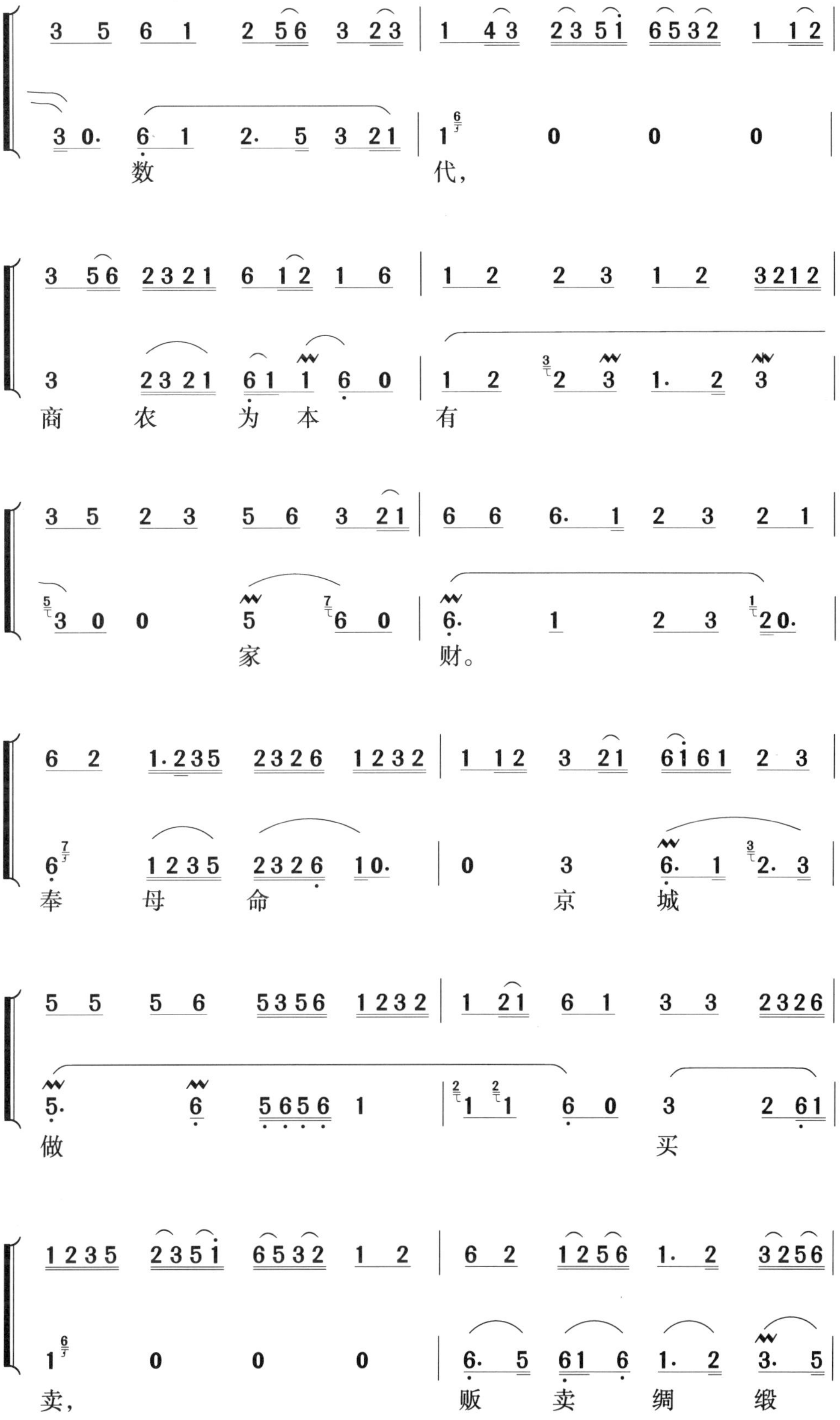
数 代，
商 农 为 本 有
家 财。
奉 母 命 京 城
做 买
卖， 贩 卖 绸 缎

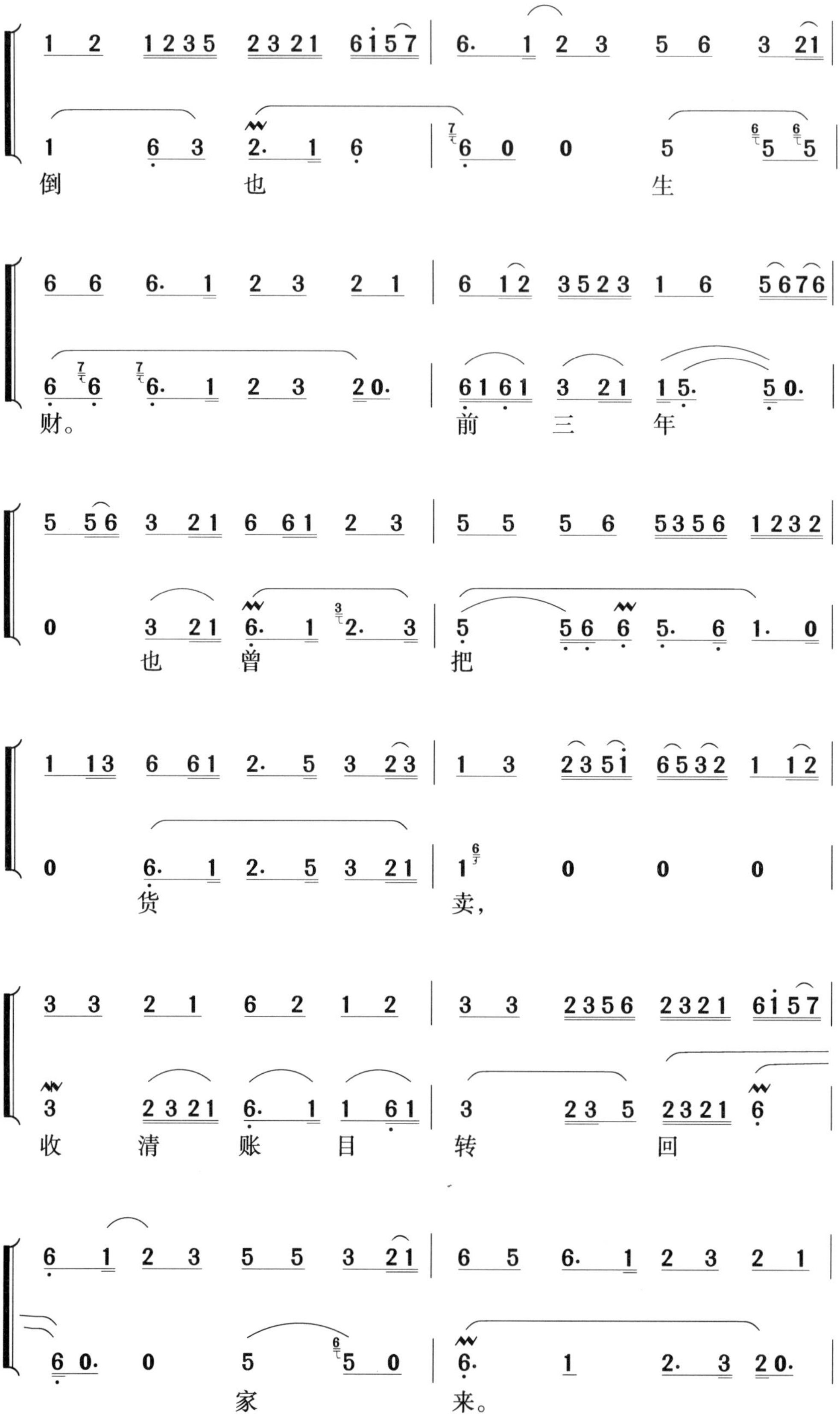
倒 也 生
财。 前 三 年
也 曾 把
货 卖，
收 清 账 目 转 回
家 来。

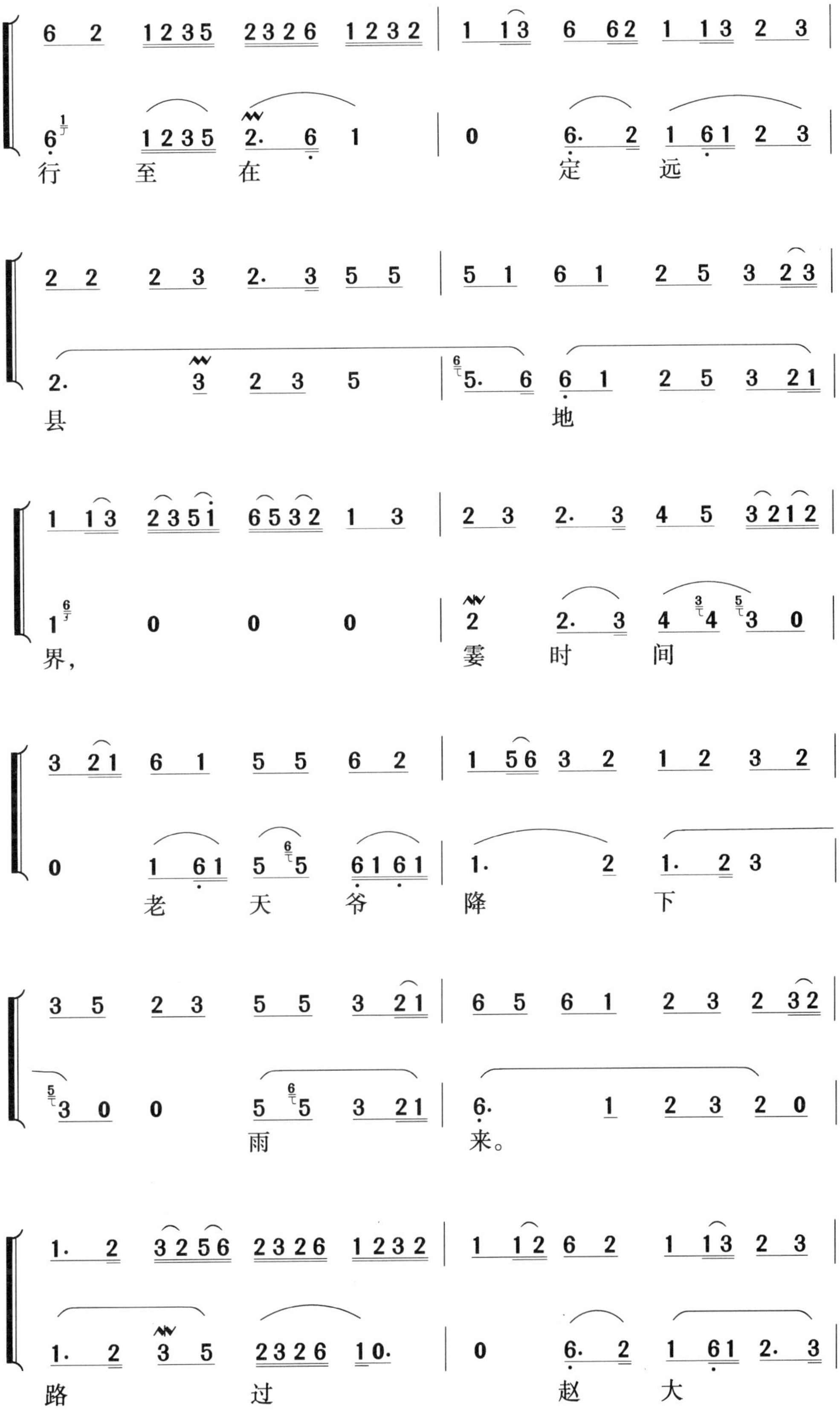
行 至 在 定 远
县 地
界， 霎 时 间
老 天 爷 降 下
雨 来。
路 过 赵 大

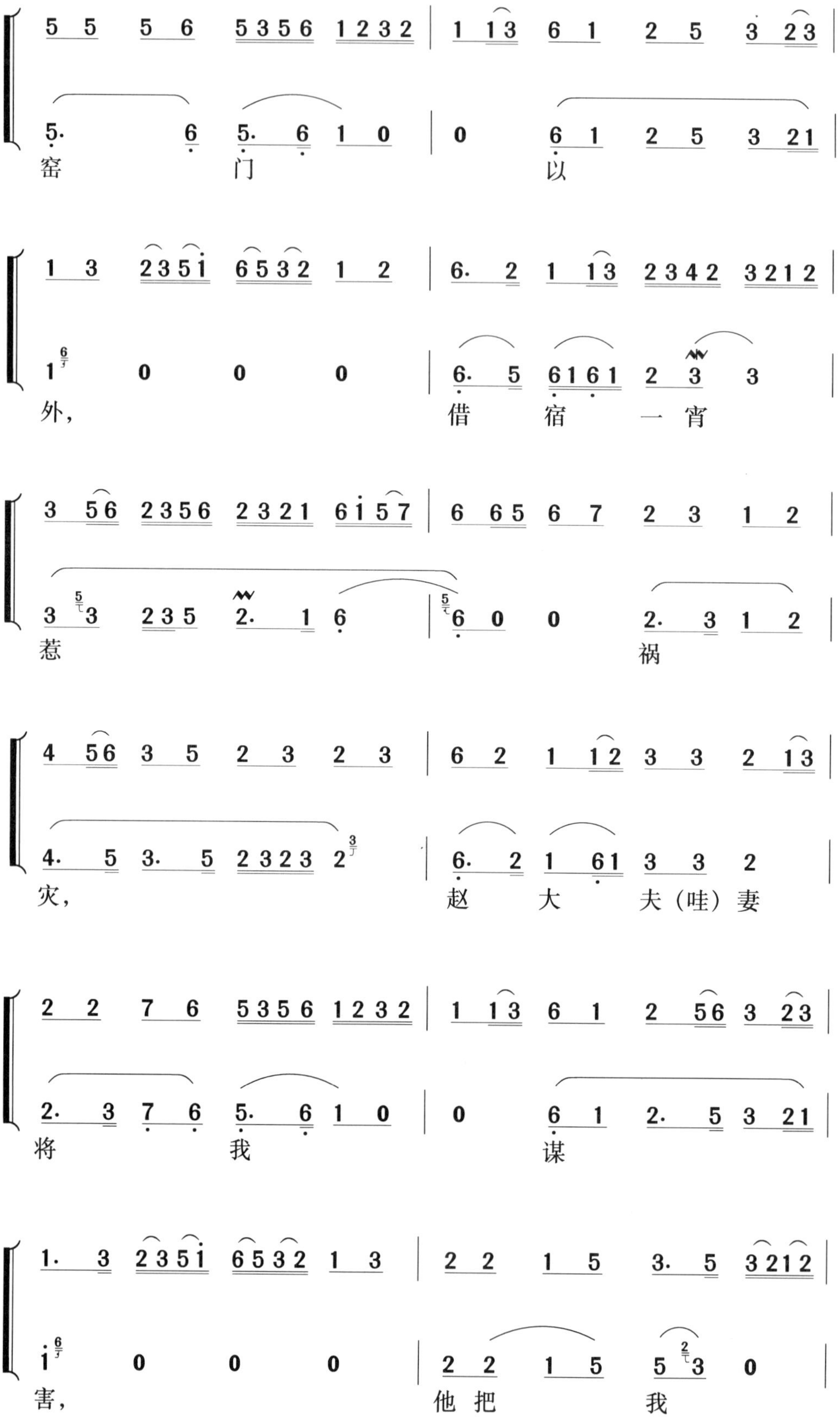
窑 门 以
外， 借 宿 一 宵
惹 祸
灾， 赵 大 夫（哇）妻
将 我 谋
害， 他 把 我

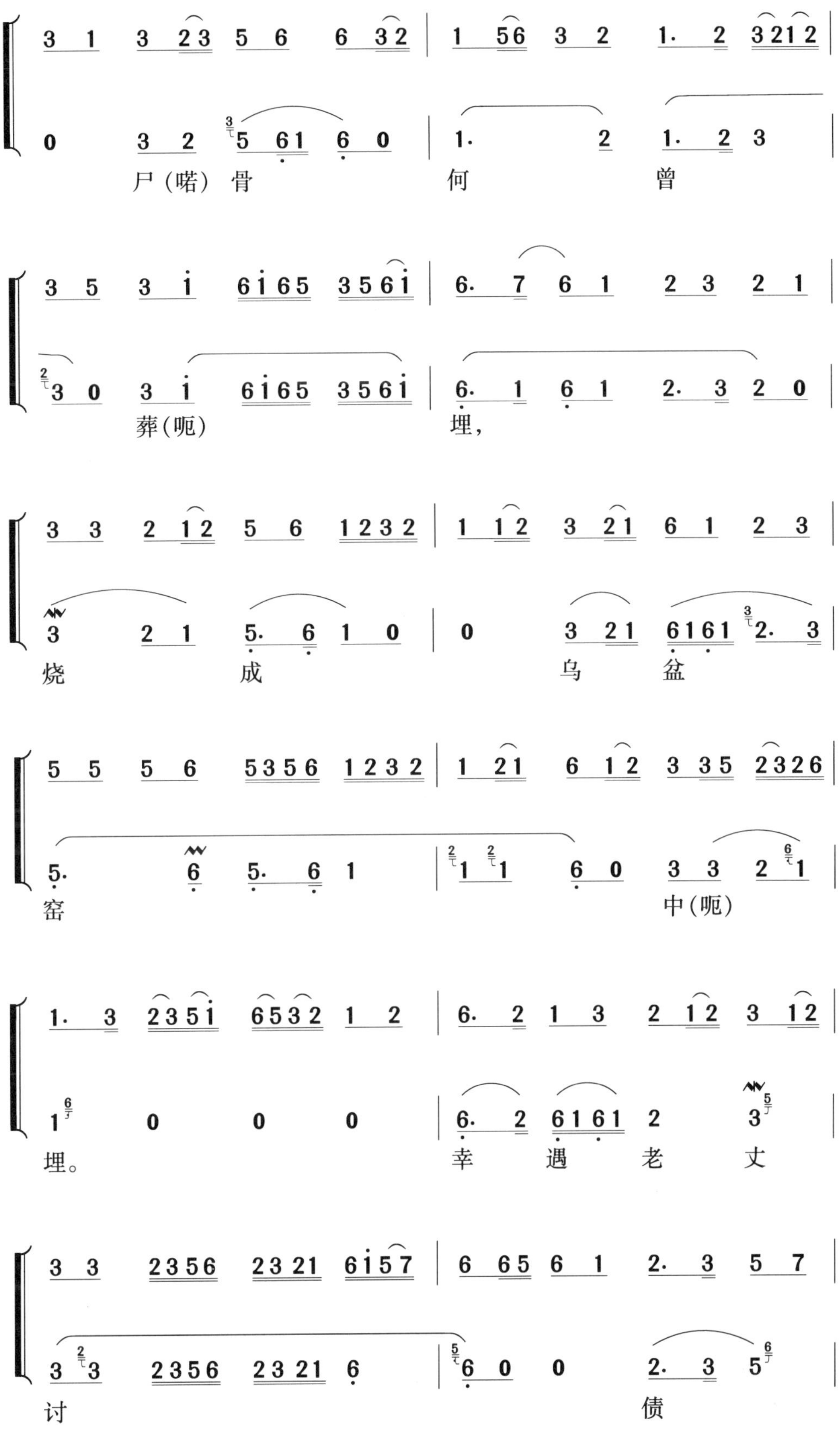
尸(喏)骨 何 曾
葬(呃) 埋,
烧 成 乌 盆
窑 中(呃)
埋。 幸 遇 老 丈
讨 债

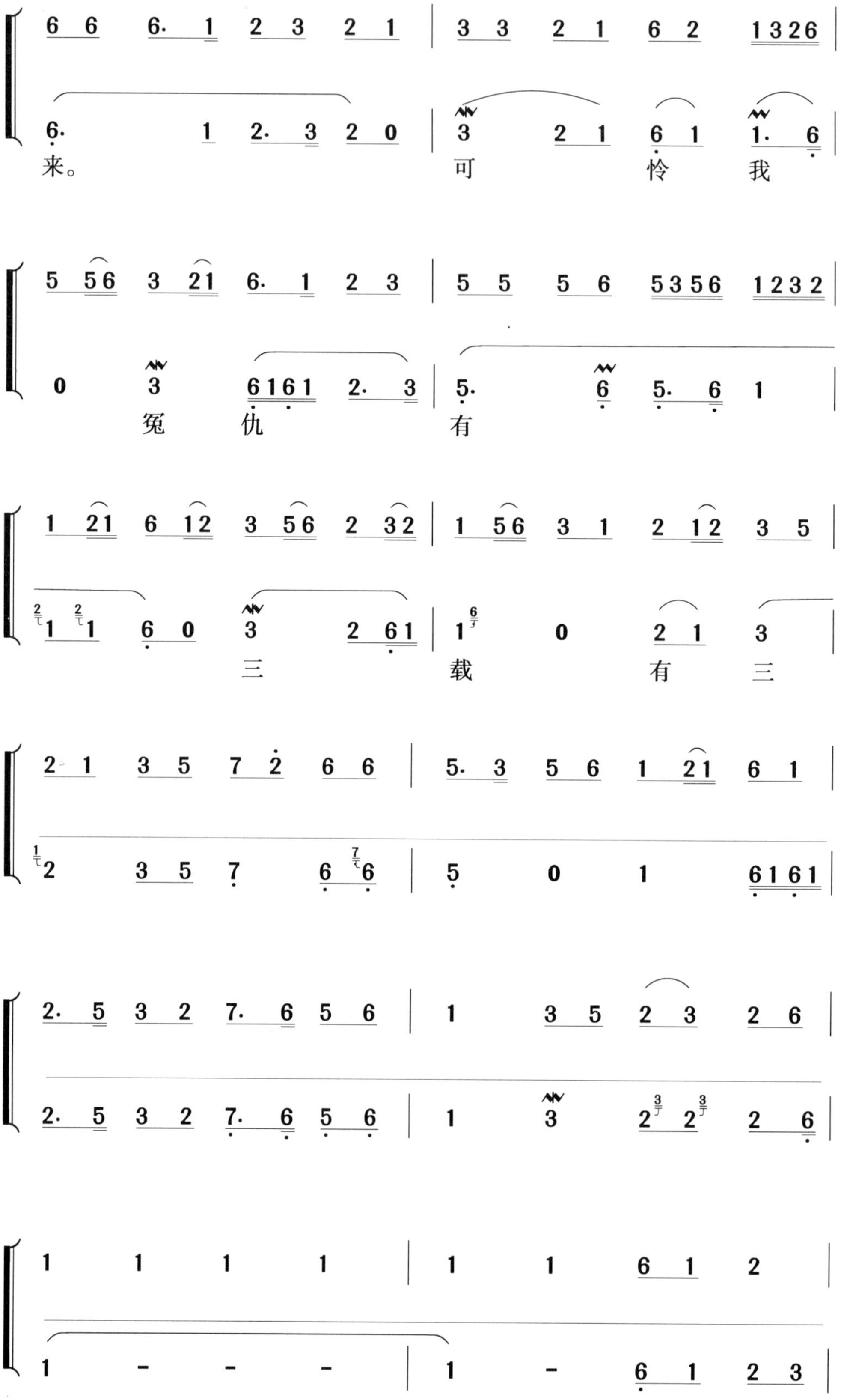
来。
可 怜 我
冤 仇 有
三 载 有 三

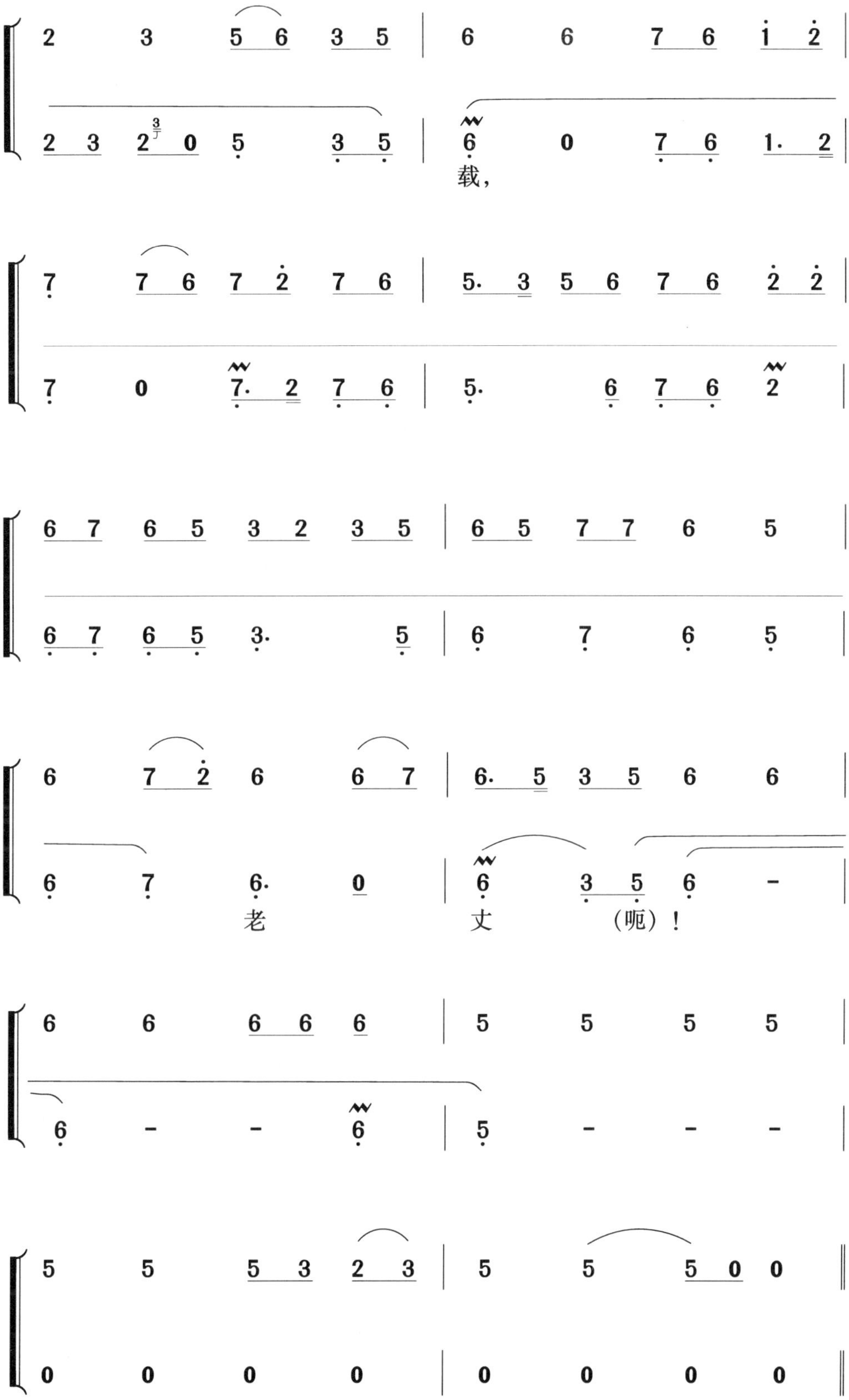

【小锣抽头】

张别古 哦，听你这么一说，我明白了。你姓刘，叫刘世昌，南阳人氏。贩卖绸缎为生，被赵大夫妻给害了，怪不得赵大发财了呢。话可说回来，是赵大把你害了，冤有头，债有主，你不找他去，你找我干什么呀？

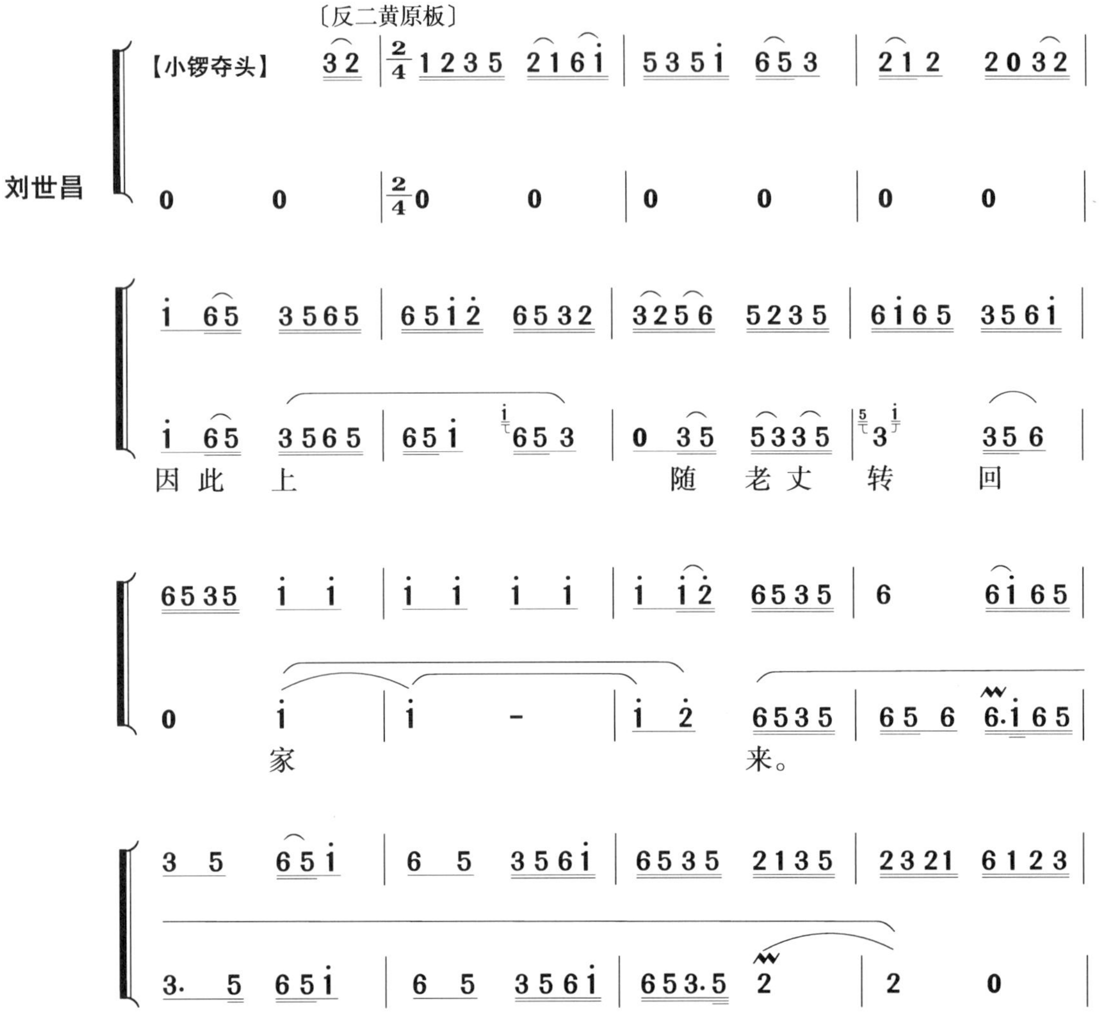

张别古白:“闻听人说

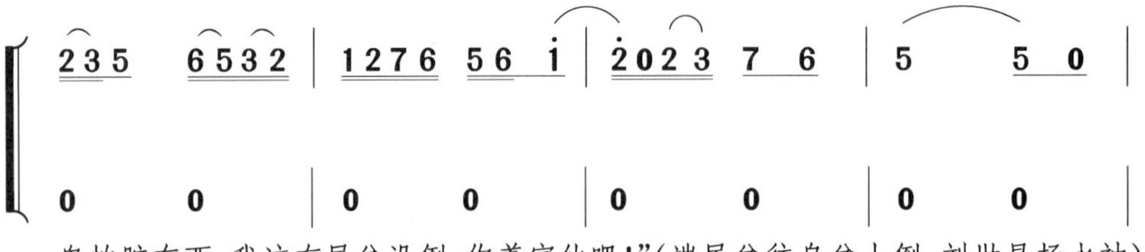

鬼怕脏东西,我这有尿盆没倒,你着家伙吧!”(端尿盆往乌盆上倒,刘世昌扬水袖)

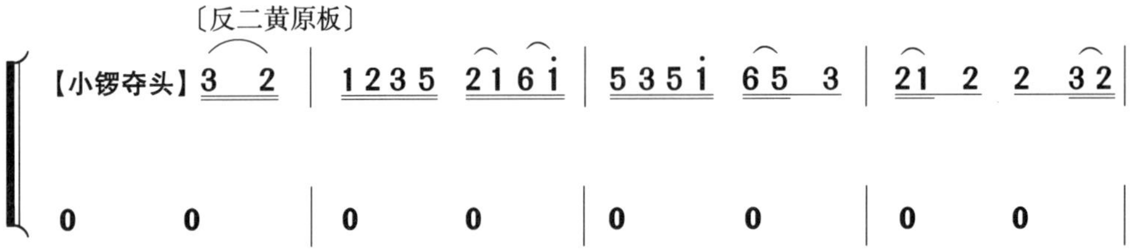

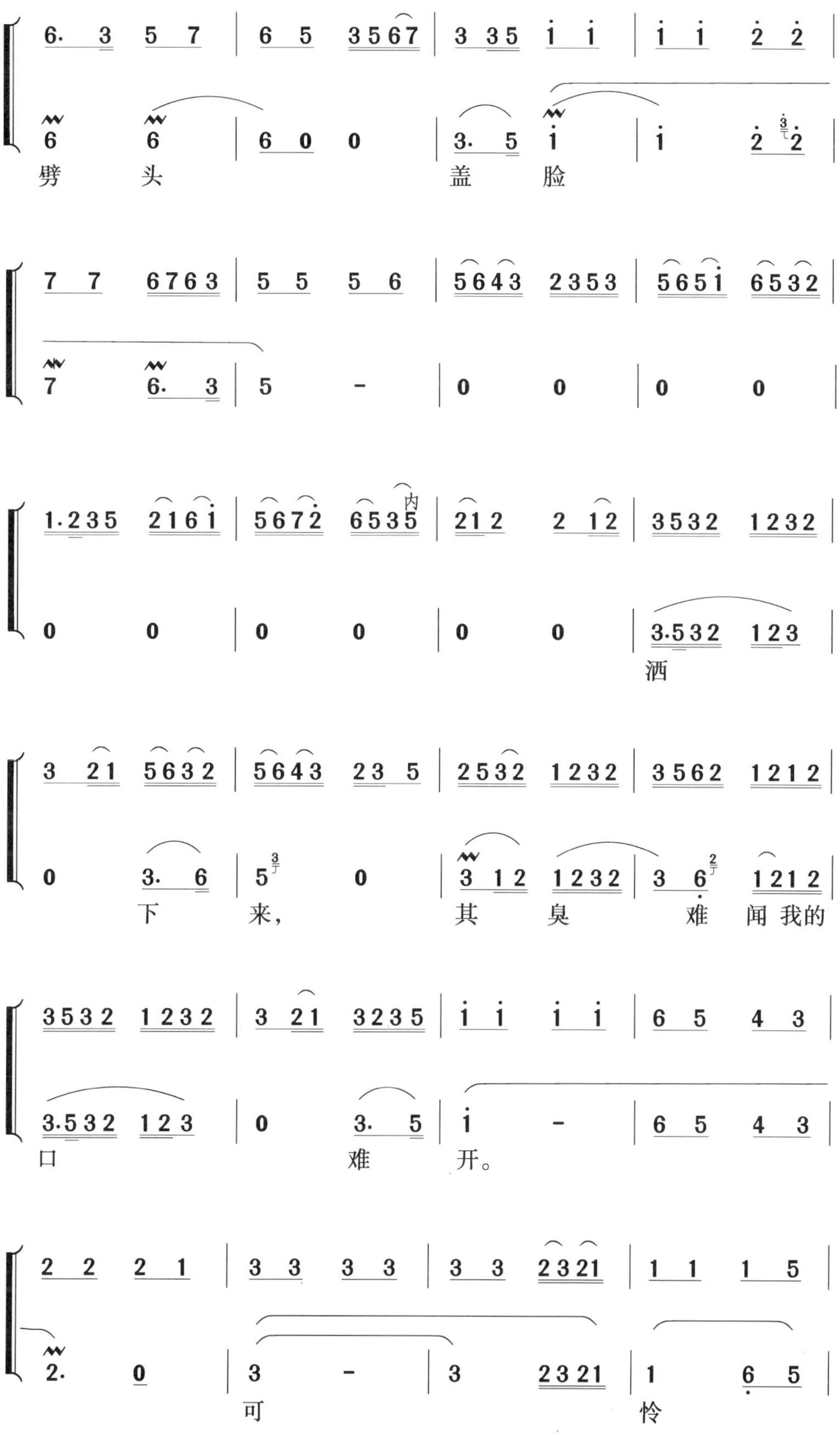

劈 头 盖 脸
洒
下 来，其 臭 难 闻 我的
口 难 开。
可 怜

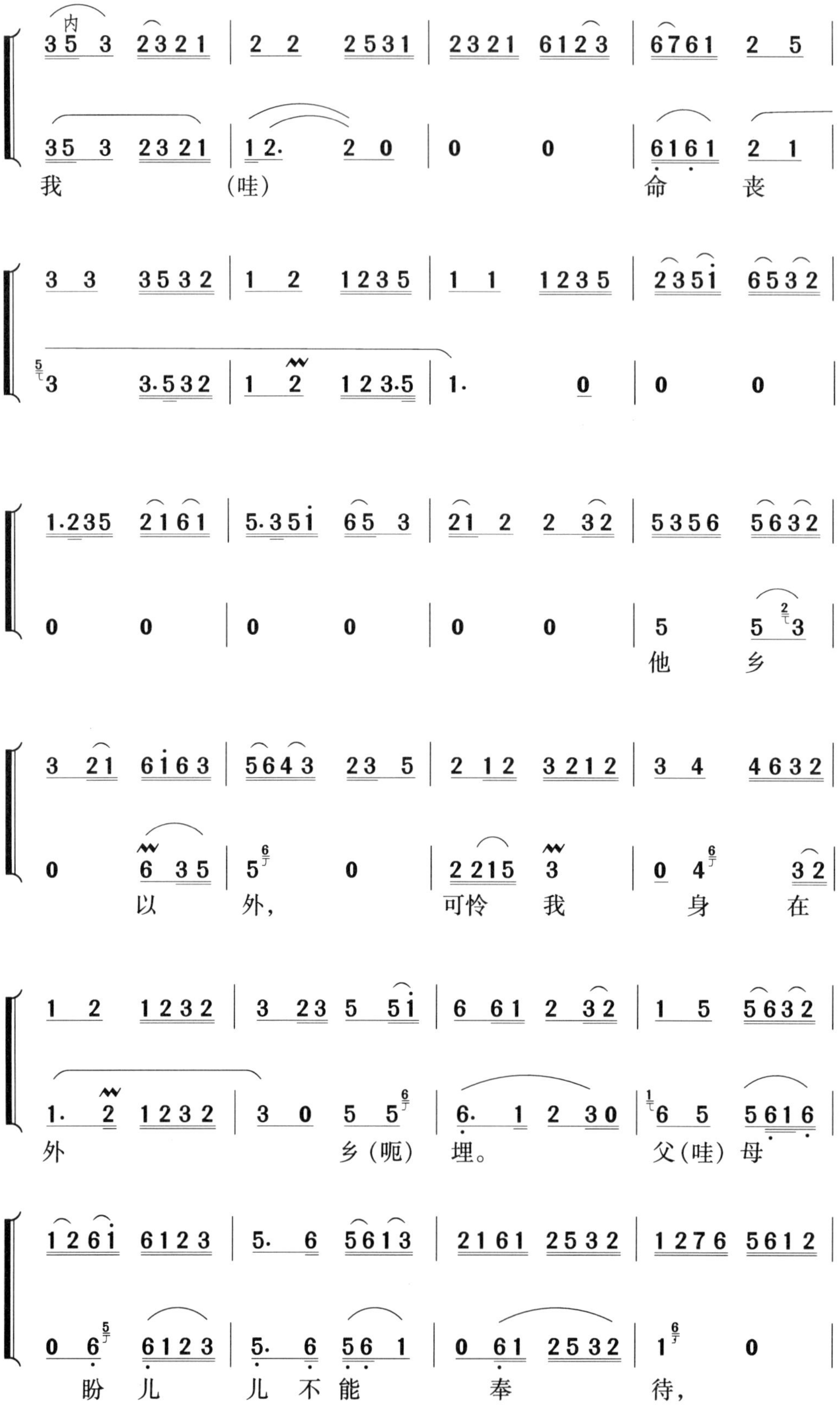
内
我 (哇) 命 丧
他 乡
以 外， 可怜 我 身 在
外 乡（呃） 埋。 父（哇）母
盼 儿 儿 不 能 奉 待，

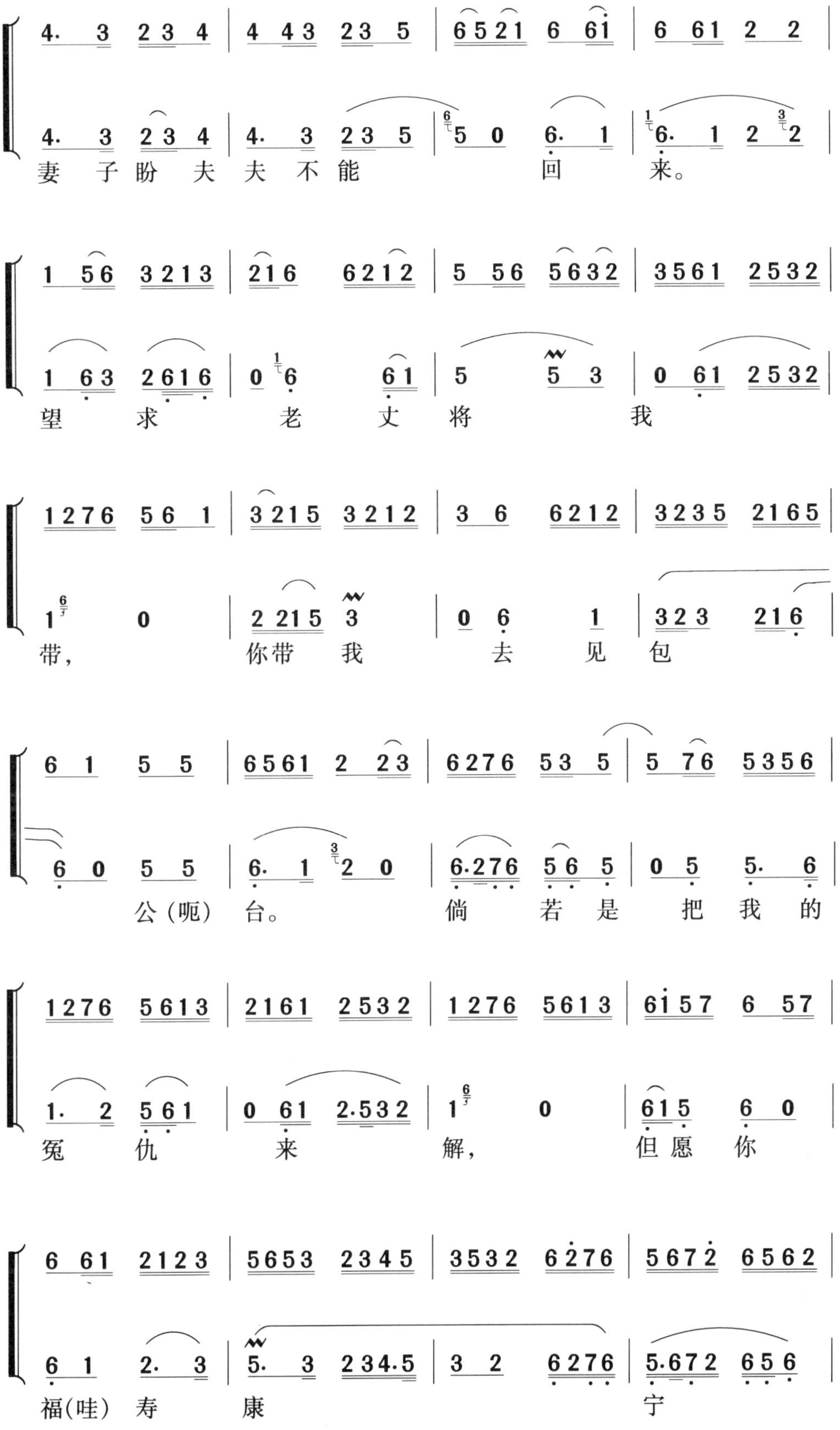
妻子盼夫夫不能回来。
望求老丈将我
带，你带我去见包
公（呃）台。倘若是把我的
冤仇来解，但愿你
福(哇) 寿康宁

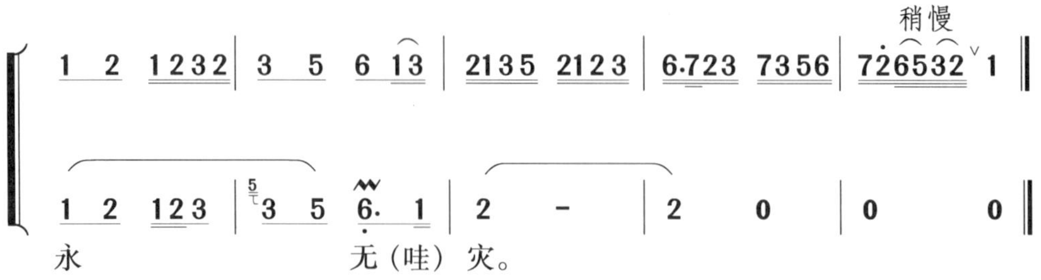

张别古 噢，说了半天我也明白了。你是要我带你去告状，对不对？
刘世昌 正是。
张别古 我跟你说，我有个毛病，见了官说不出话来。
刘世昌 你告我诉。
张别古 那我也不去。
刘世昌 行个方便吧！
张别古 不成，我见官害怕，不去，不去。
刘世昌 拿你头痛！（扬水袖）
张别古 哎呀，哎呀！痛死我！我去我去。可先说好了，是我告你诉。
刘世昌 正是。
张别古 怪哉怪哉真怪哉，盆儿！
刘世昌 有！
张别古 乌盆也曾说话来，盆儿！
刘世昌 有！
张别古 你有什么冤枉事，盆儿！
刘世昌 有！
张别古 随我去见包县台。

〔**【小锣打下】**刘世昌随张别古同下。

第五场

〔**【大锣原场】**
〔包公幕内唱。

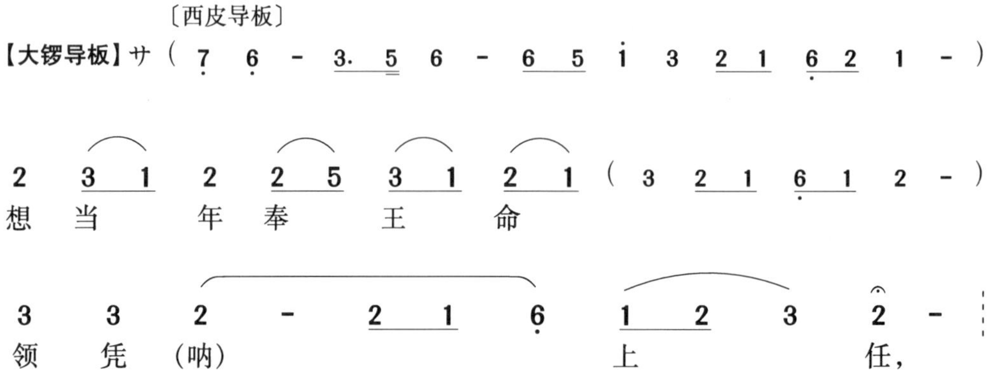

乌盆记

〔【大锣长锤】四青袍、二差役站门，包公上。

〔西皮流水板〕

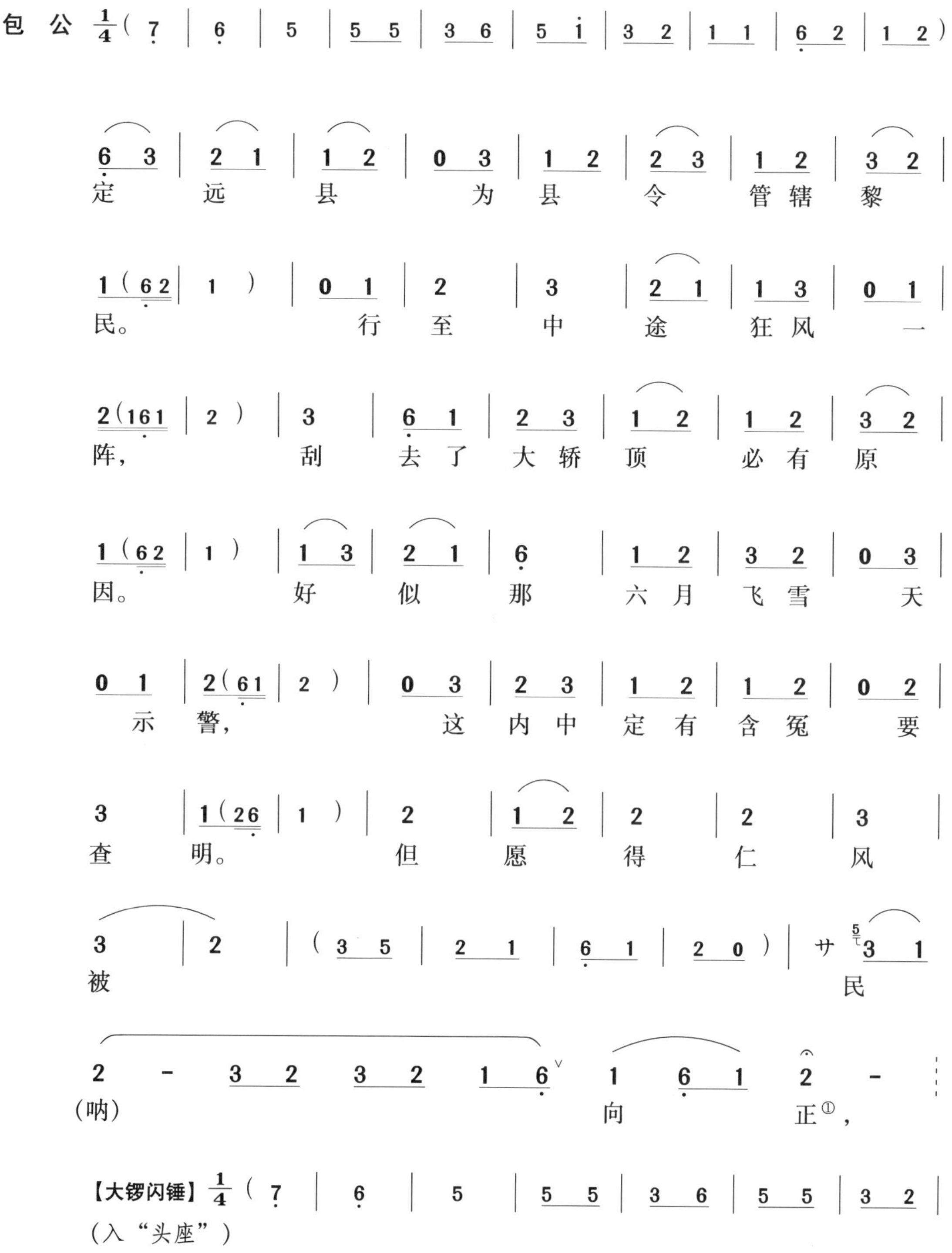

① 但愿得仁风被民向正：“被”带有覆盖、遍布的意思。仁风被民向正，意即有良好的社会秩序。

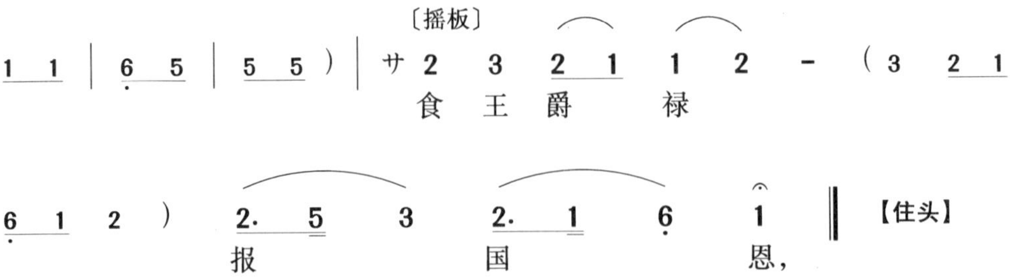

包　公　本县包拯，初任定远县令。今当三六九日放告之期，来，将放告牌抬出。

差　役　是。

〔张别古引刘世昌鬼魂上场，到“小边”台口。

张别古　怪事年年有，没有今年多，苍蝇咬破了碗，蚊子叮破了锅。我说盆儿！

刘世昌　有。

张别古　跟我来。哟，好大的一座庙。（抬头一望）

刘世昌　此乃包县台的衙门。

张别古　那么咱们要告状了，可说好了，我告你诉啊！

刘世昌　你告我诉。

张别古　冤枉啊！

差　役　启太爷，有一老头儿喊冤。

包　公　带上堂来。

差　役　老头儿，叫你上堂回话。

张别古　盆儿随我进去。（拿着乌盆挖进大堂，向左边差役磕头）老爷在哪儿呀？

差　役　老爷在上头。

张别古　叩见老爷。（跪）

包　公　这一老汉，家住哪里？姓甚名谁？有何冤枉，朝上诉来。

张别古　回禀老爷的话，小老儿张别古，我没有什么冤枉。

包　公　哪一个有冤枉？

张别古　我这个乌盆，它说有冤枉。

包　公　怎么？这个乌盆它会说话么？

张别古　不错，它会说话。

包　公　好，左右听了。乌盆、乌盆、乌盆！

差　役　未曾说话。

包　公　来，轰了出去！（差役应声）

张别古　怎么不说话呀？（出衙门）待我来叫，乌盆！

刘世昌　有！

张别古　嘿，你怎么不进去呀？

刘世昌　正要进入，被门神拦阻。请求太爷赏下一陌纸钱焚化，方能进入。

张别古　想不到门神爷也要“红包儿”啊?那么你等着。

刘世昌　是。

张别古　冤枉！

差　役　启禀太爷，那老头儿又来喊冤。

包　公　叫他进来。
差　役　老头儿进来。
张别古　来了，参见太爷。（跪）
包　公　老汉，你又来做甚？
张别古　启禀太爷，这个盆它在外面说话了。
包　公　它说些什么？
张别古　它说，它正要进入，被门神爷拦住了，望求太爷赏下一陌纸钱焚化焚化，方能进来。
包　公　噢！

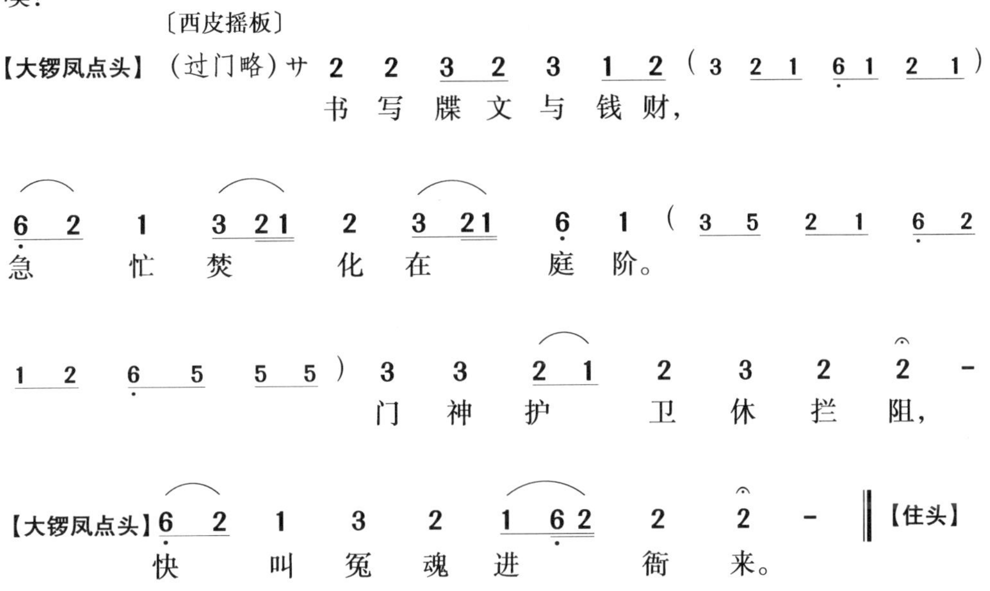

〔差役焚化牒文。

张别古　纸也烧完了，跟我进来吧！（刘世昌要随入又止，原地不动）老爷请叫吧。
差　役　乌盆、乌盆！未曾说话。
包　公　哼！轰了下去！
张别古　老爷，别忙，是这么会事，我这个乌盆它认生，只听我一个人的，不信，太爷您听我叫，它一定答应。
包　公　左右听了。
张别古　乌盆，（不应）乌盆，（张别古代应）有！你听怎么样？
差　役　乃是自叫自应。
包　公　来，打他五板。
二差役　是。（打张别古）一、二、三、四、五。
张别古　金、木、水、火、土，哎哟，可疼死我了！
包　公　赶了出去！
二差役　出去！
张别古　（出衙门）乌盆！
刘世昌　有！
张别古　哎我说，你这不是拿我开心吗？你不进去，我又为你挨了五个板子，你是怎回事你？
刘世昌　只因赵大夫妻害我的时节，将我剥得赤身露体。太爷日后，有三公之位，恐有冲撞。望求太爷，赏下青衣一件，遮盖身体，方可进入。

张别古 哎呀，你怎么不一块儿说呀？这么啰嗦，我不告了！

刘世昌 行个方便吧！

张别古 说什么我也不告了。

刘世昌 拿你头痛！

张别古 哎哟，哎哟！不去要头痛，去吧又要挨板子。得，我宁愿屁股疼，也不要头疼。那就再喊一回吧，冤枉！

差　役 启禀太爷，老头儿又来喊冤。

包　公 叫他进来。

差　役 进来吧。

张别古 来了，与太爷叩头。（跪）

包　公 嘟！你这老头儿，三番两次，敢是搅乱公堂！

张别古 启禀太爷，我这盆儿，它又说话了。

包　公 它又说些什么？

张别古 它说赵大夫妻将他剥得赤身露体，太爷日后有三公之位，恐有冲撞，望求太爷赏下青衣一件，遮盖身体，方可进入。

包　公 来，赏他青衣一件。

〔差役取青衣交张别古。

张别古 嘿！这位太爷可真好说话，有了，我也来蒙一回。启禀太爷乌盆又说话了。

包　公 又说什么？

张别古 它说想跟太爷借五百两银子。

包　公 嗯！不像话。

张别古 本来就不像么。（出衙）乌盆！

刘世昌 有！

张别古 太爷赏下青衣一件，你穿上，（到小边将青衣盖在盆上面，拿起来）快跟我进去吧。（刘随张上公堂见包公，在“大边”双跪）太爷，乌盆来了，您趁热叫吧！

包　公 左右听了，乌盆！

刘世昌 有！

包　公 乌盆！

刘世昌 有！

包　公 〔三叫头〕哈哈，哈哈，啊哈哈哈……！**【大锣快原场】**

张别古 你看，盆说话了，你们冤枉我了，那可不成。

包　公 来，错打了他五板，赏他五钱银子。

张别古 哈哈，这倒不错，错打五板给五钱银子。回禀太爷，干脆您再打我五板，咱们凑一两银子吧。

包　公 轰了下去！

差　役 出去！

张别古 这回不行了。得了，盆儿的事办完了，我也回家养伤去吧！（下）

包　公 那一乌盆，家住哪里？姓甚名谁？有何冤枉？一一诉来！

刘世昌 太爷容禀！

乌盆记

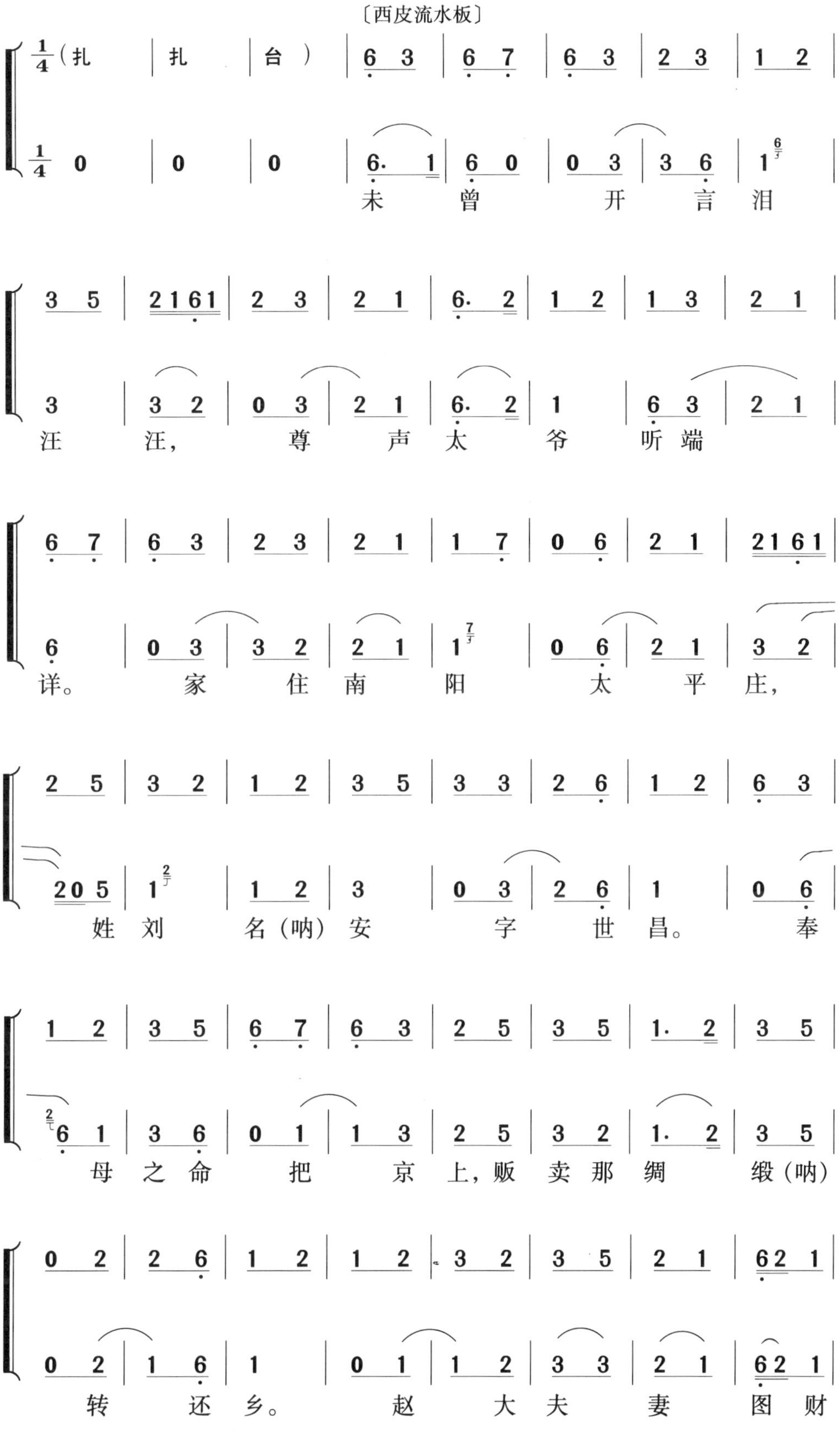
〔西皮流水板〕
（扎 扎 台）
未曾开言泪
汪汪，尊声太爷听端
详。家住南阳太平庄，
姓刘名（呐）安字世昌。奉
母之命把京上，贩卖那绸缎（呐）
转还乡。赵大夫妻图财

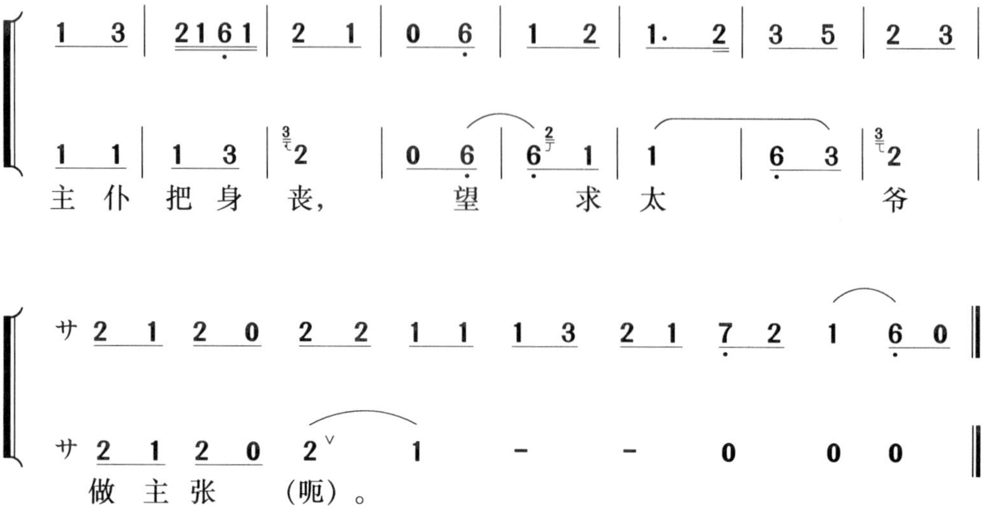

包　公　何人的见证？

刘世昌　判爷的见证。

包　公　来，将盆入库。（差役拿起乌盆，领刘世昌下）

来，拿我火签，去到东大洼，将赵大夫妻抓来见我！

二差役　遵命。（下）

包　公　退堂。

〔唢呐吹奏<尾声>四青袍、二差役、包公同下。

——剧　终

刘曾复 讲述 李 舒 整理 记谱

断臂说书

余叔岩演出本

《八大锤》一剧，前半出亦称《车轮大战》，即金兀术之义子陆文龙与宋将严正芳、何元庆、岳云、狄雷轮番激战，因四将均用双锤作兵器而得名《八大锤》。后半出亦称《断臂说书》，即宋参军王佐见宋军屡败，岳飞无计可施，乃效法古人要离断臂谋刺庆忌故事，以诈降金兀术，复借说书为由向陆文龙道破原委：金兀术初犯中原攻破城池，其父陆登（潞安州节度使）因失守潞安而自刎尽忠。兀术掳回襁褓中的文龙与乳娘，竟蒙蔽十六年。文龙闻后如梦方醒，自恨认贼为父，必欲复仇。王佐与之设计，反戈归宋。此剧前后可分演。

刘曾复先生昔时曾观看余叔岩与杨小楼合作之《八大锤》，视为经典，且记忆颇详。先生说："余叔岩《八大锤》的词与老谭（鑫培）相同，我曾看过民国初年发行的上海的一种杂志，其中有老谭王佐的词，基本一样，可见余之宗法。红豆馆主、杨宝森的词是余的念法，我都听过。还有言菊朋的我也听过，跟这套词是一个路子，他是学谭的。李适可这出戏有谱儿。贯大元此戏亦很有研究。"

曾复先生编著的《京剧新序》一书的第三章《先贤语注》里有一条"李适可云：'《八大锤》王佐不会说书，是骗小孩子，为的是说出大破潞安州的事。'"下面加以注释："谭鑫培、溥西园、余叔岩、杨宝森等人的《八大锤·说书》是把王佐作为一个不会说书的人来给陆文龙说书。一上来王佐装模作样说点'西江月'，到了提到孟良时，陆文龙一怔，王佐立刻看出小王对孟良这个人物不熟悉，为了省事赶快说：'三关的孟良是哪个不晓哇！'陆文龙是小王，好面子，不好意思多问，也就点点头假装知道，这就过去了。到了王佐说完：'一日二，二日三，他就混入番营去了。'陆文龙紧跟着问：'他是怎样混入的呢?'王佐没准备这一问，灵机一动，就说孟良会说外国话呀（'嗯，他会讲三川六国的番语呀！'），这也又混过去了。戏里这样办很风趣，但实际是节省不必要的笔墨，给说潞安州留篇幅。说破潞安州的安排跟上面说骅骝思乡完全不同，是陆文龙一步紧一步地问，王佐和乳娘从试探渲染到决心来回答，三人严丝合缝，演出不易。《八大锤·说书》意趣精湛，老生、武（小）生、老旦都得真会、真懂才成。到了说潞安州故事时，三人神情各有变化，台上空气一下就严肃起来，接着从严肃到越来越紧张，直到真相大白，台上的戏情成为患难中十分紧急的情况，陆文龙说出金兀术要用铁浮图攻打宋营，王佐叫陆文龙向宋营射箭书，陆先急下，这样巧妙、干净利落地结束了一大场说书。而乳娘、王佐随后简约的下场，虽表面上使观众的情绪轻松下来，但却能生意味深长之效。一场戏结束难，下场更难，死的下场尤其难。《八大锤》说书一场的下场紧凑合理，设计十分巧妙，当年京剧戏班后台有高人。"先生又说："此戏属上乘品格。"

为了写这篇提要我又请教了曾复先生，先生对《八大锤》的念白，有更深一层的感受，他说："演王佐对每个人物有不同的态度，念白有七种口气：自己的表述十分诚恳，表现出诚心诚意的尽忠精神；对岳元帅是庄严而恭敬；对二旗牌是庄严而又亲热，因为是他的亲信，所以在交付书信转呈岳元帅时，只念'不可走漏风声'，不念'违令者斩'；对兀术则是假装委屈、无能，以取得同情；对乳娘是同乡人话家常的口吻；对小王（陆文龙）是哄小孩子，和气可亲，以达到‘说破’的目的；最后定计、修书又回到自己真实的身份。”余叔岩能从念白中刻画人物，颇见功夫。我问曾复先生：“余叔岩脸上的神气是什么样子？”他说：“余叔岩不皱眉，松快极了。没有龇牙咧嘴，吹胡子瞪眼，舒展极了。脸上似乎不动，但神采奕奕，眼神富于表情。身上的子午相，前后手，好看极了。余叔岩的词简练、讲究，没有多余的东西。杨小楼的《八大锤》是跟王楞仙学的。文场说书时，杨的词不啰嗦，简明、激扬，能主动左右戏情。杨的陆文龙表现了小王的俊美、聪颖。这出戏的乳娘应该陪衬适度，有人演乳娘大哭大叫，洒狗血，固然热闹，未免过火，比王佐戏还足，喧宾夺主。”余叔岩唱片里留有成段念白的就是《八大锤》王佐见乳娘的对白，其时31岁。35岁又录制了《八大锤》〔二黄导板·回龙·原板〕的唱段。是研究余叔岩念字音韵（即四声音调）与唱腔曲谱巧妙结合的珍贵资料。如念“哦，老太太是湖广潭州人么？”“那陆老先生的后人还有无有哇？”如唱“岳大哥他待我手足一样，我王佐无功劳怎受荣光！”读字直如湖北人讲话的音调。孟小冬留有下面两段原板的录音，堪以承接余韵，均可称含蓄隽永，字正腔圆，且于平和中见刚毅，流畅而不失稳重。

李　舒

人物行当

王　佐	老生	二旗牌	净、生
陆文龙	武生或小生	报　子	丑
岳　飞	武老生	四宋军	杂
乳　娘	老旦	金兀术	净
王　贵	老生	四金兵	杂

服装扮相

王　佐	俊扮。第一场：纱帽、黑三，黑褶子、蓝帔，黑彩裤，厚底靴。第二场、第三场：甩发，黑褶子。第四场：高方巾，蓝褶子、绦子。
陆文龙	俊扮。紫金冠、翎尾，白花褶子，白花箭衣、大带，红彩裤，厚底靴。
岳　飞	俊扮。荷叶盔，黑三，黄靠，红彩裤，厚底靴。
乳　娘	俊扮。老旦头、紫绸条、黪网子，紫帔、裙子，黑彩裤，福字履。
王　贵	俊扮。金踏镫、黑三，绿靠，红彩裤，厚底靴。
二旗牌	一勾元宝脸，大板巾、黑满，马褂、箭衣、大带，红彩裤，厚底靴；一俊扮，大板巾、黑三，马褂、箭衣、大带，红彩裤，厚底靴。
报　子	勾豆腐块脸。毡帽，青箭衣、坎肩、大带，红彩裤，薄底靴。
四宋军	白龙套衣，红彩裤，薄底靴。
金兀术	勾专用脸。绒球、鞑帽，红龙箭衣、黄马褂、大带，红彩裤，厚底靴。
四金兵	揉脸。鞑帽，素箭衣、黑马褂、大带，黑彩裤，薄底靴。

道具

堂桌	二张	椅子	三把
小帐子	一份	画轴	一具
宝剑	二把	马鞭	二只
灯笼	二个	文房	一份
书信	一封	线装书	三本
断臂	一只	醒木	一只
报子旗	一面	白标帜	四只
枪	五杆		

第 一 场

〔**【撤锣】**接**【小锣帽子头】**王佐“上场门”上。**【小锣打上】**至“九龙口”理髯停步，至台口正中抖袖。**【小锣归位】**

王 佐 （念）若为天下奇男子，

须立人间未有功。

〔**【乱锤】**四宋军上站“一条鞭”；王佐左手捋髯，一惊，抬左脚出门向左台口倒步面右站定；**【长尖】**岳飞执枪“上场门”上，至右台口一亮，下马。宋军接枪“挖门”；王佐见宋军败阵，右手捋髯焦急一望。见岳飞拱手相迎。岳飞入帐归正中“小座”。王佐随进，站“大边”。报子内喊“报”**【冲头】**执旗上，入帐跪“小边”。

报 子 陆文龙讨战！

岳 飞 再探。

报 子 得令。

〔**【冲头】**报子“上场门”下；岳飞站起，上步右手撩髯，撑“山膀”起**【叫头】**。

岳 飞 天哪，天！番邦出了陆文龙，此乃是天亡我大宋也。

〔**【回头】**王佐右手“背供”，左手托髯，表欲自荐之信心。岳飞归座，王佐坐“大边”跨椅。

王 佐 元帅，想那陆文龙敢莫是当年潞安州陆登之子么？

岳 飞 正是。

王 佐 闻得他父命丧金人之手，如今为何反助仇人？

岳 飞 贤弟哪里知道，当初金兵大破潞安州，此子未满三月，他怎能知晓。

王 佐 （右手捋髯深思）也罢！待俺王佐诈降番营，顺说陆文龙来降，不知元帅意下如何？

岳 飞 啊贤弟，诈降之事非同小可，只恐画虎不成反类其犬。哎，你料理公务去吧。

王 佐 是。告退。

〔**【小锣打下】**王佐向岳飞正面一揖，左转身出门，向左台口迈步，回身托髯，深吸气，叹息，抖袖，若有所思…… “下场门”下。

岳 飞 众将官，小心防守。

〔**【一锤锣】**四宋军两边分下，岳飞“下场门”下。

第 二 场

〔摆堂桌、“大座”，文房、烛台、线装书。

〔**【冲头】**切住，**【初更】**（龙冬……∨冬 匡）〔导板头〕

〔王佐内唱。

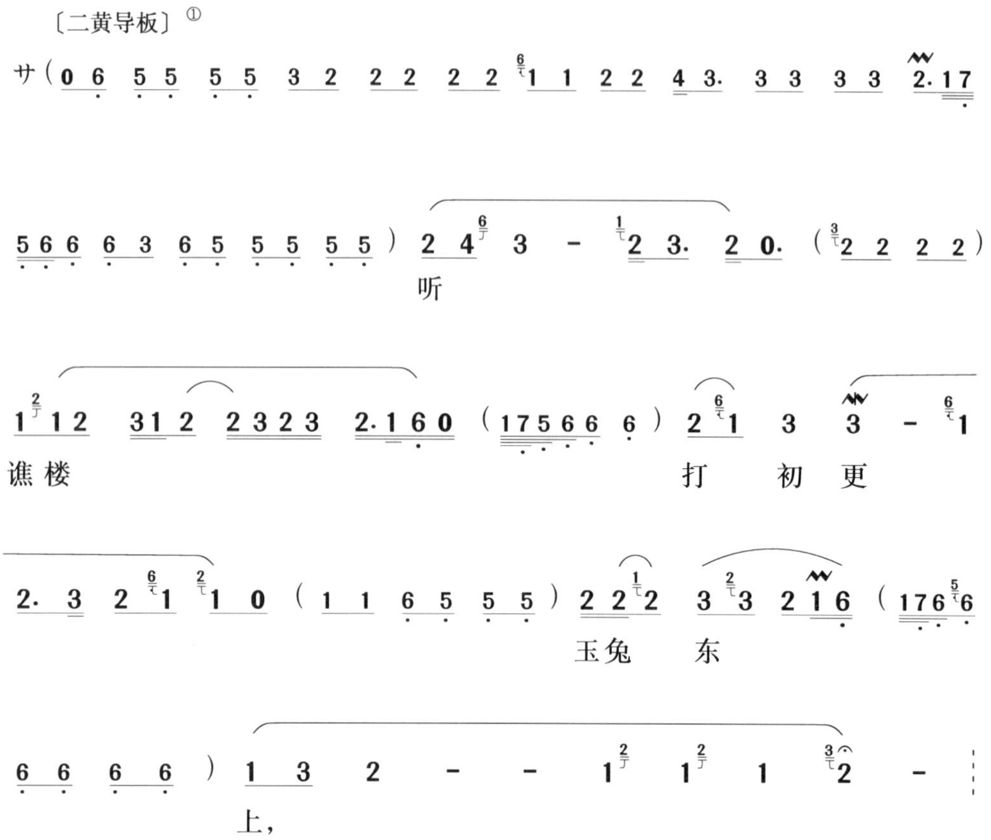

〔【长尖】二旗牌执灯笼上，站“斜胡同”，【长尖】切住，转【冲头】王佐“上场门”上，至“九龙口”站定捋髯。

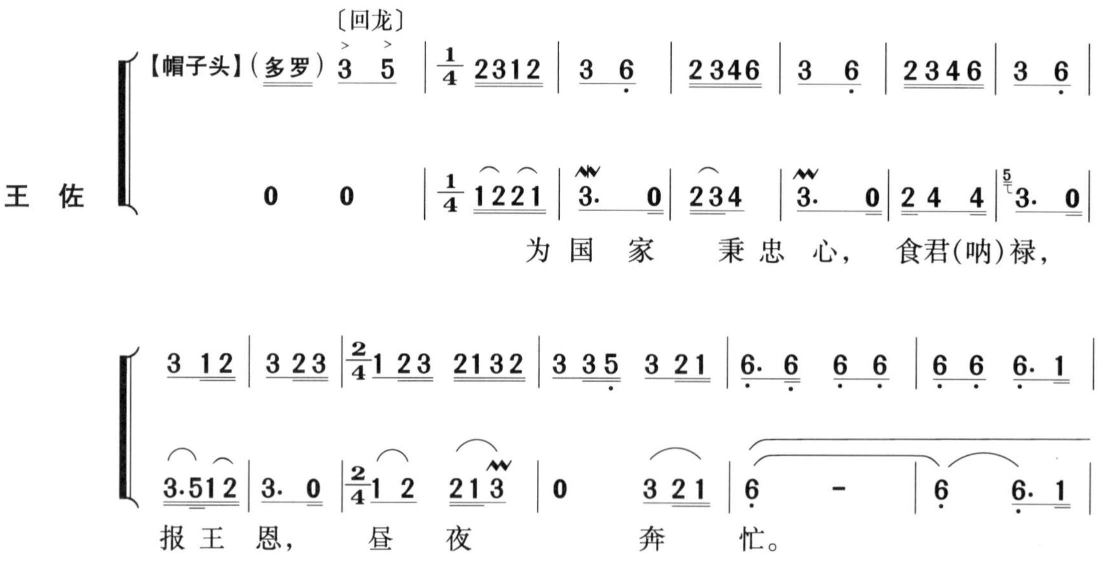

① 以下此段成套唱腔，为余叔岩所唱。

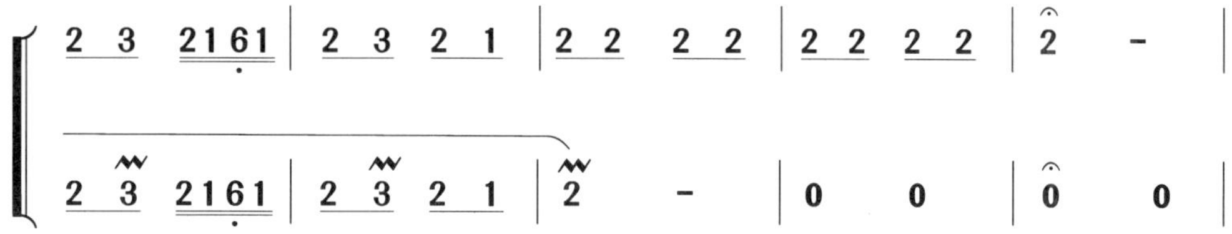

〔【长锤、夺头】二旗牌扯正站台中，王佐抖袖，至台口正中站定，捋髯。

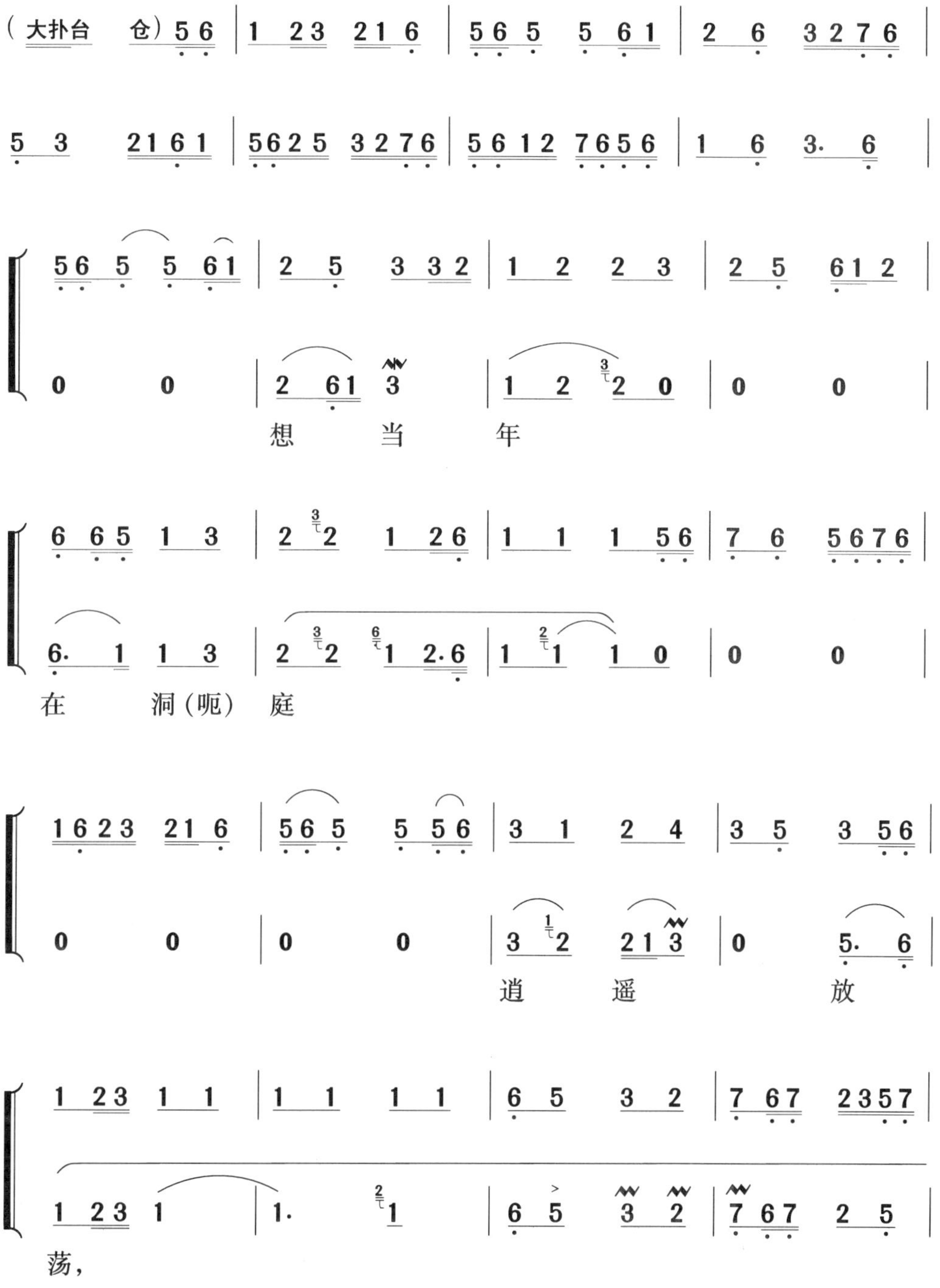

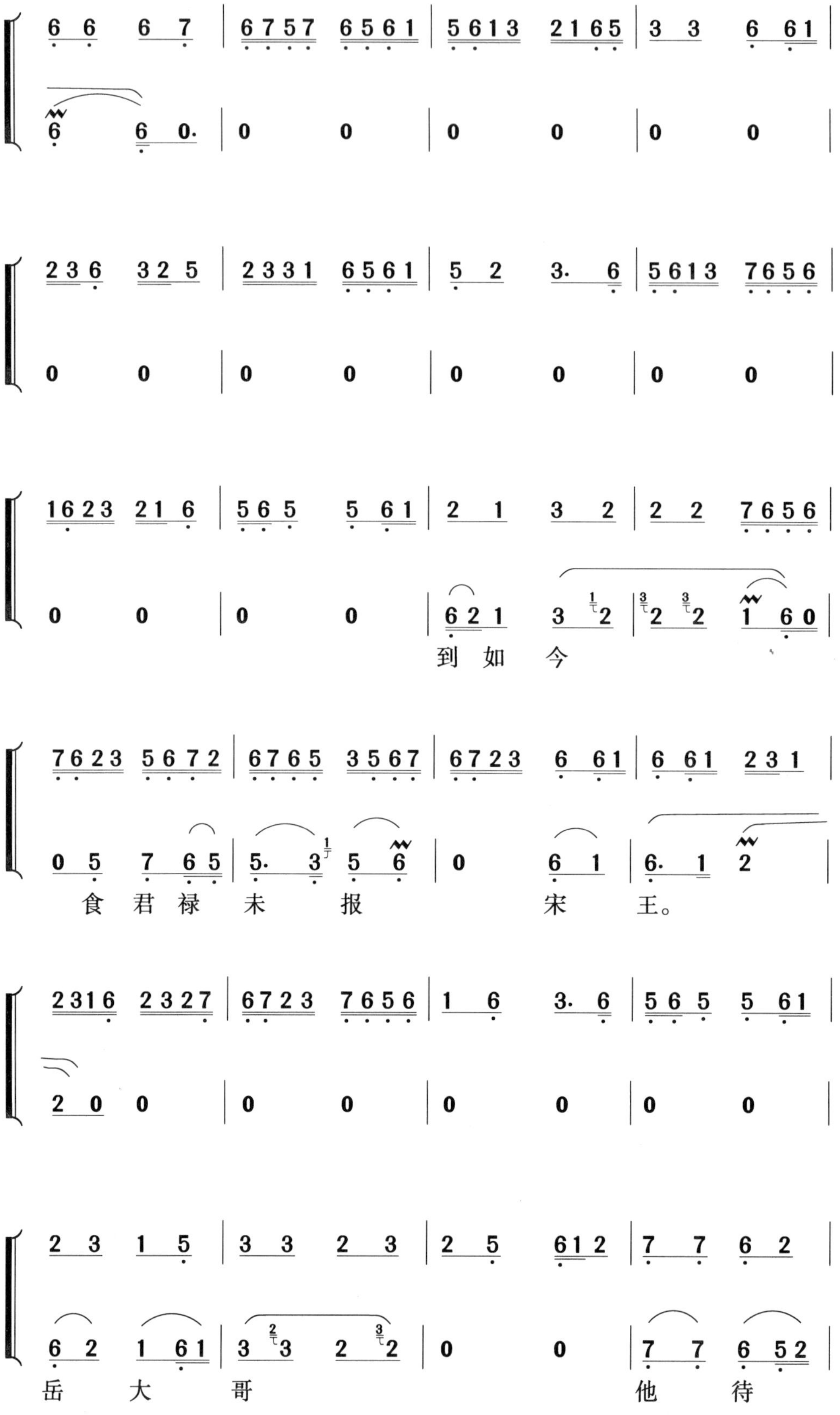
到如今
食君禄未报宋王。
岳大哥
他待

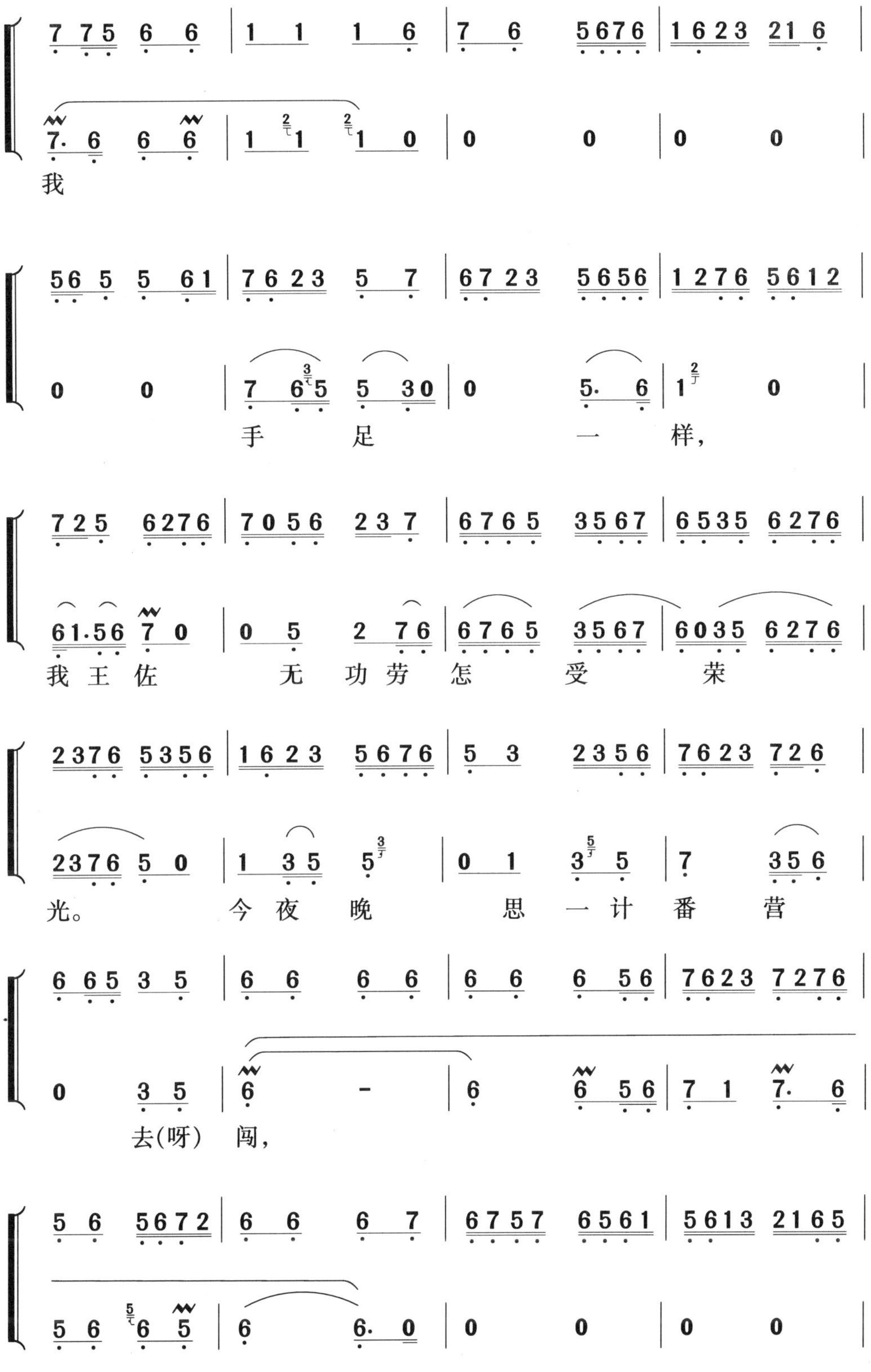

(以上〔原板〕中"扯四门"至此句王佐归正中,二旗牌亦"扯四门"至此句站两边,王佐示意二旗牌分下。王佐左转身入正场"小座")

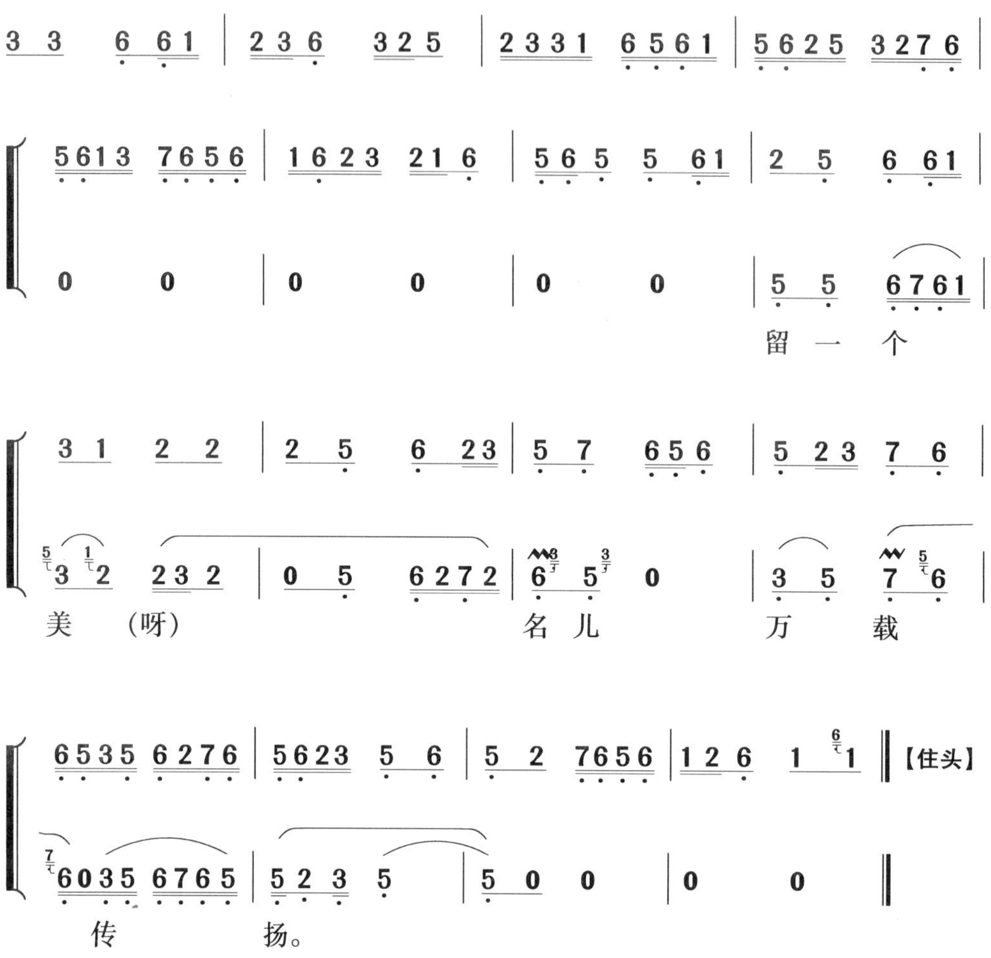

想俺王佐（托髯）自投宋以来，寸功未立。今日岳元帅杀得大败，俺王佐若能思得一计，诈降番营（用左手食指一指），顺说陆文龙来降，岂不是大功一场，名垂千古。（伸左手大拇指）

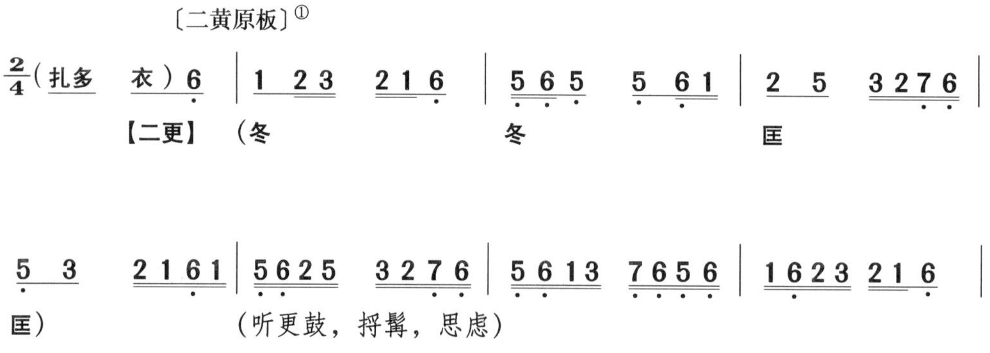

① 以下这两段〔二黄原板〕为孟小冬所唱。剧中王佐的三段上板唱腔，参阅《京剧余派老生唱腔集》。

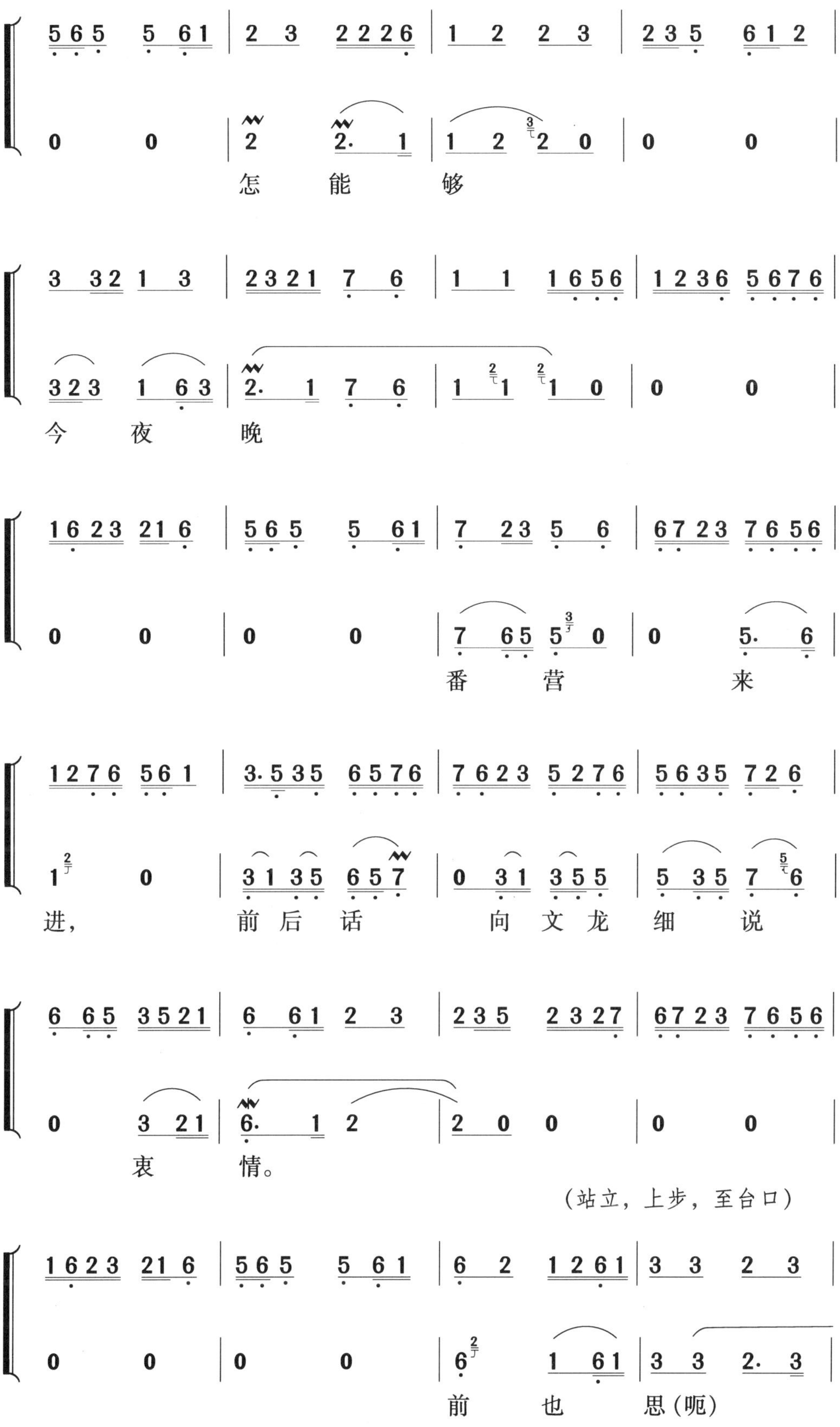
怎 能 够
今 夜 晚
番 营 来
进，前后话 向文龙细说
衷 情。
（站立，上步，至台口）
前 也 思（呃）

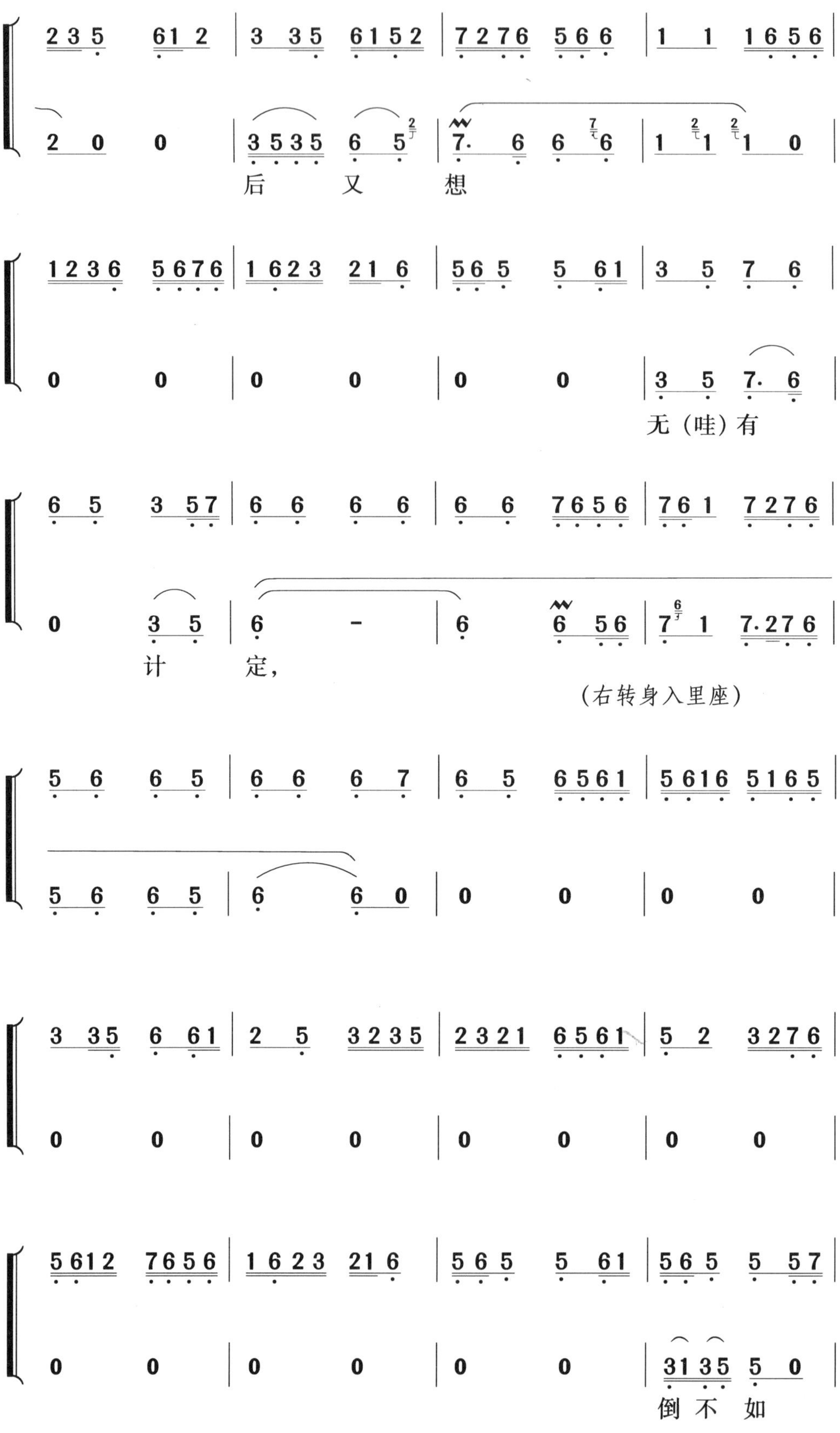
后 又 想
无（哇）有
计 定，
（右转身入里座）
倒不如

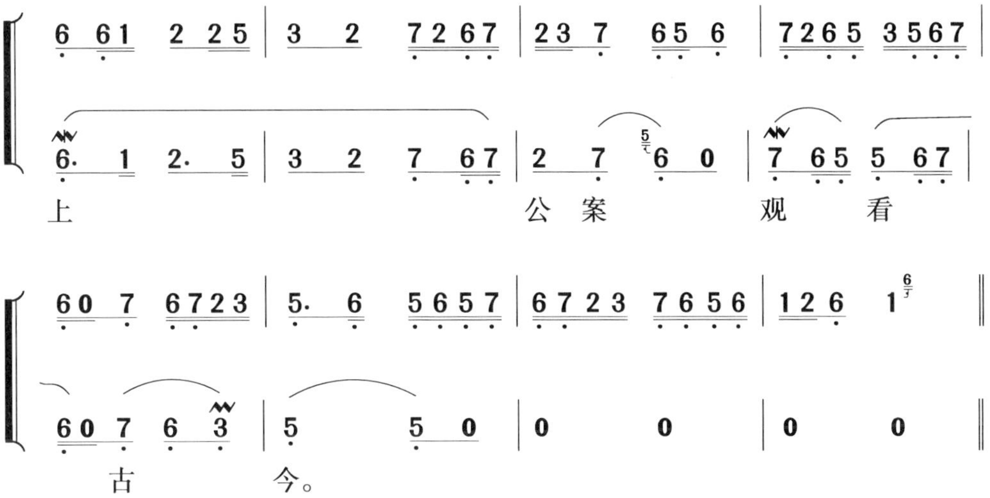

〔王佐拿书一卷，放在案上，交【三更】（冬ˇ 冬 冬 0 匡ˇ 匡 匡），听更不安。

王 佐 （看书）《前唐》，不好。（又拿一卷放案上）《后汉》，（翻看两三页）呜呼呀！【小锣一击】想汉室卫律、苏武，同往北国催贡，一个降顺番邦，一个打入羊群，食毡饮雪，还是忠心不改，与岳大哥一般无二矣。

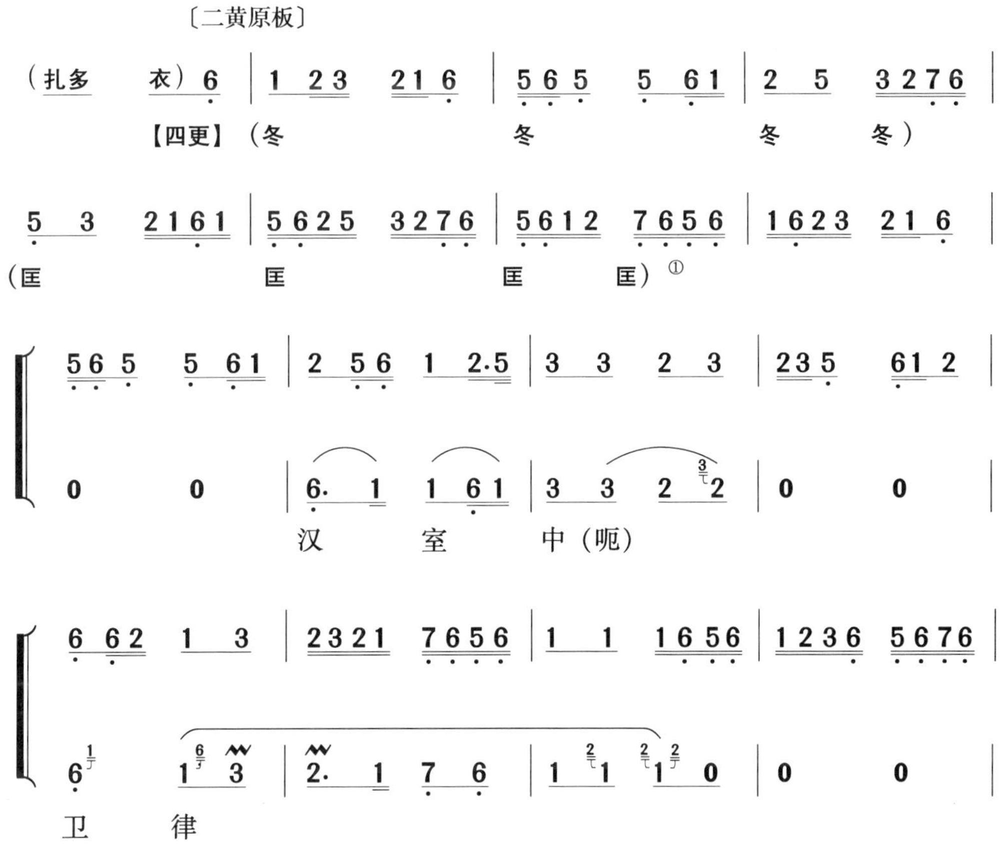

① 此处交【四更】亦可用在本段第四句“暗有神灵”处，通常有此用法。

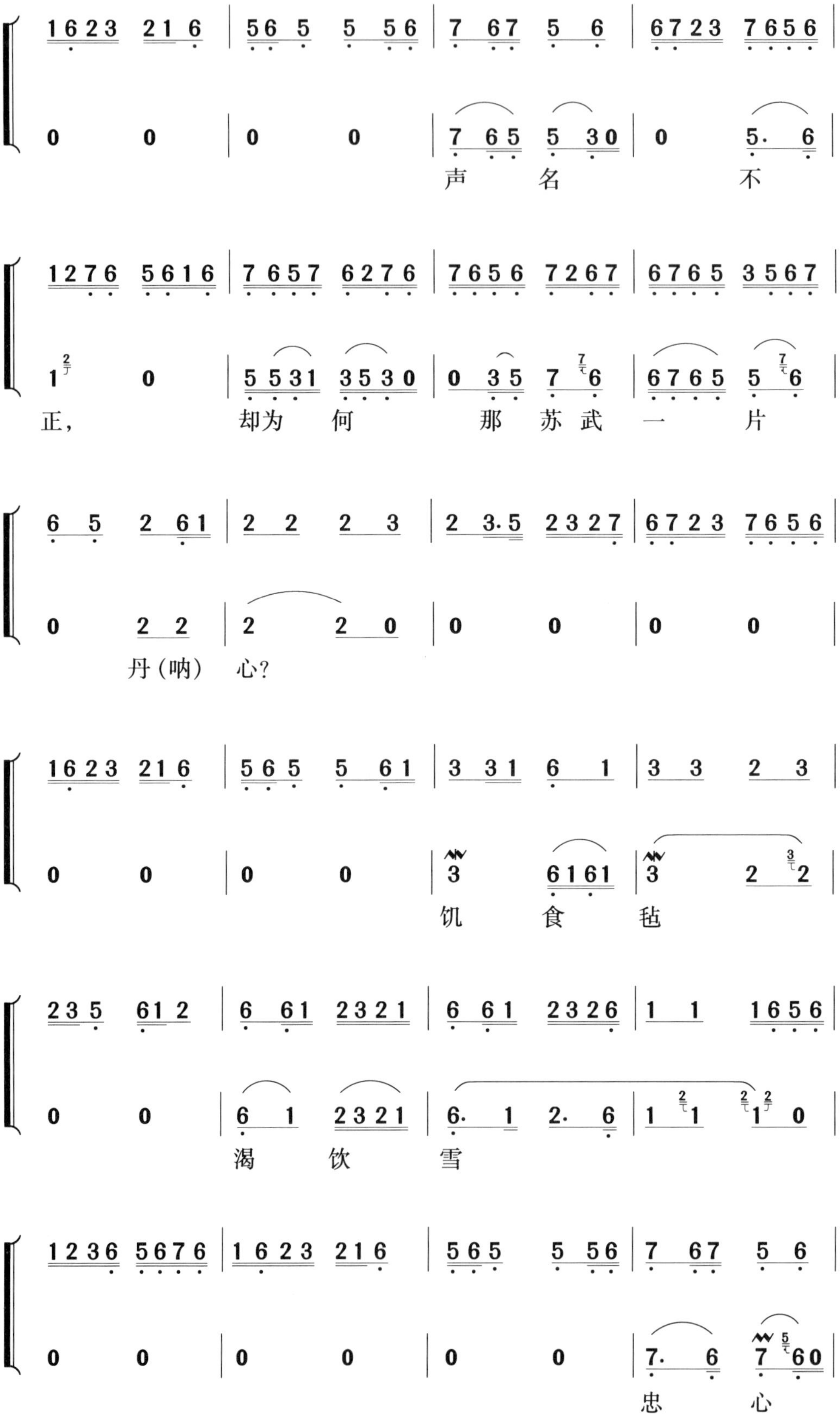
声 名 不
正，却为何 那苏武一片
丹(呐) 心？
饥 食 毡
渴 饮 雪
忠 心

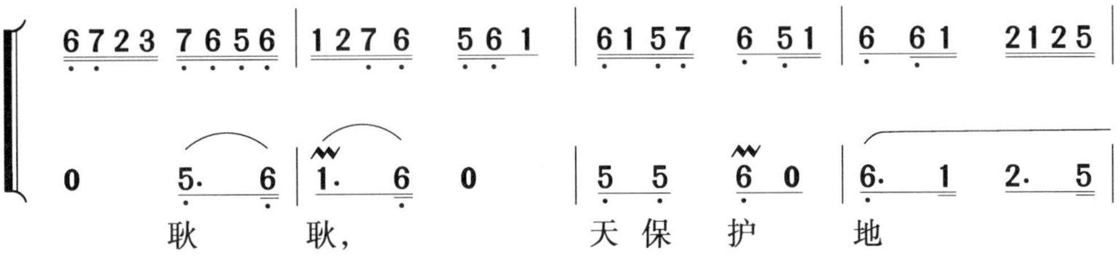

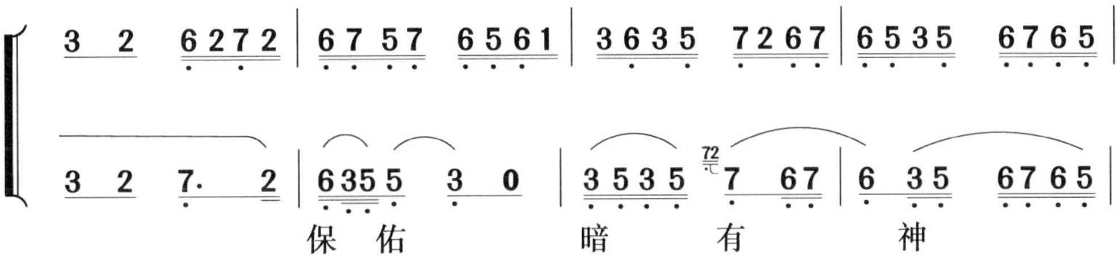

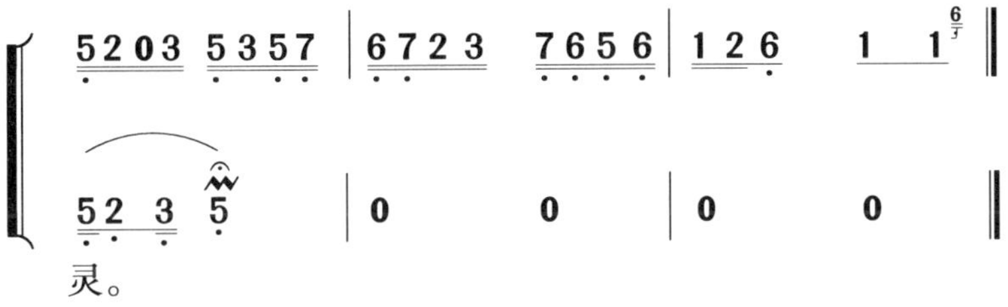

《后汉》，不好哇！（把此卷合起来又拿一卷）《东周列国》，还是看看列国吧！（翻阅，注目内容，把此卷卷起来，握在左手里。交**【五更】**，捋髯，神色激动而含紧迫感，再看书，用右手指着一行字念）“要离断臂刺庆忌！”要离断臂刺庆忌！（抬头一想，下定决心，右手弹髯起**【叫头】**）且住！想那要离断臂刺死公子庆忌，此乃大丈夫所为，俺王佐何不学他（右手指书卷）一学！（声音扬起来，叫起**【慢纽丝】**稍定一下神，以表敢于牺牲、为国尽忠的精神。然后把书合起来放在前两卷书上，一齐放回原处。摆好信封、信纸，左手拢袖，右手磨墨，执笔，掭笔，左手以指拈毫弹出，写信，搁笔，把信纸装入信封内，再执笔写信封，搁笔，右手拿起书信，点头，沉住气，准备动手断臂，把信放在案上。出座，至台口抖袖。这一组身段要做得清楚、稳重，从容不迫）

〔二黄散板〕

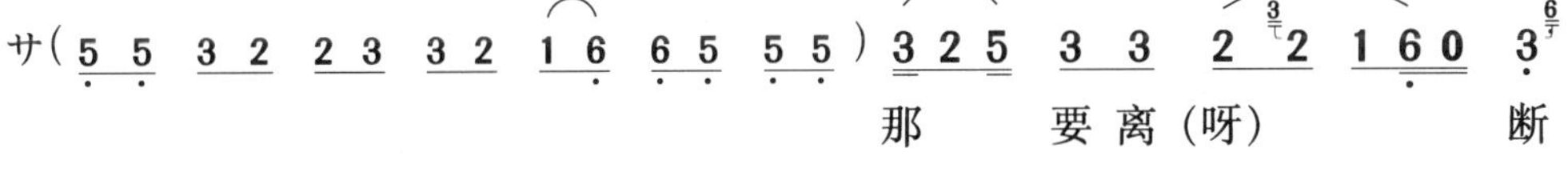

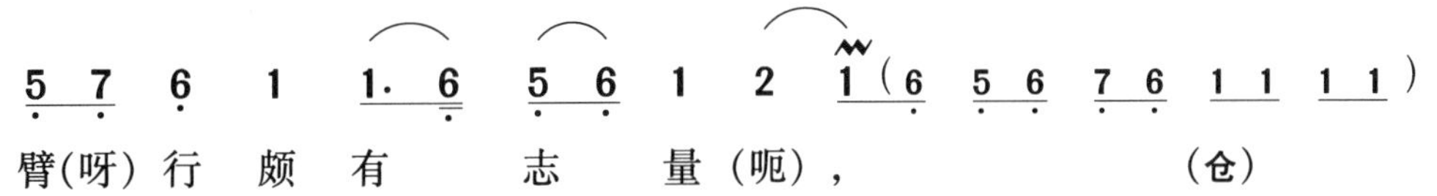

6 6 2 1 3. 2 1 2 1 2 3 (6 1 2 3 3) 6 3

留 下 了 美 名 儿 万(呐)

2 1 6 1 1 2 2 (5 6 1 2 2 2) 7 7 6 2 7

载 传 扬。(仓) 我 王 佐

6 5 3 5 7 6 (6 5 7 6) 4 4 3 4 3 (3 3)

学 断 臂 番 营

2 3 5 1 - 2 2 0 4 - - - 3 - -

去 闯 (呃),

(右手指向右台口，放左手袖，退右脚，左手翻袖盖头，右转身。**【崩登仓】**接**【阴锣】**“下场门”下。摘纱帽，带甩发，脱帔，现出黑褶子，右手执宝剑，左手撩褶子，“下场门”复上，至台口，起甩发，左手拽髯，右手亮剑，**【崩登仓】**看剑一亮相，抖袖。**【大锣凤点头】**右手横握剑，面向右前亮子午相)

〔二黄散板〕

(5 5 3 2 2 3 3 2 1. 6 6 6 5 5) 2 1 2 2 3 3

顾 不 得 生 和

2 3 5 1 - - 2 2 3 - (6 1 2 3 3 3 3)

死 (呃) (顷 - 仓)

(拱手对天)

3 2 2 - - - - 1 2 3 5 1 2

天 作 主(喏) 张。

(往后倒步至桌前左角)

(右手举剑，左臂亮出来横在胸前，右手剑竖立，用剑柄击桌案，表示砍断左臂，以剑击案(**崩**)正合“天作主张”的“张”字上。左手向下甩袖遮掩，桌下暗藏一人同时将假臂道具从桌下抛出，成弧线落在桌右角前。(**登**)扔剑于脑后即起翻“吊毛”向右斜方向，“吊毛”落地后(**仓**)躺平。**【崩登仓】**配合以上动作。这一组身段要做得干净利落，深沉刚毅)

〔**【亮更】**二旗牌上，进门见王佐一惊。

二旗牌　王将军醒来！

〔【导板头】“合龙口”二旗牌扶王佐坐起，面斜向右前。

〔二黄小导板〕

王　佐

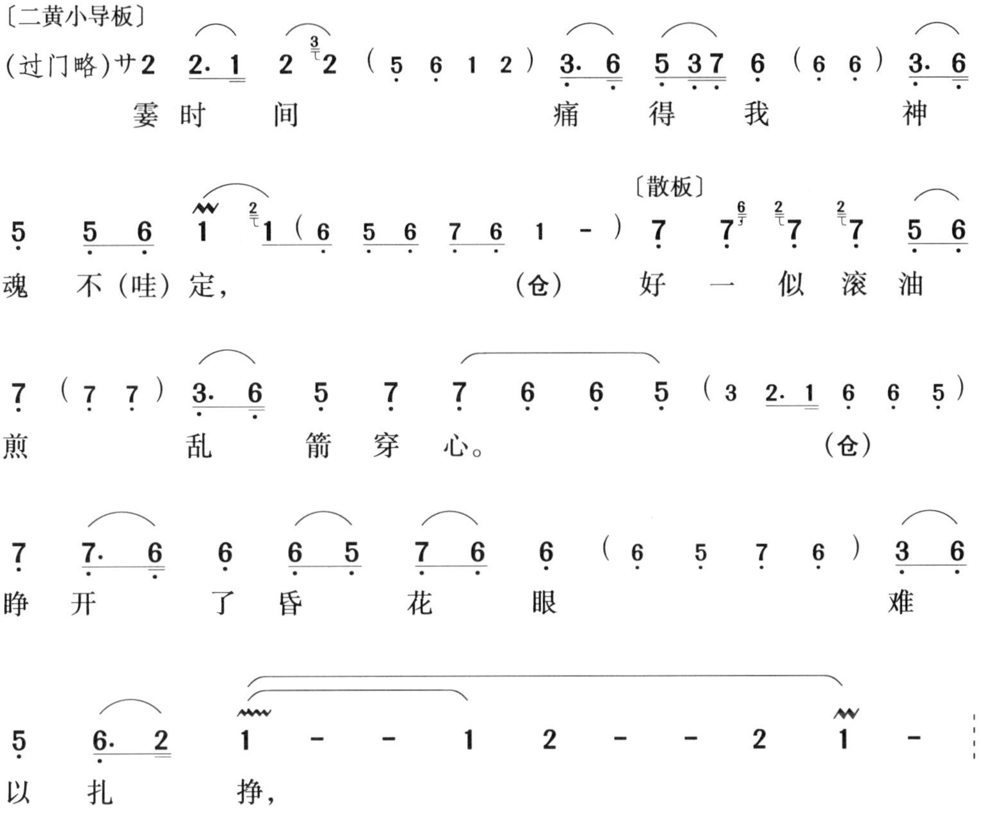

〔王佐右手拭目欲起身，二旗牌搀扶，王佐断臂处剧痛，【乱锤】旗牌搀王佐右臂站起，【风点头】王佐以右手略抚左臂，表镇定。

〔二黄散板〕

王　佐

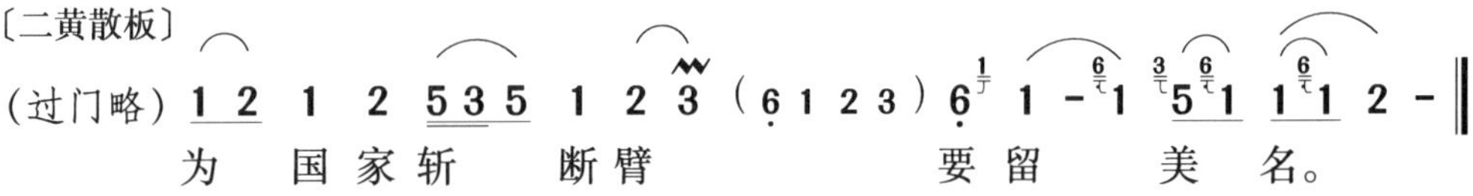

〔【住头】王佐敛神，稳定情绪。

二旗牌　将军为何如此？

王　佐　尔等不可声张，来来来，（摆手示意，【五锤锣】右转身从桌上拿书信，回身）这有书信一封，送到大帐岳元帅，就说我……（一顿）呃，另有公干去了。（把书信交给“大边”的旗牌）

二旗牌　遵命。（接住迈步欲出门）

王　佐　转来。【撕边一锣】

二旗牌　在。（回身注视王佐）

王　佐　千万不可走漏风声！（声音低沉而严肃）

二旗牌　是。【冲头】（“下场门”下）

王　佐　（甩发起【叫头】）且住！趁此天色朦胧，我不免诈降番营去者。（声调激扬，起【扫头】右手捡起断臂，手朝前横执。出门向左台口迈三步回身甩髯看断臂）呜呼……（【回头】右手执断臂略抚左膀，往后倒两步，示无力，抬头远看，定神，决意行诈降事，左转身，缓步“下场门”下）

第三场

〔【大锣打上】二旗牌执书信“上场门”上，“挖门”至“大边”。

二旗牌 有请元帅！

〔【回头】四宋军上“站门”，岳飞“上场门”上至台口。

岳　飞 （念）闷坐大营无良计，筹思昼夜费心机。【住头】何事？

二旗牌 王将军书信呈上。

岳　飞 待我看来。（抽信纸看，一惊）呜呼呀！【撕边一锣】原来王贤弟诈降番营去了。来，王贵进帐。

四宋军 王贵进帐。

〔【冲头】王贵“上场门”上，进帐站“小边”。

王　贵 参见元帅。

岳　飞 命你巡营瞭哨，待等王将军消息。须要小心。

王　贵 得令。

〔【大锣打下】王贵出帐下。岳飞“下场门”下。四宋军、二旗牌分下。

第四场

〔【回头】四金兵上“站门”。陆文龙“上场门”上“九龙口”一亮至台口，站“大边”。金兀术上，至台口。【归位】

金兀术 金兵攻宋室，

陆文龙 一战见奇功。

〔【回头】金兀术归正场“小座”，陆文龙“大边”斜座。小番上。

小　番 （行番礼）启禀狼主，拿住一名奸细。

金兀术 押进帐来！

〔【冲头】小番下与另一小番“搭桥”“上场门”上，王佐居中上，右手执断臂，进帐，跪“小边”面对金兀术。

王　佐 叩见狼主。

金兀术 嘟！【大锣一击】大胆奸细，竟敢前来窥探，来，推出斩了！

王　佐 呃，慢来，慢来，留头讲话呀。

陆文龙 是啊，父王，要留头讲话呀。

金兀术 好，你且讲来。

王　佐 是。（侧身向外，将断臂放在左腿边）难臣王佐，乃岳飞帐下一名参谋，见他屡次杀得大败，劝他归降，他执意不肯，当时拔剑断臣左臂，言道誓要扫灭金邦，迎请二圣还朝，然后再将难臣斩首。喂呀狼主啊！【五锤锣】我如今死是死不了，活是活受罪，望求狼主救命哪！（哭，拭泪）【撕边一锣】

金兀术 孤家不听你一派谎言。

王　佐 现有膀臂为证。

金兀术 我却不信。

王　佐 狼主请看。（拿断臂，往外举起）【撕边一锣】

金兀术 待孤看来。

〔【五锤锣】金兀术上步，接过断臂站台中惊看，陆文龙同时站起，从旁惊看。

金兀术 呜呼呀！【大锣一击】岳飞呀岳飞，降与不降但凭与你，为何下此毒手。【五锤锣】（将断臂交还王佐，复归座。王佐跪）[1]

〔陆文龙亦表怨忿，归座，注视王佐。

金兀术 罢了，起来。孤家收留于你也就是了。

王　佐 谢狼主！【小锣一击】（站起）

金兀术 如今归顺我国，就是我国的人了，必须与你改个名字。

陆文龙 是啊，要改个名字才是。

金兀术 啊，他叫什么……

王　佐 唉，苦哇！（大……台）（哭拭泪）

金兀术 有了，你为孤家吃了苦了，就叫苦人儿吧。

陆文龙 苦人儿么，甚好。

金兀术 我命太医与你调治伤痕，满营之中任你闲游，后帐调治去吧。

王　佐 是，谢狼主！

〔王佐右手执断臂，向金兀术请安。【一锤锣】出帐，向右迈步，陆文龙跟出，轻拍王佐左膀，以示同情抚慰。王佐一缩，犹觉阵痛，回看陆文龙，点头，苦笑，致意，陆文龙向外一指，表示对岳飞下此毒手的憎恨。王佐侧目视其立场所向，心里想着下一步“棋”的走法，缓步由“上场门”下场。[2]陆文龙见王佐已去，余怒不消，进门归座。

金兀术 儿啊，为父明日命人搬取铁浮图，攻打宋营。正是：

〔【住头】金兀术、陆文龙站起，上步至台口。

金兀术 恼恨岳飞太不仁，

陆文龙 军中哪有断臂刑。

〔【回头】四金兵两边下，金兀术、陆文龙“下场门”下。

第　五　场

〔设堂桌、“小座”。【撤锣】接【小锣抽头】乳娘上。

---

① 此处金兀术或将其断臂转身放在堂桌上。原为拿过断臂由于惊骇急向后扔出。

② 此时演员去“赶场”戴高方巾，穿宝蓝褶子，系绦子，手臂横于腰上边，左袖子系在绦子里（亦可放在外边）。

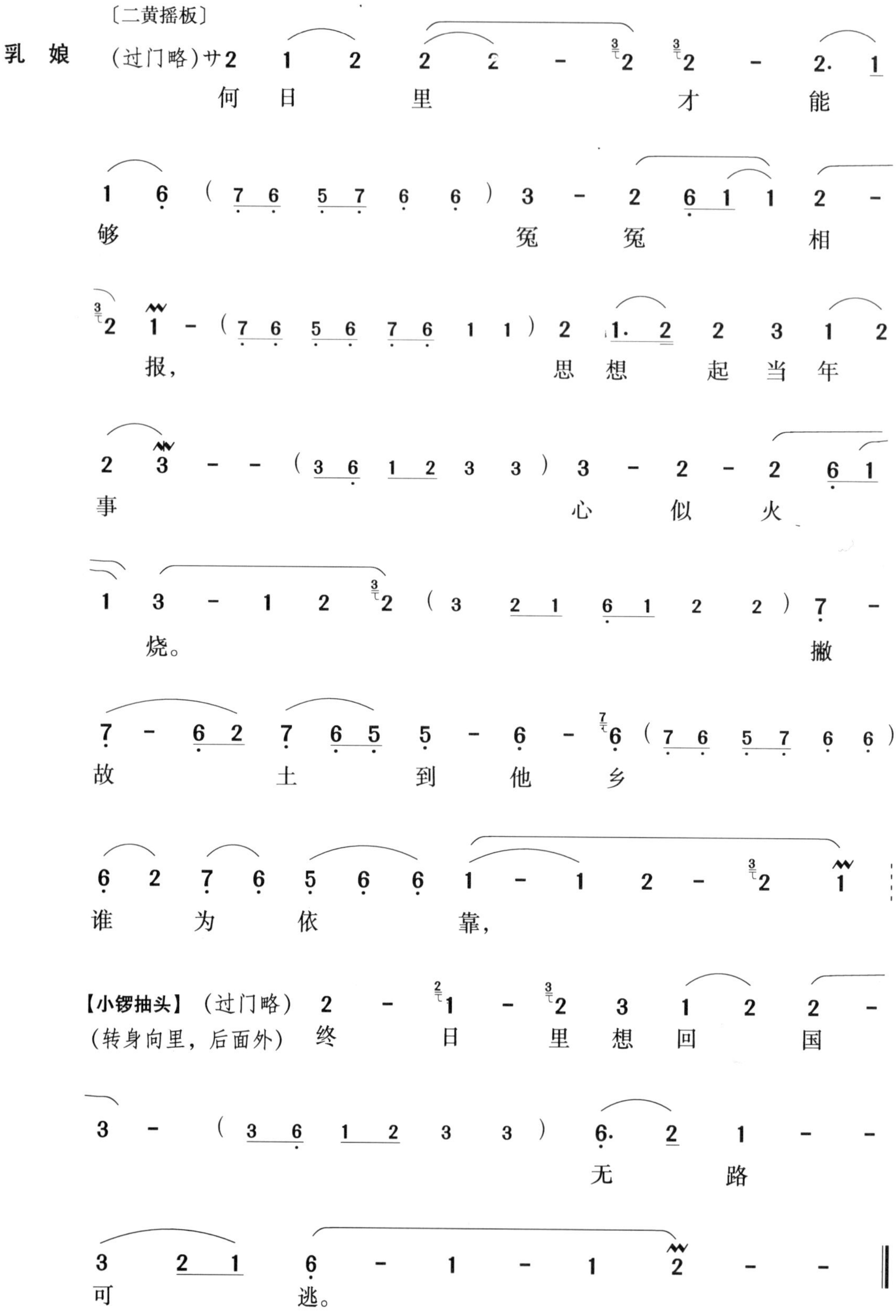

「王佐内白："走哇！"【小锣抽头】右手执画轴"上场门"上，至右台口。

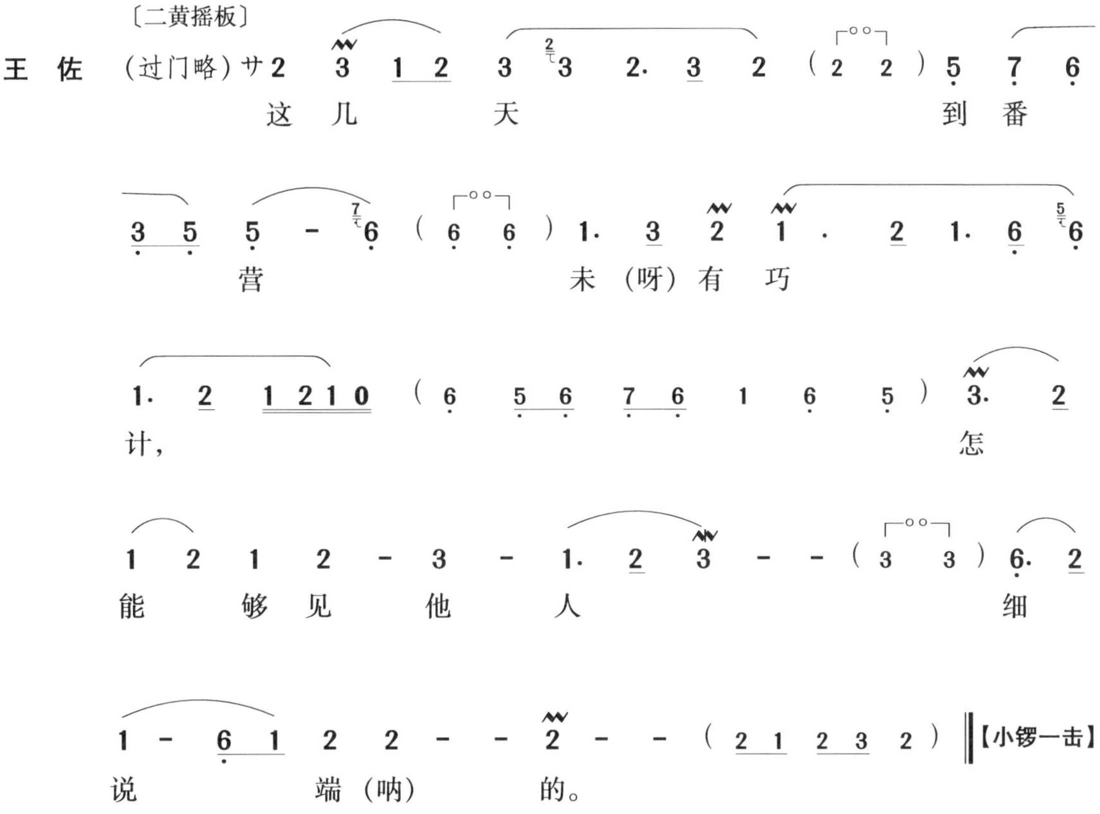

来此已是陆文龙的营盘，待我偷觑偷觑。（往里看）

乳　娘　（向外张望）哪里来的奸细？小番，将他拿下了！（站起，出门，见王佐打量，疑惑）

王　佐　啊，老太太莫要高声哪！我就是狼主新收下的一个残废人，取名苦人儿，就是我哇。（语气十分柔和）

乳　娘　哦！昨日殿下回来言道，南朝有一将官，来到我国，改名苦人儿，就是足下么？（惊奇而不陌生）

王　佐　正是啊。

乳　娘　我们幸会呀！

王　佐　幸会呀！

乳　娘　哎呀，你吃了苦了哇！

王　佐　听老太太讲话不像此处人哪？

乳　娘　老身原本不是此地人氏。

王　佐　哪里人氏？

乳　娘　湖广潭州人氏。

王　佐　哦，老太太是湖广潭州人么？

乳　娘　湖广潭州人哪。

王　佐　呃呵！我也是湖广潭州人哪。

乳　娘　你也是湖广潭州人？

王　佐　我也是湖广潭州人。

乳　娘　我们是乡亲了。

王　佐　我们是同乡了哇。
乳　娘　重见一礼。
王　佐　重见一礼。
乳　娘　久旱逢甘雨，
王　佐　他乡遇故知。啊老太太因何至此啊？
乳　娘　禁声！（**大　大0　台**）请到里面讲话。（低声。向四外看看）
王　佐　哦，是是是。
〔（**多　0多　台**）二人同进门，乳娘站“大边”，王佐站“小边”。
乳　娘　我与将军乃是同乡，说也无妨。老身薛氏，昔年在潞安州陆登老爷府中以为乳娘。不想狼主打破潞安州，老爷、夫人尽忠、尽节而死，撇下未满三月的陆公子，被狼主掳回北国，至今一十六载，不知此仇何日得报哇！（哭）（**台**）
王　佐　唉，真是可怜哪！
乳　娘　本来的可怜哪！（感情融洽）
王　佐　啊老太太，但不知那陆老先生的后人还有无有哇？
乳　娘　怎说无有后人，昨日在阵前连挑数员宋将，那就是陆公子啊。
王　佐　哦，那就是陆公子啊？
乳　娘　那就是陆公子。（似有难言之隐）
王　佐　呵呵！我今日来得好机会呀！

〔二黄摇板〕

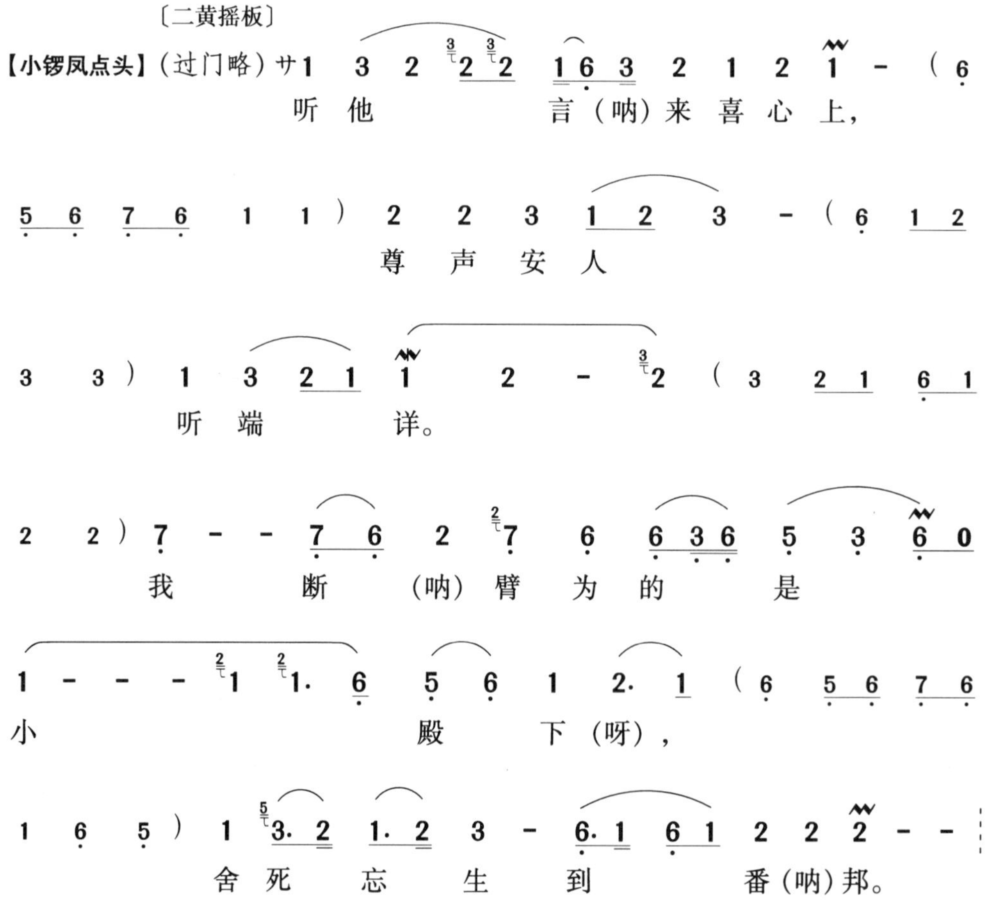

乳　娘　如此说来你为我家公子吃了苦了哇！

〔乳娘轻拍王佐左膀表示安慰，王佐犹觉隐痛，乳娘歉意失手，王佐摆手苦笑。

王　佐　不妨啊！（大大　大大　乙大　大　台　）

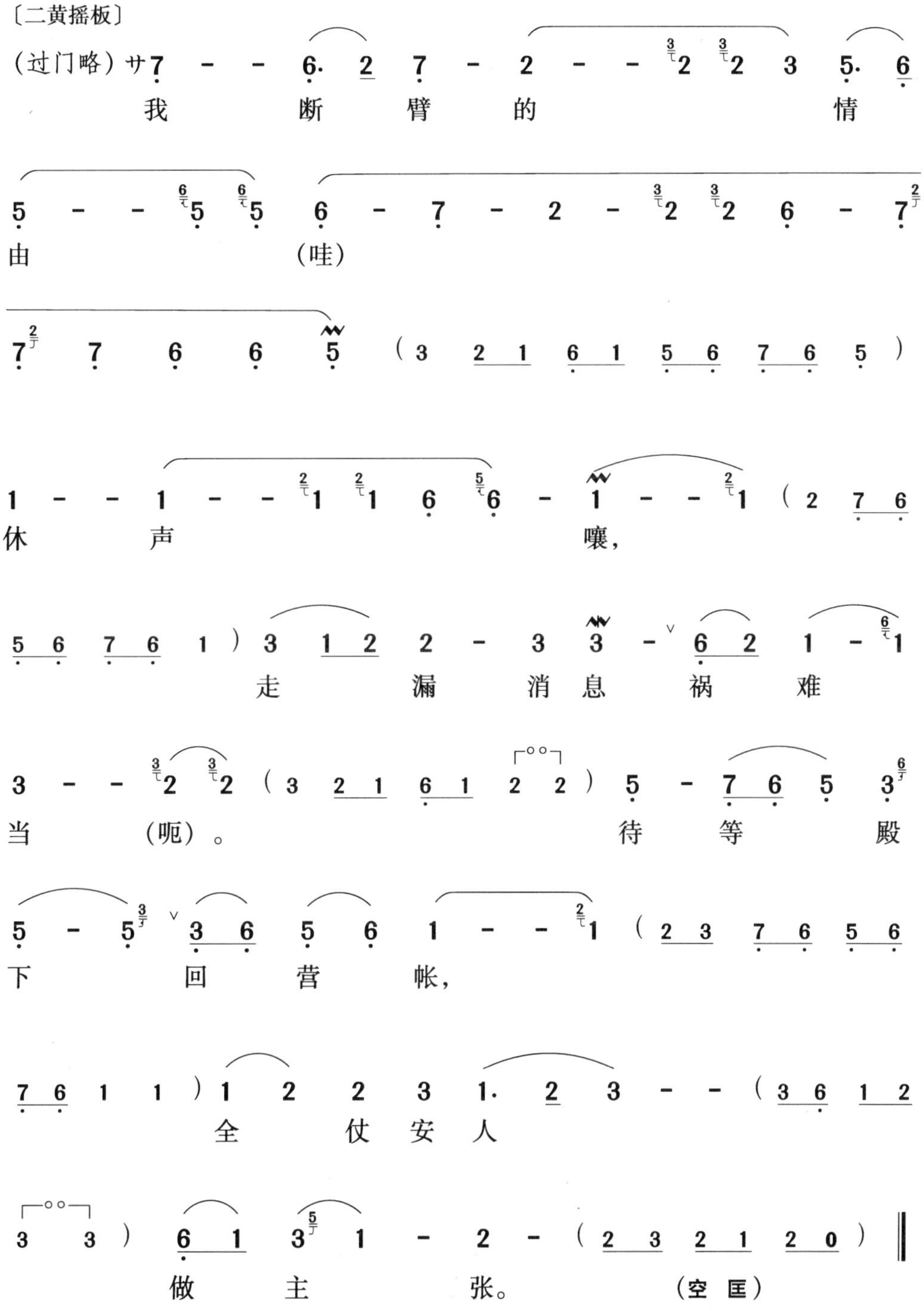

乳　娘　殿下回来了。

王　佐　来了。（自语，机会到了）

〔乳娘示意自己回避，王佐示意自己迎接，乳娘下，王佐出门站左台口向“上场门”张望。**【冲头】**四金兵上，站“一条鞭”**【水底鱼】**陆文龙执马鞭上，至台口勒马。王佐请安笑迎，陆文龙见王佐异常兴奋，下马。四金兵接马鞭下。陆文龙进帐，站台中，王佐随进，站“大边”。

王　佐　苦人儿叩见殿下。（请安）

陆文龙　罢了。苦人儿，这几日你往哪里去了？

王　佐　这几日被那些平章、将官们，这个请我吃酒，那个叫我说评书，故而未得前来与殿下请安哪。

陆文龙　哦，你还会说评书么？

王　佐　呃，我是一肚子的书啊！

陆文龙　你且稍待。乳娘有请。（向“上场门”）

〔乳娘上。**【一小锣】**站“小边”。

乳　娘　殿下何事？

陆文龙　啊，乳娘，有个苦人儿他会说评书，请你出来一同听书。

乳　娘　好，好，好。（异常高兴）

陆文龙　啊，苦人儿，这就是我家乳娘，上前见过。

王　佐　哦！这就是乳娘老太太。

〔二人均做陌生状。王佐请安，乳娘还礼，复以眼神会意。

王　佐　老太太你好啊！

乳　娘　苦人儿，你好啊！

陆文龙　你快些说来。（着急听书，拦住了他们的客套话）

乳　娘　啊，殿下，说书要有个座位。

陆文龙　你坐下说吧。

王　佐　呃，慢来，慢来，殿下在此，哪有苦人儿的座位呀！

陆文龙　（可用京白）我们是自己人，别客气，坐下吧！

王　佐　谢座。

〔此时，台中摆一张桌，挂小帐子。“大边”摆一斜桌置一惊堂木，王佐归里座。把画轴横放于桌前沿。陆文龙坐“小边”、乳娘坐其右侧。

王　佐　啊殿下，你是爱听文的呀，还是爱听武的呢？

陆文龙　小王喜武，自然爱听武的。

乳　娘　是啊，武的好。

王　佐　是忠的，还是奸的呢？

陆文龙　小王喜的忠臣，恨的奸佞。

王　佐　哦，爱听忠的，好，待我说一段《骅骝思乡》吧。

陆文龙　《骅骝思乡》，（对乳娘）这故事倒要听上一听。

乳　娘　是啊，呃苦人儿，你且讲来。

〔王佐装做会说书的样子，咳嗽两声，拍响惊堂木，陆文龙与乳娘吓了一跳。

陆文龙　啊，这做什么？

王　佐　这是我们说评书的规矩呀。
陆文龙　说评书还有什么规矩？
王　佐　说书有规矩，唱戏就更有规矩了。无有规矩就不成方圆了。
乳　娘　是啊，殿下，无有规矩就不成方圆了。
陆文龙　哦，这是他们的规矩？
乳　娘　是啊。
陆文龙　就依你的规矩吧。
王　佐　（念）〔西江月〕
　　道德三皇五帝，功名夏后商周。
　　英雄五霸闹春秋[①]，顷刻兴亡过首。
　　青史几行名姓，北邙无数荒丘。
　　前人田地后人收，说甚龙争虎斗！（语音加重，拍惊堂木）
陆文龙　（对乳娘）他又来了！
　　〔乳娘点头附和。
王　佐　残词念罢，书归正传。花开两朵，各表一枝。话表大宋朝真宗天子在位，朝中有一家大大的忠良，名唤杨延昭。（轻拍惊堂木）
陆文龙　杨延昭是个忠良！（伸大姆指）
乳　娘　是啊！
王　佐　只因北国屡次交战，被那杨元帅杀得大败，那北国萧后就勾通了南朝一个大大的奸佞，名叫王钦若。（轻拍惊堂木）
陆文龙　（对王佐）王钦若是个奸佞么？
王　佐　嗯，大大的奸佞。他与杨家旧有仇恨。一日，真宗早朝，那王钦若奏道，北国出了一骑好马。日行千里，夜走八百，名为日月骕骦马。
陆文龙　是一骑好马！
乳　娘　是啊，是一骑好马！
王　佐　那圣上闻奏就动了爱马之心，问道，命何人前去盗马？那王钦若奏道，非杨延昭不可。那圣上就命扬延昭前去盗马。那杨元帅奉旨回来，是闷闷不乐。他帐下有一员虎将，此人姓孟名良字佩苍。（拍响惊堂木）
　　〔陆文龙不知道孟良是什么人，又不好意思问。王佐与乳娘均会意，有意蒙哄陆文龙。
王　佐　呃，三关的孟良是哪一个不晓得。
乳　娘　是啊，三关的孟良是哪个不晓得。
陆文龙　唔……嗯嗯。（附和）
王　佐　那孟良进帐问明情由，当时就讨下了一支将令，呃……他是一日二，二日三，就混进番营去了。
陆文龙　他是怎样混进番营的呀？
王　佐　呃，呃，他会说三川六国的番语呀！
陆文龙　唔，原来如此，后来怎样？
王　佐　不到一月竟将此马盗回来了！

---

① 另一种词是：“七雄五霸乱春秋”。——编者注

陆文龙 唔，盗回来了，此人有能耐。
王　佐 不错，有能耐。哎，可惜呀可惜！
陆文龙 可惜什么？
王　佐 可惜那马七日七夜不食草料，眼望北番，大叫三声，嘿嘿，他就饿死了！
陆文龙 这是何意呀？
王　佐 不过是思乡啊！（点化陆文龙，与乳娘交流会意）
陆文龙 啊，这畜类还会思乡么？（当真，投入，动情）
乳　娘 啊，殿下，畜类会思乡啊，何况人乎！（着意点题，联系自己思乡之忧）
王　佐 啊老太太，如今的人哪，还不如畜类呀！（感慨，旁敲侧击）

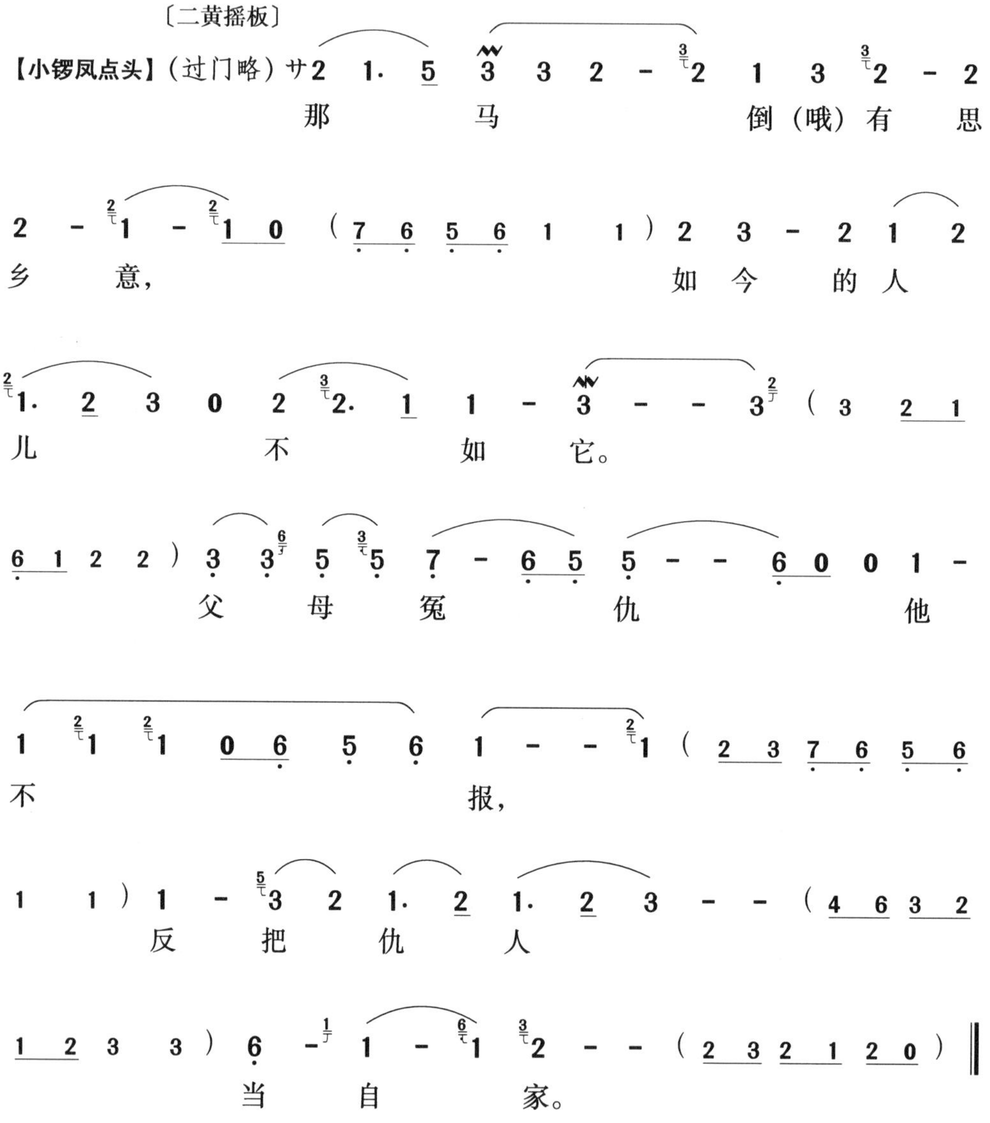

〔陆文龙听故事，叹惜“骅骝”因思乡而饿死，未理会其中含意。
陆文龙 好！（听得入神，拍掌捧喝）
王　佐 （拍响惊堂木）完了。

陆文龙 完了么?

王　佐 完了。

陆文龙 哎呀不热闹哇!

王　佐 不热闹……

〔王佐想引入正题，乳娘企盼，王佐抚案，吸气，凝神，点头，鼓足勇气，决意“说破”。陆文龙等待听更精彩的故事。

王　佐 呃，待我说一段本朝四狼主当年大破潞安州的故事吧。

陆文龙 哦，可是我父王?

王　佐 正是。

陆文龙 我倒要听上一听。呃，可热闹哇?

王　佐 热闹得很哪!

陆文龙 你快些讲来。

王　佐 呃，慢来慢来，我这里有画图一幅，悬挂起来，照图言讲啊。

陆文龙 好，待我挂了起来。

〔王佐拿画轴从座位右边出来，陆文龙接画轴，挂在正中桌子的小帐子上。**【小锣一击】**陆文龙大致看了一下画图，不明其意。乳娘从旁略看一眼即明其意，触景伤情。王佐示意乳娘不可激动，坐下来听我慢慢说。三人归原座。陆文龙很有兴趣。

陆文龙 啊苦人儿，这画图之上有许多兵将，是金兵哪，还是宋将?

王　佐 金兵也有，宋将也有哇。

陆文龙 (看图)啊苦人儿。有一员大将，手执宝剑自刎而死，他是何人?

王　佐 这就是(用食指指图)潞安州节度使陆登陆老先生。只因我国四狼主，打破城池，他万般无奈，拔剑自刎，尽忠了。(刻意用深沉的语调，表示对陆登的敬仰)

陆文龙 哦，尽忠了。(被感动,又看图)啊苦人儿，那旁有一妇人，悬梁自尽，她是何人?

王　佐 这就是陆老夫人，见她丈夫尽忠，她就悬梁自缢，尽节了。(语调沉重)

陆文龙 唔，尽节了。(点头，敬重，亦感动，又看图)啊苦人儿，(念白节奏由此渐快，情绪渐趋激扬)有一员大将，跪在尘埃，好像我父王模样，他是何人?

王　佐 正是我国四狼主。

陆文龙 为何与他人下拜?

王　佐 我国四狼主念他是个忠良，故而与他下拜。

陆文龙 我父王拜得，小王我可拜得?

王　佐 呃，殿下么?

陆文龙 呃，正是。

王　佐 呃，正拜，正拜。

〔陆文龙站起，乳娘随站起，王佐出座，站画图左旁。

陆文龙 陆老先生在上，受小王大礼参拜。**【五锤锣】**(单腿跪拜)

王　佐 啊，陆老先生，我家殿下拜你，你要明白呀!

〔三人复归原座。陆文龙又看图。节奏缓下来。情绪亦缓冲一下。

陆文龙 啊苦人儿，有一妇人怀抱婴儿，躲在一旁，他是何人?

王　佐 这就是陆…… (欲指乳娘，又收回)呃……这就是陆府的乳娘，见她主人一个尽忠，一个尽节，死得可怜，她在一旁落泪呀!

〔乳娘抑制不住悲怆情绪，抽泣失声，以袖拭泪。

陆文龙 啊乳娘，你为何啼哭哇？

乳　娘 我见他一家死得可怜，故而啼哭哇！

陆文龙 苦人儿，我把乳娘好有一比。

王　佐 比做何来？

陆文龙 看兵书落泪。

王　佐 此话怎讲？

陆文龙 替古人担忧哇。

王　佐 是啊，老太太，你替古人担的什么忧哇？（示意乳娘不可激动）

乳　娘 呃……是。我替古人担的什么忧哇！（会意，拭泪）

陆文龙 啊苦人儿，（指图）他为何立尸不倒？（严肃起来）

王　佐 若问他立尸不倒么？（**【撕边一锣】**渐趋紧张）

陆文龙 是啊。

王　佐 唉，恐怕他后人不与他父母报仇，故而立尸不倒。

陆文龙 噢，他还有后人么？

王　佐 有道是忠良不绝后哇！

乳　娘 是啊，忠良不绝后哇！

陆文龙 此子可在？

王　佐 被我国四狼主带回来了。

陆文龙 哦，带回来了。**【撕边一锣】**（右手捋穗子，往外看，思索）他今年多大年纪？

王　佐 他今年么？——（用手指叩脑门，低头苦想，抬头用眼神之余先见乳娘正向他示意）唔，一十六岁了。

陆文龙 哦，一十六岁，与小王同庚哪。（半信半疑）

王　佐 哦，殿下也是一十六岁吗？（故作惊奇，看陆文龙）

陆文龙 正是。（对看王佐，点头，似笑非笑，怀疑王佐把目标转向自己）

王　佐 呵呵，这倒巧得很哪！（躲开陆文龙的目光）

陆文龙 （半站立，左手提褶子大襟，斜视王佐）此子本领如何？（往疑惑的方向去问）

王　佐 若论他的本领么？嗯，两军阵前，他能力敌万人。（向外指）

陆文龙 哦！（长身，愣神，**【撕边一锣】**）他，他，他（向外指）能力敌万（哪）人！（握拳，**【撕边一锣】**感到与自己对上号了。面向外，凝神搜索记忆中的“肯定”）

王　佐 嗯。（斜睨，静观反应）

陆文龙 （搜索不出，只有“否定”）嘿嘿嘿……（冷笑）**【撕边一锣】**他既能力敌万人，为何不替他父母报仇？（故意反问，以退为进）

王　佐 唉，不提报仇还则罢了，提起报仇令人可恨！**【大锣一击】**（迂回一笔）

陆文龙 恨着何来？（跟着走，不自主的落进“陷坑”）

王　佐 他非但不替他父母报仇，如今反认仇人为父哇！（直刺痛处）

〔**【撕边一锣】**陆文龙惊呆，气愤，确认王佐是借说书戏弄自己，乳娘反而从旁附和，自己被孤立在当中。左看王佐，**【撕边一锣】**右看乳娘，**【撕边一锣】**怒视王佐。

陆文龙 此子他叫什么名字？

王　佐 他叫陆……（指图）呃……呃陆……（不敢说，怕小王翻脸）

陆文龙 他叫什么名字？（声色俱厉）

王　佐 他叫陆文龙。（含在嘴里，有音无字）

陆文龙 他到底叫什么名字？（迫近）

王　佐 哎！（用拳击桌）他，他，他叫陆文龙啊！（直指陆文龙）①

陆文龙 嘟！**【快五锤】**胆大苦人儿，戏耍小王，休走看剑！

〔陆文龙拔剑逼向桌前，王佐吃惊，乳娘急上步拉住陆文龙。

乳　娘 哎呀殿下呀，这就是你全家遭害的故事啊！（声高语切）

陆文龙 （转身看乳娘）怎么讲？

乳　娘 你家遭害的故事啊！

陆文龙 **【冲头】**（向里至桌前，从小帐子上取下画轴，双手横撑）**【叫头】**爹爹，母亲，哎呀！（**【崩登仓】**翻画轴，横撑，站蹲裆式，头略抖动，昏厥）**【撕边】**接**【冲头、导板头】**

王　佐
乳　娘 公子醒来！

〔二黄导板〕

陆文龙 （过门略）サ 2 1 1 2 2 0 2 1 4 3 3 3 2 2 - - 1 3 - - |

听　一　言（哪）来 珠 泪　掉，

王　佐
乳　娘 公子醒来！

陆文龙 **【冲头、叫头】**爹爹！母亲！哎，爹娘啊！

〔二黄散板〕

【纽丝】（过门略）サ 2 2 1 2 2 3 -（6 1 2 3）2. 1 1 1 3 - -

不 由 小　王　恨　难　消。

2（5 6 1 2 -）3 2 2 1 i 2 2 1 1 1 2 - - 1 - ⁞（仓）

（仓）　三 尺 龙　泉 出 了　鞘，　（拔剑欲出门）

王　佐
乳　娘 哪里去？

〔**【大锣凤点头】**陆文龙退步，收剑。

〔二黄散板〕

陆文龙 （过门略）3. 2 2 3 3 -（6 1 2 3）2 2. 1 6 1 2 - - ‖

斩　尽 金 兵　　归 宋　朝。

王　佐 公子啊！

---

① “说破”一段，如层层剥笋，剧本妙笔。戏情伸展，意趣渲染，全靠演员的功力，余叔岩、杨小楼、罗福山配合默契，表演精湛。余叔岩《八大锤》唱片，即罗福山的乳娘。其为老旦名家，造诣颇深，授徒亦多，如孙甫亭等。

〔二黄散板〕

【大锣凤点头】(过门略) 3 3 1 1 2. 1 1 2 1 (6 7 6 1)

公 子 不 必 珠 泪(呀) 掉， (仓)

2 3 2 1 2 1. 2 3 - 6 1 1 6 1 6 1 2 -

快 想 良 谋 回 南 朝。

陆文龙 【叫头】哎呀恩公啊！那贼明日要用铁浮图攻打宋营，如何是好？

王　佐 这个……

〔【乱锤】三人对望，焦急思考，王佐捋髯点头，起【叫头】

王　佐 有了。待我修书一封，公子用箭射入宋营，叫那岳元帅也好做一准备。

陆文龙 待我溶墨。

王　佐 待我修书。

〔【冲头】二人至中场桌，陆文龙把画轴放桌上，站“小边”磨墨，唢呐吹<急三枪>王佐站“大边”写信。王佐把信交陆文龙，陆接信放于袖内，拿画轴上步站中场，向里转身。

陆文龙 恩公、乳娘，请上受我一拜。

〔【扫头】陆文龙（单腿）向王佐、乳娘叩谢。王佐、乳娘站桌前略分开，回礼点头，乳娘欲扶起陆文龙，陆急站立，左转身出帐，向左台口走去，停步。王佐、乳娘随后出门站“小边”台口目送。

陆文龙 【冲头】（右转身画轴交左手，撩右手袖）【叫头】（拱手）爹爹！母亲！我那亲……

王　佐 （急上步，摆手）禁声！

〔【崩登仓】陆文龙愣住，饮泣。【回头】王佐警觉地左右巡视，挥手示意陆文龙即刻行动。陆文龙摊手，顿足，右手翻袖盖头【崩登仓】接【冲头】“下场门”下。乳娘、王佐进门，乳娘站“大边”，王佐站“小边”。

乳　娘 这一下他明白了！（喜出望外）

王　佐 我也残废了！（满意地苦笑）

〔【一锤锣】乳娘、王佐相视，乳娘感激，王佐意味深长地点头。二人缓步“下场门”下。

——剧　终

何顺荣 罗青华 **整理** 李世荣 **记谱**

哭祖庙

根据何玉蓉舞台实况录音

京剧老生的流派很多。到了20世纪80年代，南麒北马，谭、余、杨、奚占尽风光。偶有七旬开外的女老生何玉蓉以汪（笑侬）派献艺，一曲慷慨悲壮的《哭祖庙》，真让人有再闻《广陵散》之感。

说到京剧老生的汪派，人们几乎就要同时说到两位在一百年前活跃于京剧舞台上的汪姓名家，一位是汪桂芬，亦即与谭鑫培、孙菊仙并称“京剧老生三鼎甲”的汪派创始人；一位就是汪笑侬。汪笑侬与汪桂芬年纪相近，却是师承汪桂芬的。从风格上看，汪桂芬激越雄健，沉雄慷慨，唱腔上以运用“脑后音”即头腔共鸣见长。汪笑侬在继承这种风格的同时，更充分利用自己文化素养的优势，讲究吐字，强调字音，尤其在创排新戏上取得很大成就。《哭祖庙》即是其中的代表作。

《哭祖庙》演的是三国时魏将邓艾兵临蜀都城下，扶不起的蜀后主刘阿斗只以开城请降为上策。阿斗的第七个儿子刘谌苦劝父亲抗敌自救，不被采纳。绝望的刘谌杀死妻儿，去祖先庙中哭诉心曲之后，自尽殉国。

择要而言，《哭祖庙》是一出唱工戏。其中的“哭庙”一折，刘谌有长达百句的成套唱腔，这在现今的京剧演出剧目中是绝无仅有的。精妙的是由于音乐布局合理、板式选用恰当、演唱技法高超、节奏变化适宜，所以大段的演唱不但毫无冗长、拖沓、一成不变等弊病，反而是用歌唱刻画了剧中人刘谌悲愤欲绝的立体形象。这里，演唱、伴奏浑然天成，编织出一幅凄宛哀绝的末日皇宫的写真图画。

刘谌的成套唱腔，由七个段落组成。其中，“进祖庙不由人心中悲叹”的一句〔二黄导板〕，就已吞吐俯仰，百折千回，用声腔塑造着一个丧家亡国的封建贵族形象。而后的〔反二黄〕，在唱法上颇有独家特色，比如“高皇帝手提着三尺宝剑”中的“三”字，扶摇直上，如鹤鸣九皋，恰当地传达出刘谌因追怀高祖拔剑斩蛇、揭竿起义的壮烈往事而产生的亢奋情绪。这句唱腔的唱法清奇新颖，为别剧中所罕见。再如“全凭着云台将二十八员”句中，“八”字异峰突起，唱腔中明显地糅入了大鼓的旋律；“八”字加倍渲染之后，“员”字却舒展自如，韵归天然，两个字形成鲜明对比，给人以极美的音乐享受。在唱段中，不时出现汪派特擅的“脑后音”，如“祭奠祖先”中的“祭”字、“灭强秦”中的“秦”字等。这些精彩唱腔丰富了字的音色，充实了字的力度，确是一种高难演唱技巧。

唱段中，不少唱词看似一般，实则于平淡中折射出警人之处。像“好一个赵将军他浑身是胆，百万军中救主还。出重围撩铠甲低头细看，那时节吾皇父睡怀中，昏昏沉沉睡梦间，直到如今睡了几十年”的句子，既有十分犀利的批评色彩，又符合儿子责怪父亲的特定口吻。剧场演出，每唱至此，台下必然共鸣似地响起一片对阿斗无能的嘲笑声。

由于汪派艺术对演员功力尤其是天赋嗓音、演唱技巧等方面的特殊要求，汪派除汪桂芬弟子王凤卿之外，汪笑侬传人则以女弟子为多。较有成就的早期有小月红、恩晓峰等，后来的何玉蓉则是现今仅存的汪派传人。20世纪80年代之后，何玉蓉以古稀高龄演出《哭祖庙》、《刀劈三关》、《马前泼水》、《张松献地图》等汪派名剧，鲁殿灵光，足资垂范。直到1999年的春节戏曲晚会中，何玉蓉还以耄耋之年献演了《马前泼水》，让后人得以饱聆汪派艺术的独特风采，实乃善莫大焉，功莫大焉之义举！

赵晓东

人物行当

刘　谌	生	门　官	丑
刘　禅	生	四红龙套	杂
刘夫人	旦	四小太监	杂
邓　艾	武生	八军士	杂
黄　皓	净	四朝官	末
二大太监	末	宫　娥	旦

服装扮相

刘　谌　俊扮。黑三、金大镫，红蟒、玉带，红彩裤，厚底。（红结挂宝剑）；第四场换红龙箭衣、黑马褂、苫肩、系太带。（挂宝剑）；第六场换甩发、面牌（脸擦甘油、鬓发纷乱），白龙箭衣、苫肩、系大带。（挂宝剑）

刘　禅　俊扮。黪三、王帽，黄蟒、玉带，红彩裤，厚底。

刘夫人　俊扮。梳大头、戴银泡，蓝帔，衬褶子，素裙，彩鞋。

邓　艾　俊扮。黑三、帅盔，绿靠，绿花靴。（挂宝剑）

黄　皓　勾白太监脸。大太监帽，开氅，系绦子，厚底。

二大太监　俊扮丑扮各一。大太监帽，彩褶子，朝方。（手拿云帚）

门　官　丑扮。黑吊搭，黑官衣，黑彩裤，朝方。

四红龙套　红大板巾，红龙套服，红彩裤，薄底。

四小太监　小太监帽，太监服，红彩裤，薄底。

八军士　小倒缨盔，打衣打裤，小大带，薄底。

四朝官　按一般朝官扮相服装。

宫　娥　按一般宫女扮相服装。

道具

桌子	一张	椅子	两把
宝剑	（红绿）各一把	香炉	一个
木盘	一个	云帚	两把
盾牌	八个	单刀	八把
城片	一个	喜神	一个
玉玺	一方	降表	一份

马鞭	两根	**大枪**	一杆
红色桌围椅披	一份	**黄色桌围椅披**	一份
祖庙牌位	五块（分书：①大汉桓灵皇帝之位　②大汉孝平皇帝之位 ③大汉太祖高皇帝之位　④大汉光武皇帝之位　⑤大汉昭烈皇帝之位）		

第　一　场

序幕曲

1＝E

唢呐加京剧四大件及中阮，大阮齐奏。

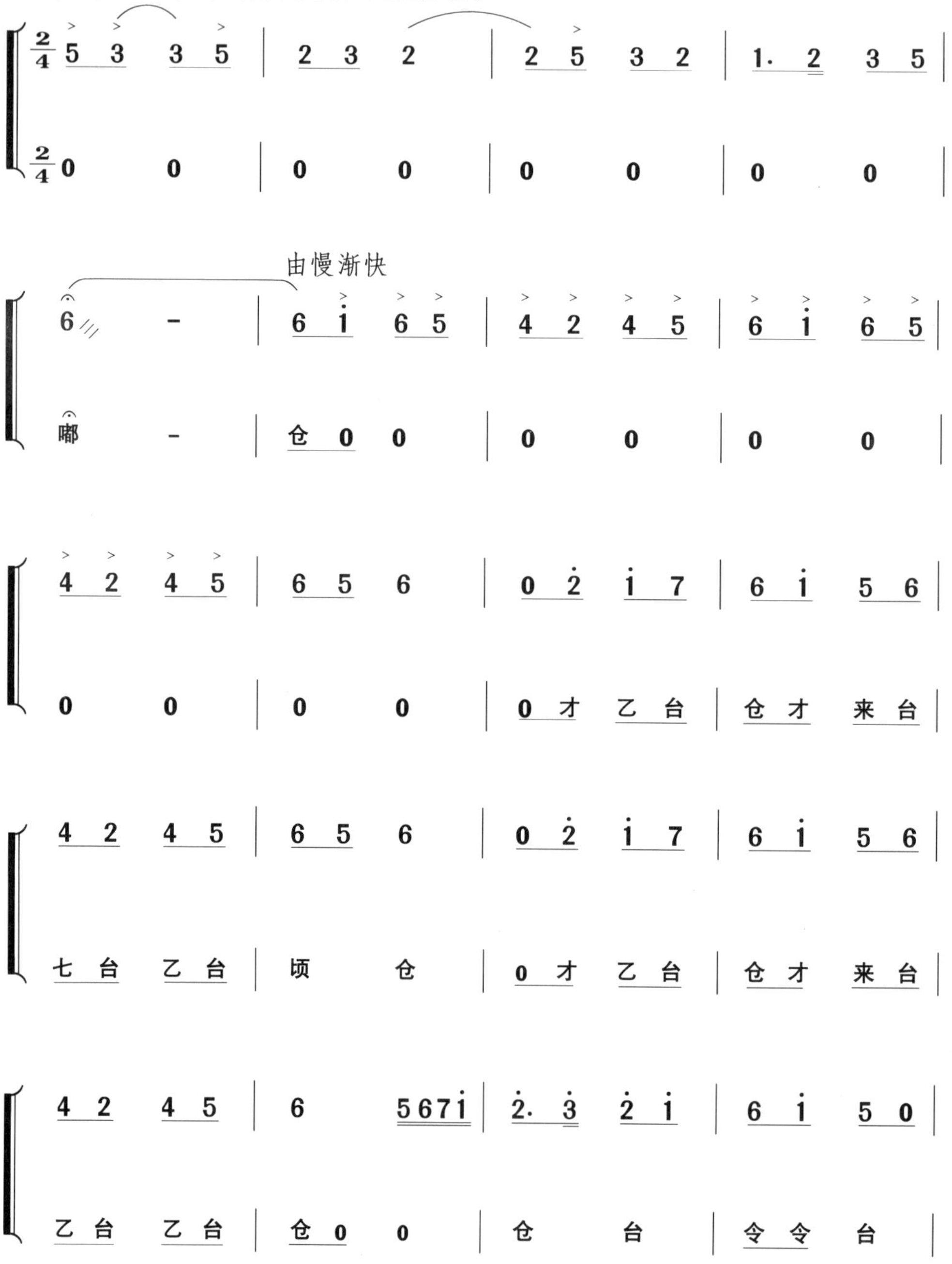

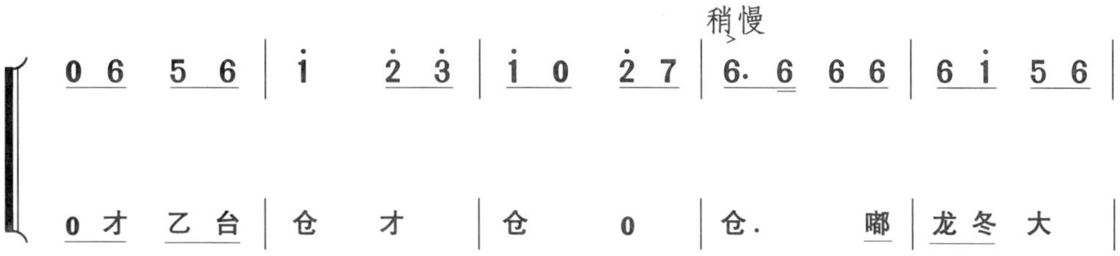

唢呐奏曲牌<三换头>

〔【**急急风**】八军士手持盾牌、单刀上，先是斜边，后领成一横排，亮相。（在以下曲牌和锣经中进行）

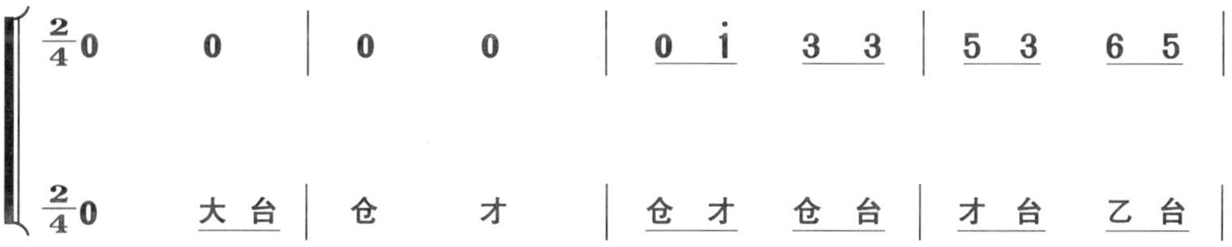

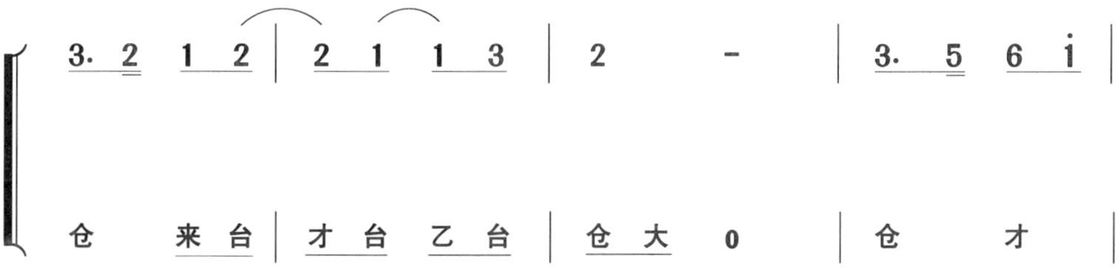

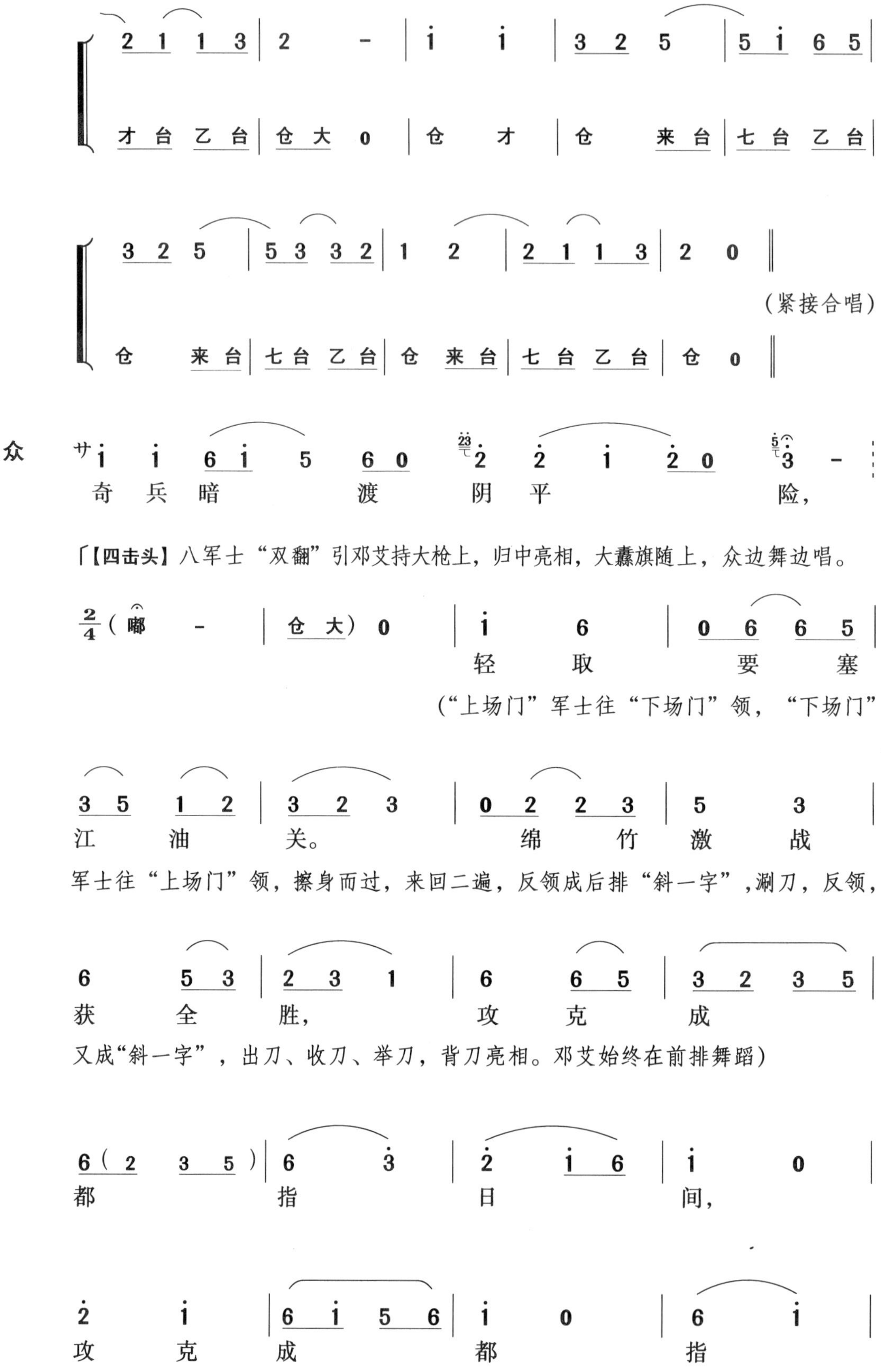
才台乙台 仓大 0 仓 才 仓 来台 七台乙台
仓 来台 七台乙台 仓 来台 七台乙台 仓 0
（紧接合唱）
众
奇兵暗渡阴平险，
〔【四击头】八军士“双翻”引邓艾持大枪上，归中亮相，大纛旗随上，众边舞边唱。
（嘟 - 仓大）0
轻取要塞江油关。
绵竹激战获全胜，
攻克成都指日间，
攻克成都指
（“上场门”军士往“下场门”领，“下场门”军士往“上场门”领，擦身而过，来回二遍，反领成后排“斜一字”，涮刀，反领，又成“斜一字”，出刀、收刀、举刀，背刀亮相。邓艾始终在前排舞蹈）

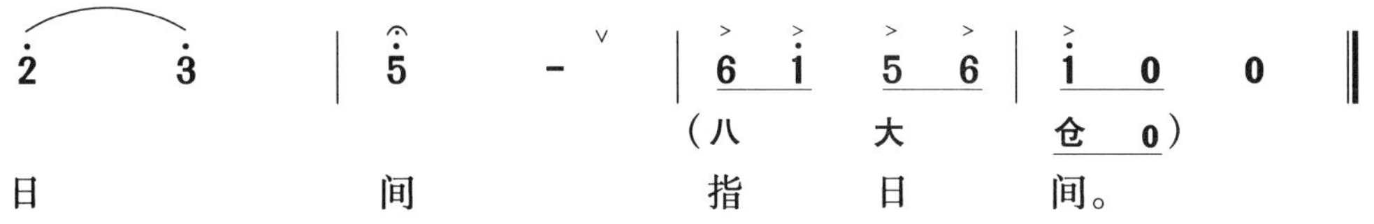

众　【四击头】（亮相，念）兵近成都！

邓　艾　团团围住了！

众　杀！

〔【急急风】圆场，八军士成双排随邓艾下。【大锣原场】【缓锣】

第　二　场

〔刘谌内白：“回府！”龙套内白：“啊！”

〔【冲头】唢呐奏曲牌<饶饶令>龙套在曲牌中上，归“上场门”“一条鞭”。

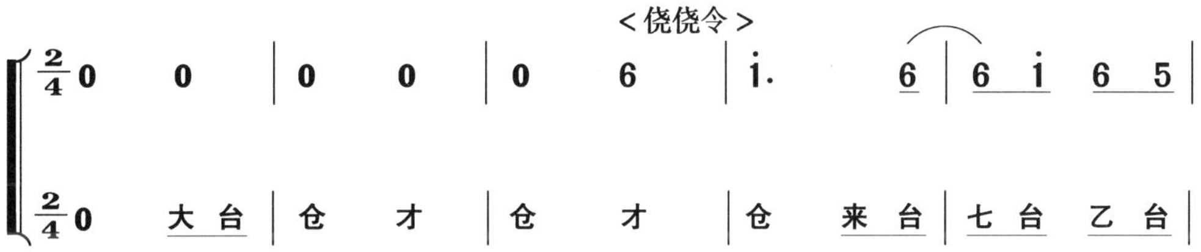

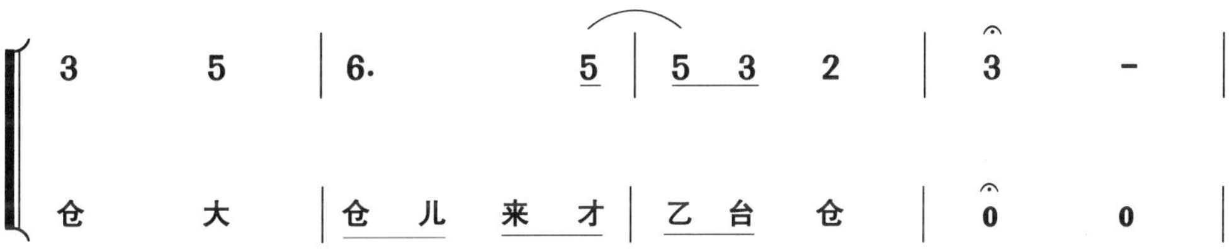

〔【四击头】刘谌手持马鞭上，亮相。

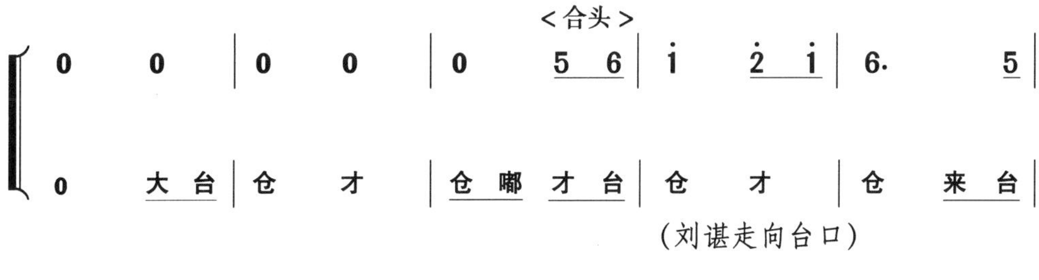

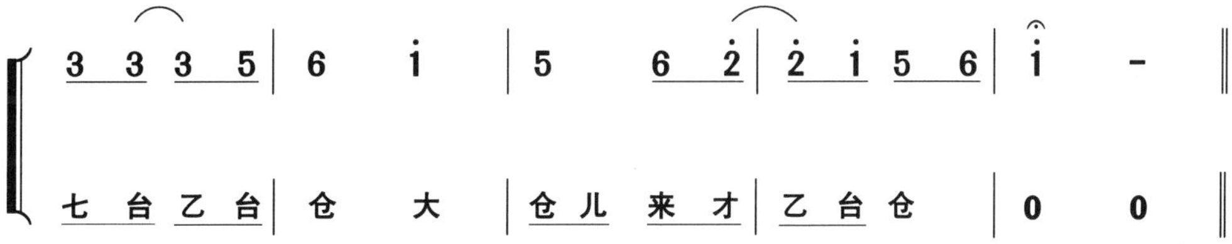

〔紧接【大锣原场】门官从“下场门”迎上，刘谌到台口下马，门官接马鞭下。刘

谌进门，龙套跟进“挖门”，分站两边，刘谌归“外场椅”中坐。【大锣归位】

刘　谌　（诗）凤子龙孙自不同，

　　为子当孝臣尽忠。【小锣二击】

　　腰挎三尺青锋剑，

　　夜作龙吟虎啸声。【大锣归位】

本爵，【撕边一锣】北地王刘谌。【住头】正在朝房议事，听说邓艾暗渡阴平，得了绵竹，围困都城，满朝文武，有愿战者，也有愿降者，不免进宫谏奏。两厢退下！

1＝F

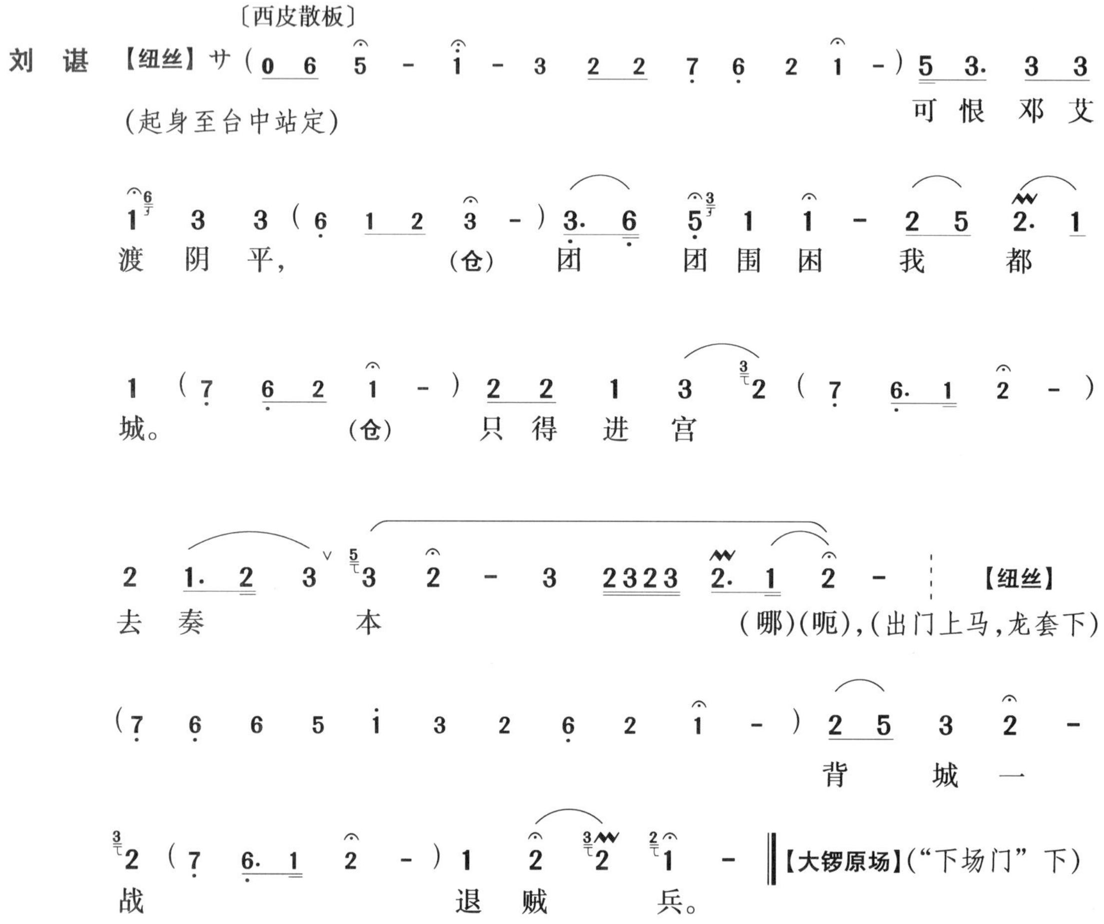

第　三　场

［【快长锤】四小太监上，二大太监上，“站门”，刘禅上，站正中台口。【长锤】切住

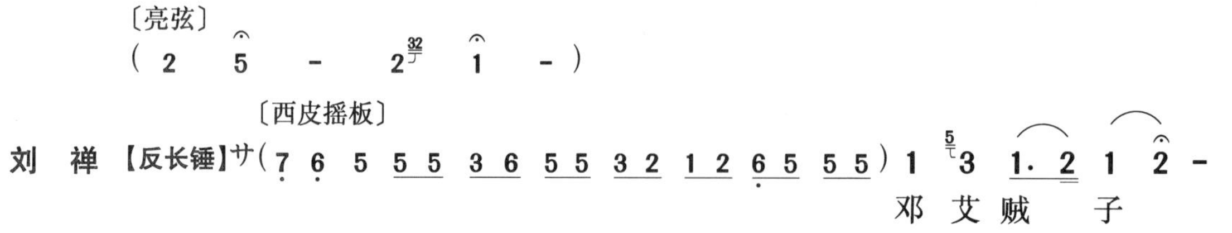

哭祖庙

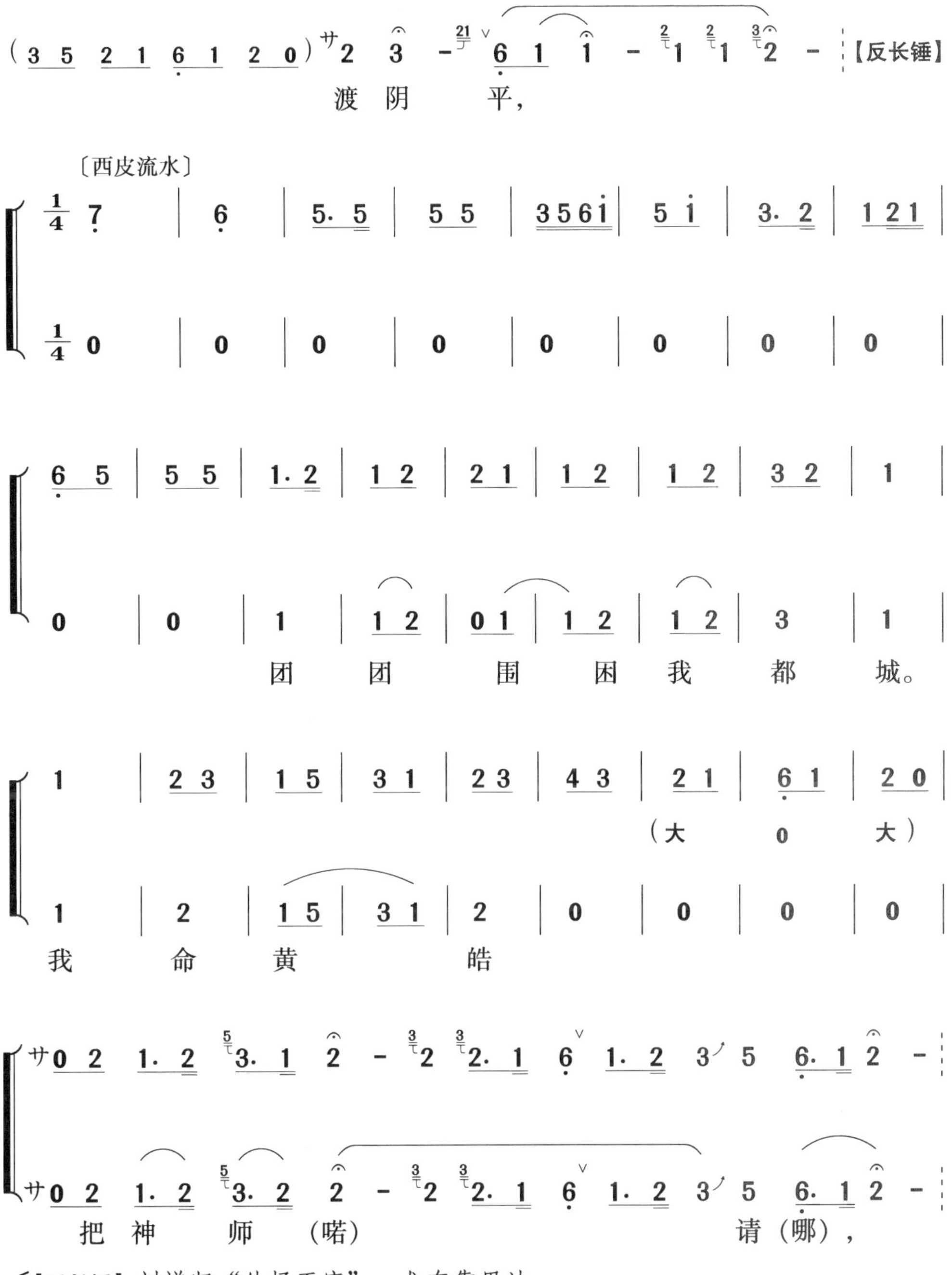

〔【反长锤】刘禅归“外场正座”，龙套靠里站。

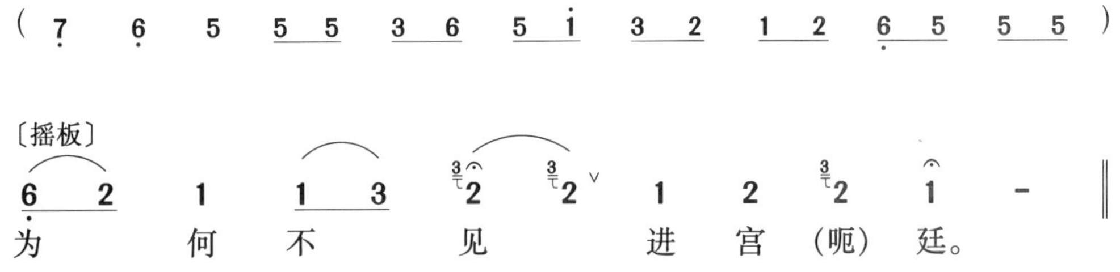

〔【长锤】黄皓上。

〔西皮摇板〕

黄 皓 （7 6 5 5 5 3 6 5 5 3 2 1 2 6 5 5 5）5 3 3
适 才 金

3 1 2 3 3 （4 3. 2 1 2 3 7 6 5 5 5 3 2
案 显 神 灵，

1 2 6 5 5 5）3 1 1 3 2 3 2 1 1 － 【住头】
因 祸 还 要 降 他 人。

臣黄皓见驾，吾皇万岁！

刘 禅 平身。

黄 皓 万万岁！【住头】（归“小边”站）

刘 禅 孤命你请神师占卦，上神示谕，是战哪是降？

黄 皓 启禀万岁，神师占卦，生灵涂炭，还是投降的好。

刘 禅 投降的好！?【撕边一锣】既是上神示谕，要孤投降，此乃天意。黄皓，传孤旨意，满朝文武，明日午时三刻，随定孤王出城投降。

黄 皓 臣领旨！（出门）

〔【急急风】刘谌上，遇黄皓出门，【急急风】切住，二人对面，【撕边一锣】刘谌切齿怒目，黄皓惊怕逃下。

〔西皮散板〕

刘 谌 【快纽丝】サ（7 6 6 5 i 3 2 7 6 2 1 －）5 3. 3 3 4. 3
父 王 一 味 妖 巫

3 （6 1 2 3 －）3. 6 5 1 1 － 2 5 2 1
信， （仓） 只 恐 江 山 难 保 存。

（7 6 2 1）5 3. 3 2 2 2. 2 2【纽丝】切住。（4 3 2 －）
（仓）撩 袍 端 带 宫 门 进，

【凤点头】（过门同前）2 5 3 2 2.（7 6. 1 2 －）1 2 1 －【住头】
见 了 父 王 问 分 明。

儿臣见驾，父王万岁！（下跪）

刘 禅 平身！

刘 谌 万万岁！**【住头】**（站起，归“大边”）

刘 禅 皇儿进宫，有何本奏？

刘 谌 今有邓艾，暗渡阴平，得了绵竹，围困都城，父王为何坐视不理？

刘 禅 非是为父坐视不理，只因满朝文武，有愿战者，也有愿降者，议论纷纷，难以定夺。孤若妄动干戈，胜败不测，不如投降邓艾，保护生灵免遭涂炭哪。**【软撕边一锣】**

刘 谌 启奏父王，我想，江山只有争斗，哪有禅让之理！

刘 禅 孤王已然请神师卜卦，上神示谕，要孤投降，保孤天下太平，宴安无事。

刘 谌 **【叫头】**父王！父王休信妖巫之言！儿臣不才，愿率领人马，君臣父子，背城一战，何愁那邓艾不灭！**【大锣一击】**

刘 禅 嘟！**【五锤】**动不动就要开城交战，战胜则还罢了，倘若战败，岂不送了孤的老命吗！**【撕边大锣一击】**

刘 谌 哎呀！

〔西皮散板〕

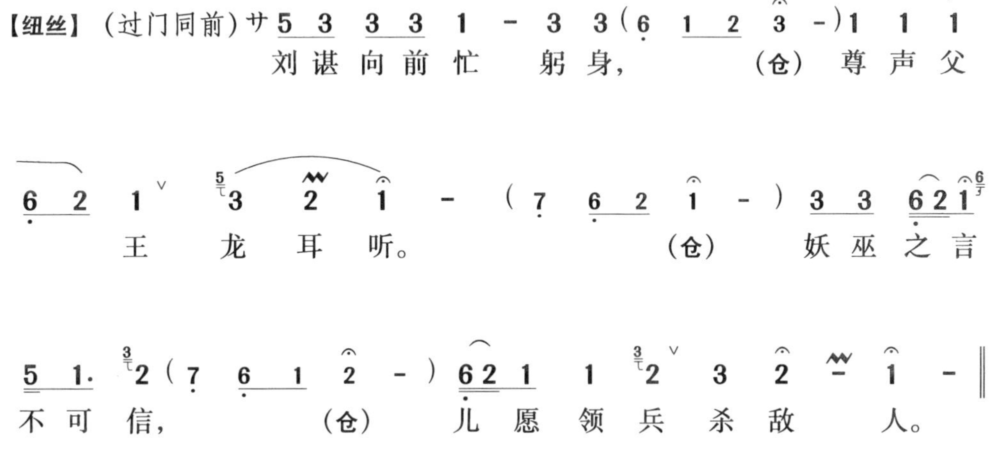

刘 禅 皇儿啊！

〔西皮散板〕

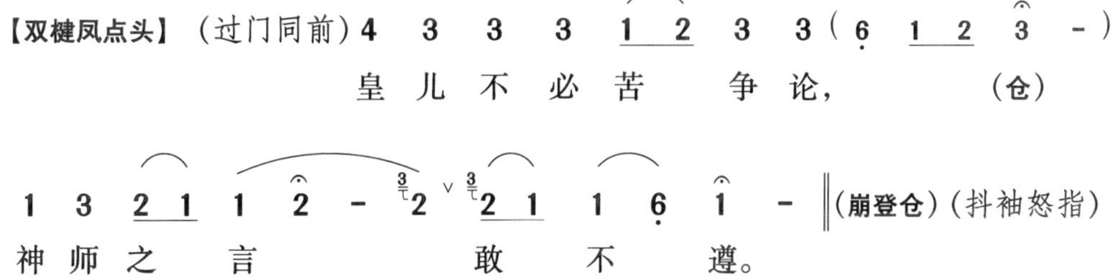

〔西皮散板〕

刘 谌 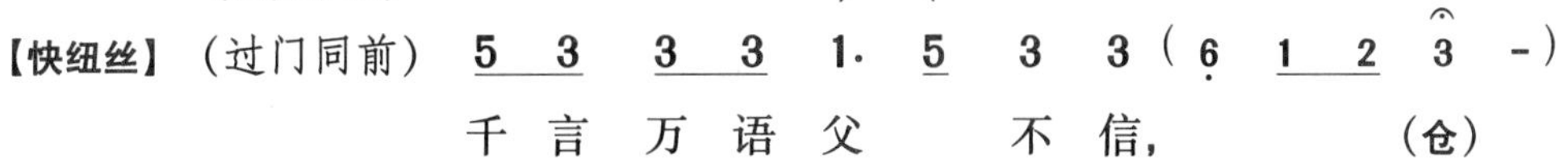

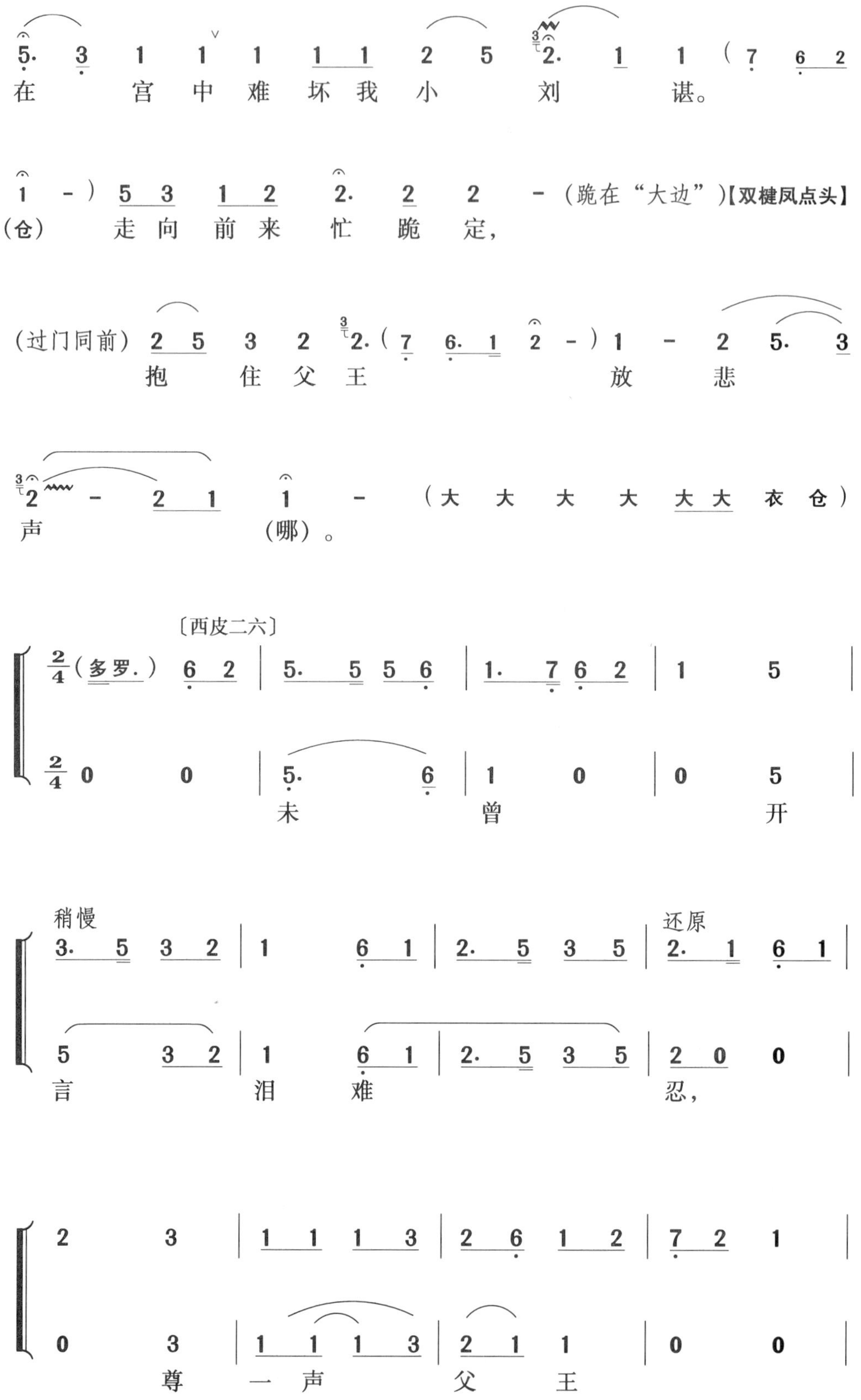
在宫中难坏我小刘谌。
(仓)走向前来忙跪定,
(跪在“大边”)【双楗凤点头】
(过门同前)
抱住父王放悲
声(哪)。
(大大大大大大衣仓)
〔西皮二六〕
(多罗.)
未曾开
稍慢
还原
言泪难忍,
尊一声父王

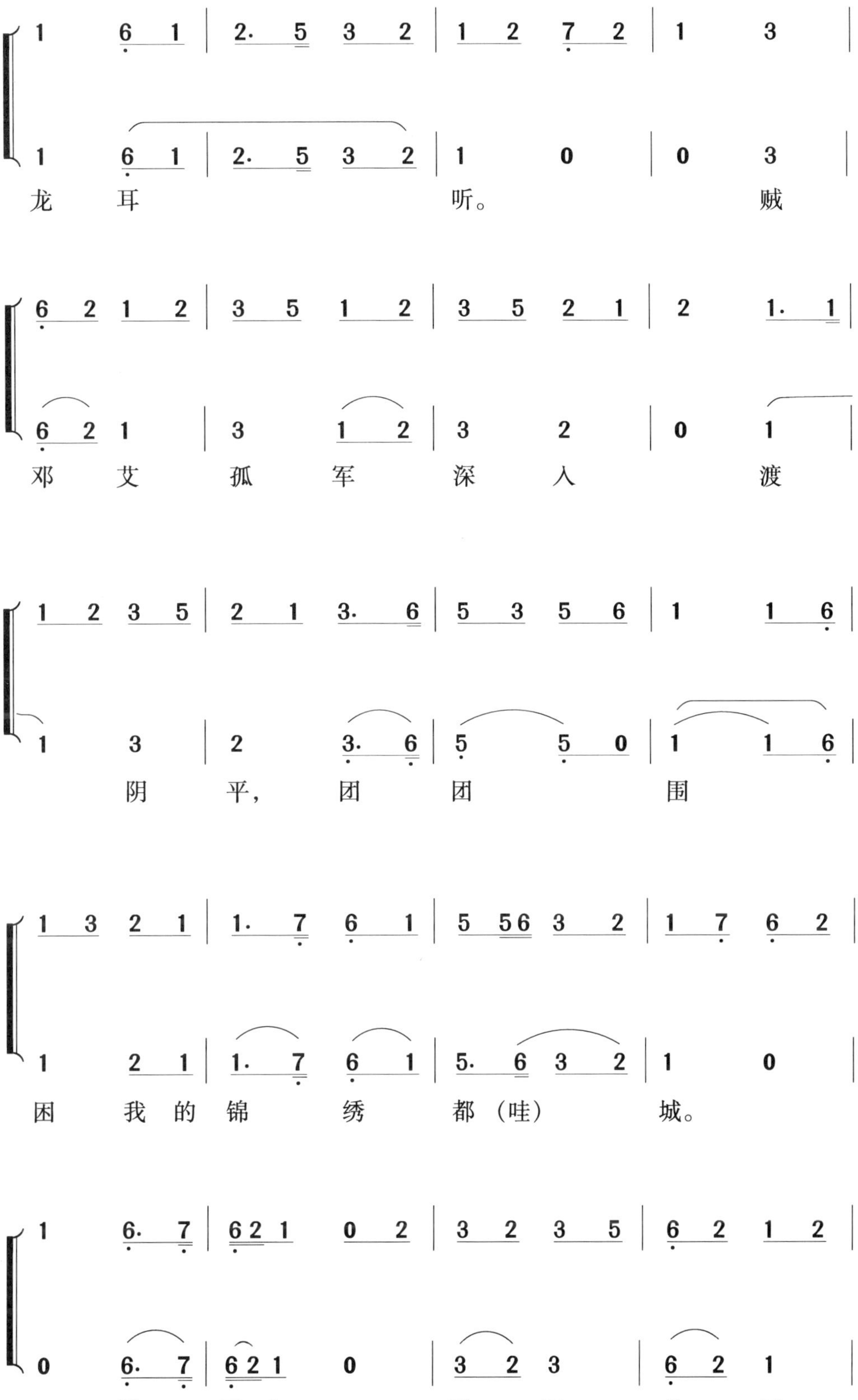
龙 耳 听。 贼
邓 艾 孤 军 深 入 渡
阴 平，团 团 围
困 我 的 锦 绣 都（哇） 城。
倒 不 如 君 臣 父 子

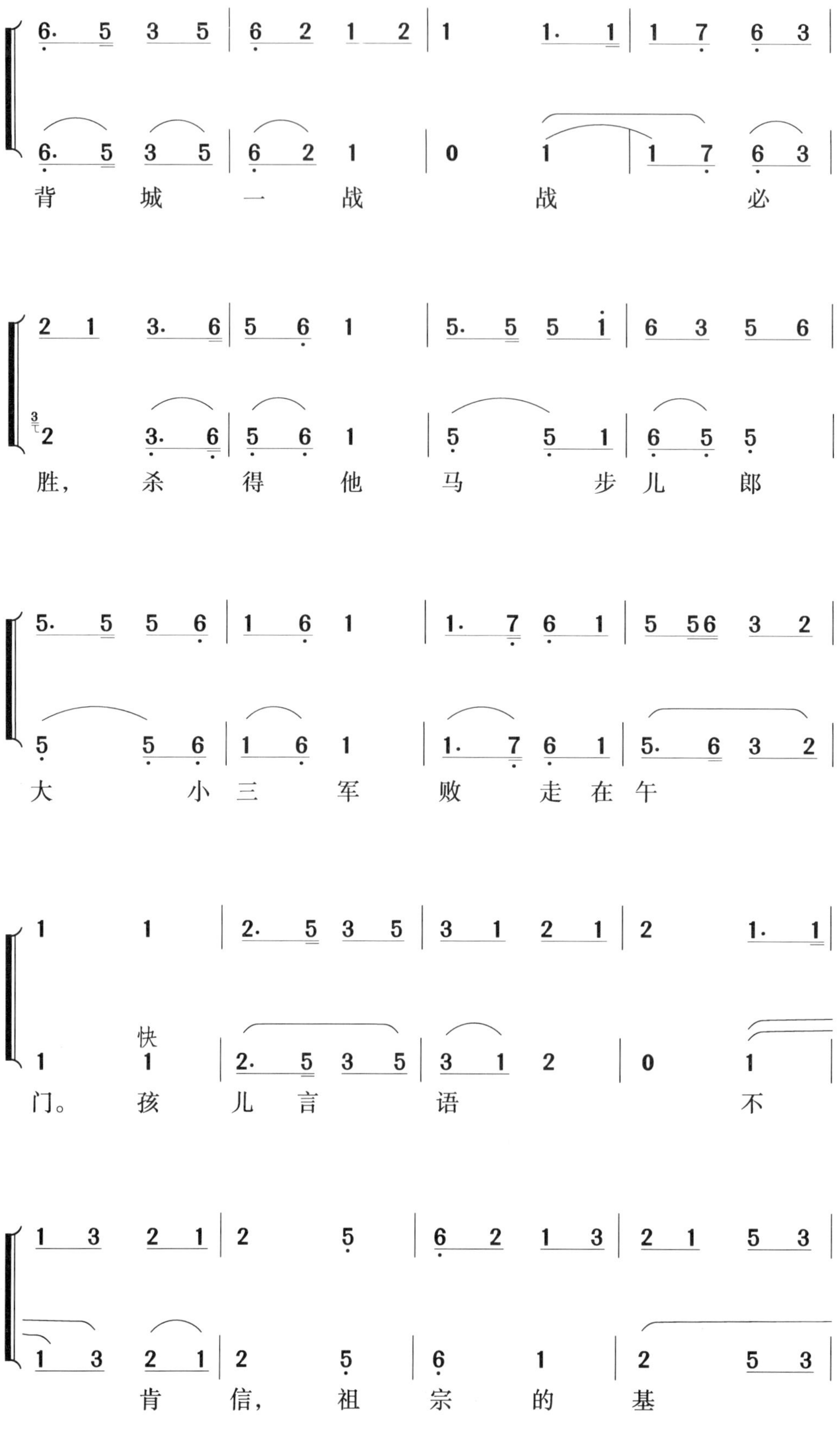
背 城 一 战 战 必
胜，杀 得 他 马 步 儿 郎
大 小 三 军 败 走 在 午
门。孩 儿 言 语 不
快
肯 信，祖 宗 的 基

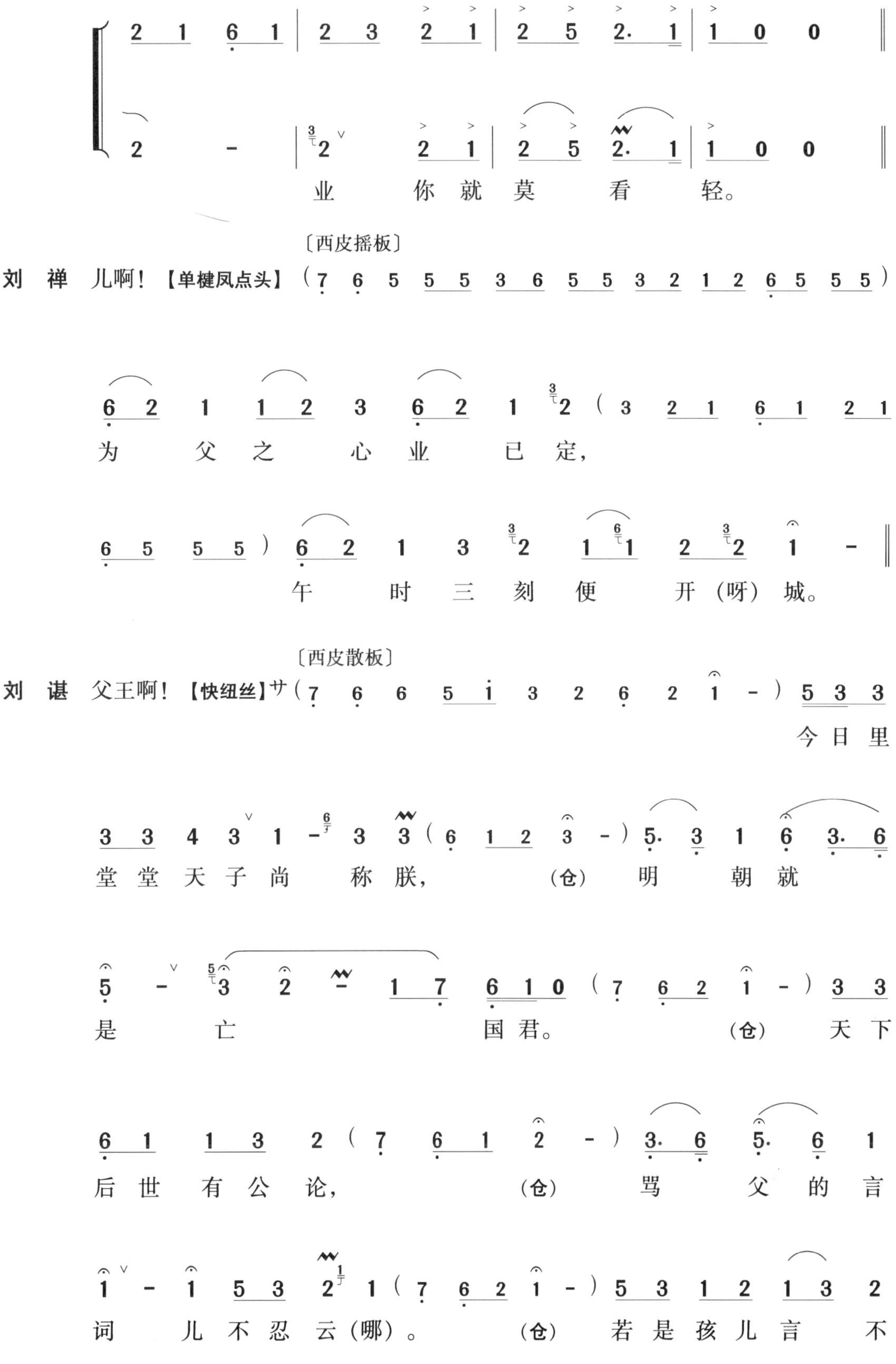
业 你就莫 看 轻。
〔西皮摇板〕
刘 禅 儿啊！【单楗凤点头】
为 父之 心业 已 定，
午 时 三 刻 便 开（呀）城。
〔西皮散板〕
刘 谌 父王啊！【快纽丝】サ
今日里
堂堂天子尚 称朕，（仓） 明 朝就
是 亡 国君。（仓） 天下
后世 有公 论，（仓） 骂 父 的 言
词 儿不忍 云（哪）。（仓） 若是孩儿言 不

ff
2 3 1̇ - 0 2 2 1 2 5 2̇ - 2 1 1 0 ‖
逊，开 刀 （仓 0）先 杀 我 小 刘 谌。

〔西皮散板〕
刘 禅 住口！【快纽丝】（过门同前）4 3 3 3 1 2 3 3（6̣ 1 2 3 -）
奴 才 说 话 言 不 逊， （仓）

1 3. 2 1 2 3 1 3 2. 1 1（7̣ 6̣ 2
竟 敢 对 父 胡 乱 云。

1̇ -）1. 5 3 3 3 12 2 2 1 1 3 2
（仓） 恨 不 得 一 足 要 儿 命，

（抬腿一踢【撕边一锣】刘谌坐倒）

【凤点头】（过门同前）1 3 2 6̣. 2 1 2 - 1 3 2 1 6̣ 1 - ‖
不 杀 你 还 念 父 子 情。

出宫去吧！【大锣一击】

刘 谌 哎呀！【纽丝】（欲再求，刘禅不理，朝父王一拜站起，下决心，出门，归“下场门”台口）

〔西皮散板〕
（过门同前）5 3 3 3 1̇ - 6̣. 5 3 3（6̣ 1 2 3 -）
刘 谌 奏 本 父 不 信， （仓）

5̣ 5̣. 3̣ 1 1 2 3 5 3 2 1（7̣ 6̣ 2 1 -）
一 足 踢 我 出 宫 门。 （仓）

5 1 3 3 2 2. 1 6̣ 5̣ - -（2 4 6 5 -）3 2 1
国 破 家 亡 （大八台 顷 - 仓 -）心 何

〔哭头〕
2 2 1 -（1. 2 1. 2 1343 2172 1 -）1. 6̣
（仓 仓 仓仓 来才台 仓 -）忍，

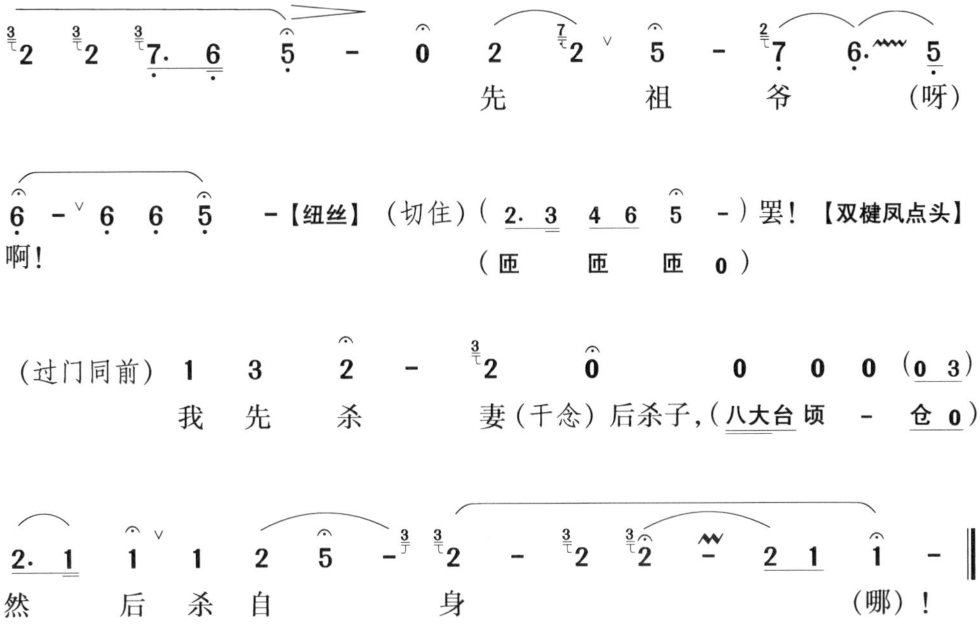

〔刘谌归中，拔剑亮相，(嘟 – 八 大 仓)【冲头】下。

〔【纽丝】刘禅起身到台口，太监分二边站台口。

〔西皮散板〕

刘 禅

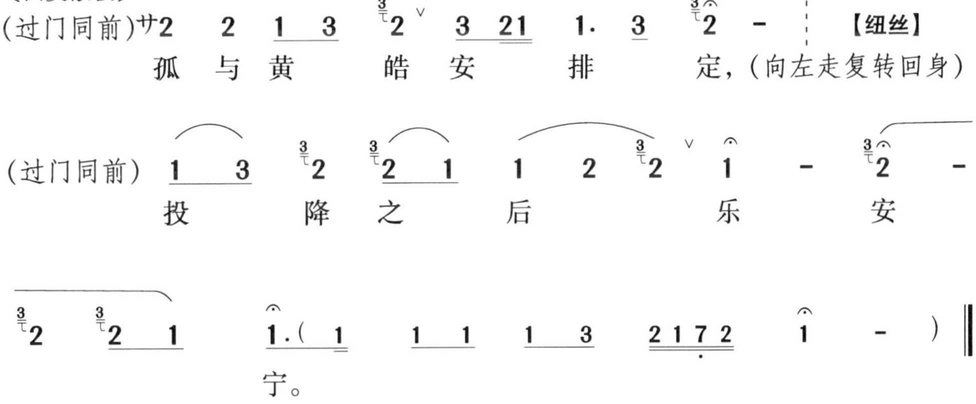

〔【大锣滚头子】太监朝“下场门”站“斜胡同”，刘禅先下，二太监下。

第 四 场

〔【小锣夺头】一宫娥抱“娃娃”“上场门”上，站“大边”，刘夫人在过门中上。

〔西皮原板〕

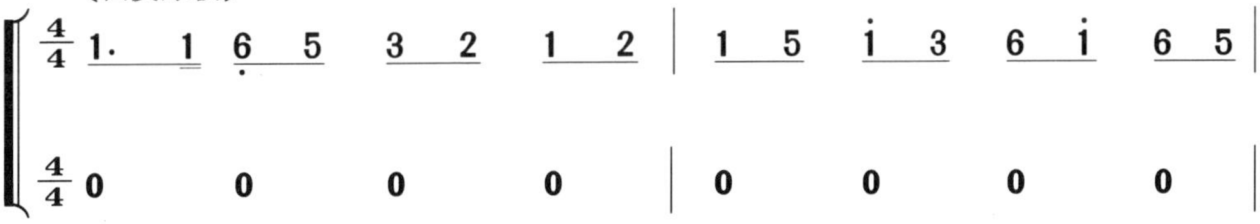

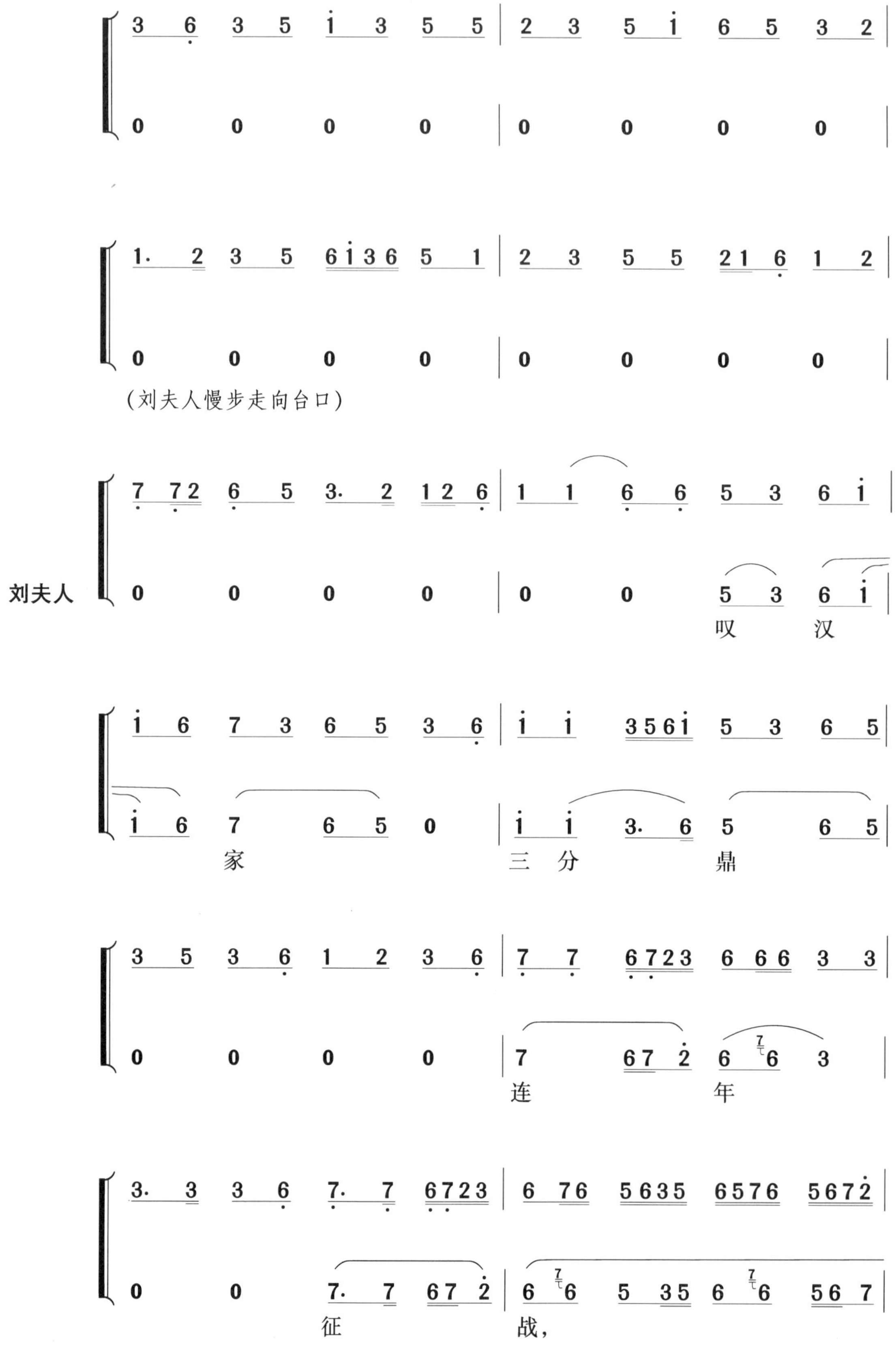
（刘夫人慢步走向台口）
刘夫人
叹
汉
家
三
分
鼎
连
年
征
战，

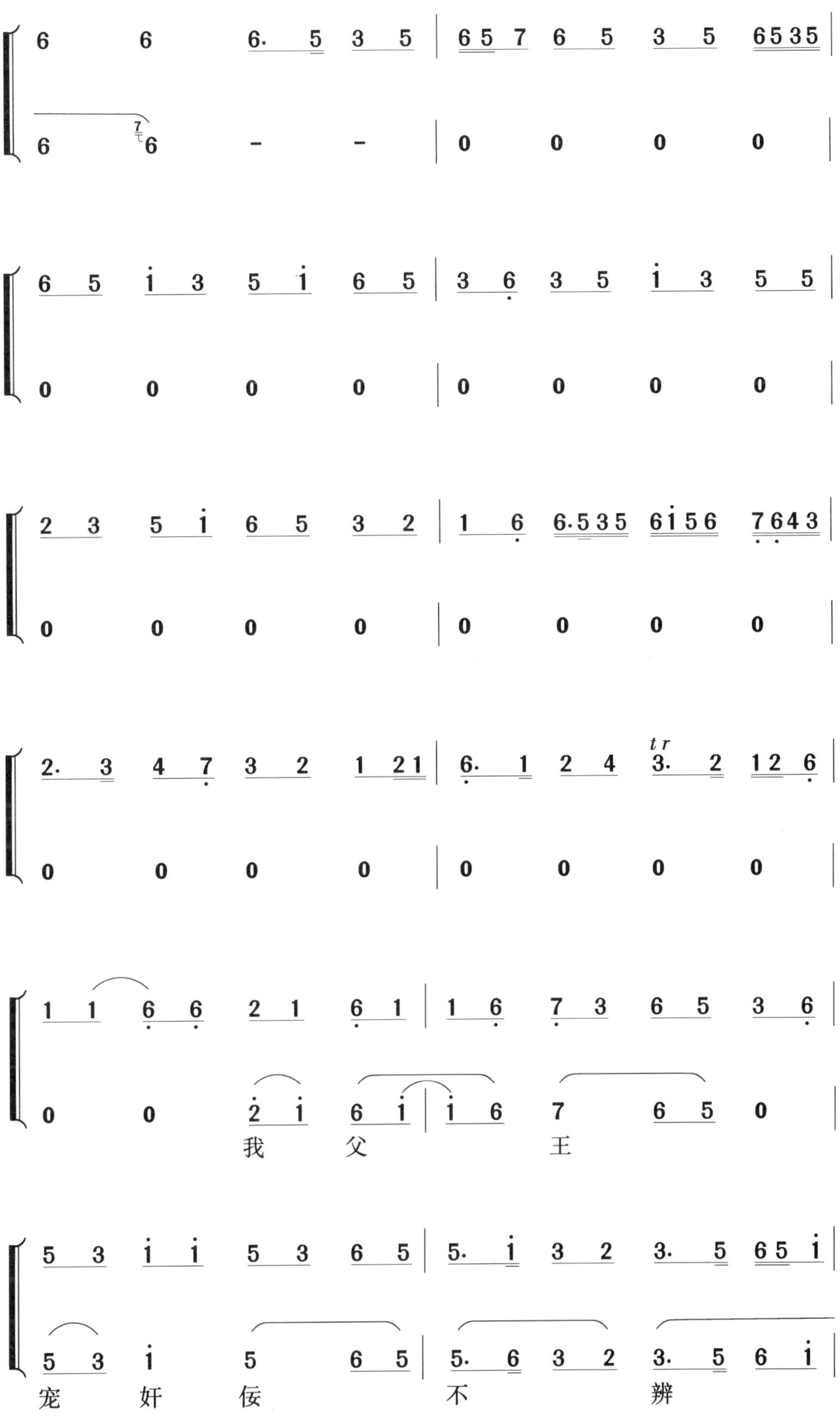
我 父 王
宠 奸 佞 不 辨

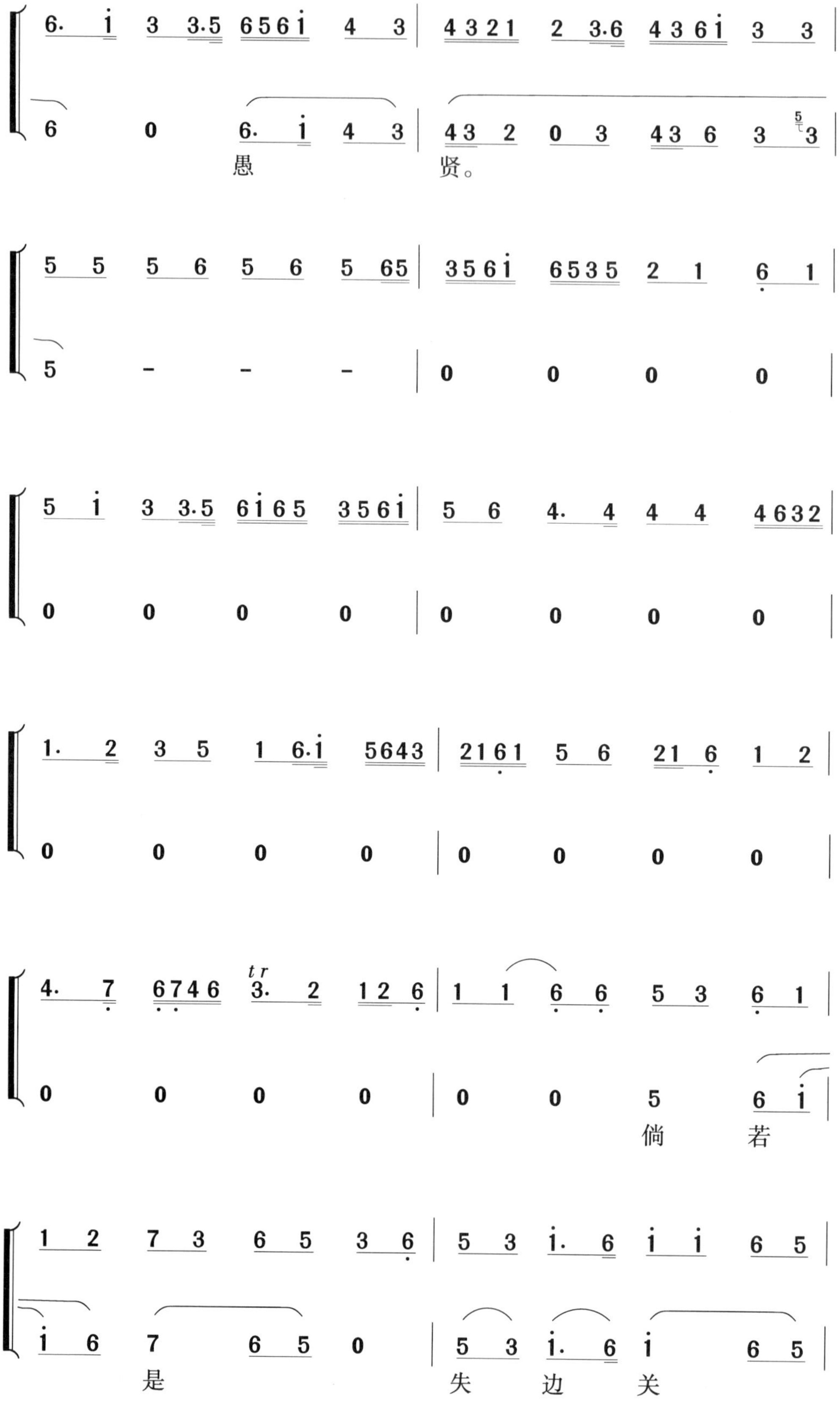
愚
贤。
倘
若
是
失
边
关

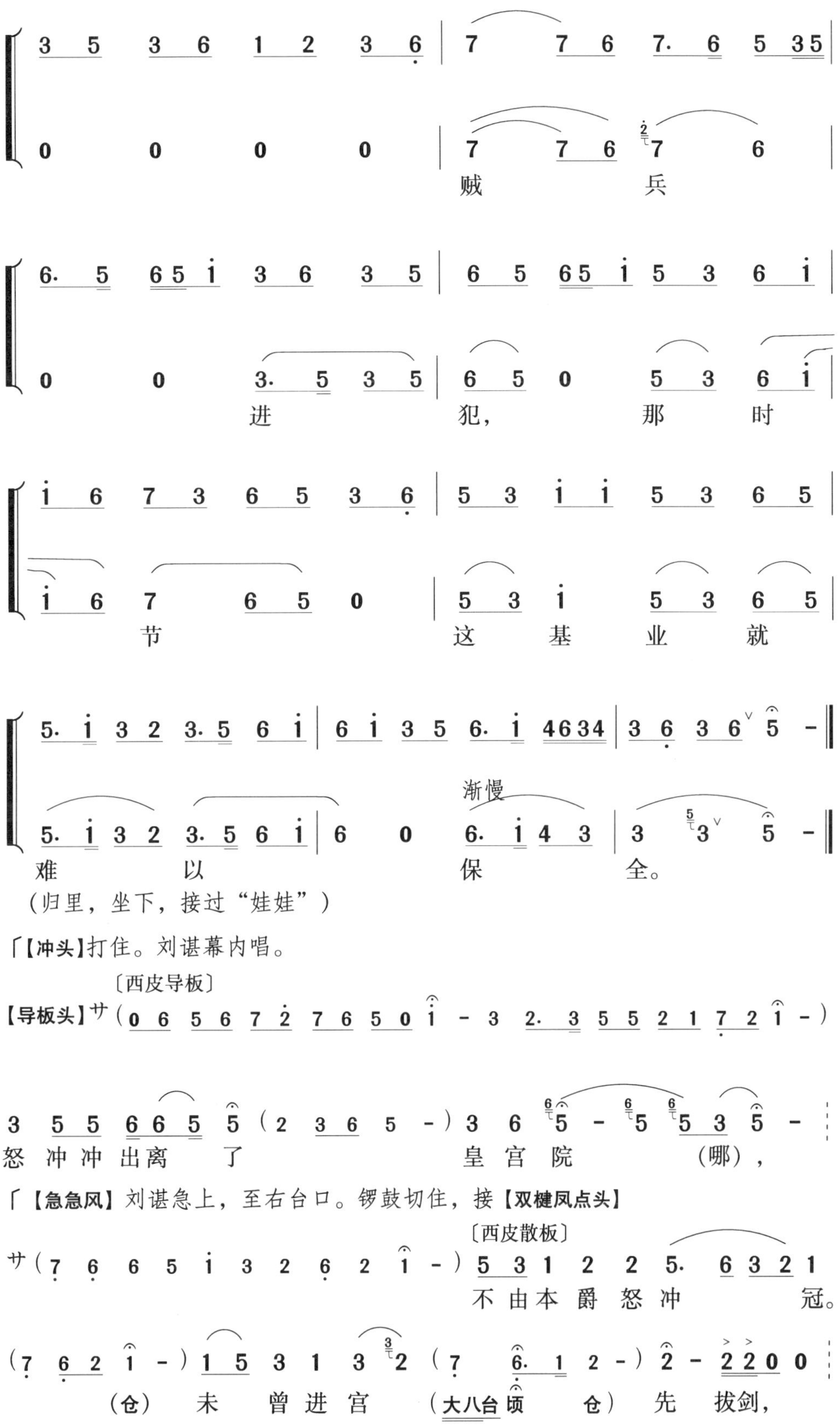

贼 兵
进 犯，那 时
节 这 基 业 就
渐慢
难 以 保 全。
（归里，坐下，接过“娃娃”）
〔【冲头】打住。刘谌幕内唱。
〔西皮导板〕
【导板头】
怒冲冲出离了 皇宫院 （哪），
〔【急急风】刘谌急上，至右台口。锣鼓切住，接【双楗凤点头】
〔西皮散板〕
不由本爵怒冲 冠。
（仓） 未 曾进宫 （大八台 顷 仓） 先 拔剑，

〔刘谌剑拔一半，刘夫人抱"娃娃"出迎。

刘夫人 啊！王爷，【纽丝】（刘谌按剑柄，悲愤地目视刘夫人，刘夫人急用手护住"娃娃"，刘谌剑归鞘，一同进门。刘谌归"大边"，刘夫人将"娃娃"交给宫娥，归"小边"，刘谌又欲拔剑，

〔亮弦〕

〔【纽丝】切住。（ 4 3 2 – ）刘谌微叹。

〔西皮散板〕

刘 谌 （0 0 0 6 5643 2172 1 – ）3 2. 1 1 1 3 2 1

（八大台 仓. 嘟 才台台台 仓儿来才 乙个台 仓） 这 才 是 儿 女

6 2 1 3 2 1 6 1 2（3） 2 1 2 5 2 – 2 1 1 –‖

情 长 英 雄 气 短 我 的 手（哇）足 酸。

〔【大锣原场】刘谌与刘夫人分左右对坐。

刘夫人 啊，王爷，今日回宫，为何拔剑出鞘？

刘 谌 女流之辈，不问也罢。

刘夫人 王爷说哪里话来，有道是：朝中有事，君臣议论，家中有事，夫妻商量。哪有丈夫有事，妻子不闻不问之理！

刘 谌 啊呀夫人哪！【五锤】今有邓艾暗渡阴平，得了绵竹，围困都城。父王听谯周①、黄皓之言，明日午时三刻就要开城投降。国破家亡，在此一举。本爵意欲拔剑……殉国一死！【软撕边一锣】

刘夫人 【叫头】哎呀，王爷呀！即然父王要开城投降，这江山已不能挽救，王爷既要殉国，想这国破家亡，妾身岂肯做那亡国之囚。也罢！【五锤】待妾身先尽节自尽【大锣一击】了罢！（哭）【撕边一锣】（接"娃娃"哭）【叫头】娇儿，儿啊！【五锤】为娘就要与你分别了！（哭）

〔亮弦〕

（4 3. 2 3 6 5 – ）【纽丝】（抖袖上前两步）

〔西皮散板〕

（过门同前）サ3. 6 5 7 6 5 6 3 5 6 5 3. 6 5 6

父 王 听 信 谯 周 言， 眼 看 这

i 6 5 5 6 5 6. i 5（2 3 6 5 – ）i 5 7

江 山 化 灰 烟。 （仓） 国 破 家

6 i 5. 6 i – （1. 2 1. 2 1 3 2172 1 – ）

亡 真 可 （仓 仓 仓 仓 来七台 仓）

---

① 谯周：这是一个在戏中没有出现，但在史书及《三国演义》中均有记载的人物，也是对刘禅降魏起了至关重要作用的一个人物。时，谯周任光禄大夫，在邓艾围城，刘禅无策时，臣僚曾有弃城南下，投奔东吴等动议，但均被谯周予以否定。谯周力主刘禅降魏，以为瓦全。

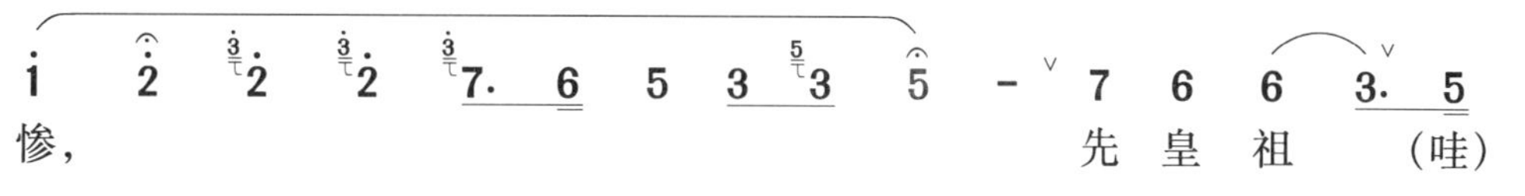

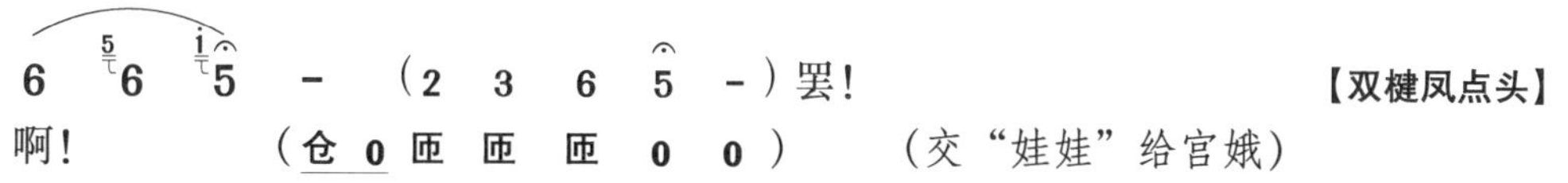

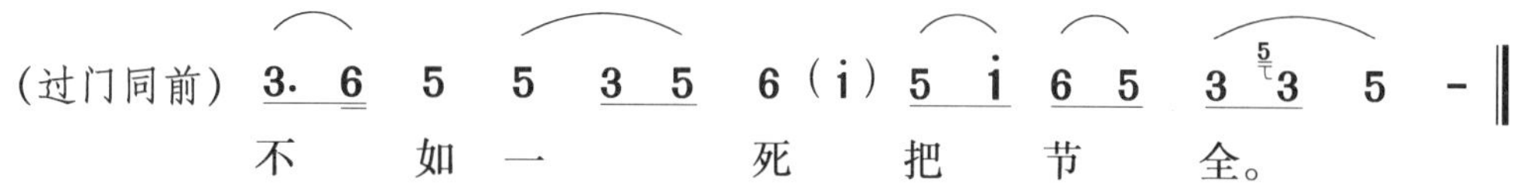

⌈（八大仓）接【快冲头】刘夫人“下场门”下。

宫　娥　夫人！（跟下）

⌈刘谌痛苦地面对“下场门”【搜场】接【快冲头】宫娥上。

宫　娥　启禀王爷，夫人她……自尽一死！（仓）

刘　谌　（悲痛万分）死得好！【快纽丝】（抖袖转身面外）

〔西皮散板〕

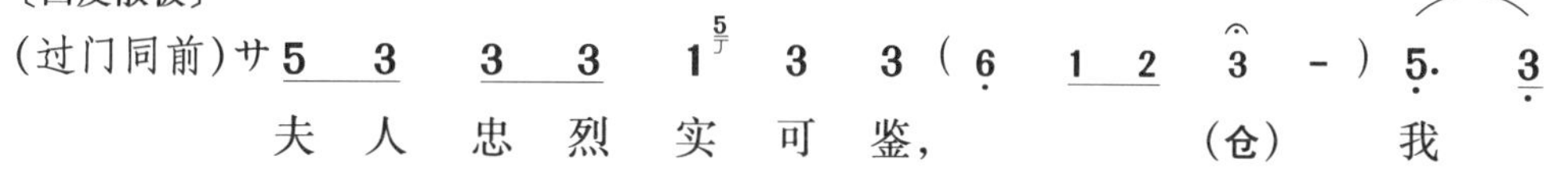

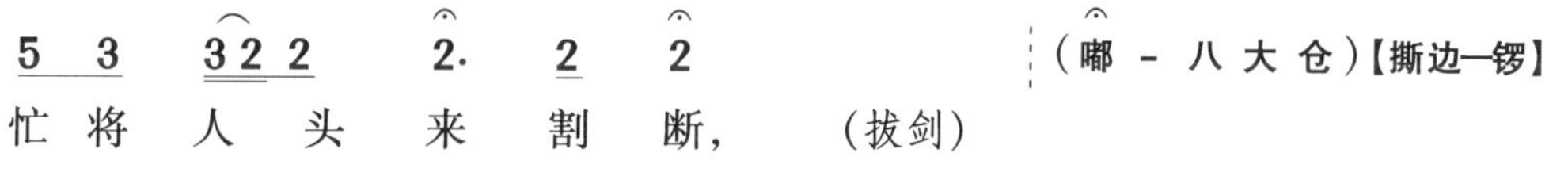

⌈婴孩哭声，刘谌惊起，【双槌凤点头】与宫娥“推磨”。

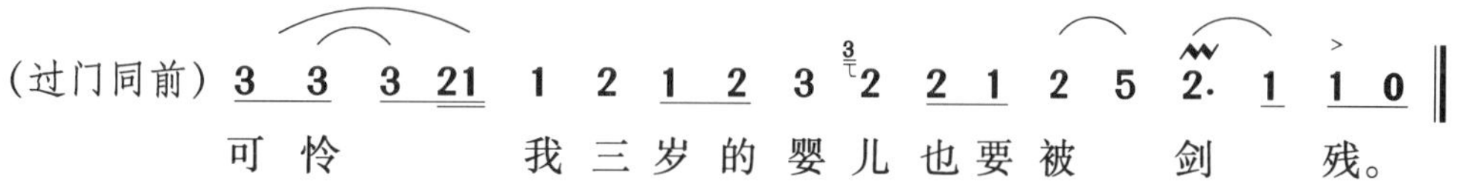

⌈【撕边】刘谌举剑砍过去，扑空，宫娥躲过，（仓）抱“娃娃”急从“下场门”下。

刘　谌　哪里走！【急急风】（追下）

第五场

⌈唢呐奏<吹打>四小太监、四朝官、二大太监手捧降表和玉玺，黄皓从“下场门”上，“斜门”，迎刘禅上，刘禅一看二看。【急急风】四军士上，面对众人“搜场”，以翻出引另四军士和邓艾、大纛旗上，八军士“上场门”“站一字”，邓艾手持马鞭，亮相。锣鼓住。

众 迎接将军进城。

邓 艾 【叫头】（三笑）哈哈，哈哈，啊哈哈哈……

〔【大锣原场】黄皓拿玉玺献与邓艾，邓艾威逼刘禅“推磨”，返身抽黄皓一鞭，黄皓下跪，刘禅颤抖，【急急风】邓艾进城，八军士、大纛旗随下。刘禅一看【撕边一锣】二看【撕边一锣】黄皓来讨好，刘禅一拂袖，下，【大锣原场】众一同随下。（唢呐<吹打>一直奏到刘禅下止）

第 六 场

〔【大锣原场】“长调门”接【软四击头】刘谌甩发，持宝剑上，亮相。【急急风】踢门进去，“挖门”看到牌位【四击头】【撕边】甩发，踢腿，蹉步上前，【大锣一击】下跪，【冲头】低头，拄剑。

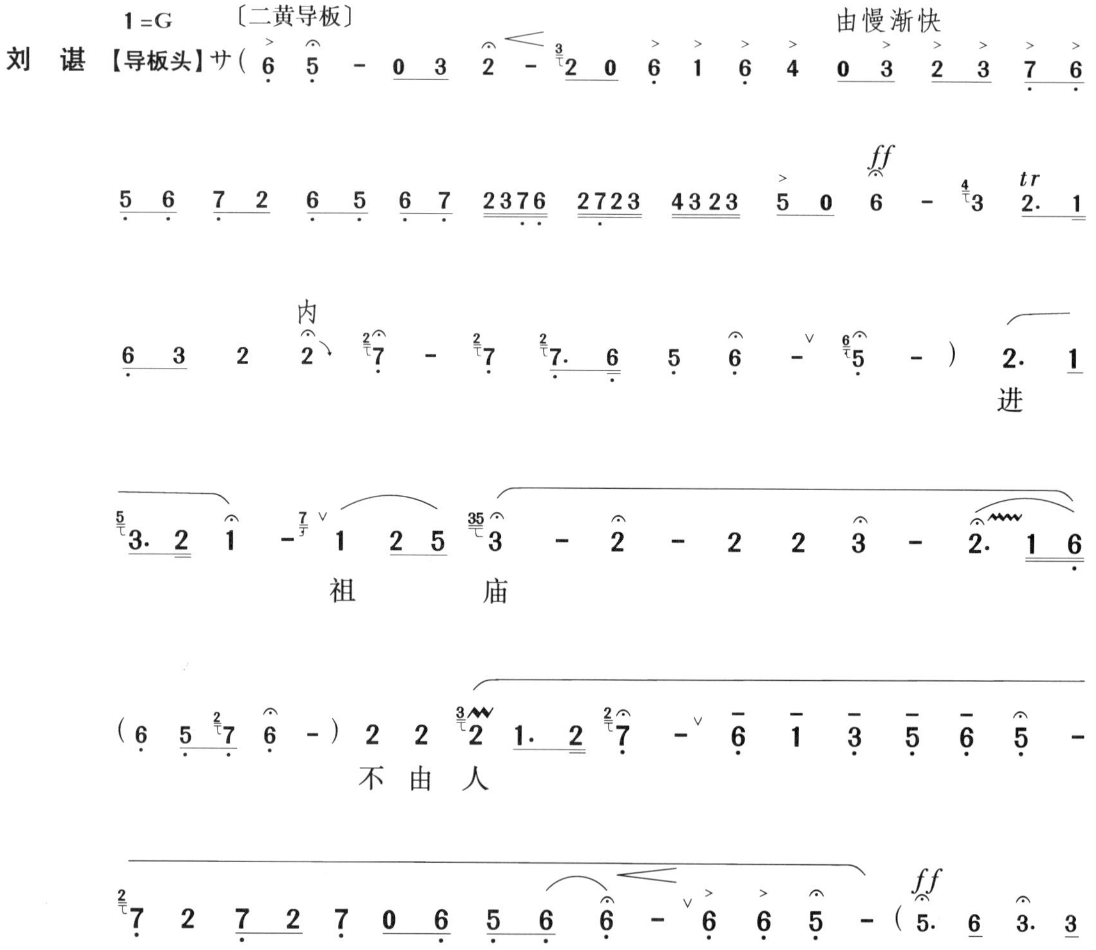

哭祖庙

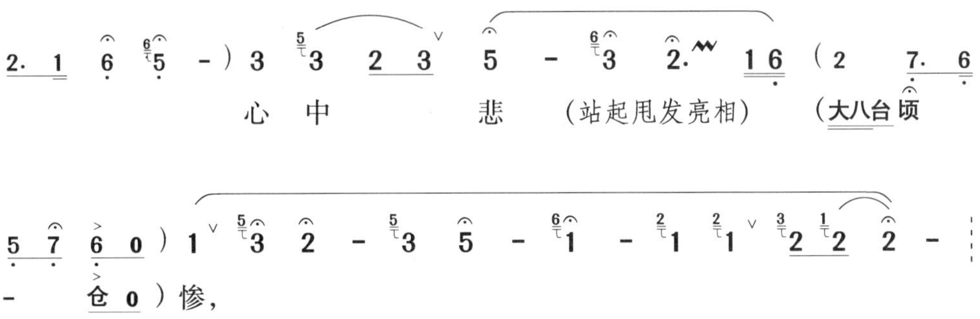

〔【大锣原场】刘谌插剑入鞘，神情悲惨地起【双叫头】。

刘 谌 先皇祖！唉！先皇……！【冲头】【帽儿头】

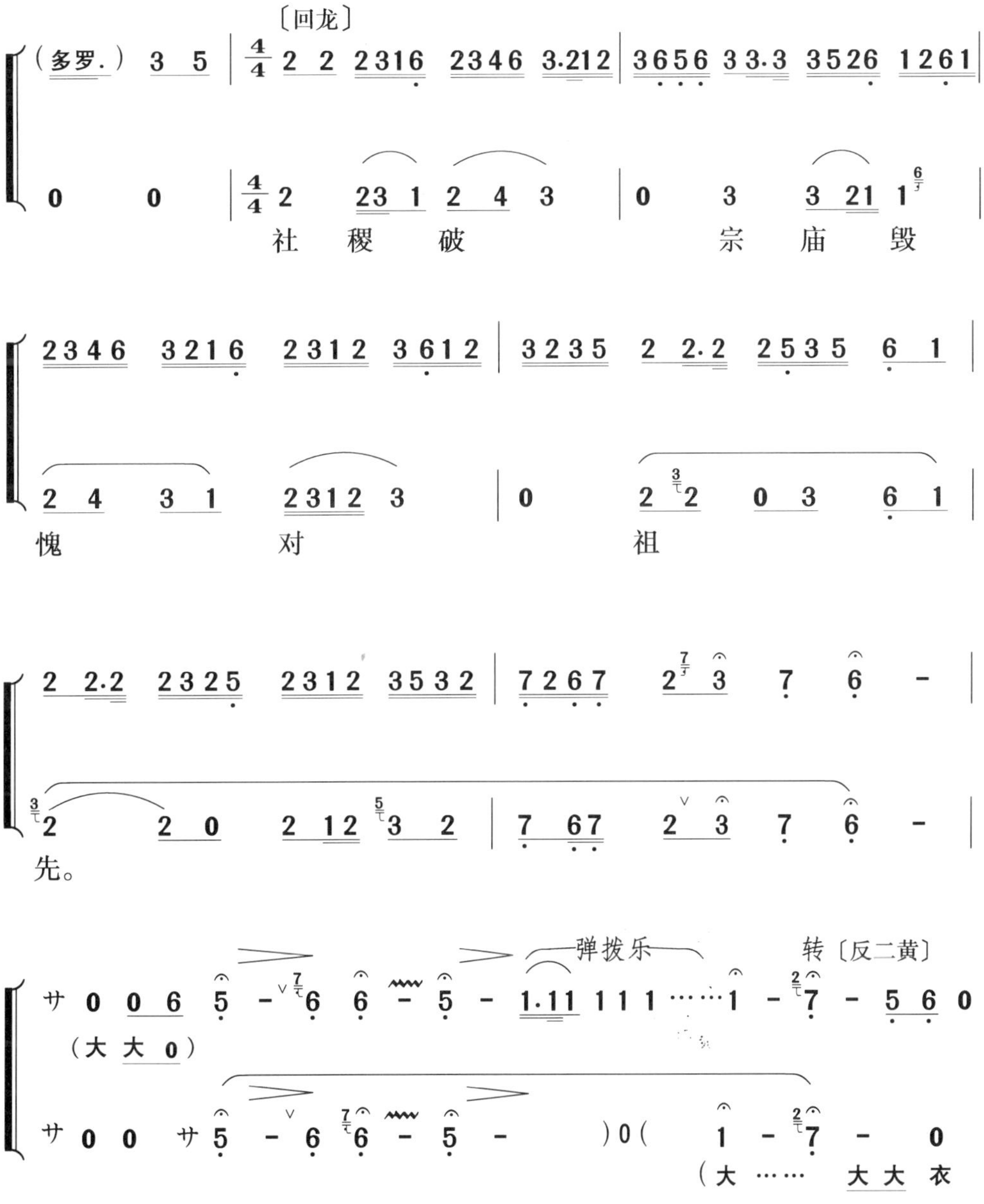

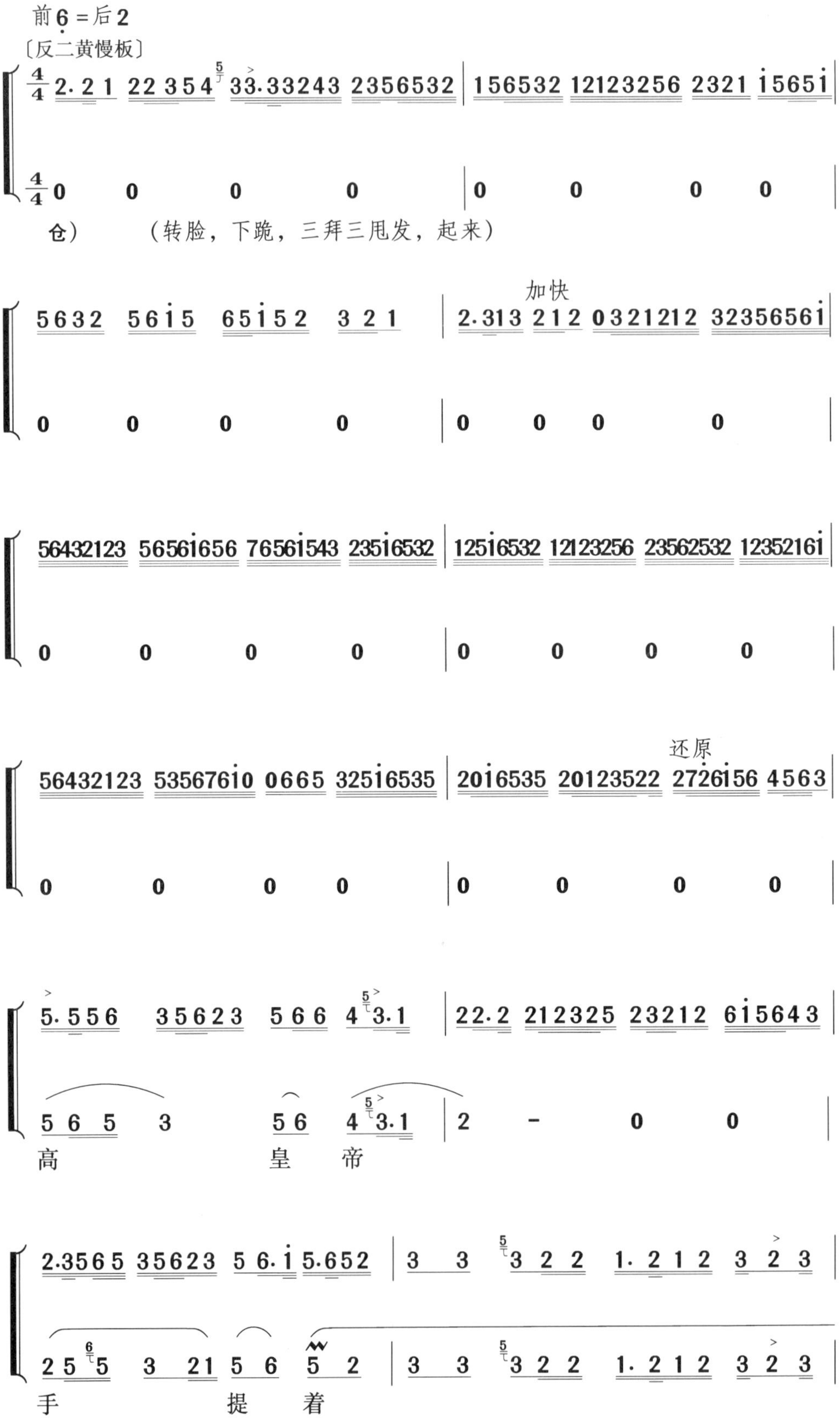
前6=后2
〔反二黄慢板〕
仓）
（转脸，下跪，三拜三甩发，起来）
加快
还原
高 皇 帝
手 提 着

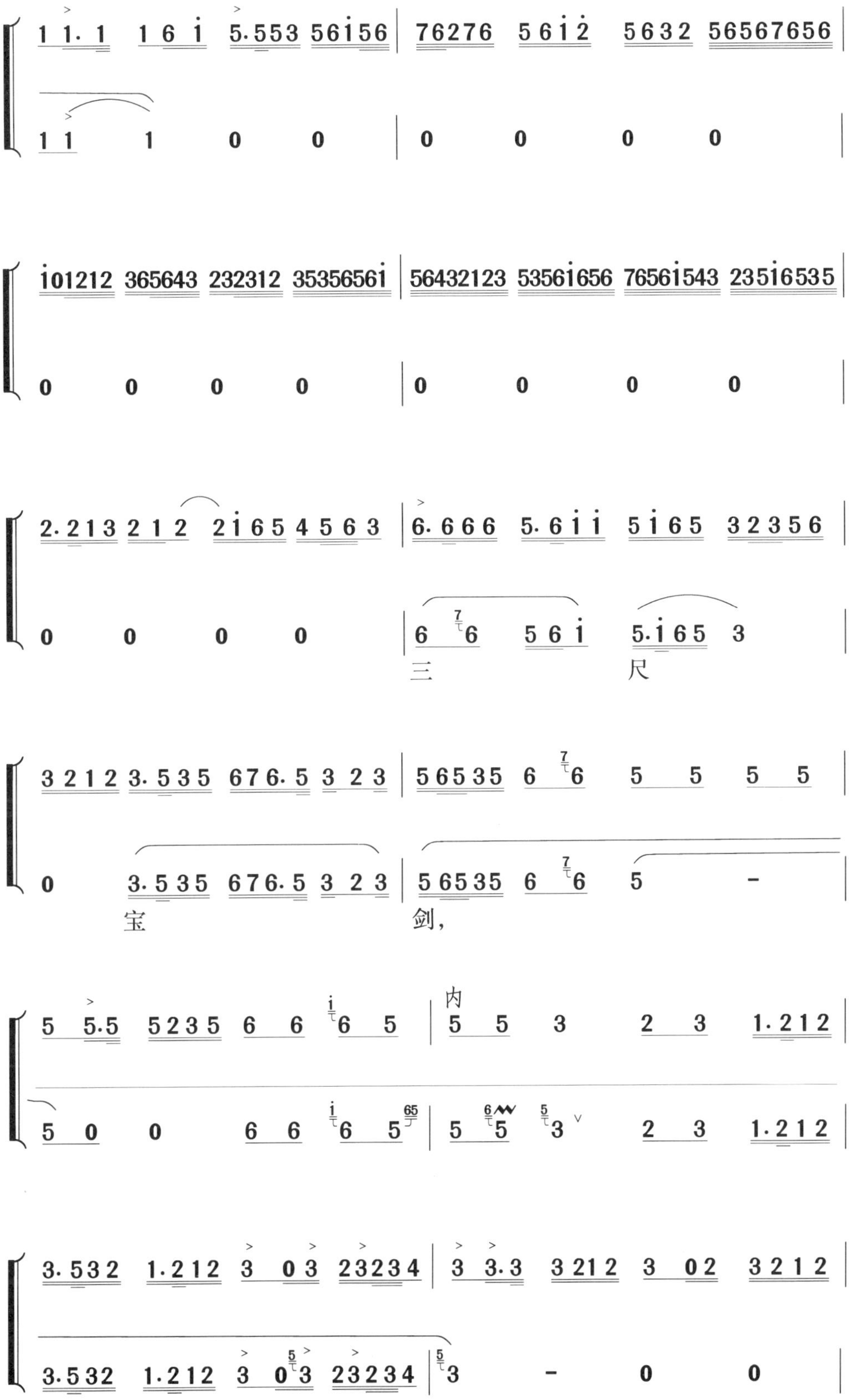
三
尺
宝
剑，
内

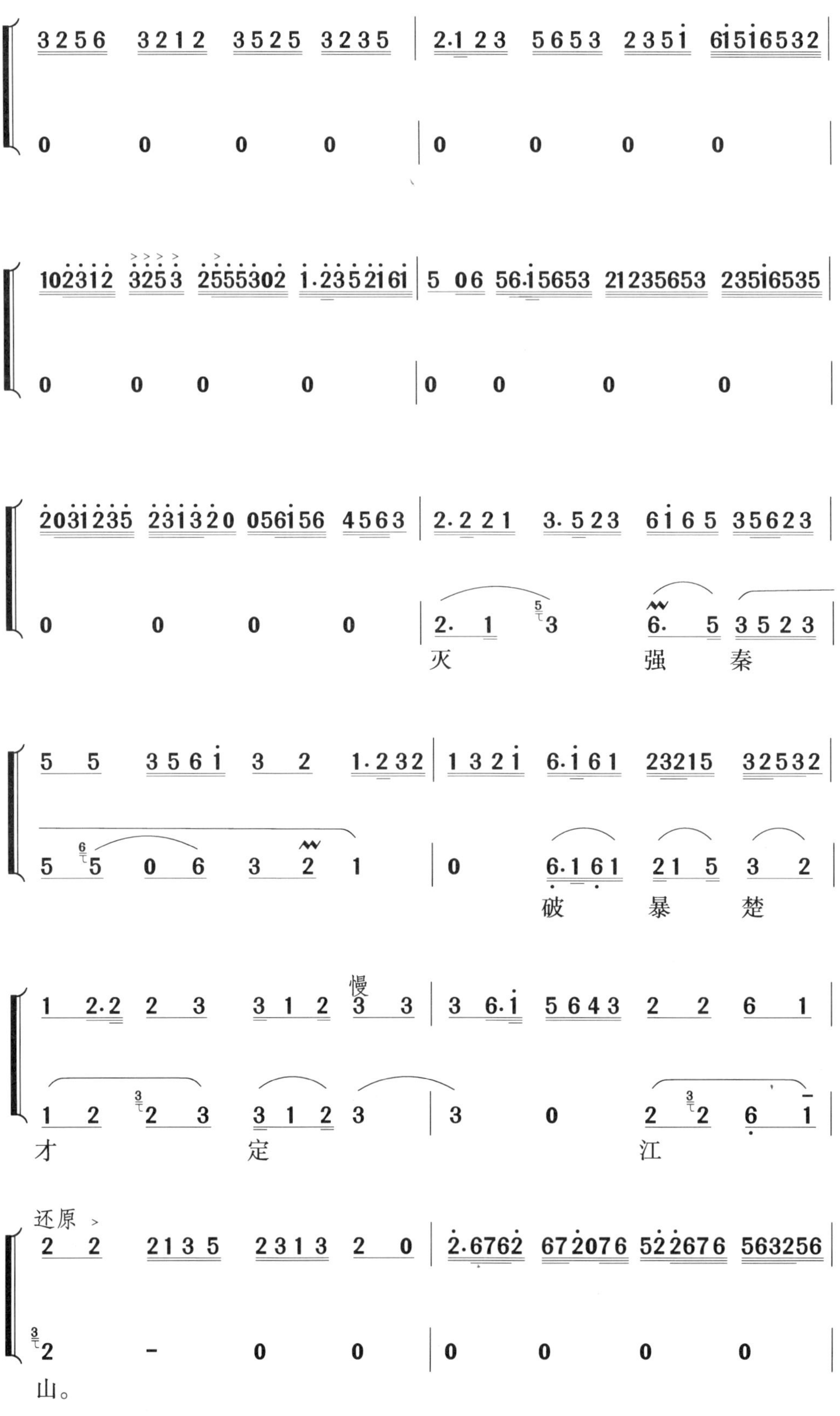
灭 强 秦
破 暴 楚
慢
才 定 江
还原
山。

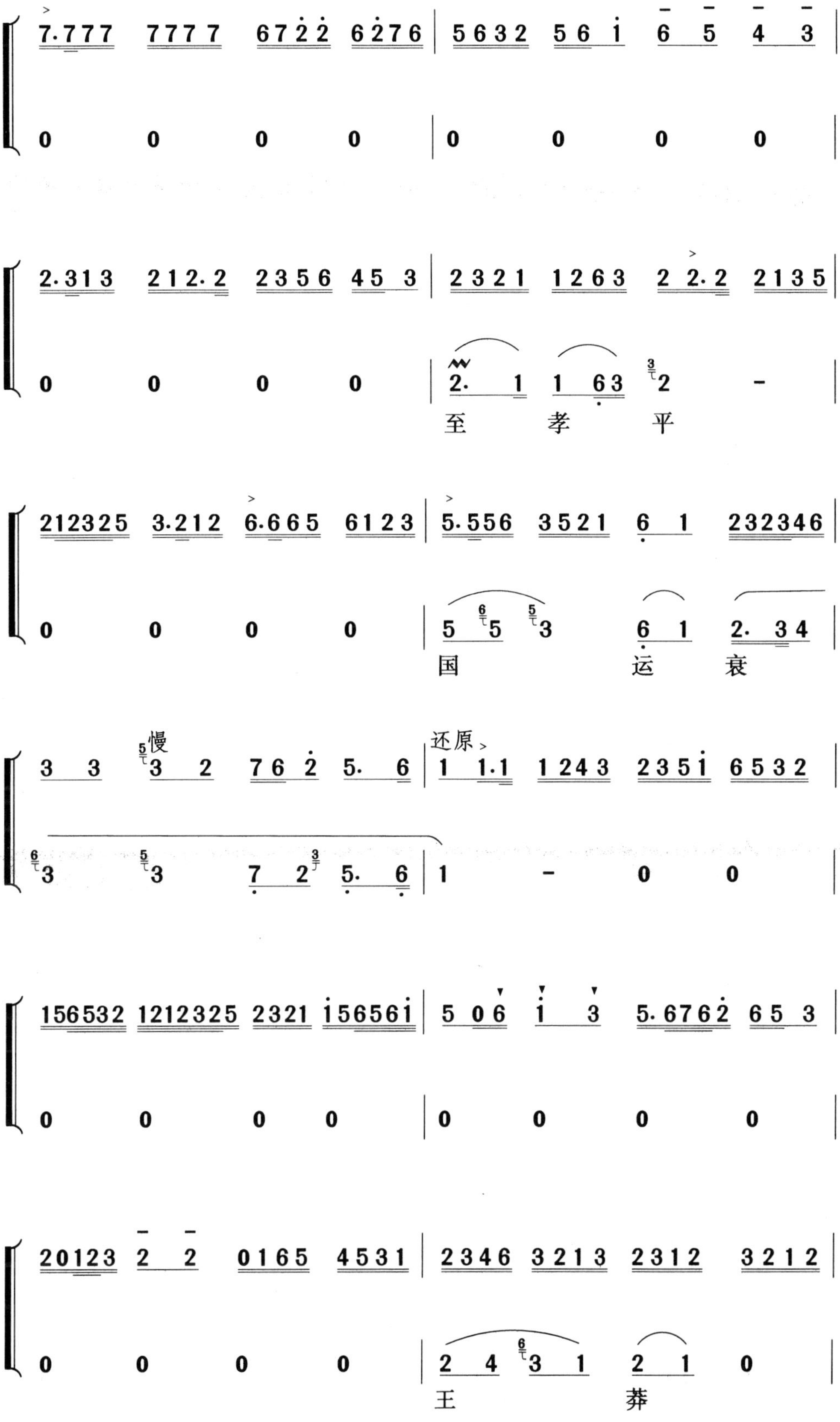
至 孝 平
国 运 衰
慢
还原
王 莽

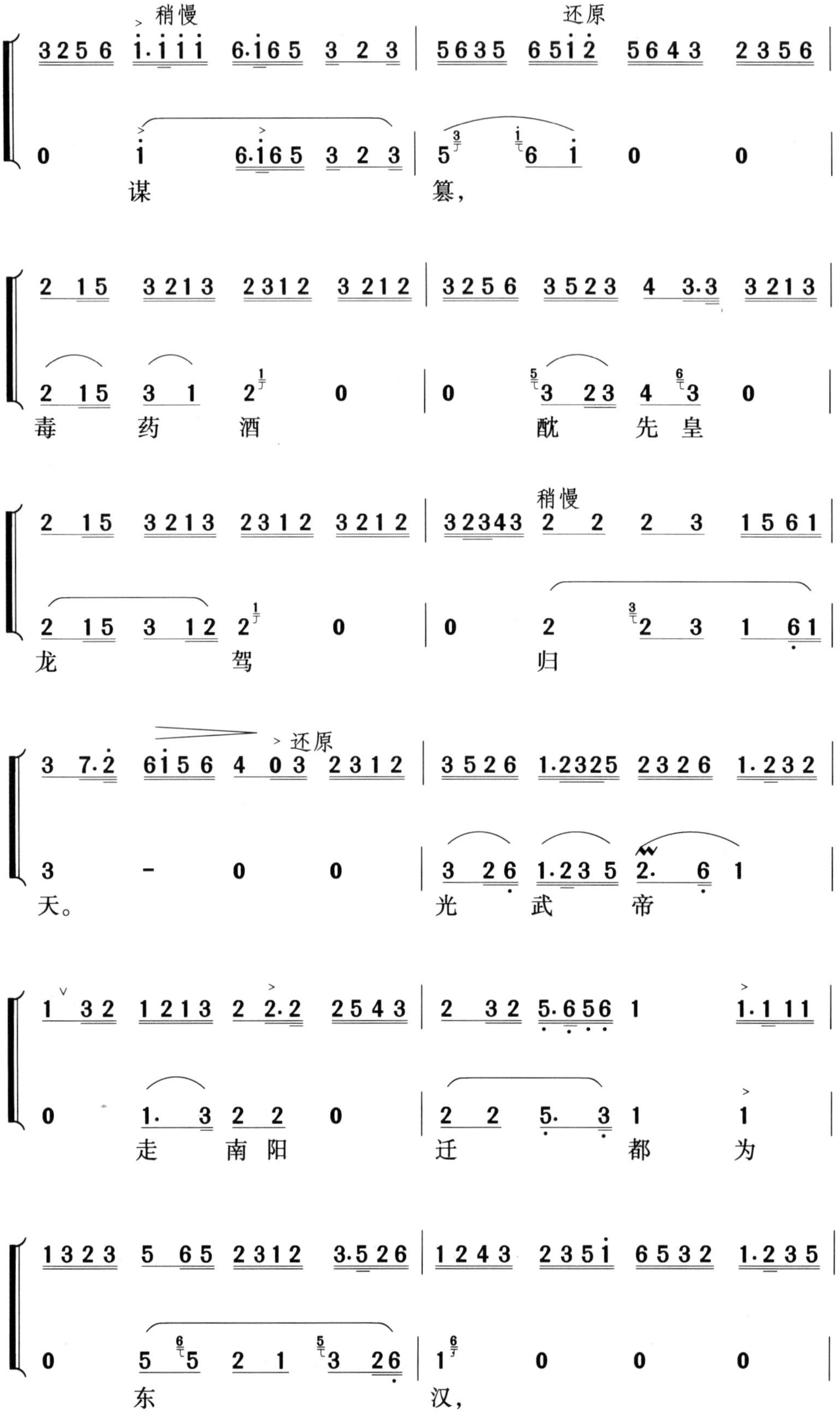
稍慢
还原
谋篡，
毒药酒
酖先皇
龙驾
稍慢
归
还原
天。
光武帝
走南阳
迁都为
东汉，

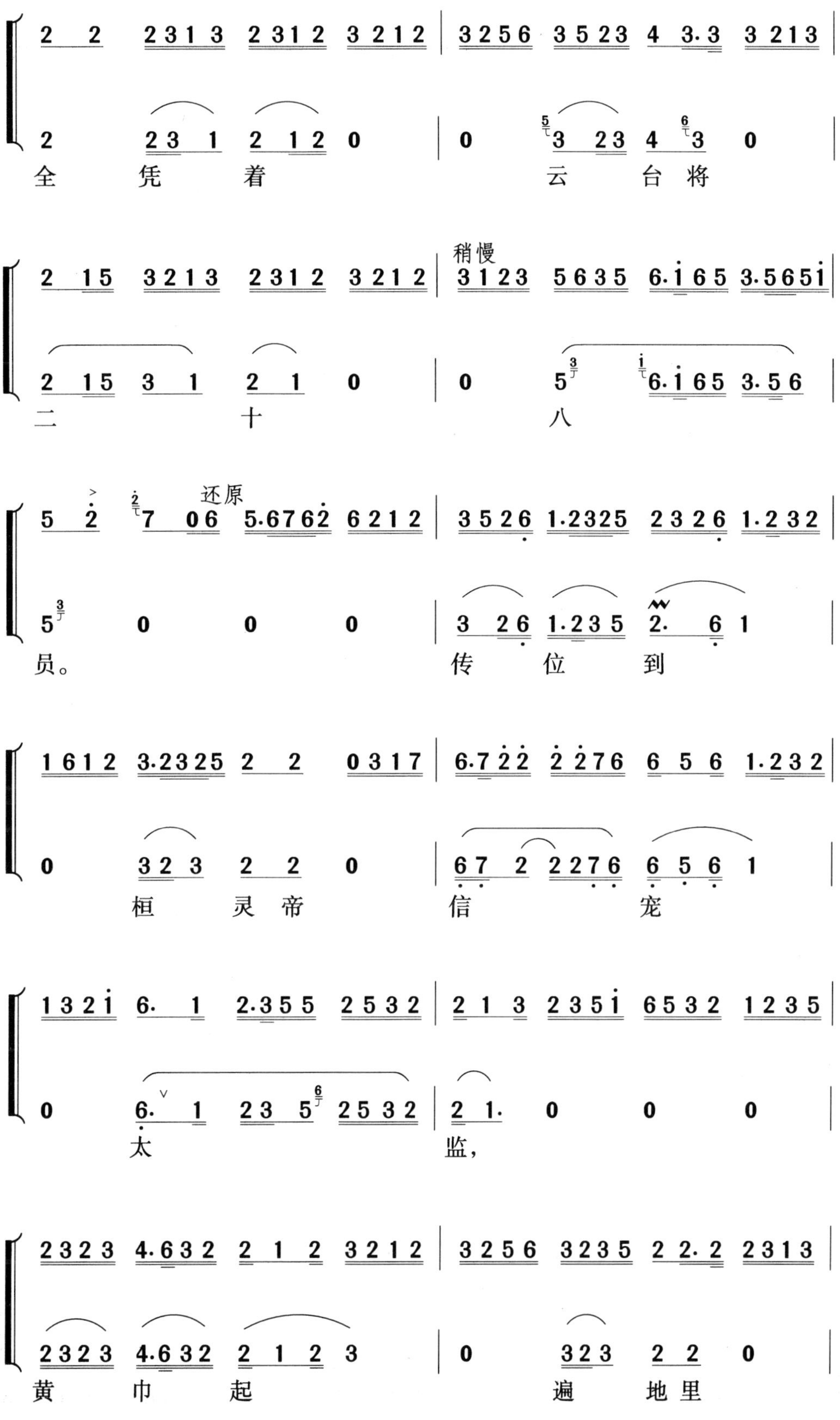
全 凭 着 云 台 将
稍慢
二 十 八
还原
员。传 位 到
桓 灵帝 信 宠
太 监，
黄 巾 起 遍 地里

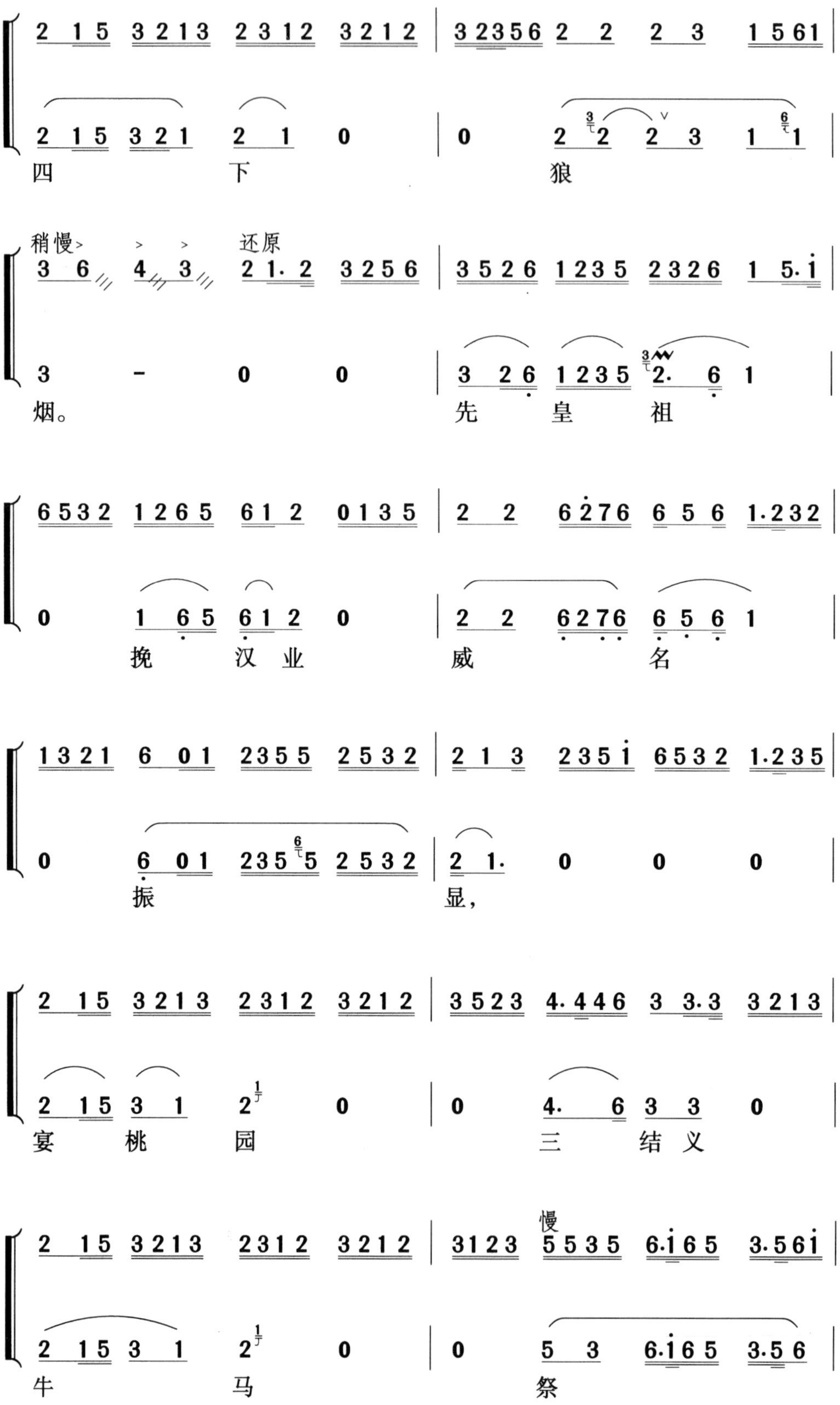
四 下 狼
稍慢 还原
烟。 先 皇 祖
挽 汉 业 威 名
振 显,
宴 桃 园 三 结 义
慢
牛 马 祭

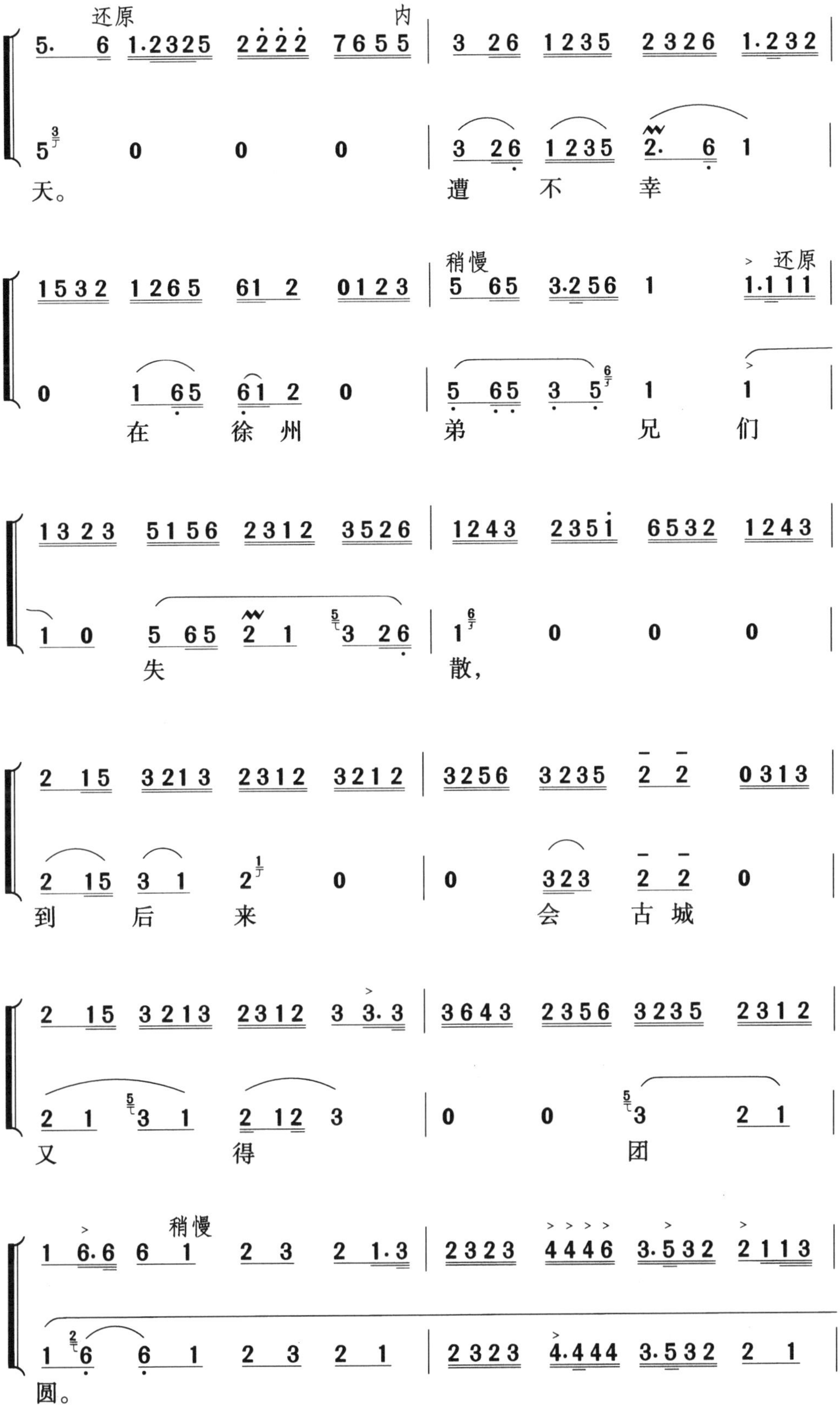
还原
内
天。
遭 不 幸
稍慢
还原
在 徐 州
弟 兄 们
失
散，
到 后 来
会 古 城
又 得
团
稍慢
圆。

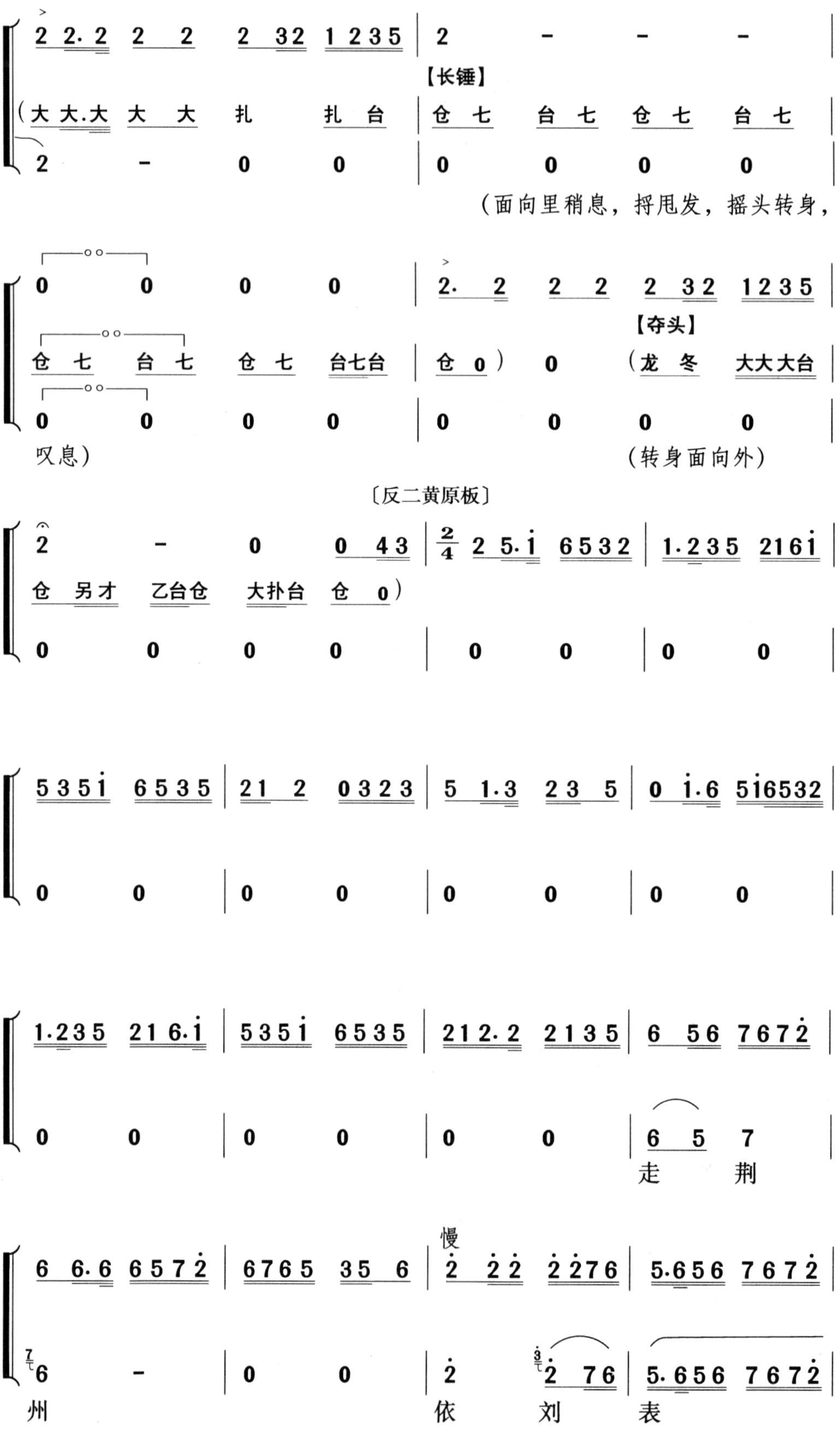
【长锤】
(大大.大 大 大 扎 扎 台
仓 七 台 七 仓 七 台 七
(面向里稍息，捋甩发，摇头转身，
仓 七 台 七 仓 七 台七台
仓 0) 0
【夺头】
(龙 冬 大大大台
叹息)
(转身面向外)
〔反二黄原板〕
仓 另才 乙台仓 大扑台 仓 0)
走 荆
州
慢
依 刘 表

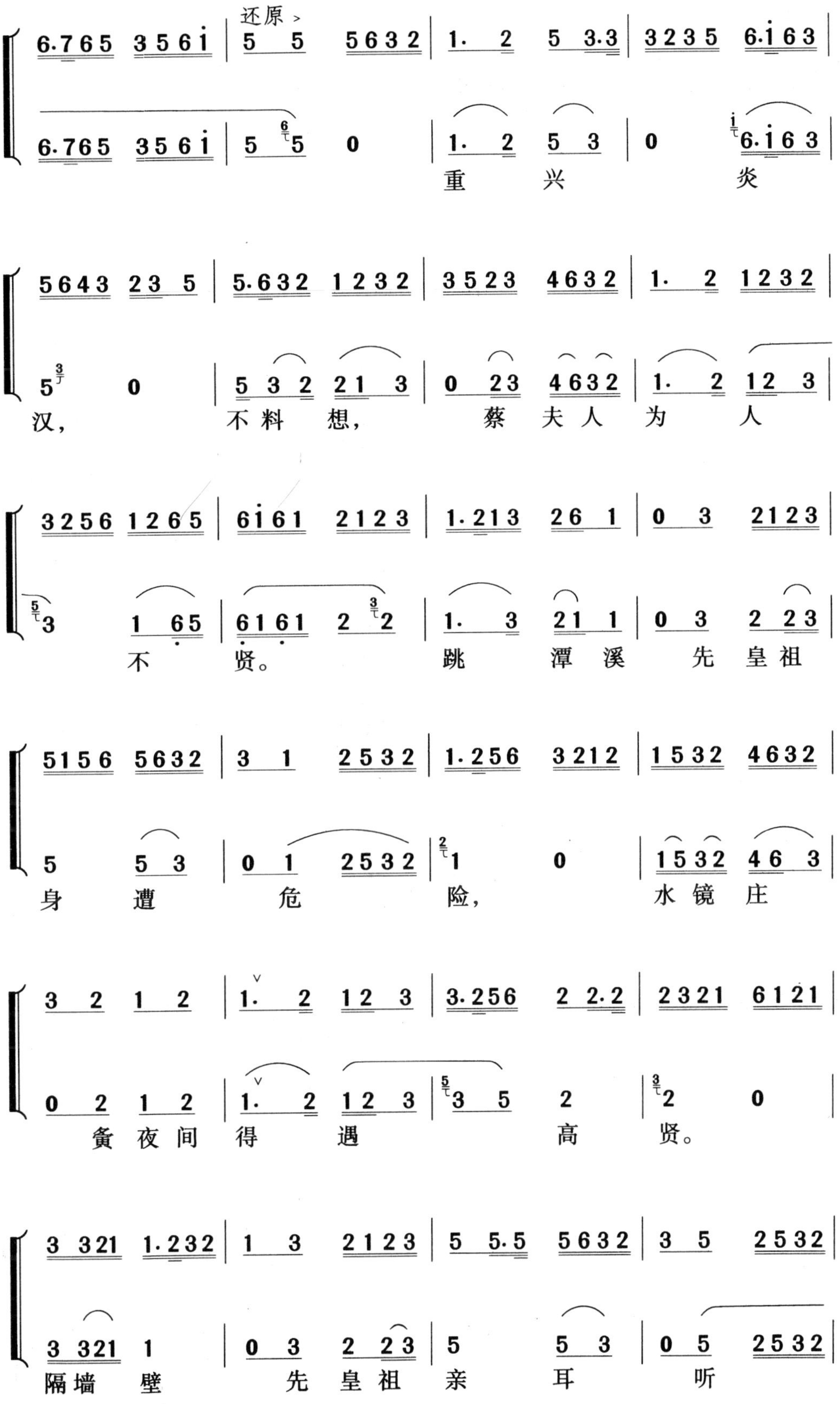
还原
重 兴 炎
汉， 不 料 想， 蔡 夫 人 为 人
不 贤。 跳 潭 溪 先 皇 祖
身 遭 危 险， 水 镜 庄
夤 夜 间 得 遇 高 贤。
隔 墙 壁 先 皇 祖 亲 耳 听

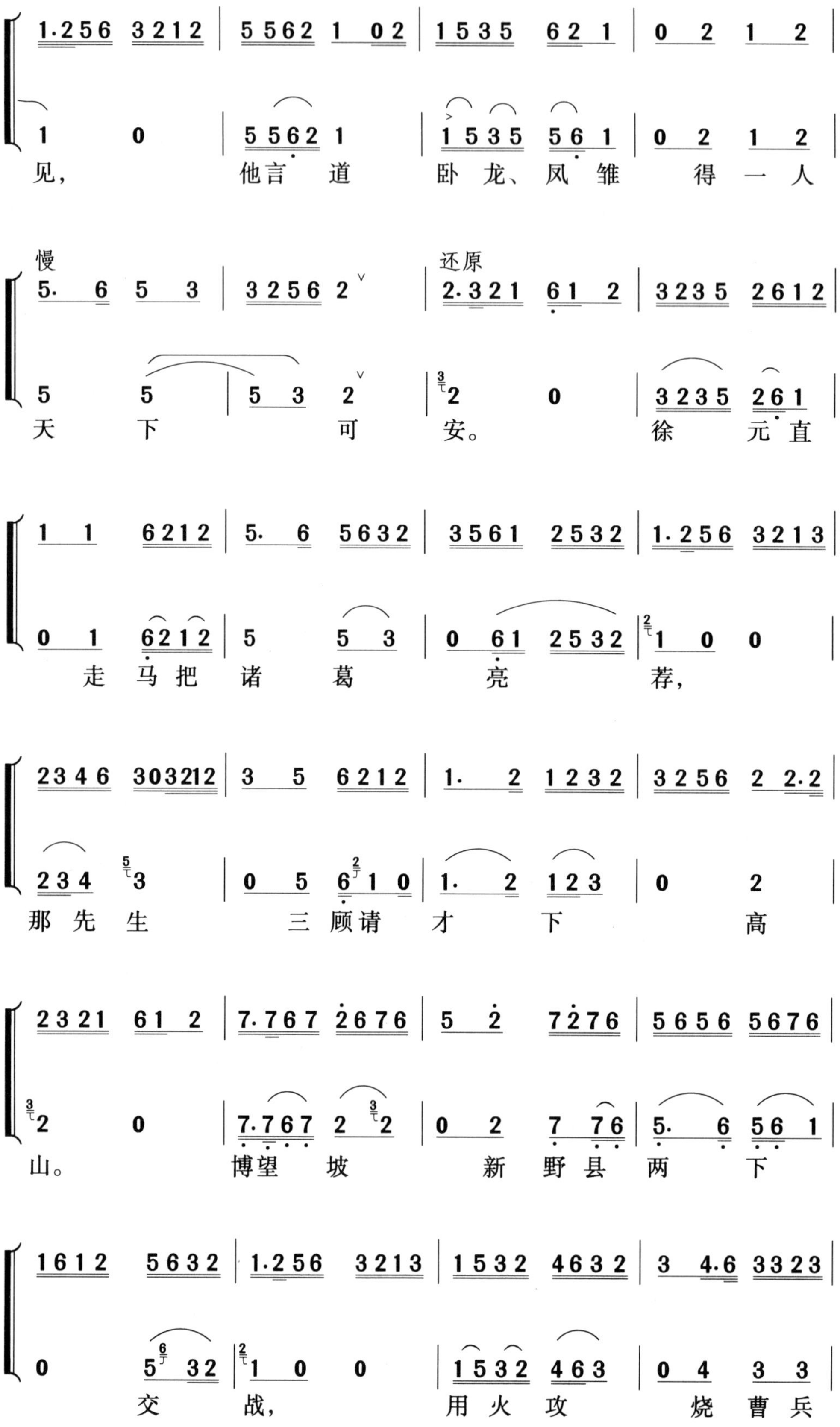
见，他言道卧龙、凤雏得一人
慢
还原
天下可安。徐元直
走马把诸葛亮荐，
那先生三顾请才下高
山。博望坡新野县两下
交战，用火攻烧曹兵

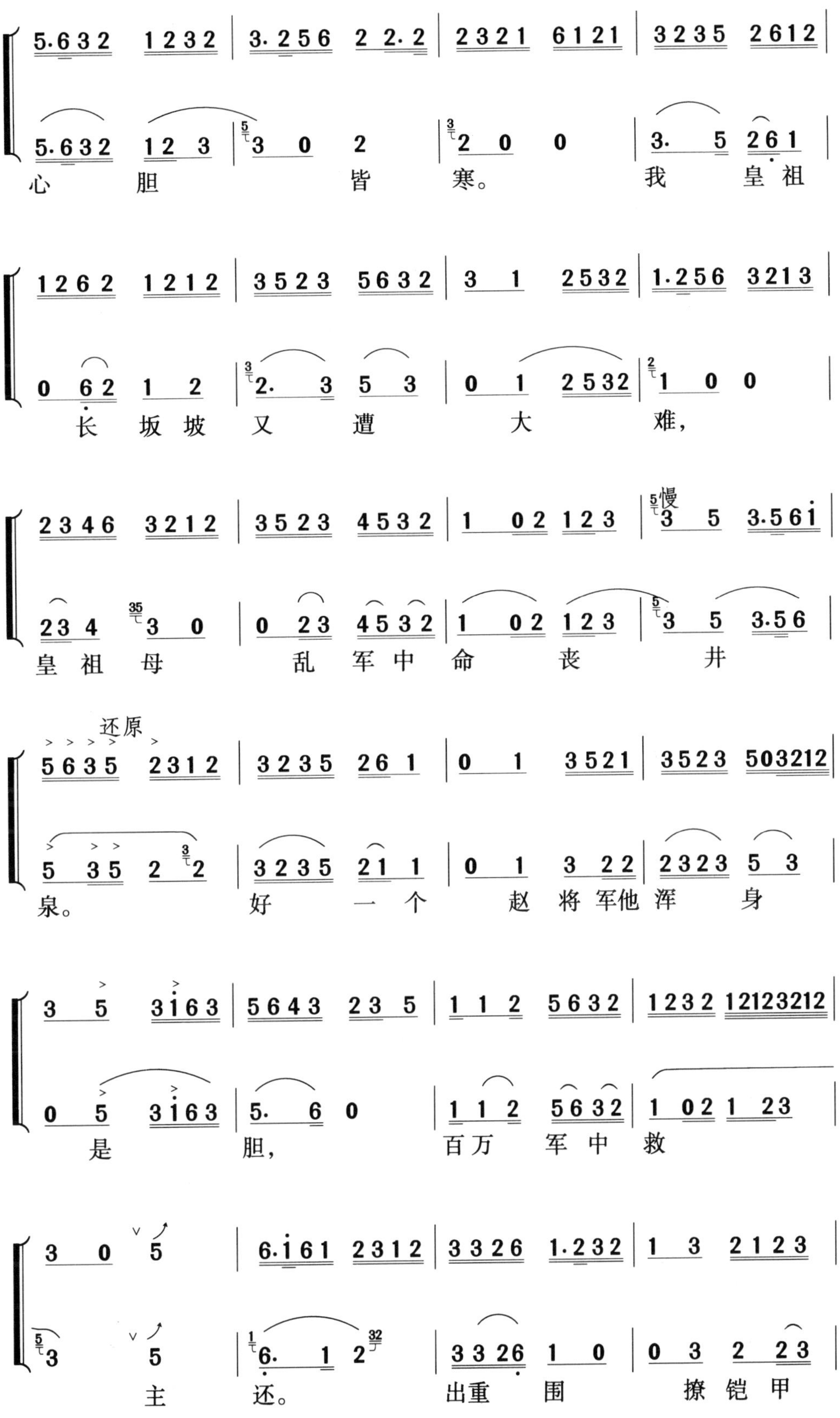
心 胆 皆 寒。 我 皇 祖
长 坂 坡 又 遭 大 难，
慢
皇 祖 母 乱 军 中 命 丧 井
还原
泉。 好 一 个 赵 将 军他 浑 身
是 胆， 百万 军 中 救
主 还。 出重 围 撩 铠 甲

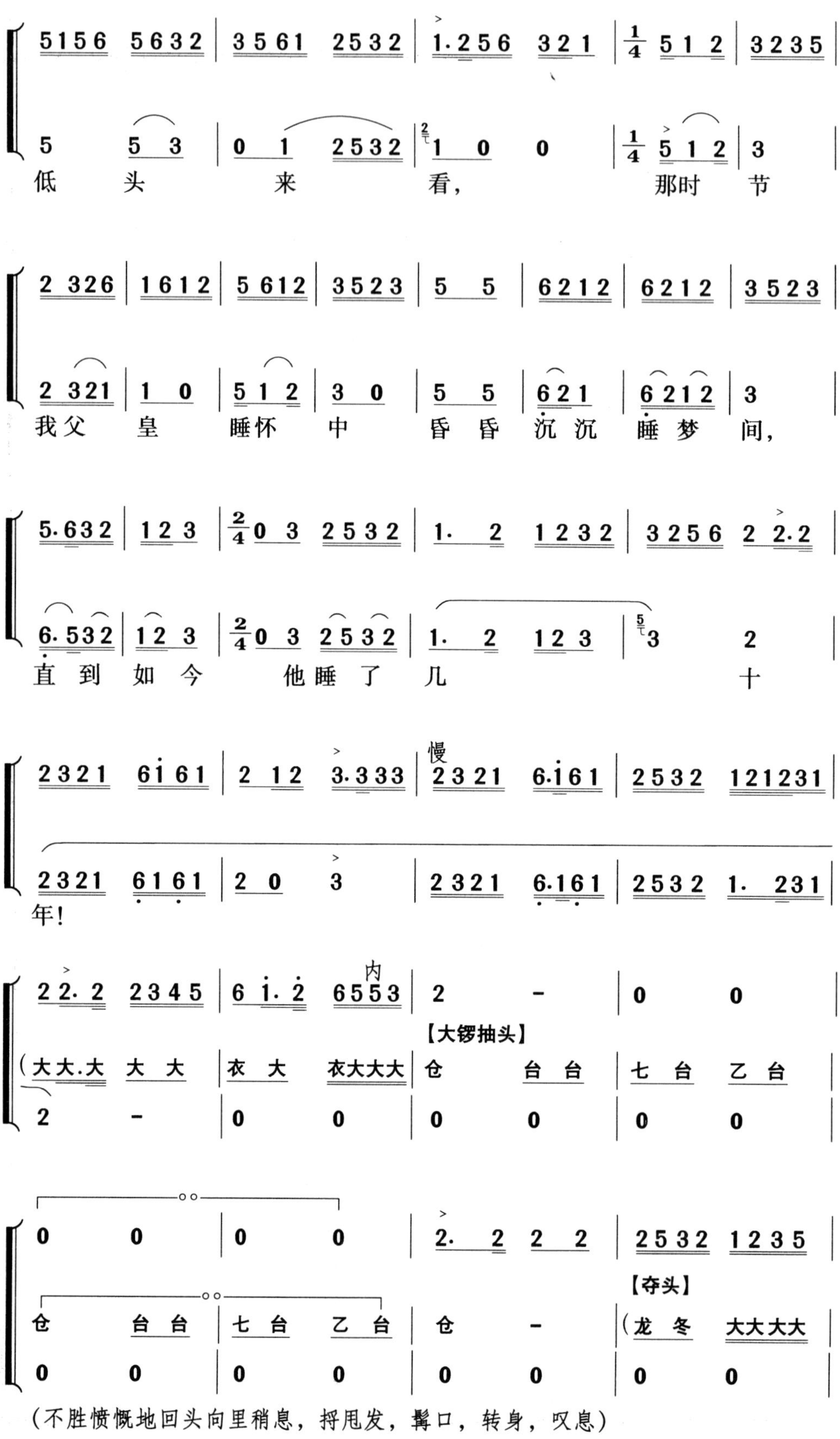
低头来看，那时节
我父皇睡怀中昏昏沉沉睡梦间，
直到如今他睡了几十
年！
慢
内
【大锣抽头】
【夺头】
(不胜愤慨地回头向里稍息，捋甩发，髯口，转身，叹息)

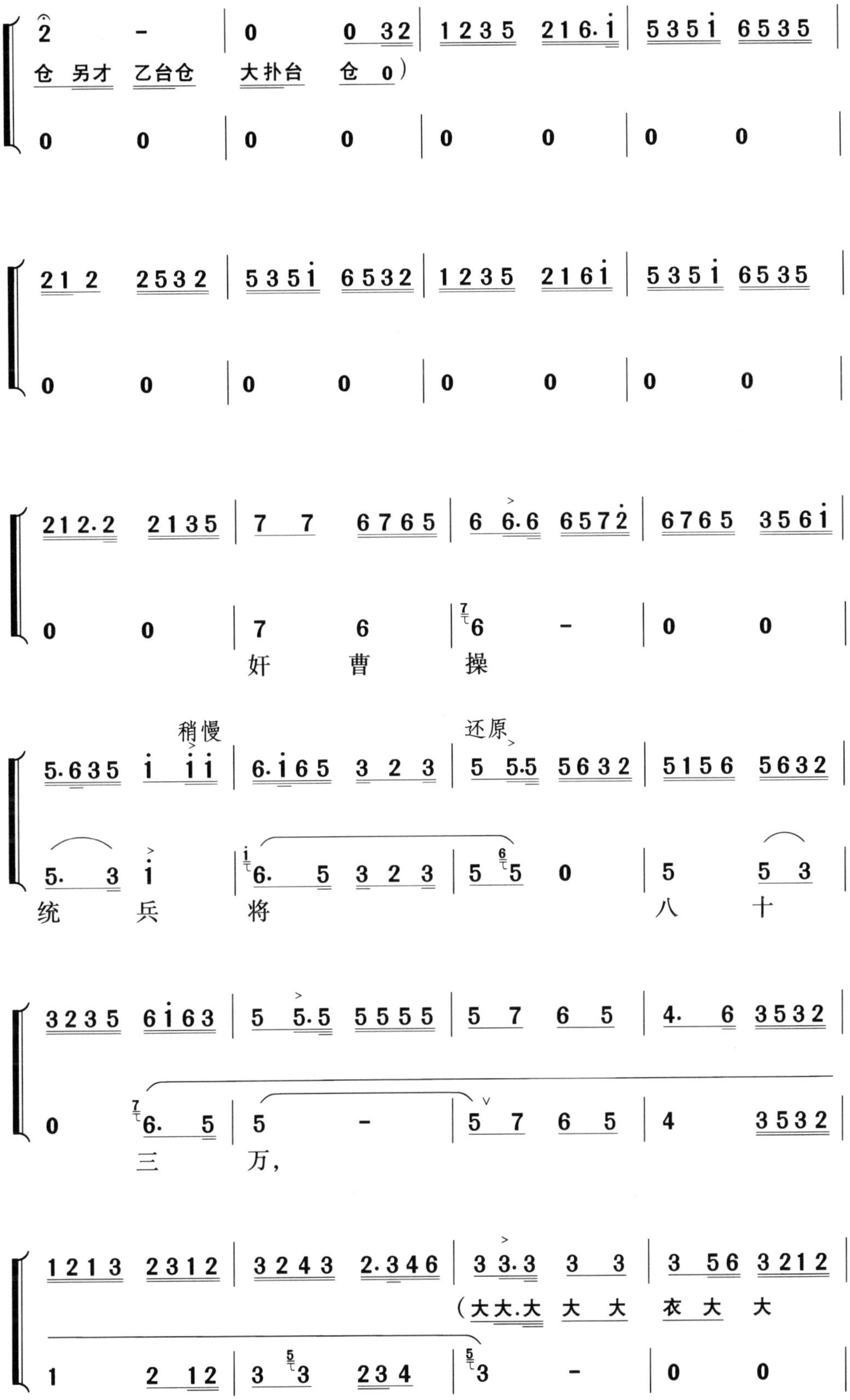
仓 另才 乙台仓 大扑台 仓 0)
奸 曹 操
稍慢
还原
统 兵 将 八 十
三 万,
(大大.大 大 大 衣 大 大

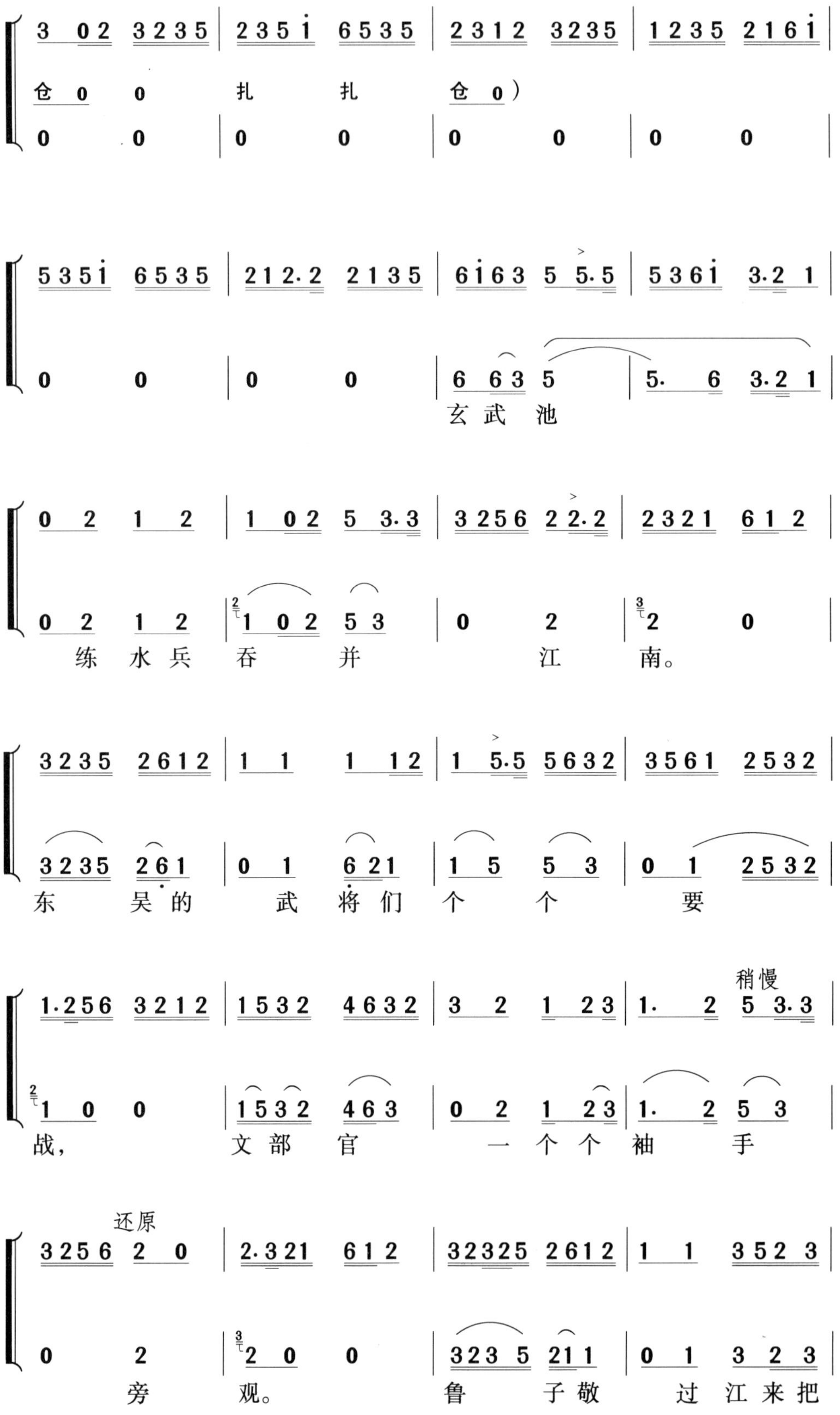
仓 0 0 扎 扎 仓 0）
玄 武 池
练 水 兵 吞 并 江 南。
东 吴 的 武 将 们 个 个 要
稍慢
战， 文 部 官 一 个 个 袖 手
还原
旁 观。 鲁 子 敬 过 江 来 把

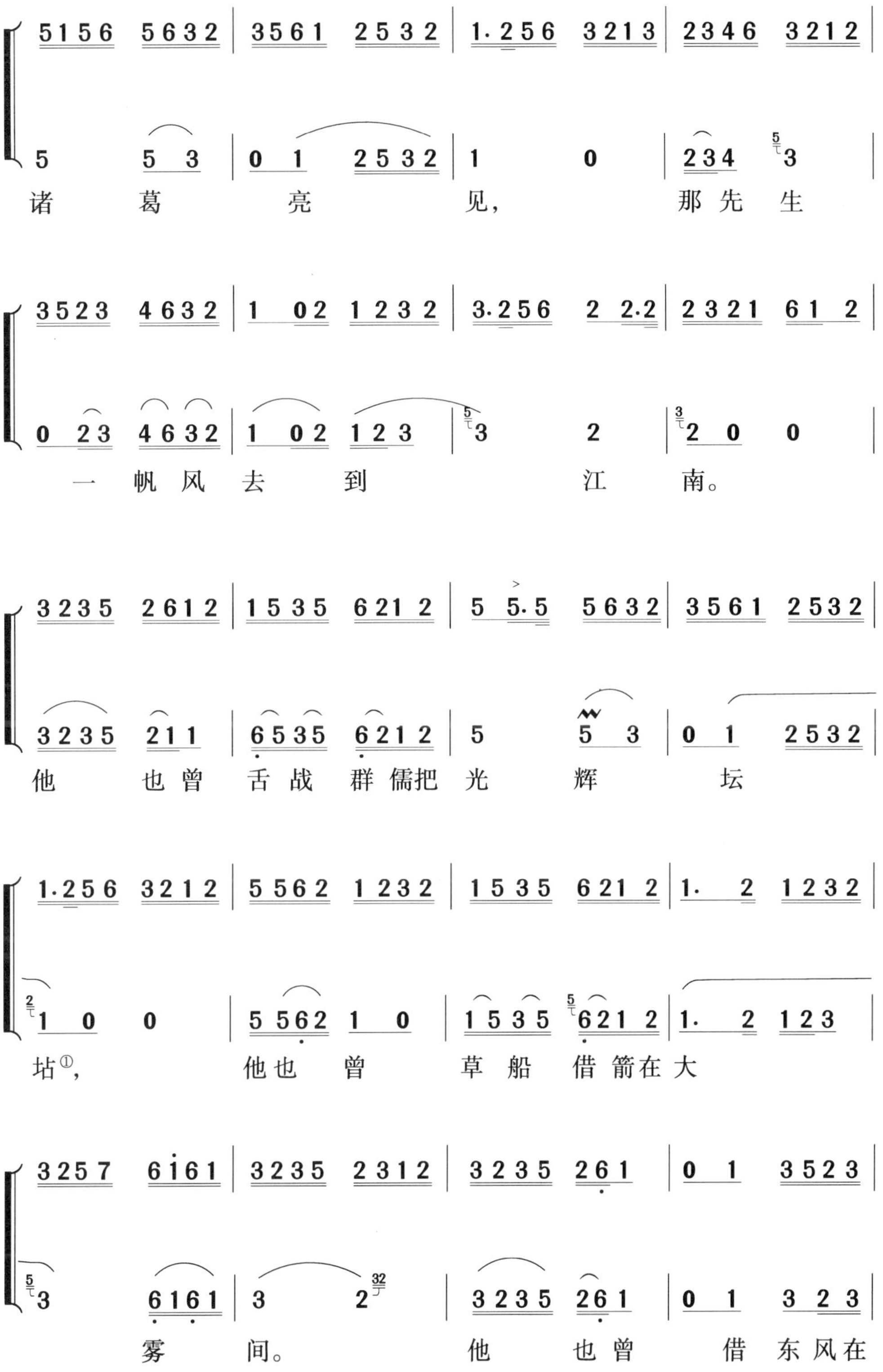

① 坛坫（diàn 旦）：原意为筑在室内的土台，大多为盟会之所。这里特指赤壁大战前，诸葛亮入东吴后舌战群儒的地方。

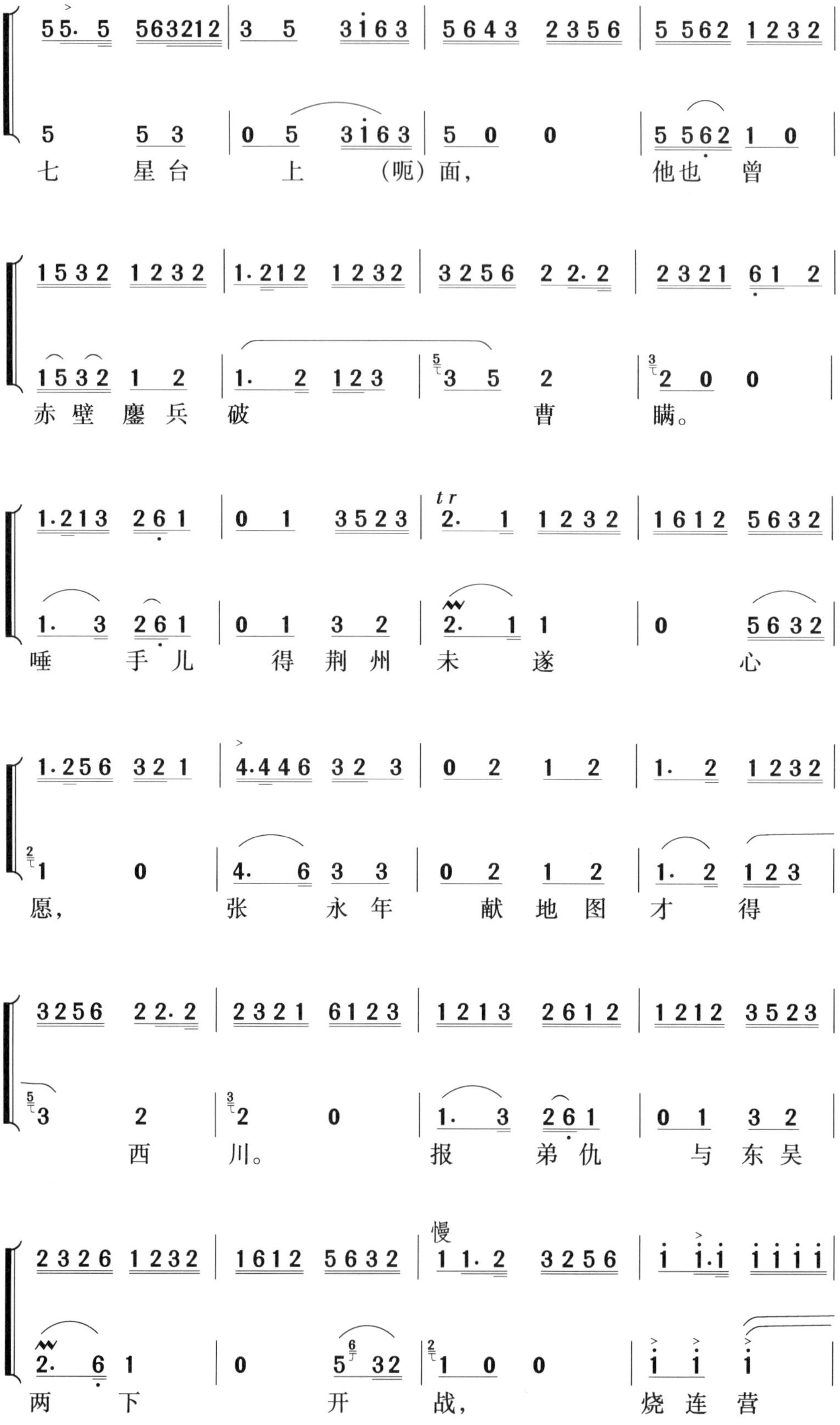
七 星台 上 （呃）面， 他也 曾
赤壁 鏖兵 破 曹 瞒。
唾 手儿 得荆州 未 遂 心
愿， 张 永年 献地图 才 得
西 川。 报 弟仇 与东吴
慢
两 下 开 战， 烧连营

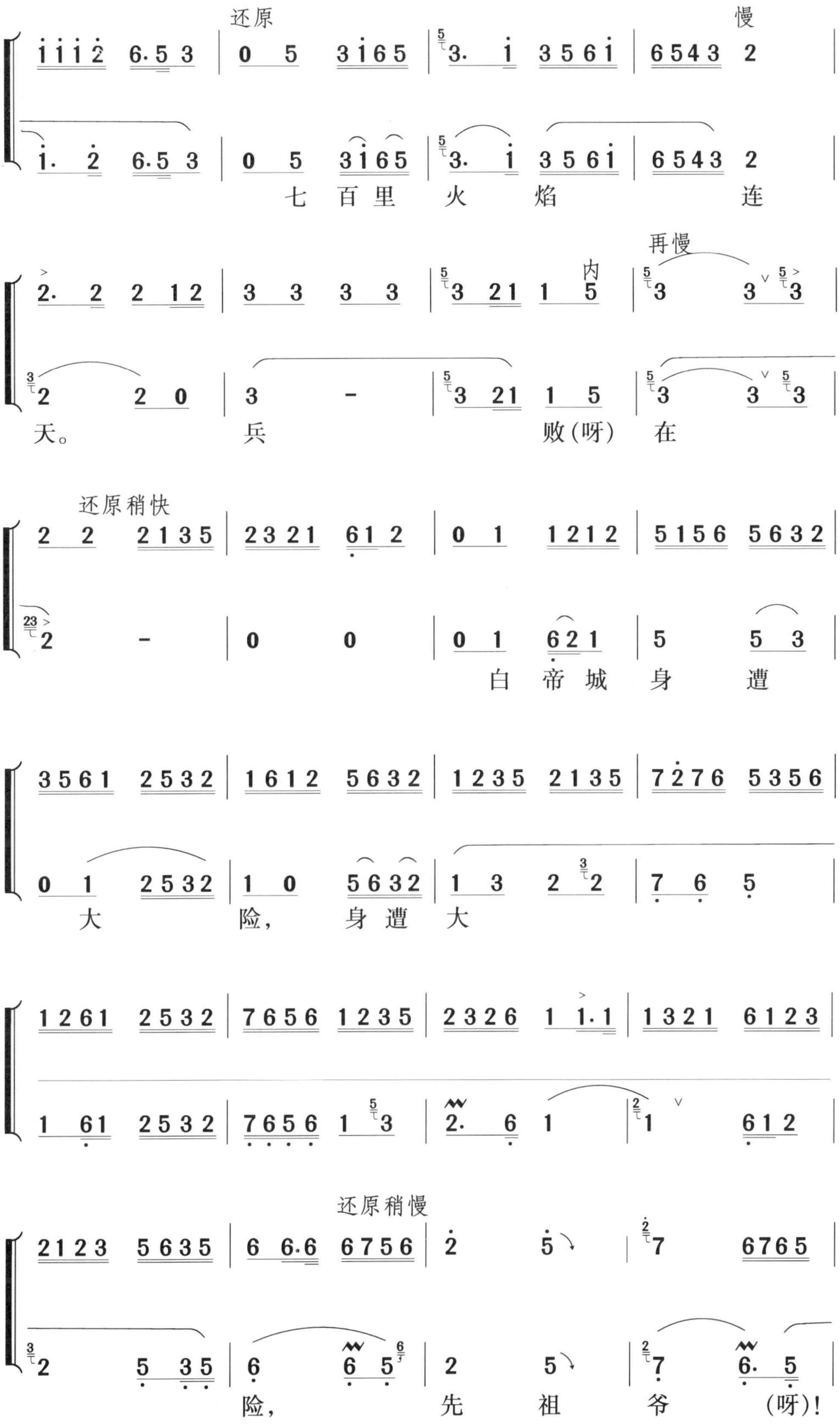
还原
慢
七百里火焰连
天。兵
内
再慢
败(呀)在
还原稍快
白帝城身遭
大险，身遭大
还原稍慢
险，先祖爷(呀)!

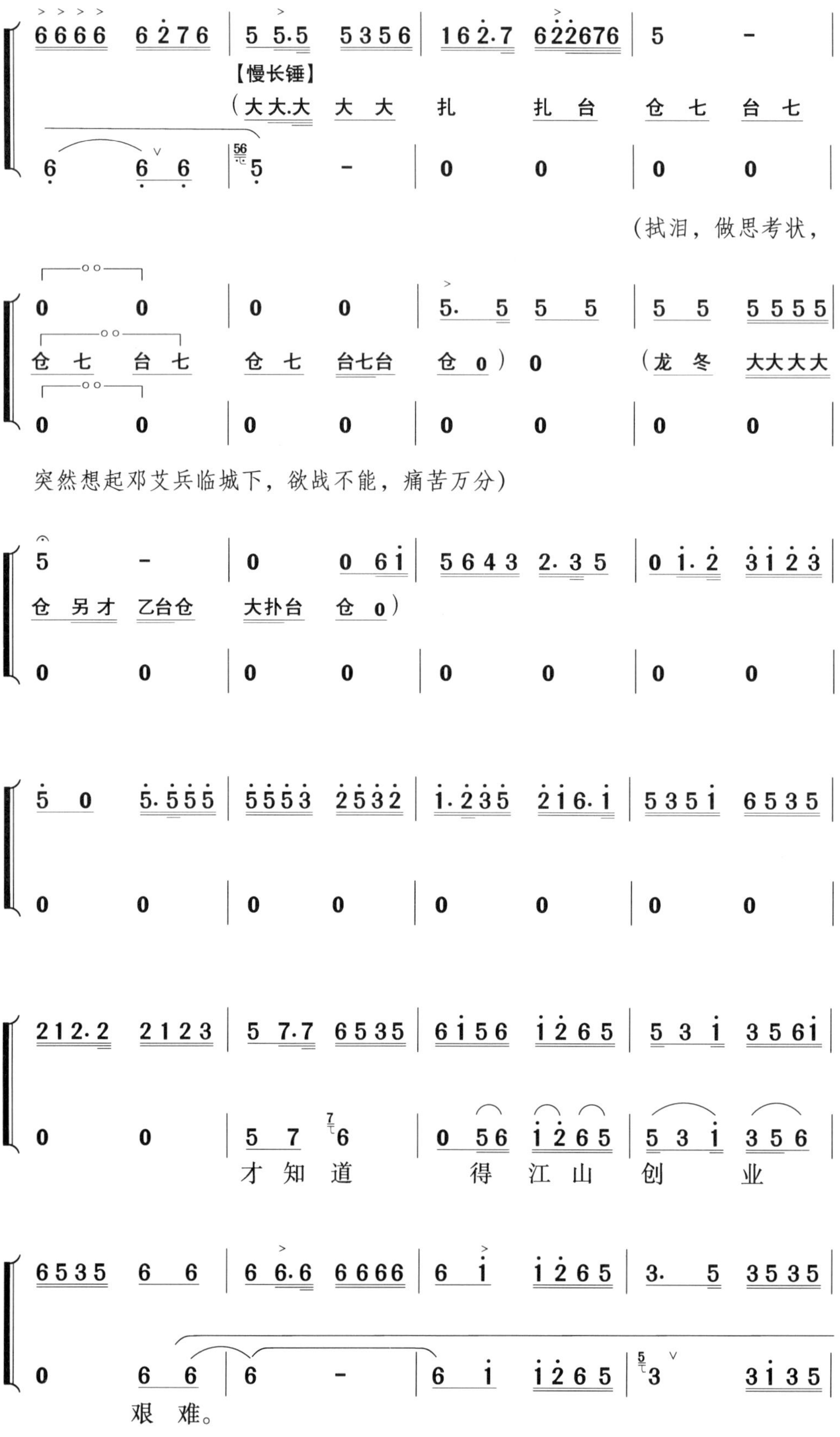
【慢长锤】
（大大.大 大 大 扎 扎 台 仓 七 台 七
（拭泪，做思考状，
仓 七 台 七 仓 七 台七台 仓 0）0 （龙 冬 大大大大
突然想起邓艾兵临城下，欲战不能，痛苦万分）
仓 另才 乙台仓 大扑台 仓 0）
才 知 道 得 江 山 创 业
艰 难。

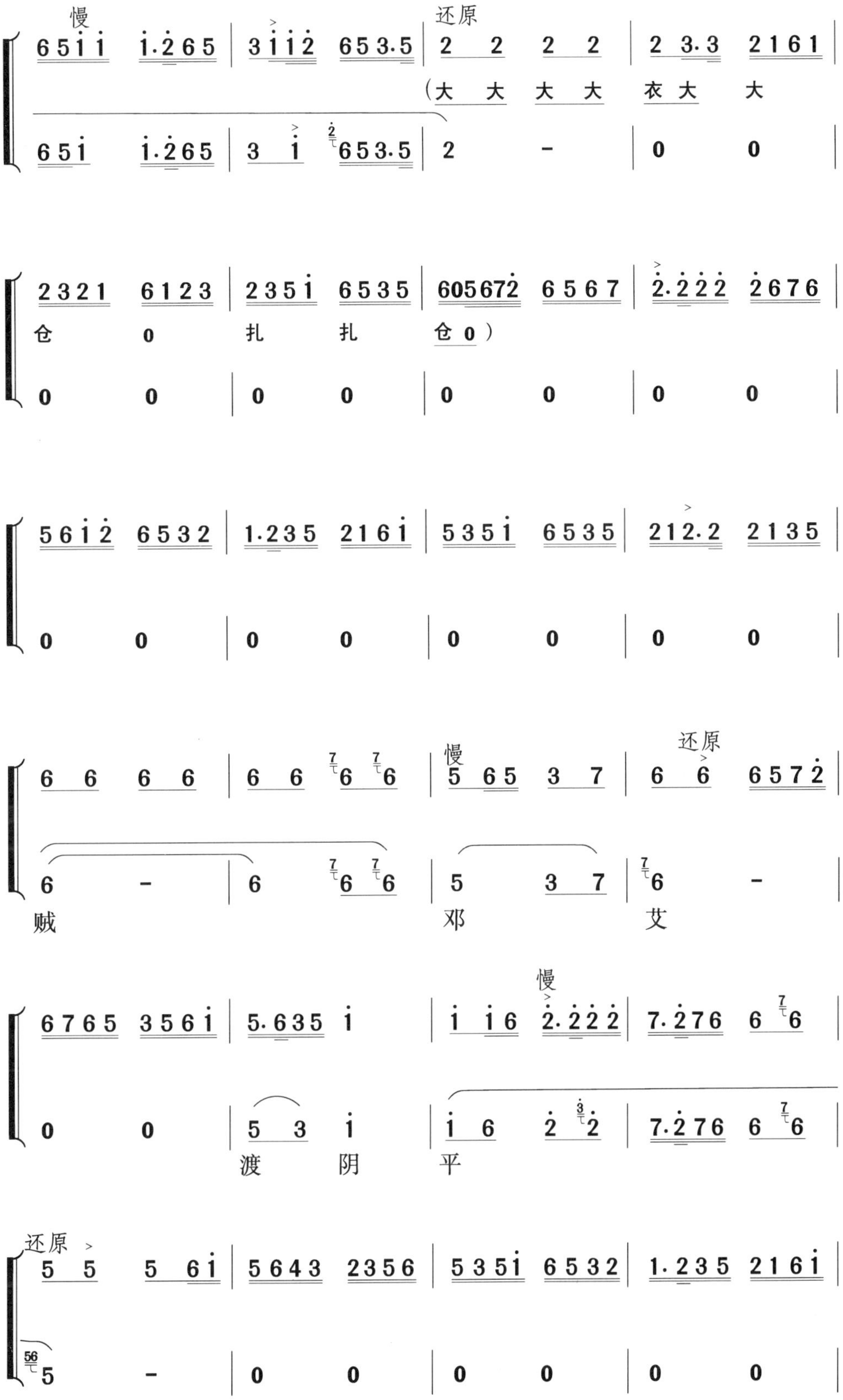
慢
还原
(大 大 大 大 衣 大 大
仓 0 扎 扎 仓 0)
慢
还原
贼 邓 艾
慢
渡 阴 平
还原

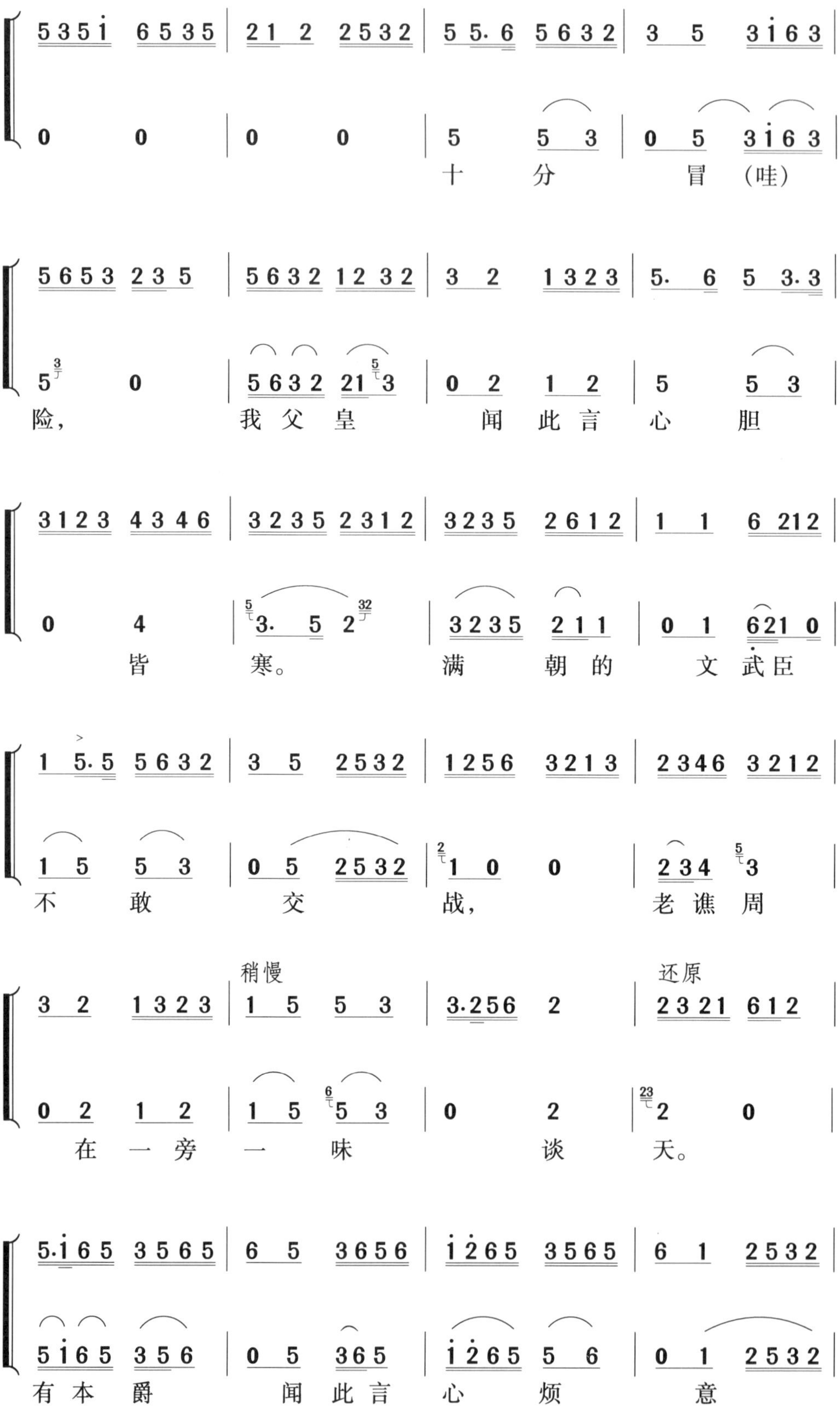
十 分 冒 （哇）
险， 我 父 皇 闻 此 言 心 胆
皆 寒。 满 朝 的 文 武 臣
不 敢 交 战， 老 谯 周
稍慢
还原
在 一 旁 一 味 谈 天。
有 本 爵 闻 此 言 心 烦 意

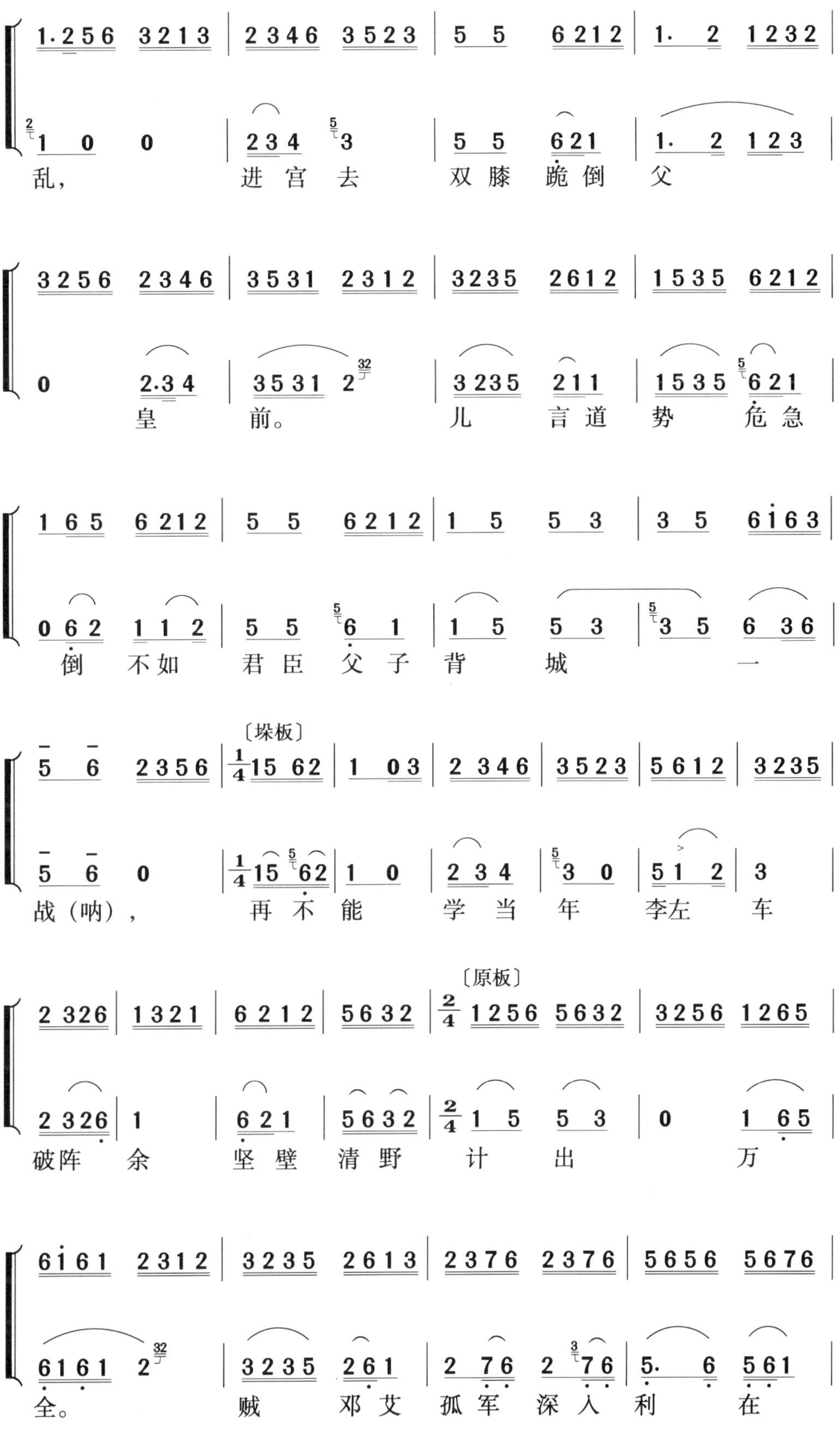
乱，进宫去双膝跪倒父
皇前。儿言道势危急
倒不如君臣父子背城一
〔垛板〕
战（呐），再不能学当年李左车
〔原板〕
破阵余坚壁清野计出万
全。贼邓艾孤军深入利在

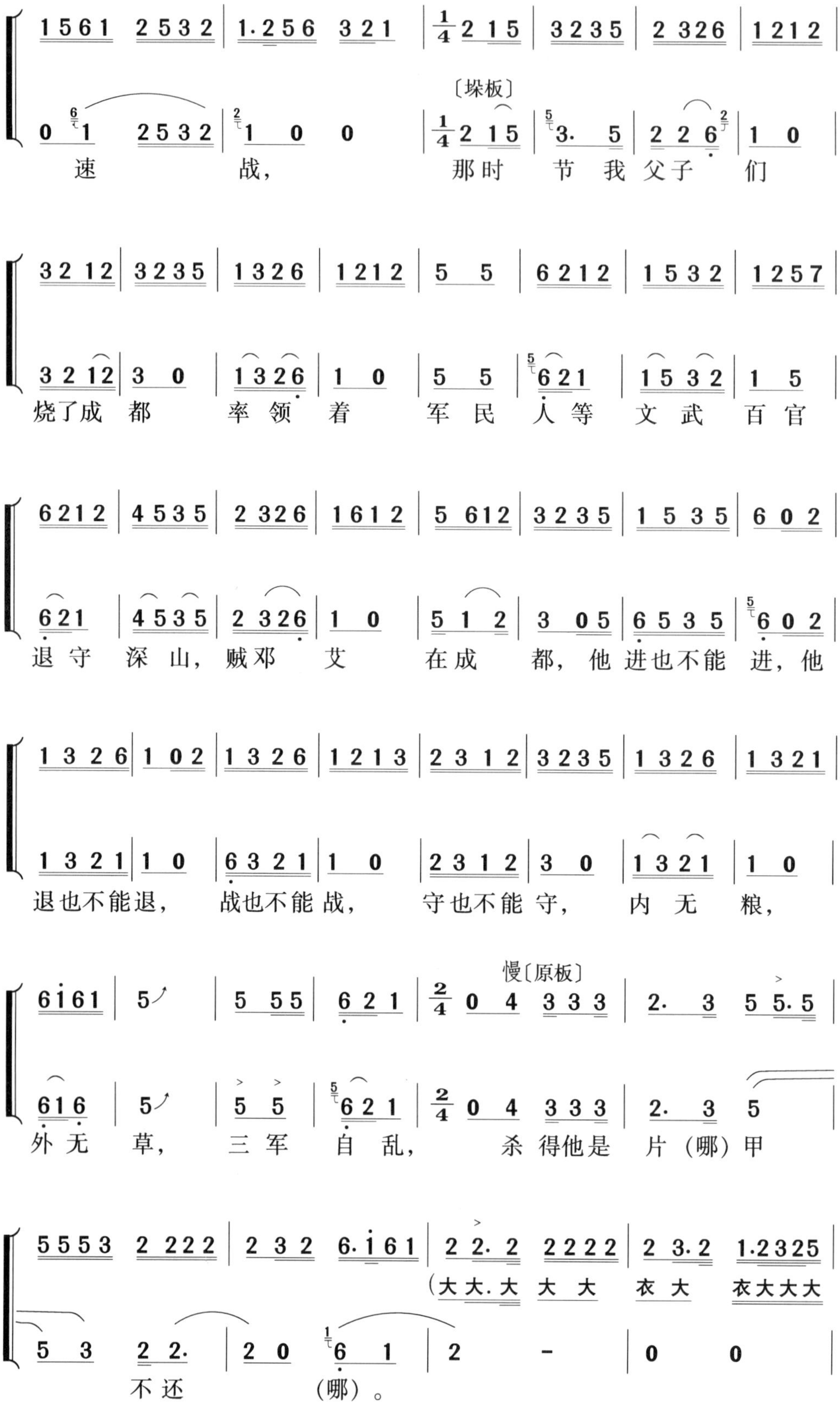
〔垛板〕
速 战， 那时 节 我 父子 们
烧了成 都 率 领 着 军 民 人 等 文 武 百 官
退 守 深 山，贼邓 艾 在成 都，他 进也不能 进，他
退也不能退， 战也不能 战， 守也不能 守， 内 无 粮，
慢〔原板〕
外 无 草， 三 军 自 乱， 杀 得他是 片（哪）甲
（大 大. 大 大 大 衣 大 衣大大大
不 还 （哪）。

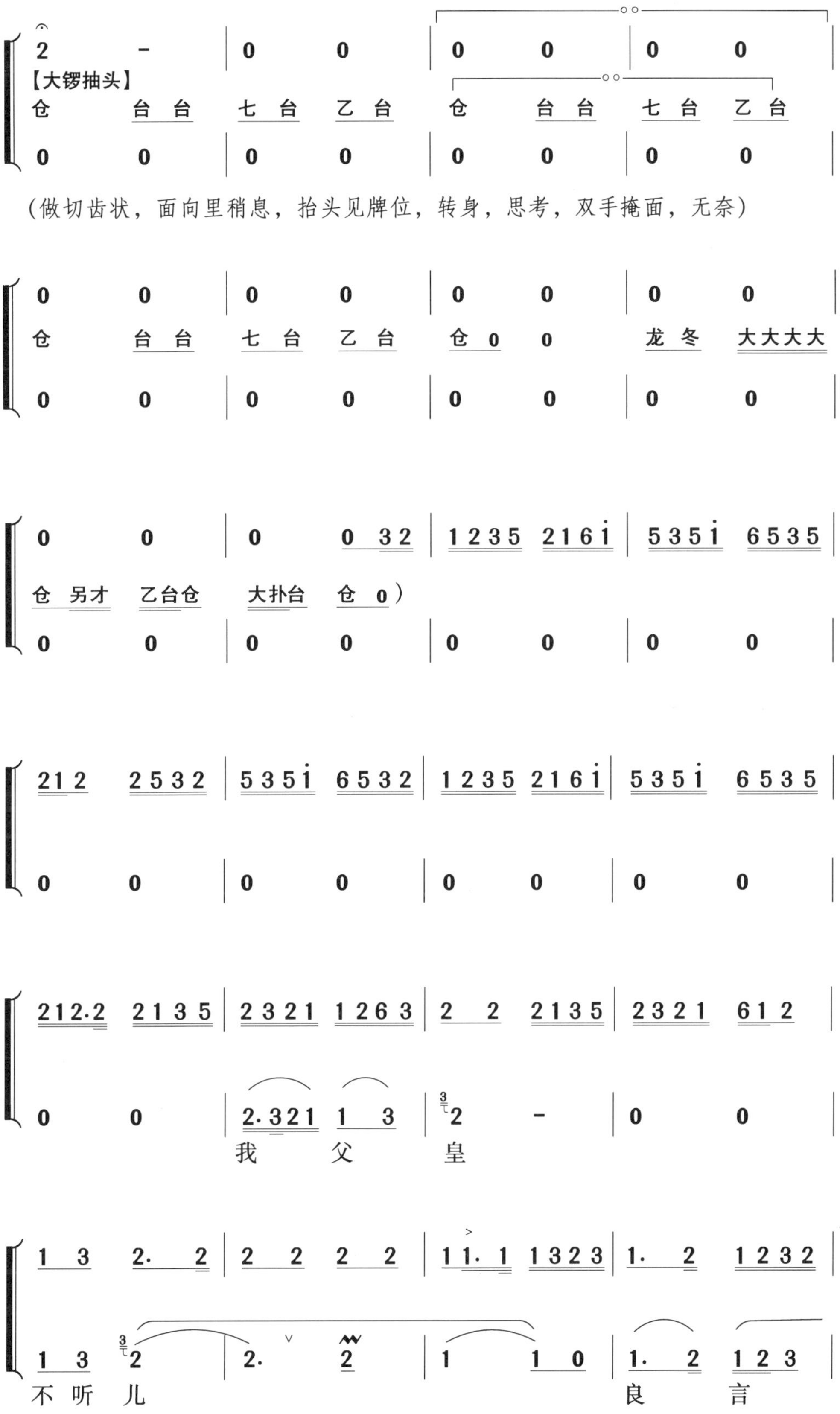
【大锣抽头】
仓 台台 七台 乙台 仓 台台 七台 乙台
（做切齿状，面向里稍息，抬头见牌位，转身，思考，双手掩面，无奈）
仓 台台 七台 乙台 仓0 0 龙冬 大大大大
仓另才 乙台仓 大扑台 仓0）
我 父 皇
不 听 儿 良 言

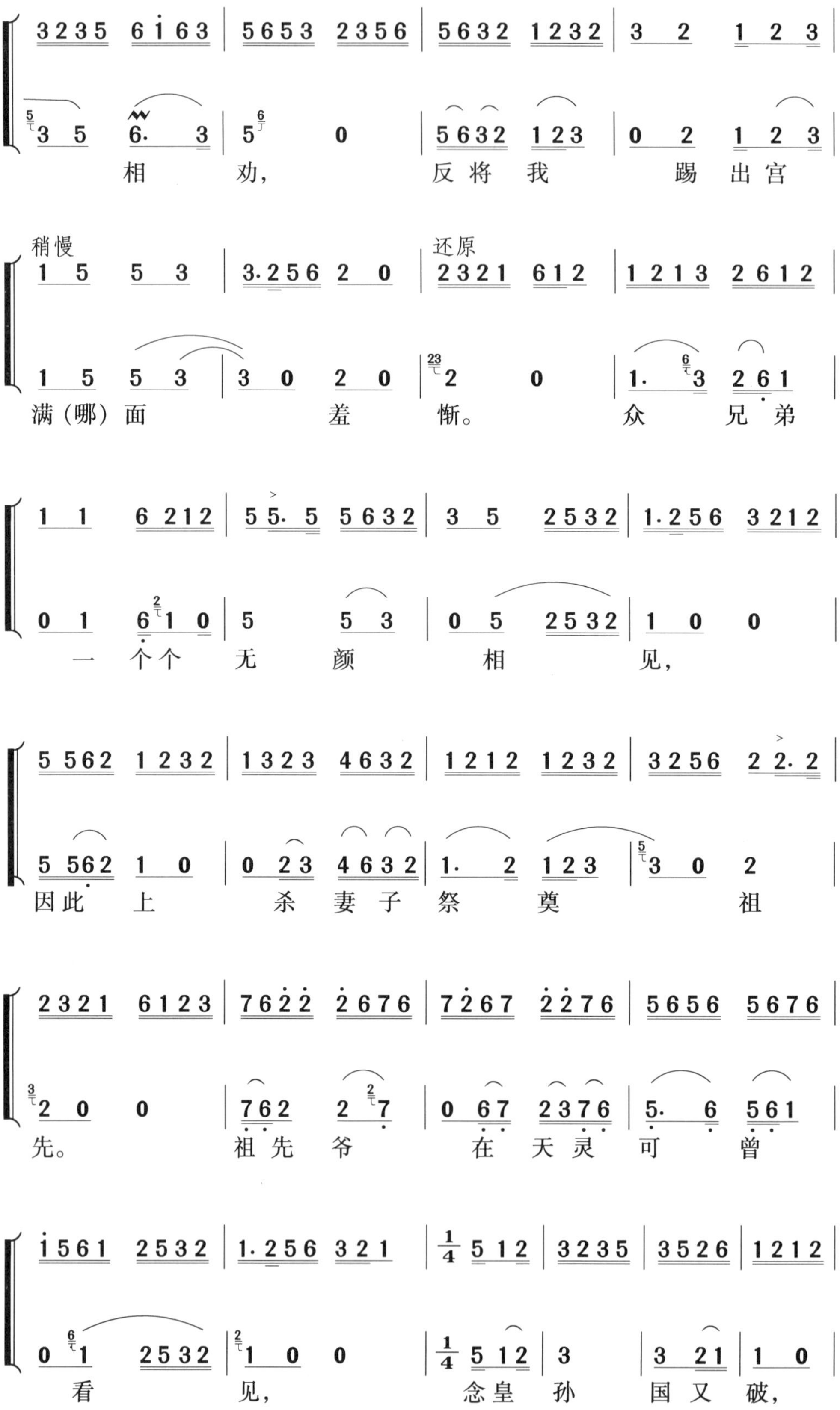
相 劝，反将我 踢出宫
稍慢
还原
满（哪）面 羞 惭。众 兄弟
一 个个 无 颜 相 见，
因此 上 杀 妻子 祭 奠 祖
先。祖先 爷 在 天 灵 可 曾
看 见，念皇 孙 国 又 破，

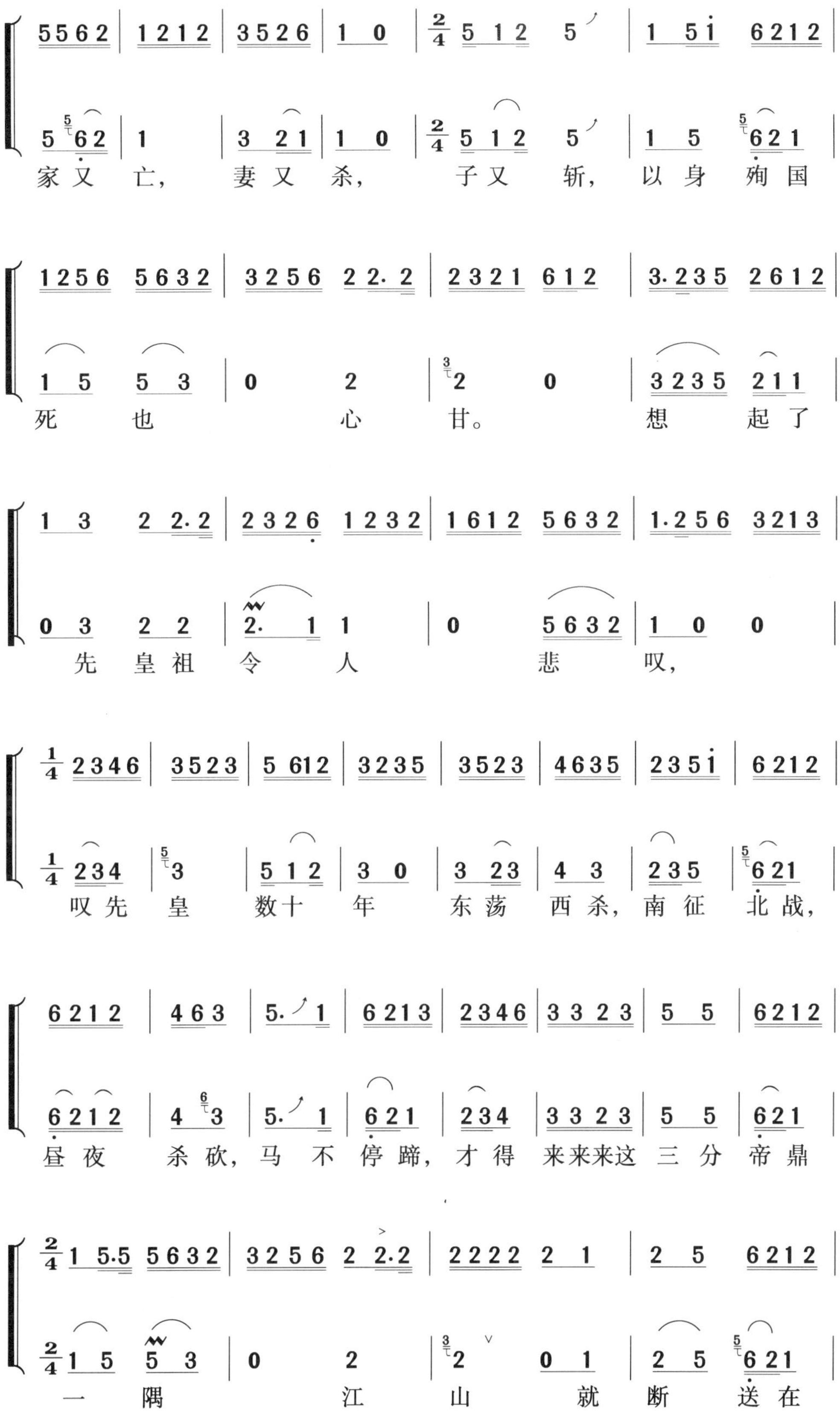
家又亡，妻又杀，子又斩，以身殉国
死也心甘。想起了
先皇祖令人悲叹，
叹先皇数十年东荡西杀，南征北战，
昼夜杀砍，马不停蹄，才得来来来这三分帝鼎
一隅江山就断送在

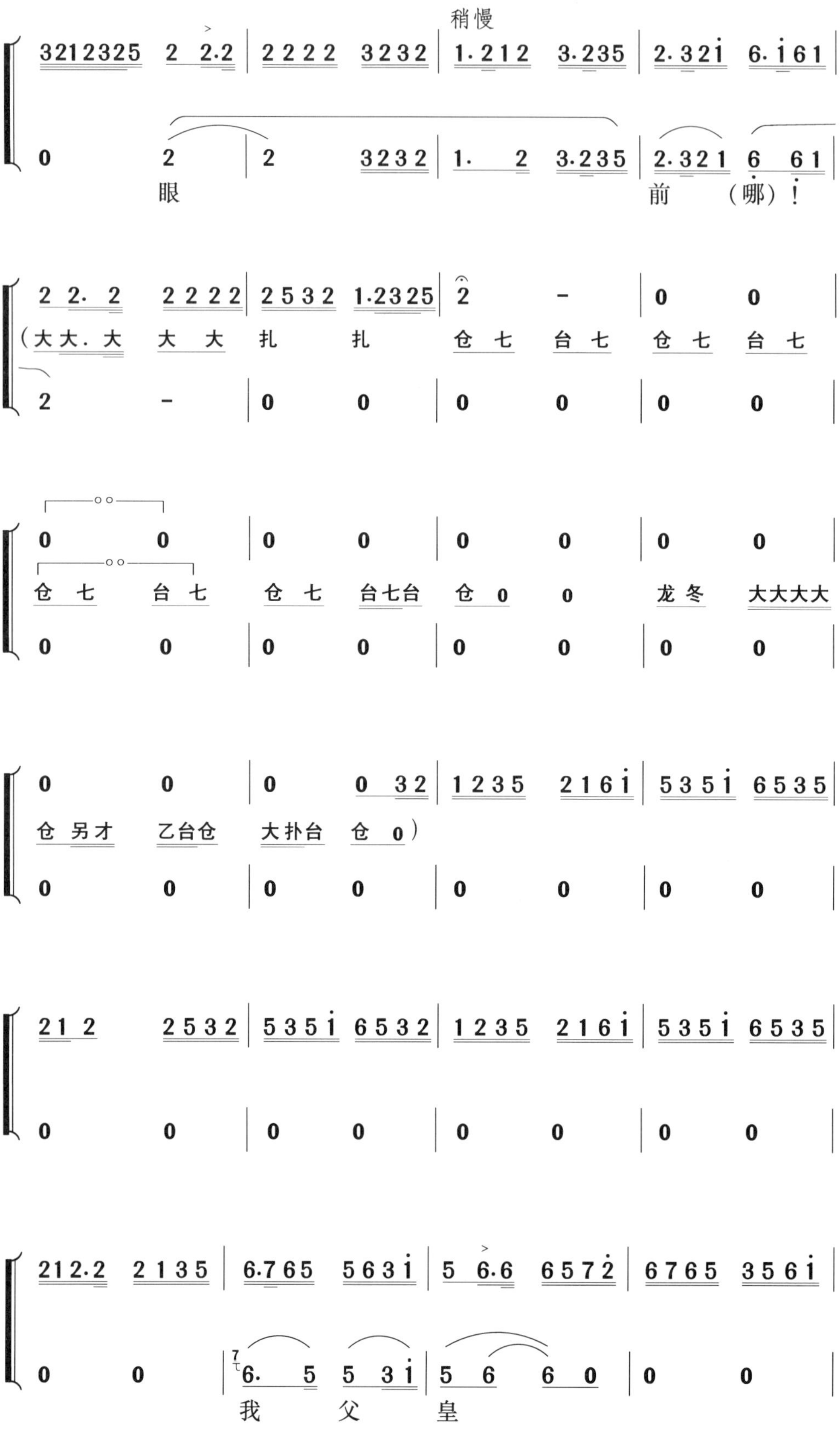
稍慢
眼
前 （哪）！
（大大. 大 大 大 扎 扎 仓 七 台 七 仓 七 台 七
仓 七 台 七 仓 七 台七台 仓 0 0 龙冬 大大大大
仓 另才 乙台仓 大扑台 仓 0）
我 父 皇

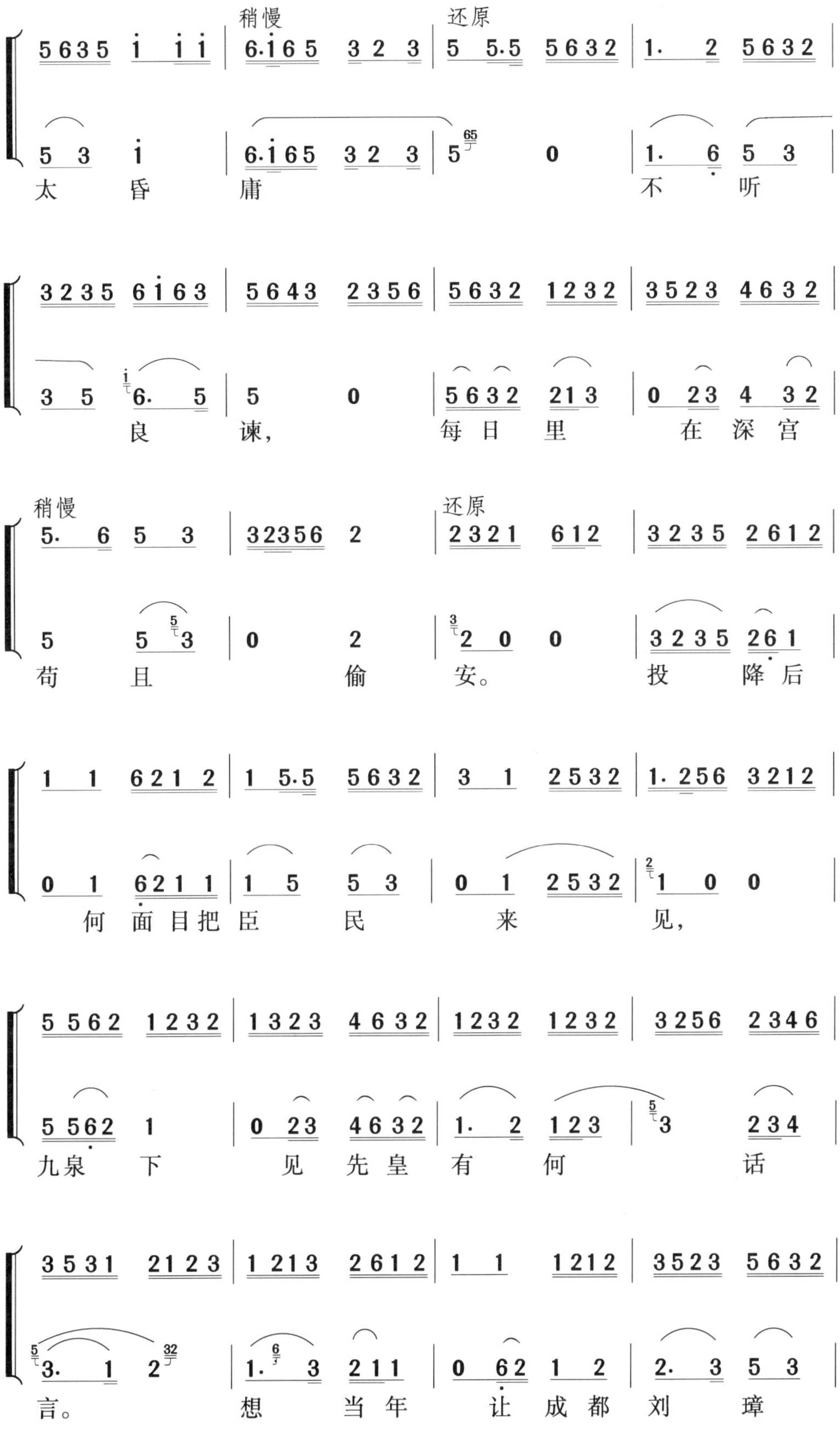
稍慢
还原
太昏庸
不听
良谏，
每日里
在深宫
稍慢
还原
苟且偷安。
投降后
何面目把臣民来见，
九泉下见先皇有何话
言。
想当年让成都刘璋

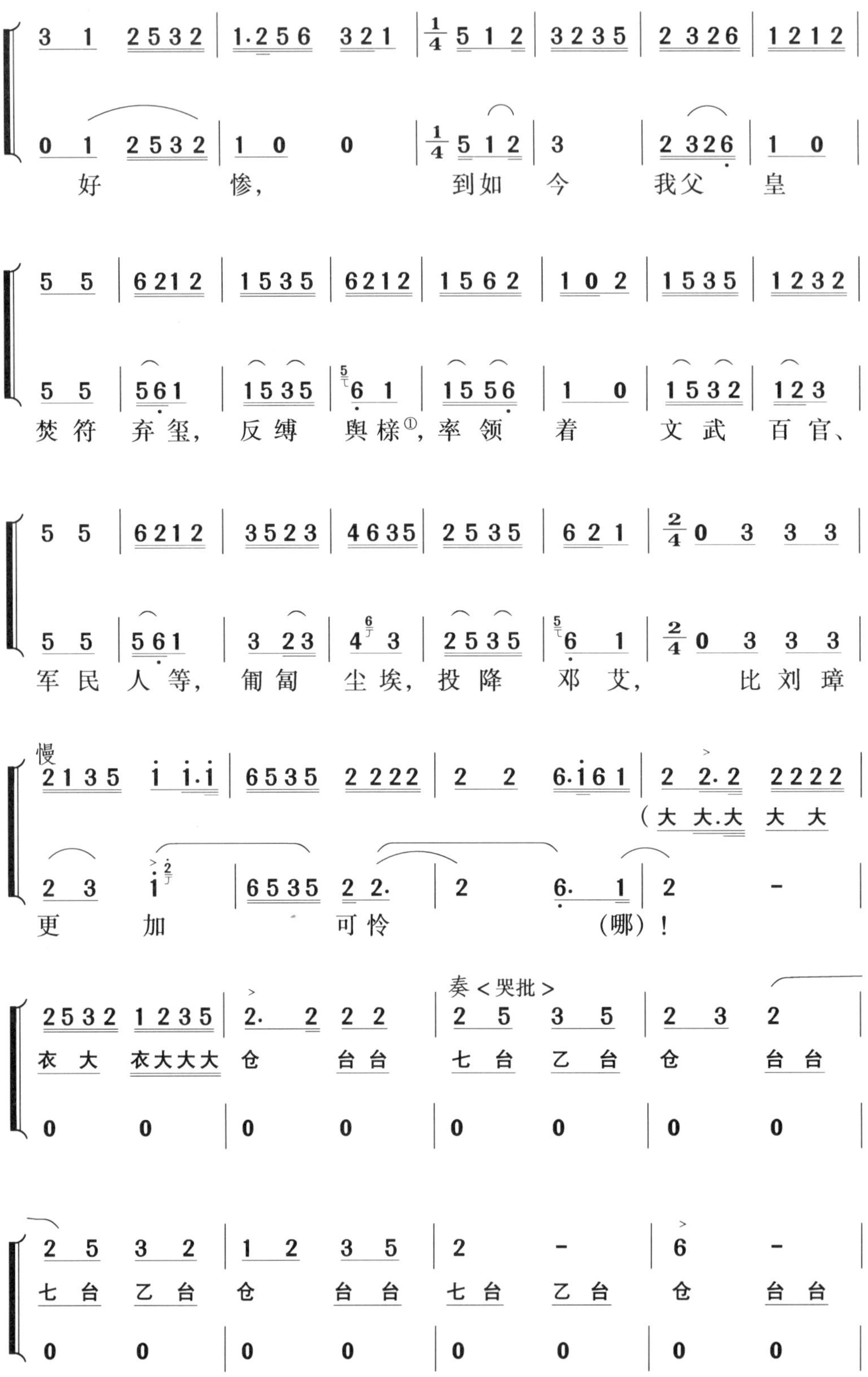

① 舆榇(chèn 趁)：本意是载棺以行，以示决死，但刘禅是“反缚”——把自己绑起来，又抬着棺材，表示的是认罪，听凭发落。

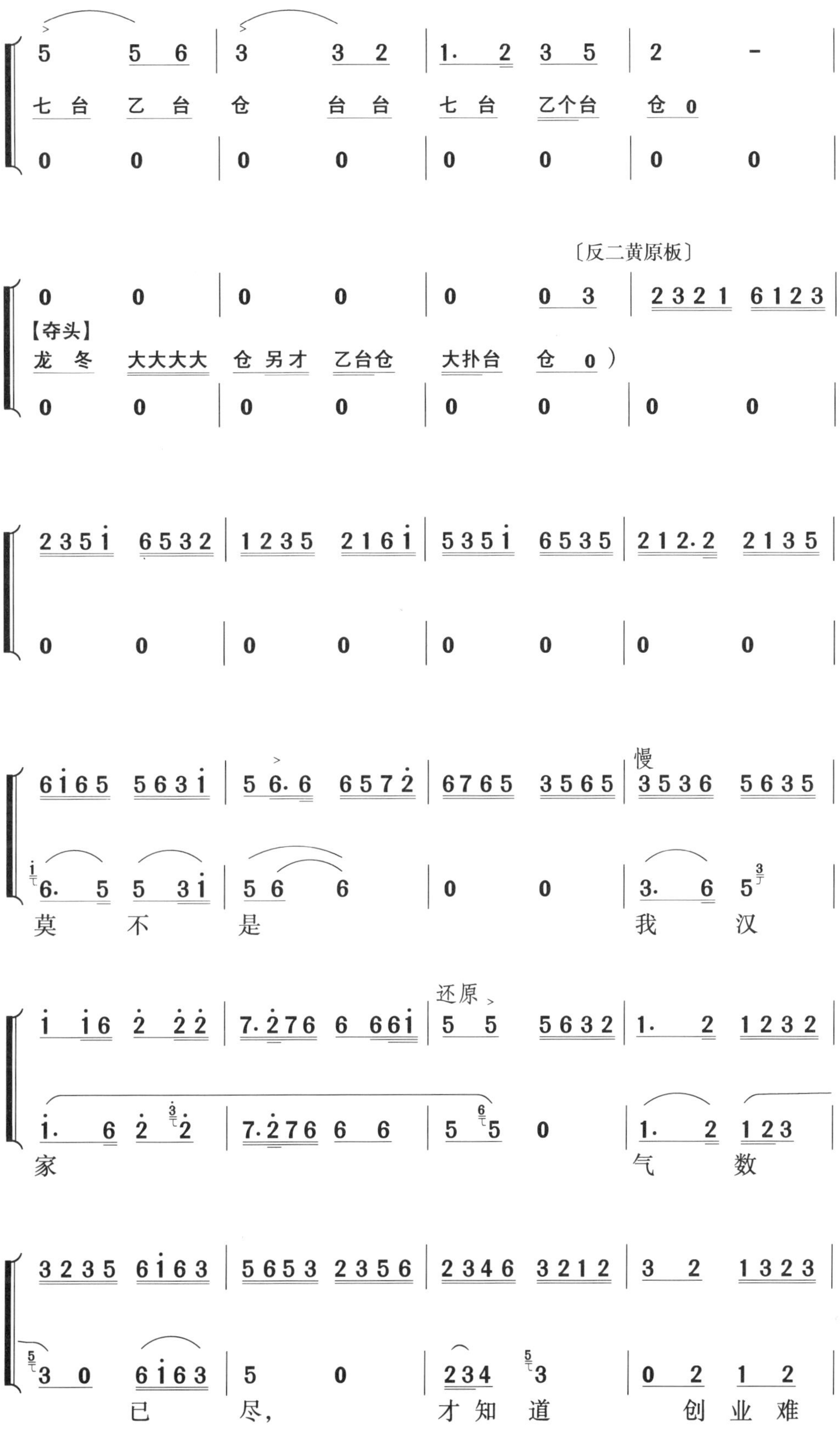
七 台 乙 台 仓 台 台 七 台 乙个台 仓 0
〔反二黄原板〕
【夺头】
龙 冬 大大大大 仓 另 才 乙台仓 大扑台 仓 0）
慢
莫 不 是 我 汉
还原
家 气 数
已 尽， 才 知 道 创 业 难

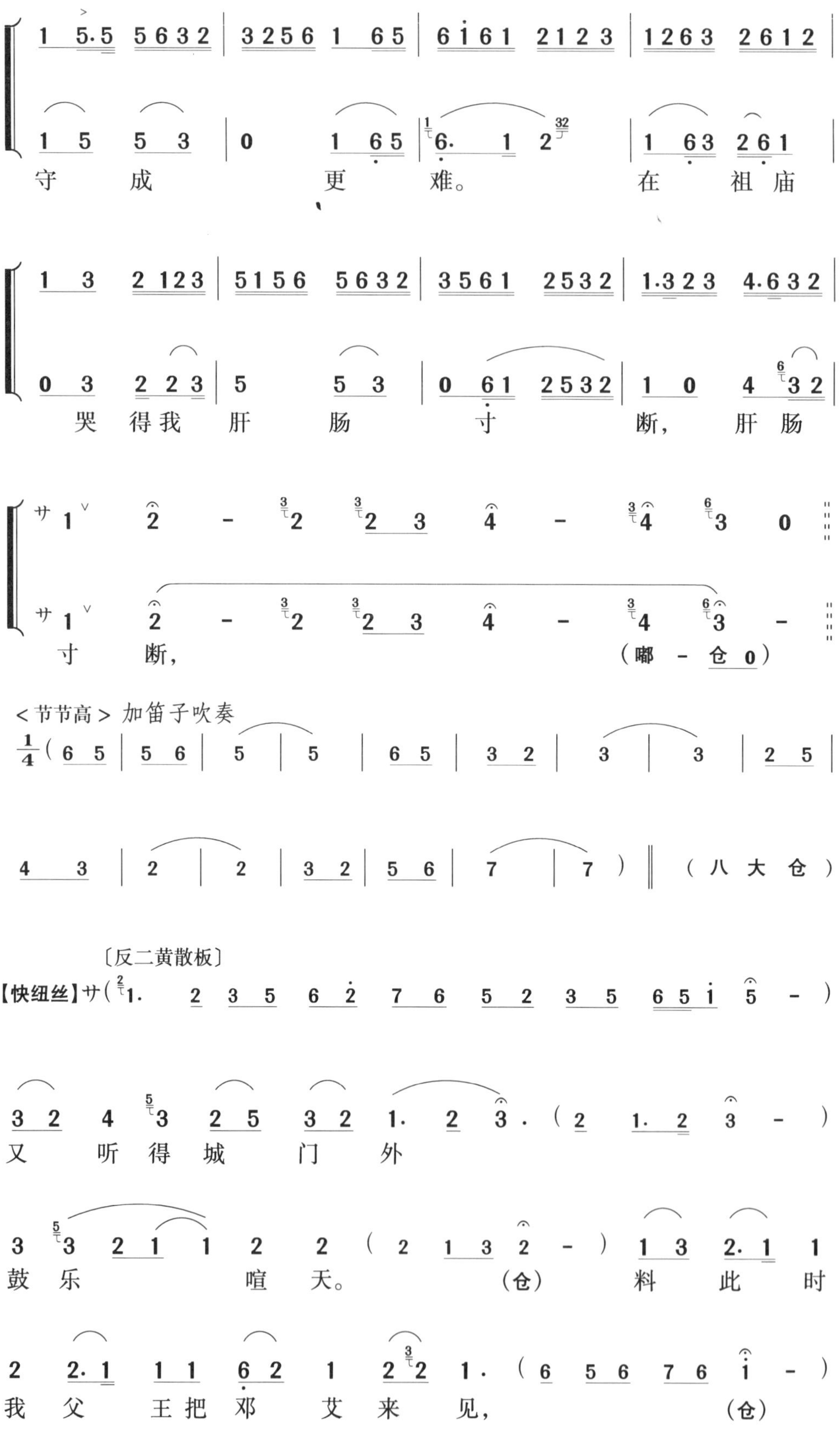
守 成 更 难。 在 祖 庙
哭 得我 肝 肠 寸 断， 肝 肠
寸 断，
（嘟 － 仓 0）
<节节高> 加笛子吹奏
（八 大 仓）
〔反二黄散板〕
【快纽丝】
又 听 得 城 门 外
鼓 乐 喧 天。
（仓）
料 此 时
我 父 王 把 邓 艾 来 见，
（仓）

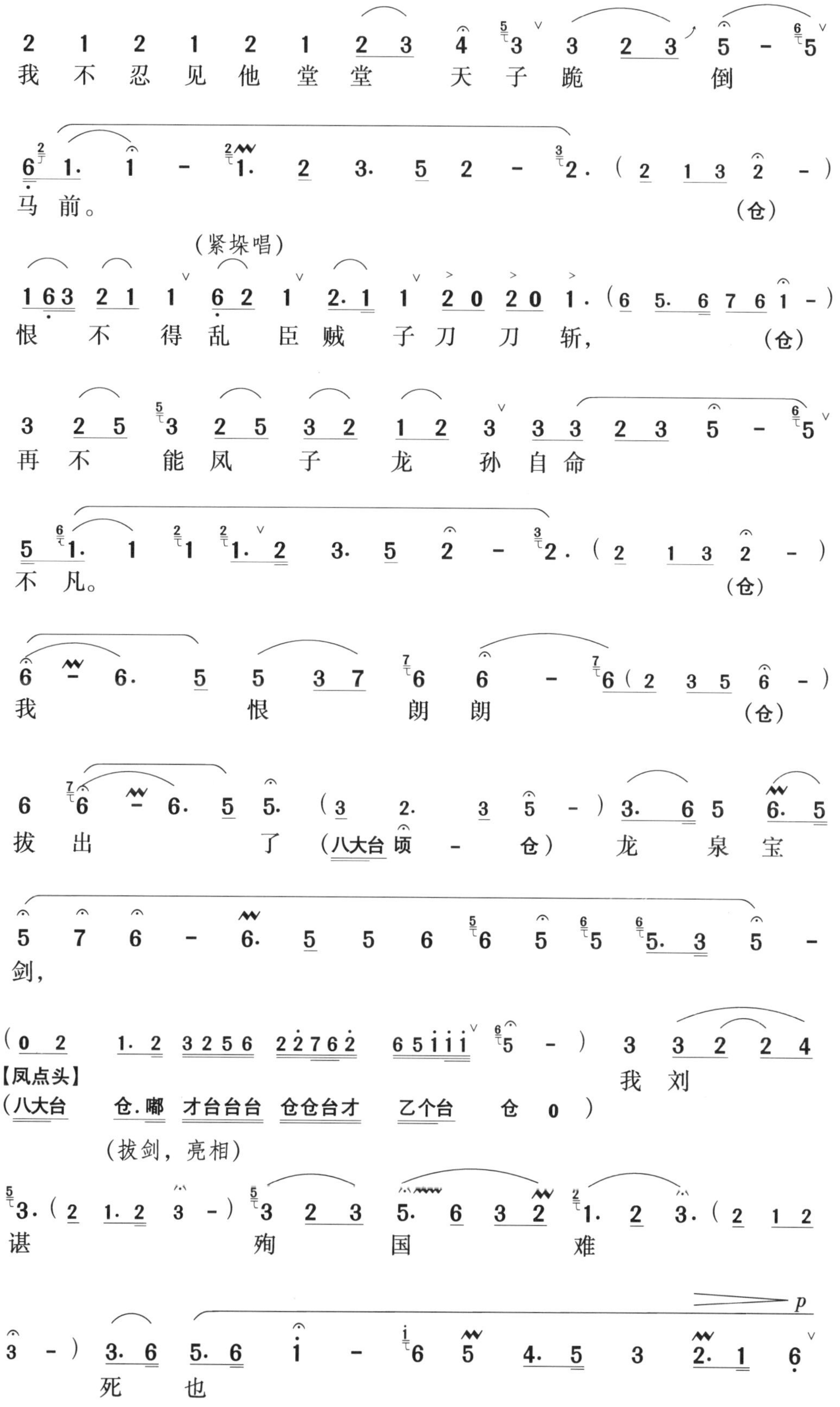
我不忍见他堂堂天子跪倒
马前。(仓)
(紧垛唱)
恨不得乱臣贼子刀刀斩，(仓)
再不能风子龙孙自命
不凡。(仓)
我恨朗朗(仓)
拔出了(八大台顷-仓)龙泉宝
剑，
【凤点头】
(八大台 仓.嘟 才台台台 仓仓台才 乙个台 仓 0)
我刘
(拔剑，亮相)
谌殉国难
死也

1 - 1 1. 2 3 5 5 5 2 2 - 2 - ‖
心 (哪) 甘。

慢起（嘟～～～～～ 0）

(后半个<哭批>)

2/4 (2. 3 2 1 | 6 i 5 | 5 6 5 6 | 1 2 3 | i -) ‖
(仓 台嘟 七令 大 仓儿 另才 乙台 仓）慢接【急急风】收住。

(刘谌执剑转身，横剑自刎，仰身亮相)

——剧终